La Petite Fille
aux nuages noirs

Kitty Sewell

La Petite Fille aux nuages noirs

Traduit de l'anglais par Pascale Haas

Titre original : *Cloud fever*

Une édition du Club France Loisirs,
avec l'autorisation des Éditions Belfond.

Éditions France Loisirs,
123, boulevard de Grenelle, Paris
www.franceloisirs.com

Le Code de la propriété intellectuelle n'autorisant, aux termes des paragraphes 2 et 3 de l'article L. 122-5, d'une part, que les « copies ou reproductions strictement réservées à l'usage privé du copiste et non destinées à une utilisation collective » et, d'autre part, sous réserve du nom de l'auteur et de la source, que les « analyses et les courtes citations justifiées par le caractère critique, polémique, pédagogique, scientifique ou d'information », toute représentation ou reproduction intégrale ou partielle, faite sans le consentement de l'auteur ou de ses ayants droit ou ayants cause, est illicite (article L. 122-4). Cette représentation ou reproduction, par quelque procédé que ce soit, constituerait donc une contrefaçon sanctionnée par les articles L. 335-2 et suivants du Code de la propriété intellectuelle.

© 2010 Kitty Sewell. Tous droits réservés.
Et pour la traduction française :
© Belfond, un département de Place des Éditeurs, 2010.
Site Internet : www.kittysewell.com

ISBN : 978-2-298-03578-0

Prologue

Il sortit le pot du fond de son sac à dos. Parfois, au plus fort de l'hiver, les gardiens de troupeaux protégeaient les sabots des yaks en les recouvrant de goudron, et un berger solitaire croisé au cours de son voyage lui en avait donné – une offrande purement symbolique, car les sabots de son cheval n'avaient pas excessivement souffert –, comme pour lui montrer que ce pays abandonné n'était pas dépourvu de toute humanité.

Les mains refermées autour du pot pour en réchauffer le contenu, il contempla la vue depuis l'entrée de la grotte. Le plateau qui s'étendait en contrebas était le lieu le plus désert, le plus désolé et le plus hostile qui soit sur la terre, même s'il arrivait aux hommes des tribus de l'est de s'y aventurer au cœur de l'été lorsqu'ils étaient à la recherche de pâtures pour leur bétail. Des réfugiés en fuite avaient dû franchir cette montagne dans l'intention de recouvrer la liberté. Peut-être qu'un homme avait découvert cette grotte et s'y était abrité, toutefois il en doutait. Il n'y avait pas un lambeau de tissu, pas même les cendres d'un feu de bouse de yak ou un message griffonné sur les parois. Il fallait qu'un homme soit complètement égaré pour tomber sur cette grotte, simple fissure à flanc de rocher, presque trop basse pour s'y faufiler.

Il roula sur le côté et attrapa son couteau posé sur le sol. Le couvercle du pot étant coincé par la rouille, il essaya de l'ouvrir en le forçant du bout de la lame. L'aube s'était levée puis évanouie, et un rayon de lumière éclaira ses mains tandis qu'il passait le couteau sous le bord. Il se sentait très faible. Sa jambe blessée l'élançait à chaque battement de cœur et son souffle court formait des nuages de vapeur qui tourbillonnaient dans l'air sec. Il avait pris sa décision dès son réveil. Une fois sa tâche accomplie, il reprendrait son barda et s'en irait. S'il restait un jour de plus, il mourrait ici. Outre que l'infection se propageait, ses réserves de nourriture se résumaient à un kilo de *tsampa* et une livre de beurre. La vision de son corps raidi dans cette grotte obscure réapparaissant intact au printemps lui procura un frisson. Mieux valait encore qu'un léopard des neiges femelle le trouve sur la pente de la montagne et nourrisse de sa chair les petits qu'elle portait...

Enfin, le couvercle céda. Il ouvrit le pot. De la pointe du couteau, il retira une pellicule caoutchouteuse, puis plongea deux doigts dans la mélasse d'un noir luisant. Il se retourna vers le bouddha qui scintillait de mille feux dans le rai de lumière.

Honteux, il baissa la tête lorsqu'il appliqua la première couche, noircissant le visage bien-aimé d'une couche épaisse de goudron.

1

Daniel Villeneuve et Rosie étaient agenouillés dans le sable. Pour la mi-août, le froid était inhabituel, et un vilain vent leur cinglait le dos pendant qu'ils construisaient différentes parties du village. Ils parlaient rarement en travaillant, mais Rosie était particulièrement silencieuse, et ses longs cheveux auburn dérobaient sa création à la vue de Daniel. Ils avaient entrepris de construire un village indien haïda. Daniel s'essayait à une église missionnaire, sur le modèle de celle qu'il avait survolée à plusieurs reprises l'an passé lors d'une mission en Uruguay où il avait transporté du matériel d'extraction minière dans la forêt vierge. Une église particulièrement simple, érigée par des jésuites venus du Québec, probablement avec l'aide contrainte de leur congrégation indigène.

Rosie releva la tête pour examiner ce qu'il faisait. Il haussa les épaules, prêt à défendre son église. Les missionnaires qui s'étaient infiltrés jusqu'aux lointaines îles de la Reine-Charlotte avaient découvert les villages haïdas où ils avaient bâti des églises semblables à celles du Paraguay. Rosie n'ayant que neuf ans, il s'abstiendrait sans doute de lui raconter comment ces hommes de Dieu avaient contribué à la destruction de la culture ancestrale des Haïdas, qu'ils avaient tués en leur transmettant la variole et les grippes européennes, tandis que les gouverneurs blancs leur interdisaient de parler leur langue et volaient leurs terres et leurs enfants.

« Ça n'a rien de haïda ! lança-t-elle, et la tour de Daniel s'effondra.

— Tu as fait ça exprès. » Daniel agita un doigt sous son nez. « Tu as jeté un sort à ma tour. »

Rosie gloussa d'un air espiègle. « Mais non, papa… C'est seulement que le sable n'est pas assez humide.

— On aurait dû s'installer plus près de l'eau.

— Et si tu construisais une longue maison ? suggéra Rosie, qui se remit au travail. Pourquoi ne pas sculpter des bouts de bois en forme de totem ? »

Les genoux ankylosés et glacés, Daniel se releva en gémissant. « Tu n'as pas besoin d'aller aux toilettes ? On pourrait boire un chocolat chaud au Starbucks.

— Tout à l'heure… Va chercher des bouts de bois. Et pendant que tu y es, rapporte-moi de l'eau. »

Daniel s'exécuta. Muni d'un jerrican vert pomme et d'un seau rouge sang, il se dirigea vers le rivage. La plage de Kits était déserte. Promener son chien était interdit d'avril à septembre, et le temps n'attirait guère les adorateurs du soleil. En outre, il n'était que neuf heures du matin. Il retira ses baskets, puis roula le bas de son pantalon.

Avec précaution, il s'avança de quelques pas dans l'eau glaciale. Le fleuve Fraser qu'alimentaient les glaciers rejoignait les vagues salées du Pacifique quelque part le long de ces plages. L'an dernier, à la même époque, la chaleur avait été suffisante pour qu'ils aillent se baigner tous les trois. Cette année, ils n'étaient plus que tous les deux et l'eau restait froide. Cette année était différente de la précédente à bien des égards.

Levant les yeux, il se protégea de la réverbération du soleil voilé. Au loin, des tankers allaient et venaient à une vitesse d'escargot sur le bras du fleuve, et de rares voiliers profitaient de la brise. Les montagnes de la rive nord dressaient leur masse sombre, et, à l'est, les gigantesques immeubles de Vancouver se découpaient sur le ciel maussade. Malgré la beauté indiscutable de la ville et des alentours, la vie urbaine mettait Daniel mal à l'aise. Il avait passé presque toute sa vie professionnelle en pleine nature, à piloter des hélicoptères au-dessus des déserts, entre des îles, par-delà des montagnes inhospitalières ou des forêts interminables. L'environnement façonnait, voire déformait un homme malgré lui. Or il passait désormais deux semaines sur quatre confiné en ville, dans l'appartement de ses parents pour être proche de ce qui comptait le plus au monde à ses yeux : Rosie.

« Papa ! » La voix résonna avec la clarté d'une cloche qui tinte dans le vent. « Où est mon eau ?

— Elle arrive… » Daniel remplit les deux récipients et revint en vitesse, zigzaguant entre les troncs d'arbres géants qui jonchaient la plage.

Il s'arrêta devant Rosie. « C'est *ça* que tu appelles une maison haïda, ma vieille ? » se moqua-t-il en observant l'édifice agrémenté de tours qu'elle était en train d'ériger. Il posa le seau et le jerrican sur le sable. « On dirait plutôt un opéra martien... ou un Hilton sur un astéroïde !

— On a laissé tomber les Haïdas, non ? » constata avec bon sens Rosie en jetant un regard sur son église en ruine. Elle travaillait avec concentration. Elle versait de l'eau du jerrican, aspergeait, tapotait, sculptait et façonnait le sable, ses mains pareilles à celles d'un chirurgien choisissant d'un geste assuré les divers instruments alignés à côté d'elle : couteaux en plastique, spatules, cuillers, cubes creux, gobelets, tamis, fil à couper le fromage et autres accessoires. Daniel resta un instant immobile à la regarder. Nul doute que le mélange impie de gènes italiens et irlandais contribuait à la rendre à ce point maligne. N'était-ce pas ce que l'on disait à propos des chiens bâtards ?

« Apporte-moi encore de ces cailloux noirs, papa. Les plats et carrés. Des tas ! » Rosie releva la tête. « *S'il te plaît !* » Elle roula des yeux de façon théâtrale. Dieu sait où elle allait chercher ces manières d'adolescente.

Daniel retourna au bord de l'eau. Il n'était pas facile de trouver des cailloux noirs, mais Madame l'architecte était trop occupée pour les ramasser elle-même. Jouer les factotums ne le dérangeait pas : il adorait la douceur du sable sous ses pieds nus, l'odeur de l'eau salée dans le vent et, par-dessus tout, la compagnie de Rosie, bien qu'il n'ait pas exactement les mêmes besoins créatifs que sa fille. À cette seconde, il rêvait d'un café bien fort, mais il était hors de question qu'il traverse la route et la laisse seule sur la plage, d'autant que, à en juger par l'intensité de son labeur, elle refuserait de bouger.

« Tiens, ma chérie, dit-il lorsque, vingt minutes plus tard, il déposa devant elle le seau rempli de cailloux noirs. Et maintenant, viens. Accordons-nous une pause. Il faut qu'on reprenne des forces. » Il s'apprêtait à lui tapoter l'épaule, lorsqu'il se figea d'admiration devant son œuvre.

« Eh bien, dis donc... Ça, c'est quelque chose ! »

L'édifice, une vraie splendeur, reposait sur des fondations en gradins. Des murs bas qui s'incurvaient gracieusement partaient des escaliers extérieurs posés en équilibre délicat sur un fin morceau de bois. D'autres gradins intérieurs rétrécissaient le bâtiment, surmontés d'un dôme en forme de chapeau au sommet duquel une pierre plate était plantée à la verticale tel un emblème. De multiples escaliers menaient à des portes sur les quatre côtés de l'édifice. Le dôme était couronné d'un bout de feuille de papier d'aluminium qui avait enveloppé un hamburger. Elle l'avait plié en forme de pointe, laquelle se terminait par une bouteille ronde posée sur une demi-lune en carton.

« Ne souffle pas dessus, le prévint Rosie, protégeant son œuvre des bras.

— C'est quoi, ma chérie ? Où as-tu vu ce bâtiment ?

— J'en ai rêvé. Je crois qu'il était blanc. »

Et c'était sans doute vrai, même si l'édifice avait quelque chose de trop sophistiqué pour être une invention de son subconscient. Elle avait dû le voir dans un documentaire sur l'Inde ou le Moyen-Orient. Peut-être était-ce un monument historique, maya ou inca... Rosie se servait d'un don qu'elle avait en commun avec lui, un don que lui-même tenait de sa mère et de sa grand-mère : une mémoire phénoménale.

Daniel sortit son appareil photo du sac de pique-nique et prit une photo pour le « portfolio » de sa fille.

« J'ai rêvé que tu allais là-bas, papa.

— Toi et moi ? Il s'agenouilla et la prit par l'épaule. « On allait là-bas ensemble ?

— Non, toi tout seul, répondit Rosie en époussetant un peu de sable sur son col. Tu partais là-bas après le premier nuage noir.

— Le premier nuage noir ? De quoi parles-tu, Rosie ? »

L'enfant se détourna et entreprit de peaufiner le dôme à l'aide de sa spatule. « Il y a trois nuages noirs.

— Trois nuages noirs ? Où ça ? Pourquoi ?

— Tu voles sous ces nuages noirs... et des gens meurent. » Elle se tut une seconde en gardant les yeux baissés. « Mais tu ne vas pas mourir. Enfin, je ne pense pas. »

Daniel sentit un frisson glacé le parcourir. Il ne s'était jamais senti à l'aise avec cette curieuse faculté que possédait sa fille. Le monde intérieur de Rosie était peuplé de fantasmes complexes. Ses rêves, élaborés et précis, étaient souvent d'une perspicacité dérangeante. Et tandis qu'Amanda dévorait des livres sur le symbolisme jungien, Daniel proposait une solution plus simple : la restauration de l'unité familiale. Ce qu'il fallait à Rosie, c'était une mère et un père vivant dans un foyer stable, un chien et un chat, un frère ou une sœur. Voilà qui lui mettrait les pieds sur terre.

« Bien sûr que je ne mourrai pas. » Une douleur sourde au creux de la poitrine, il la serra dans ses bras. Bien qu'elle n'ait jamais été une enfant démonstrative, elle devinait toujours ce que son père ressentait.

« Papa, ne sois pas bête. Je viens de te dire, non ? » Du bout du doigt, elle suivit la marque en forme d'araignée qui s'étalait sur son visage. Sa patte-d'aigle, la marque de ses chromosomes défectueux, suscitait la plupart du temps l'inquiétude, la curiosité ou même la répulsion, et Rosie était la seule personne au monde à l'avoir jamais touchée. La marque saignait facilement. Amanda l'avait aimée, mais un jour elle avait enfoncé un ongle dans la peau délicate. Après quoi elle n'avait plus jamais osé lui caresser le visage.

« Pourquoi est-ce que toi, maman et moi on ne peut pas vivre ensemble ? »

Évidemment, c'était ça. Si son monde sécurisé pouvait s'écrouler, que risquait-il de se passer ensuite ? Sa fille avait dû entendre dire que les catastrophes arrivaient toujours par trois et elle vivait dans l'attente de la prochaine. Il était tout à fait normal que ses vols l'inquiètent. Daniel regarda par-dessus son épaule l'étrange château de sable. Et bien qu'il ne sût pas interpréter le langage des rêves, il essaya d'imaginer ce qu'il signifiait : son papa comme une sorte de prisonnier, reclus derrière les murs d'un édifice sans fenêtres. Peut-être était-ce une façon pour Rosie de repousser ses craintes. *Des gens meurent.* À l'âge de neuf ans, allongé le soir dans son lit, n'avait-il pas lui-même médité sur cette terrible vérité ?

Quand Rosie voulut se dégager, Daniel la retint par les épaules et la regarda dans les yeux. « Tu sais que je serai toujours là près de toi, Rosie. *Toujours.*

— Évidemment.

— Demain, je pars travailler, tu m'entends ? » Il la secoua légèrement pour qu'elle l'écoute. « Je resterai absent deux semaines et tout ira bien.

— Oui, papa, je sais. Tu dis toujours ça. »

Se dérobant à son étreinte, elle transvasa un peu de l'eau du seau dans un vaporisateur et revissa le bouchon. Puis elle tourna autour de son œuvre en l'enveloppant d'un halo de brume.

Le lendemain, Daniel ne se retrouva pas comme prévu à son poste d'hélitreuillage sur la lointaine côte de la Colombie-Britannique, mais à survoler la frontière des États-Unis à bord d'un Sikorsky S-64. Pendant le week-end, la foudre avait frappé à plusieurs reprises la chaîne des Cascades de l'État de Washington et déclenché une dizaine de feux de forêt. La végétation étant desséchée après deux mois de sécheresse, les incendies avaient rapidement échappé à tout contrôle.

Rodney Noblieh, vice-président et coordinateur de projets d'Helicap Helicopter Services – connu du personnel sous le nom de Rod, et officieusement sous celui de Rod le Noueux ou plus simplement le Nœud –, était toujours à la recherche des dollars nécessaires pour renflouer les coffres de la compagnie. Les incendies qui se propageaient lui procuraient un plaisir malsain. Il n'y avait eu aucun doute sur l'excitation que contenait sa voix lorsqu'il avait appelé Daniel à minuit pour lui décrire cet enfer.

« Écoute-moi, Danny. Je viens de recevoir un coup de fil de l'Interagency Fire Center qui a besoin d'aide de toute urgence. Ils ont seize feux sur quatre mille cinq cents hectares dans la forêt de Snoqualmie, quelque part entre Baker Mont et Glacier Peak, mais tous leurs appareils sont déjà mobilisés pour lutter contre les flammes à Sacramento. Ils nous réclament des renforts au plus vite, et on a justement un Sikorsky au sol. Kurt et toi pourriez y aller. J'enverrai Steve Andover te remplacer sur le campement. »

Daniel s'était réjoui de ce changement impromptu dans sa routine, vu qu'il venait de passer les quatorze derniers mois à hélitreuiller des troncs de la forêt primaire en Colombie-Britannique.

Il avait donc mis quelques affaires dans un sac et pris le premier ferry pour l'île de Vancouver. Un des mécaniciens l'avait emmené dans son camion brinquebalant jusqu'au point de rassemblement à Beaver River, où stationnaient les hélicoptères d'Helicap – ce qui, d'après Rod le Noueux, ne devait dans l'idéal jamais se produire. Récemment, Rod lui avait décerné le titre de « pilote senior ». Non parce qu'il était le plus vieux, ni celui qui comptait le plus d'heures de vol à son actif, mais à cause de la diversité de ses expériences : il avait transporté du matériel destiné à exploiter le pétrole et le gaz en Alaska et en Papouasie-Nouvelle-Guinée, répandu des pesticides lors d'invasions de moustiques au Viêt-nam et des herbicides sur des fougères vénéneuses au pays de Galles, sans parler des feux de forêt combattus un peu partout au Canada. Voilà pourquoi on lui confiait cette petite mission de choix.

Le Sikorsky avait beau être un vieil hélico, il ronronna joliment lorsqu'ils décollèrent en mettant le cap au sud-est. Kurt Manlowe, un autre vétéran des incendies de forêts, était installé sur le siège du copilote. Daniel avait été un peu consterné de le voir là, et Kurt n'avait pas prononcé un seul mot pendant les quinze premières minutes de vol, sauf pour répondre aux instructions de la check-list.

« Ça va ? » demanda Daniel.

Kurt lui jeta un regard laconique. « Pourquoi ça irait pas ?

— Je posais juste la question. » Daniel savait que son collègue ne pouvait pas aller bien. Tout récemment, après une plongée atroce et interminable dans l'alcoolisme, sa femme, Glenda, était morte d'une cirrhose du foie. Nombre d'épouses de pilotes supportaient très mal le stress, les longues séparations et la peur qui les saisissait chaque fois que sonnait le téléphone. Glenda, elle, y avait trouvé une excuse pour boire et l'alcool l'avait tuée.

« À vrai dire, je suis fou de rage. »

Daniel lui lança un bref coup d'œil. Kurt, les mâchoires crispées, regardait droit devant lui.

« Qu'est-ce qu'il y a ? » demanda Daniel d'un ton amical.

Il y eut un silence.

« C'est que nous avions conclu un pacte, tu comprends.
— Qui ça ?
— Glenda et moi. »

Daniel tressaillit. Ils étaient en train de franchir la frontière et il fallait qu'il se concentre. « Quel genre de pacte ?
— Oh, tu sais bien… Qu'on s'en irait ensemble. Je ne m'attendais pas à ce que sa fin soit si rapide. Les toubibs auraient pu me prévenir, précisa-t-il d'une voix dure. Est-ce qu'ils l'ont fait ? Tu parles ! Je n'ai même pas eu le temps de lui dire au revoir. D'un seul coup, une varice a éclaté dans sa gorge et elle s'est mise à cracher du sang.

— Putain, Kurt… C'est dur. » Daniel s'efforça de chasser l'image de son esprit. « Je croyais que tu avais dit qu'elle était morte d'une cirrhose du foie.

— Réfléchis une seconde, mon vieux. Un foie comme une éponge, ça sonne un peu mieux que crever étouffée dans son sang, non ? »

Daniel avait la bouche sèche. « C'est vrai. Tu as raison.

— Personne ne m'a rien dit. On aurait dû m'avertir du risque d'hémorragie. Ça arrive souvent chez les alcooliques au dernier stade, mais comment étais-je censé le savoir ? fit-il en se tournant vers Daniel. Hein ? Dis-le-moi ! »

Daniel secoua la tête avec compassion. « Qu'est-ce que je peux te dire ?

— Le mieux, c'est que tu ne me dises rien. »

Daniel se contenta de lui jeter un coup d'œil et garda le silence. La tournure que prenait la conversation ne lui plaisait pas, le ton de Kurt non plus. Certes, il l'avait incité à vider son sac, seulement ce n'était ni le moment ni le lieu de discuter d'un bain de sang mortel et d'un pacte de suicide. Il soupçonnait Kurt de ne pas être en état de copiloter un hélicoptère. Pour l'instant, mieux valait rejoindre sans encombre la zone des incendies, mais dès qu'ils seraient de retour, il en toucherait un mot au Nœud. Heureusement, Kurt en resta là et s'enferma dans un silence pesant pendant tout le temps que dura le trajet.

Prenant comme repère le sommet des Baker Mountains qui se dressait majestueusement au-dessus d'un épais manteau nuageux, il leur fallut moins d'une heure pour arriver à destination. Entre les pentes sauvages et superbes des Cascades du Nord, ils survolèrent d'immenses vallées plantées de pins ponderosa, de sapinettes et de sapins presque sans distinguer la moindre trace d'habitation. Très vite, ils aperçurent des dizaines de colonnes de fumée qui ondulaient dans le vent chaud de l'été et se fondaient dans un brouillard dense qui s'engouffrait dans les vallées. Peu à peu, ils découvrirent les feux qui consumaient tout sur leur passage. Des nuages d'un orange soutenu s'élevaient dans l'air en tournoyant.

L'odeur de la forêt en flammes commença à pénétrer à l'intérieur du cockpit. Ce n'était pas celle d'un feu de camp. Du bois vert, des animaux, des plantes et des racines étaient en train de flamber ; le sol lui-même était en feu, donnant à la fumée une odeur de terre singulière. Rod le Noueux appelait ça l'« odeur de l'argent » ! Elle s'infiltrait jusque dans le capitonnage de l'appareil. Et même jusque dans les vêtements, les cheveux et sur la peau, où elle restait incrustée pendant des jours.

Kurt désigna un point au sud-est. « On ne manque pas de compagnie, à ce qu'on dirait. » Au loin, deux hélicos déjà sur zone déversaient de l'eau sur les flammes. Exceptionnellement, le coordinateur d'AirTac était une femme, avec une voix appropriée de fumeuse. Dans la radio qui crachotait, elle leur indiqua leur plan de vol, ainsi que l'endroit où refaire le plein de carburant et l'emplacement du réservoir.

« Là en bas, c'est un peu embouteillé, les prévint-elle. C'est le seul lac de toute cette satanée forêt. »

Décidant de refaire le plein avant d'aller se joindre à la « guirlande de pâquerettes », Daniel descendit au point de ravitaillement, d'où, huit minutes plus tard, ils redécollèrent en direction du réservoir. La masse d'eau se distinguait à peine derrière l'écran de fumée.

« Elle appelle ça un lac ? railla Kurt dans l'interphone. Ce n'est rien de plus qu'une foutue flaque ! »

Daniel plana au-dessus du site en attendant qu'un Chinook parvienne à remplir son godet.

En voyant l'étroitesse du lac, il se félicita que le Sikorsky soit équipé d'un schnorchel.

« Du boulot d'amateur ni fait ni à faire ! commenta Kurt.

— Peut-être que le pilote n'a encore jamais combattu un incendie. N'oublie pas qu'ils cherchaient désespérément de l'aide. » Daniel s'efforça de rire gaiement. « À ton avis, pourquoi les Canadiens que nous sommes se retrouvent-ils ici ? »

Une longue minute s'écoula avant que le Chinook ne reprenne de l'altitude. Daniel vit le copilote lui faire un signe auquel il répondit.

« Bon Dieu, quelle chaleur ! » Kurt détacha la mentonnière de son casque comme s'il s'apprêtait à le retirer.

Daniel eut beau le remarquer du coin de l'œil, il devait, à cet instant précis, se pencher sur la bulle de protection pour faire descendre l'appareil au-dessus de l'eau. « Je ne voudrais pas jouer les enquiquineurs, Kurt, mais rattache ton casque, s'il te plaît, dit-il dans son micro. La zone est dangereuse. »

Kurt garda le silence. Quand Daniel lui jeta de nouveau un regard, il était en train de dégrafer sa ceinture et son harnais de sécurité.

« Qu'est-ce que tu fous ?

— Ça ne se voit pas ? aboya Kurt. C'est trop serré. Je me sens coincé avec tous ces machins. »

Daniel stabilisa l'appareil à environ deux mètres de la surface du lac, le visage tendu, le regard concentré sur la rive et la distance qui le séparait de l'eau. Le courant descendant faisait onduler des vagues qui ricochaient dans tous les sens. Une fois le schnorchel immergé, il commença à pomper l'eau dans le réservoir. Quarante-cinq secondes plus tard, ils étaient de nouveau en l'air et volaient derrière le Chinook en direction de l'incendie. Daniel disposait d'une demi-minute pour s'occuper du comportement bizarre de son collègue.

« Rattache-toi, ordonna-t-il d'un ton sec. Immédiatement. »

Kurt fixait un point droit devant lui, sans lui prêter la moindre attention.

« Qu'est-ce qui se passe, mon vieux ? Tu m'as entendu ?

— Putain, il fait trop chaud, commandant. »

Daniel fut parcouru d'un frisson désagréable qu'il dut toutefois ignorer. Maintenant qu'ils approchaient du feu à vive allure, il était vital de rester concentré. Très vite, la visibilité se réduisit au point de devenir quasiment nulle. La limite de la zone en flammes était très sombre, chaude et venteuse, mais il devait s'en approcher au plus près tout en prenant garde aux panaches de cendres, aux courants ascendants si puissants qu'ils étaient capables de soulever en l'air des branches entières embrasées. Entrer en collision avec l'une d'elles équivaudrait à une mort quasi instantanée. La coordinatrice d'AirTac lui avait donné pour consigne de procéder à des largages rapides, de manière à minimiser le risque que le courant descendant des rotors attise les flammes. Au moment du largage, il fallait absolument se concentrer car la précision était essentielle.

Survolant la lisière des flammes, Daniel déversa l'eau en décrivant un grand arc de cercle. En dépit de tous ses efforts, l'opération ne fut pas vraiment une réussite. Il vira et repartit en direction du lac.

Que faire ? Il chercha fébrilement dans sa mémoire ce que prônait le manuel des procédures. Un copilote non coopératif était un cas qu'il n'avait pas souvent rencontré. Certains gars pouvaient se montrer nerveux ou avoir un autre point de vue, surtout quand la tension montait au cours d'un boulot difficile. Là, il s'agissait de tout autre chose.

« Tu veux que je te ramène ? C'est ça ? Dépêche-toi. Décide ce que tu veux. Soit tu rattaches ta ceinture et ton harnais, soit tu te barres.

— Ho, ho… tu veux que je saute ? rétorqua Kurt avec un sourire narquois.

— Bon, ça suffit. On se tire.

— OK, c'est bon, mon vieux, j'obéis… » De mauvaise grâce, Kurt commença à rattacher son casque et ensuite son harnais.

Daniel ne proféra plus une parole en dehors des instructions indispensables, mais, au fond de lui, il fulminait de rage. Une manœuvre aussi bizarre pouvait mettre en danger à la fois la mission et les pilotes. Sans évoquer l'incident, ils effectuèrent deux autres allers-retours. Un vent anormal soufflait de l'est, chaud et sec – on l'appelait le vent du diable –, si bien que, ajouté à la fournaise et à la fumée que dégageait l'incendie, la chaleur dans le cockpit était presque intolérable. Heureusement, Kurt semblait avoir enfin compris les dangers qu'impliquait la moindre manifestation d'angoisse et s'était ressaisi.

Attisées par les courants d'air violents, les flammes surgissaient des pentes de la montagne, dansant comme des démons fous, projetant des braises sur leur parcours, embrasant des parcelles de bois sec très loin devant.

La voix de la coordinatrice d'AirTac s'éleva de nouveau. « Bon, cet incendie est hors de contrôle. Mieux vaut renoncer. On va laisser brûler la pente en espérant que le feu perdra en force quand il atteindra la crête. Vous pourriez bifurquer plein ouest et travailler sur ce feu le long de la vallée ? »

Volant dans cette direction, ils virent bientôt la vieille forêt de pins hauts de trente mètres d'où jaillissaient d'immenses flammes. Malgré la distance, le brasier emplissait le cockpit d'une lueur orange. Jetant un coup d'œil à Kurt, Daniel vit les rigoles de sueur sur le visage et le cou de son copilote, mais lui-même ne devait pas être très beau à voir.

Alors qu'ils approchaient de l'incendie et s'apprêtaient à effectuer un troisième largage, Kurt recommença à se détacher de son siège : « Autorisation de sortir du cockpit pour passer dans la cabine arrière ?

— Autorisation refusée, répondit Daniel, pris d'un frisson d'appréhension. À quoi tu joues, bon sang ?

— Je vais pisser par la porte d'accès.

— Pas ici, nom de Dieu ! s'emporta Daniel. T'es dingue ou quoi ? Retiens-toi deux minutes, tu pisseras dans le lac.

— Ils veulent qu'on arrose le feu, commandant ! s'exclama Kurt en rigolant. Je vais pisser sur leur putain de feu. » Il retira son casque. Daniel comprit qu'il était inutile de lui crier après étant donné qu'il ne pourrait pas l'entendre dans le vacarme de la cabine. Kurt détacha sa ceinture et son harnais. Puis il se leva et disparut dans la minuscule cabine située derrière les deux sièges avant, où une porte d'accès permettait d'uriner – seulement en cas d'extrême urgence, lorsqu'on n'avait pas de bouteille sous la main. Daniel eut un éclair de panique. Quelque chose n'allait pas. Kurt avait-il fini par craquer ? Même dans les meilleures conditions, ouvrir la porte d'accès en vol était dangereux, alors là, au-dessus de l'incendie, c'était de la folie ! La chaleur et les vents violents qui s'engouffreraient par la porte empêcheraient quiconque de rester à proximité, encore moins de se soulager.

Même s'il se sentait très vulnérable parce que son copilote avait disjoncté, Daniel ne devait pas se mêler de ce qui se passait à l'arrière. La gestion simultanée de deux situations de crise étant impossible, il espéra que Kurt choisirait son moment, ou qu'il pisserait dans son foutu casque. À la seconde même, la priorité consistait à larguer l'eau du réservoir et à filer tout droit vers la frontière. En fait, le mieux serait de déposer Kurt à la base la plus proche et de le laisser rentrer chez lui en bus.

Le seul problème, c'était qu'il fallait deux pilotes dans cet appareil.

De multiples images lui traversèrent l'esprit au moment où il ouvrit la valve du réservoir. Les trente secondes qui allaient suivre seraient les plus déchirantes de sa vie, même si, par la suite, il ne saurait plus laquelle était la plus pénible. Penché vers la bulle du pare-brise pour surveiller le largage de l'eau, il vit d'abord un ourson surgir du brasier, la fourrure en flammes, la tête tordue dans une position qui n'avait rien de naturel, ses cris noyés par le rugissement de l'hélicoptère et les crépitements furieux de l'incendie. Pendant quelques secondes, il fixa l'animal embrasé qui détalait entre les arbres. Il se demanda si, en virant brusquement sur la gauche, il pourrait viser de façon à déverser l'eau sur l'ourson, mais il n'était pas certain que l'animal survivrait à des brûlures aussi horribles et s'il ne prolongerait pas son agonie de cette manière.

Il disposait d'une seconde pour se décider. Comme il regardait en arrière pour calculer la trajectoire, il aperçut autre chose, de couleur. Aussitôt, il sut ce que c'était : les pans de la chemise de Kurt qui flottaient dans l'air agité.

Daniel se pencha en tirant sur sa ceinture de sécurité, projetant le haut de son corps dans la bulle. Il ressentit alors dans toutes les fibres de son corps ce qu'il ne parvenait plus à distinguer. Déjà loin derrière lui, Kurt dégringolait en chute libre au-dessus de la forêt en flammes.

Instinctivement, Daniel vira et repartit dans les tourbillons de fumée. Il hurla des phrases incohérentes dans la radio à la femme d'AirTac, s'efforçant de raconter ce qui venait de se passer, tout en se penchant en avant pour scruter la fumée. Et en rasant le plus possible la cime des arbres, il le vit. Au sommet d'un pin en flammes, le corps de Kurt était suspendu à une branche, les vêtements et la chevelure en feu.

2

Le soleil entrait par les imposantes fenêtres de la salle de réunion, où les treize membres du conseil tiraient sur leur col en jetant des coups d'œil discrets à leur montre. Le long week-end de la fête du Travail[1] se profilait, et personne n'avait l'esprit à travailler. Daniel n'aimait pas les réunions, même les jours de pluie. Cependant, en tant que pilote senior, sa présence était souvent requise. Il n'avait pu se dispenser de celle-ci car l'« accident » de Snoqualmie était à l'ordre du jour. La police américaine, puis ses supérieurs l'avaient longuement interrogé, et sa version de l'affaire avait été entérinée. Et bien qu'on lui ait assuré de façon catégorique qu'il n'avait rien à se reprocher, il ressentait une tension inexplicable tandis qu'il était là à attendre la fin de la réunion. Il n'arrêtait pas de se demander s'il n'aurait pas pu interrompre la mission plus tôt, s'il n'aurait pas dû être plus gentil avec Kurt. Il s'était comporté en commandant et non en ami, mais ils

---

1. Le premier week-end de septembre aux États-Unis et au Canada. (*N.d.T.*)

accomplissaient une mission périlleuse aux commandes d'un appareil qui évoluait en plein ciel. Qu'aurait-il pu faire d'autre d'autant que, plus il y réfléchissait, plus il était convaincu que Kurt avait décidé de se supprimer, et que, la colère montant, il avait trouvé le courage de mettre un terme à sa vie de manière spectaculaire.

Rod le Noueux avait insisté pour que Daniel prenne deux semaines de congé afin de « se reposer et de se détendre » – à l'aide de cachets pour dormir, de soutien psychologique et d'éreintants joggings quotidiens d'une quinzaine de kilomètres –, le traitement recommandé en cas de stress post-traumatique. Mais les paroles de Rosie résonnaient dans sa tête, comme chaque jour depuis maintenant deux semaines. « Tu voles sous trois nuages noirs et des gens meurent. » Aucun doute, ce spectacle d'horreur entrait dans cette catégorie. Qu'arrivait-il ensuite dans le triangle des *trois nuages noirs* ? Mon Dieu ! Où cette enfant allait-elle chercher ces idées morbides ?

Se redressant brusquement, Daniel se força à écouter. Le Nœud énumérait une série de nouvelles mesures de sécurité, rigoureuses. On les avait consignées dans un document rébarbatif qui serait envoyé à tous les pilotes, et il entendit mentionner son nom, à propos d'une expérience de première main, sinistre, concernant le fait d'uriner en vol par la porte d'accès, pratique qui, dorénavant, ne serait plus tolérée.

Tout le monde se cala dans son fauteuil, écoutant d'une oreille distraite le Nœud dresser la liste des nouvelles choses à faire et à ne pas faire. Quelqu'un soupira un peu trop fort. La nouvelle secrétaire étouffa un bâillement. Des bateaux, des motos, des bières et des barbecues s'affichaient dans les regards impatients. Daniel, qui n'arrêtait pas de faire tourner son alliance superflue, remarqua que sa main tremblait toujours un peu, un effet secondaire fâcheux de son désarroi. Soudain, il se rendit compte que la réunion était passée aux finances. Un peu plus tard, ils se mirent à parler de recrutement. Bien que le nom de Kurt n'ait pas été mentionné, ils étaient à l'évidence pressés d'embaucher un nouveau pilote. Daniel regarda sa montre. C'était sûrement tout ce que l'on pouvait dire sur les trois nouveaux candidats. Mais non, Nicholas Lewis, le responsable du personnel et du recrutement, lut l'intégralité de leurs CV sans en sauter une ligne. S'ensuivit une discussion à propos de leurs mérites personnels. Quelqu'un claqua des doigts : Geoffrey, le directeur général, essayait d'attirer son attention.

Daniel se redressa. « Pardon, je n'ai pas entendu.

— Écoutez-moi, Villeneuve », dit Geoffrey en retirant ses lunettes. L'homme était petit, chétif et diabétique, mais son autorité ne pouvait être remise en question. « Vous êtes sûr d'être prêt à reprendre le travail ? Vous n'êtes pas tout à fait avec nous et vous avez l'air épuisé. Après ce que vous avez vécu, deux semaines de congé supplémentaires ne seraient pas du luxe. »

Douze paires d'yeux se braquèrent sur Daniel. Ils semblaient tous du même avis.

« Allons, Danny, dit Rod. Pourquoi tu n'emmènes pas la petite Rosie à Disneyland ou ailleurs ? »

Daniel secoua la tête de façon catégorique. Outre que la routine du travail lui avait permis de supporter la désintégration de son mariage, il croyait en ses vertus d'apaisement. « Franchement, tu voudrais que je me tourne les pouces un mois entier ? Ce serait pire que tout... Je finirais par perdre mes compétences de pilote. Je pensais qu'il valait mieux me remettre en selle tout de suite, comme on dit.

— Vous n'avez pas tort, convint Geoffrey d'un air songeur. Je me dois malgré tout d'insister afin que vous preniez une nouvelle semaine de congé... et il est inutile de discuter. » Il rassembla ses papiers éparpillés sur la table. « À moins qu'il y ait un autre sujet à l'ordre du jour, la séance est close. Attention à la chaleur, mesdames et messieurs, mais passez un bon week-end. Nous nous retrouverons mardi, radieux, sobres et reposés.

— Juste une dernière chose, intervint le Nœud en parcourant lentement la table du regard. Je suppose que vous êtes tous au courant qu'une foule est descendue dans la rue. Je ne sais pas trop comment ils l'ont appris, mais ce rassemblement d'amoureux des arbres devant l'entrée de l'immeuble ne tombe-t-il pas à pic... alors même que nous avons une réunion de direction ? » Ses yeux s'arrêtèrent sur Reinhart, l'assistant comptable, qui s'était depuis peu laissé pousser la barbe et venait au bureau en sandales. Tout le monde le dévisagea, puis détourna le regard. On ne pouvait pas accuser un homme de traîtrise sans s'appuyer sur des preuves solides.

En entrant dans l'ascenseur vitré, Daniel se concentra sur les deux sommets des Lions qu'on apercevait sur la rive nord. En général, il souriait de son malaise récurrent, et il était ravi de ne pas avoir à expliquer cette anomalie à qui que ce soit : lui qui passait sa vie dans de minuscules cabines d'hélicoptère était pris d'une sensation de panique dans les endroits clos.

« Une bande lamentable, commenta Rod, qui le poussa du coude en montrant la rue en contrebas. Ils font très siècle dernier. Regarde-les ! »

Daniel respira profondément et baissa les yeux. De cette hauteur, la scène paraissait plutôt innocente. Les manifestants se réduisaient à une vingtaine de points noirs sur le trottoir. Ils brandissaient des pancartes pas plus grandes que des timbres-poste.

Deux autres personnes se tassèrent dans l'ascenseur, et Daniel fut content d'être le dernier à sortir, persuadé qu'il pourrait se faufiler derrière ses collègues sans être vu et n'aurait pas à subir les inévitables quolibets des manifestants. Toutefois, pour être vraiment honnête, il fallait bien reconnaître qu'ils marquaient un point. Le principal employeur d'Helicap, NorthWest Forest Industries, avait procédé à l'abattage d'arbres dans des forêts anciennes au-delà des quotas autorisés. C'était bien entendu scandaleux, mais ce problème pouvait soit se résoudre rapidement avec de la diplomatie et du tact, soit susciter un regain d'agitation chez des militants qui s'enchaîneraient à des arbres. Cependant, le reportage d'une émission populaire sur la destruction systématique de la forêt du Grand Ours, qui abritait des sapinettes et des cèdres rouges millénaires, avait réveillé les écologistes d'une léthargie qui durait depuis une dizaine d'années. Les pancartes et les bannières surgissaient des sous-sols et les écolos de salon aiguisaient leurs plumes. On pouvait comparer la cause à un vieil ours sortant d'hibernation : il étirait ses membres, bâillait à s'en décrocher la mâchoire et sentait son ventre gargouiller. Impatient de planter ses dents gâtées dans quelque chose, il cherchait alentour une proie facile.

La proie facile du jour était malheureusement Helicap Helicopter Services et ses employés aux visages impénétrables. Les manifestants se ruèrent en avant, scandant des slogans. Daniel prit le temps de déchiffrer les pancartes. Ils étaient tous là : Greenpeace, Rainforest Action Network, Tree Activists United et World Forest Defence League.

Pendant que ses collègues s'esquivaient en vitesse au bout de la rue, Daniel tenta de désarmer les protestataires d'un sourire. « Écoutez, messieurs dames... pardonnez le jeu de mots, mais vous vous attaquez à l'arbre qui cache la forêt. »

Aucune trace d'amusement ne dérida les visages vertueux qui l'entouraient. Son indignation monta d'un cran.

« Pourquoi vous en prendre à nous, bon sang ? Hélitreuiller le bois est le moyen le plus écologique de gérer l'exploitation des forêts. »

Une jeune femme se détacha du groupe pour venir se planter devant lui. « Oh, arrêtez ces conneries. Vous connaissez parfaitement l'enjeu. Vos grosses entreprises cousues d'or n'ont pas de conscience ! Tout ça se résume à une histoire de profits ! »

Daniel jeta un œil derrière lui en se demandant où diable avait filé ce maudit Rod. Quel lâche ! Geoffrey lui-même aurait dû rester défendre son entreprise. Il repéra un reporter du *Vancouver Sun* qu'il reconnut ; le type était même venu accompagné d'un photographe. Comme de juste, les organisateurs avaient prévenu la presse pour qu'elle couvre la manifestation. Daniel rugit : « Écoutez-moi... Vous mettez tout le monde dans le même sac. À l'évidence, vous ignorez tout des activités d'Helicap. En réalité, évacuer les arbres de la forêt par hélicoptère *réduit* l'impact destructeur de l'abattage. »

La fille qui l'avait agressé verbalement s'avança d'un pas, ce qui l'obligea à lever vers lui son visage furieux. « L'abattage est l'abattage, quel que soit le moyen qu'on emploie !

— Le monde a besoin de bois, madame. Je parie que c'est avec ce matériau qu'est construite votre maison.

— La déforestation est une bombe à retardement pour la planète, et ici même, dans nos jardins, des gens comme vous...

— Nous ne sommes ni en Indonésie ni au Brésil. Nous n'abattons pas des forêts vastes comme des pays pour y planter du soja. Nos forêts repoussent, que diable ! Si vous survoliez la province en avion, vous le verriez.

— Et les arbres millénaires de la forêt du Grand Ours ?

— Ils sont morts pour la plupart. Les gens ne se rendent pas compte que…

— Le vrai problème, c'est la cupidité. La putain de cupidité !

— Madame, moi aussi j'ai des problèmes, à commencer par votre vocabulaire.

— Génial ! railla la fille. Ramenons ça à une affaire personnelle.

— À mon avis, la seule chose qui vous intéresse, c'est de vous entendre grogner. »

Quelqu'un siffla. Le duel semblait ravir les passants qui s'étaient agglutinés dans l'espoir d'assister à un peu d'action – et ils n'étaient pas déçus : un colosse d'un mètre quatre-vingt-quinze aux prises avec une harpie d'à peine un mètre soixante ! Des dames trimballant des sacs à provisions regardaient la scène avec curiosité. Un groupe de touristes japonais prenait des photos. Le jeune type qui avait sifflé était tout de noir vêtu et arborait une croix gammée sur son tee-shirt. Il était soutenu par un clochard qui poussait ses affaires dans un chariot de supermarché. Comprenant qu'elle avait l'avantage, la frêle opposante de Daniel se retourna pour s'adresser à l'assistance en le désignant du doigt d'un air suffisant.

— L'entreprise de cet homme transporte plusieurs centaines des plus vieux arbres du monde par jour. Je suis certaine qu'il est payé une petite fortune pour contribuer à décimer notre patrimoine naturel, la seule forêt primaire de l'hémisphère Nord. Ce que lui et sa société font, c'est...

— Hé, une minute ! s'écria Daniel, interrompant sa tirade. Nous ne sommes qu'une petite boîte qui gère des hélicoptères pour toutes sortes de services, pas uniquement l'abattage des arbres. Si vous pensez tenir une cause avec nous, vous devriez vous rendre devant les bureaux de NorthWest Forest. Vous feriez mieux de harceler le ministère et de vous battre contre le Forest Practices Board.

— Vous plaisantez ? C'est ce qu'on fait !

— Vous devriez parler aux Indiens Kwakwaka'wakw. Il s'agit de leur terre ancestrale, or ils n'y voient pas d'objection. Ils en savent plus long que vous sur la conservation et la gestion des forêts, sans compter que l'abattage des arbres leur fournit des emplois qui leur permettent de nourrir leurs familles...

— Ah, ah... les gosses qui crèvent de faim ! C'est la meilleure !

— Vu que je travaille là-bas, je sais ce qui s'y passe.

— Autrement dit, vous participez activement à la destruction de notre patrimoine forestier. » Sa voix de gamine s'était faite stridente et son joli visage était tordu de mépris. En regardant ses poings minuscules, dont l'un serrait une pancarte comme si c'était une tapette à mouches, Daniel fut parcouru d'un frisson. Il imaginait sans peine la petite amie qu'elle devait être une fois l'histoire d'amour terminée…

Il haussa les épaules en signe de défaite : « Alors là, à d'autres ! Mon dernier boulot, ç'a été de déverser des tonnes d'eau sur un brasier infernal en risquant ma vie pour vos précieux arbres.

— Il raconte des craques ! cria quelqu'un.

— Là-dessus, messieurs dames, merci de m'avoir écouté », conclut Daniel en les saluant de la main.

Non sans appréhension, il tourna le dos à la diablesse hargneuse et à sa meute.

« Hypocrite ! » lui lança la fille.

Le type au chariot de supermarché éclata d'un rire dément, et il sentit les objectifs des photographes lui mitrailler le dos. Les slogans reprirent, avec toutefois un peu moins de conviction, puis ils diminuèrent lorsqu'il tourna en hâte dans Dunsmuir au bout de la rue.

Daniel avait la tête toujours baissée lorsqu'il se dirigea vers Waterfront Station. Les rayons du soleil se reflétaient sur les vitres des immeubles comme dans des milliers de miroirs. Officiellement, on était à la fin de l'été, et le week-end de la fête du Travail tirait un trait définitif sur le soleil, les plaisirs et la détente. L'école reprenait, l'automne s'installait, même si on attendait un été indien. Les gens sortis en foule faisaient des courses et se rassemblaient sous les arbres de

Granville Mall, bronzés et heureux, mangeant et buvant aux terrasses des cafés.

Il marcha à grandes enjambées sur la digue pour aller prendre le SeaBus. À gauche était amarré le gigantesque *Island Princess*, où embarquaient les passagers en partance pour l'Alaska, et à droite se trouvait l'héliport où il avait effectué ses premières quatre cents heures de vol en tant que pilote novice. Il avait eu de la chance de décrocher ce boulot, et il lui avait été facile d'emmener les skieurs fortunés sur les pentes de Whistler Mountain et de rentrer chaque soir à la maison où Amanda l'attendait à bras ouverts. Il n'avait cependant pas tardé à trouver le travail trop confortable, trop élitiste. Il voulait des missions qui aient davantage de sens, des défis plus excitants, des horizons plus vastes. Et puis soudain, l'année dernière, quelques semaines seulement après leur dixième anniversaire de mariage, Amanda avait cessé de l'attendre. Daniel prit un billet et franchit le tourniquet. Il avait hâte de se retrouver de l'autre côté, loin du bruit et de l'agitation de la ville, loin de la salle du conseil d'Helicap et de ces défenseurs des arbres dingues et belliqueux.

Le SeaBus accosta en déversant ses passagers ; il monta à bord avec une horde de gens pour la traversée qui allait durer douze minutes. Choisissant un siège à l'avant, il fixa sa destination. Tout à coup, le sentiment de n'avoir aucun but l'envahit. Il allait être obligé de supporter une nouvelle semaine d'oisiveté et, en dehors des moments passés avec Rosie, il voyait mal comment occuper tout ce temps. Ses parents voyageaient quelque part en France, et ses meilleurs amis, Bruce et Linda, étaient occupés à construire la maison de leurs rêves sur Egg Island. Tiens, une idée : il pourrait leur proposer son aide. Il y avait un bout de temps qu'il n'avait pas exercé ses talents de charpentier. Il chercha son téléphone dans sa mallette avec l'intention de les appeler, lorsqu'une main se posa sur son avant-bras.

Daniel se retourna vers la jeune femme qui s'installait sur le siège à côté de lui. Il la dévisagea, abasourdi. C'était la petite sorcière qui venait de le haranguer.

« Écoutez... Ce n'était pas du tout contre vous, dit-elle avec un charmant sourire.

— Comment êtes-vous arrivée ici ? riposta Daniel en retirant son bras.

— Je vous ai suivi, répondit la fille en ignorant son agacement, l'air étrangement angélique. Je ne voulais pas vous humilier comme ça en public.

— Ben voyons !

— Non, je vous assure... Ce n'est pas mon genre.

— Allez-vous-en, dit-il en regardant droit devant lui. Je ne suis pas d'humeur à un nouveau concours de grossièretés.

— Je sais que je n'arriverai à rien avec ce genre de tactique et vous ne méritiez pas ça. Vous vous êtes vraiment bien comporté ; d'ailleurs, c'est tellement mieux d'avoir un dialogue civilisé, non ? »

Daniel lâcha un petit rire méprisant. « Je reste sur ma position et je ne veux pas "dialoguer", c'est clair ?

— D'accord, je vous prie de m'excuser.

— Parfait. Je dois passer un coup de fil, par conséquent, *adios !* » Il se détourna et plongea la main au fond de sa mallette.

Au bout de quelques secondes, elle lui tendit un minuscule téléphone. « Tenez, prenez le mien.

— Non merci », marmonna Daniel. Ayant fini par trouver son téléphone, il appela Bruce à son bureau.

« *Bonjour, vous êtes sur le répondeur de Bruce Hale. Je serai absent du bureau jusqu'au mercredi 8 septembre. Passez un bon week-end, et merci de me laisser un message.* »

Daniel jura dans sa barbe. En tant que consultant indépendant en technologie informatique, Bruce n'était pas tenu à des heures de bureau. Il essaya d'appeler sur son portable personnel. Pas de réponse. Par une journée pareille, ils devaient être en train de manier le marteau et la scie et n'entendaient pas le téléphone. Il laissa un message.

« C'est Daniel. Je n'ai rien de prévu dans les jours qui viennent, alors si vous voulez que je vous file un coup de main pour la toiture, je suis votre homme. Rappelez-moi. »

Comme il rangeait son téléphone, il se rendit compte qu'il devait paraître pathétique à la menue jeune fille assise près de lui. Un grand gaillard de trente-neuf ans qui n'a rien de mieux à faire d'un week-end ensoleillé que de supplier des amis de le laisser les aider à couvrir leur toit… Diable, il pourrait sauver le monde ! Elle le regardait avec un sourire exaspérant.

« Allez, arrêtez, fit-elle en le poussant du coude avec impertinence. Ne vous prenez pas autant au sérieux. Je faisais juste mon boulot. »

Ils croisèrent le ferry allant dans l'autre sens. La rive nord se rapprochait de seconde en seconde. Quels que soient ses efforts pour rester impassible, Daniel se sentait ridicule, d'autant qu'il n'avait pu s'empêcher de remarquer que, malgré son gabarit miniature et sa langue de vipère, cette fille était d'une beauté sidérante. Des cheveux raides noir de jais tombant jusqu'à la taille, un visage en forme de cœur, une minceur invraisemblable, et une peau translucide sans le moindre défaut.

« Katie Yoon », se présenta-t-elle brusquement en avançant la main dans son champ de vision.

Daniel essaya de l'ignorer, espérant que la main allait disparaître. En vain. Alors il la serra. Yoon était un nom coréen, il en était sûr. « Daniel Villeneuve.

— Canadien français ?

— Mon père. »

Katie Yoon l'observa avec plus d'attention. « Et votre mère ? »

Ça y est, songea Daniel. Les sempiternelles questions sur son apparence. « Les parents de ma mère étaient italiens. De vrais mafieux.

— Ah oui ? pépia Mlle Yoon. Comme c'est intéressant ! Nous avons beaucoup de choses en commun.

— Quoi ? Les guerres entre gangs ? »

Elle éclata de rire et lui donna un petit coup sur le bras. « Je faisais allusion à nos origines ethniques. »

Le draguait-elle ? En tout cas, son attitude avait changé du tout au tout. Mais elle ne lui inspirait pas confiance. « Tout le monde au Canada a des origines ethniques, Katie Yoon. Le pays entier est peuplé de gens qui viennent d'ailleurs. » Il baissa un peu le ton. « La totalité des races de la terre sont probablement représentées sur ce ferry.

— Ah, fit-elle en arquant un sourcil parfaitement dessiné. Il n'empêche que vous et moi sommes des sang-mêlé. »

Il resta décontenancé un instant. « Où une jolie fille comme vous a-t-elle appris un mot aussi laid ?

— Et zut ! Vous êtes vraiment fâché contre moi, dit-elle en baissant d'épais cils noirs. Je le mérite sans doute. »

Un sourire aux lèvres, Daniel lui jeta un bref regard. La façon dont cette femme était passée en quelques minutes de la harpie venimeuse à la charmante minette le stupéfiait. Quelle curieuse volte-face !

Il sentit le ferry ralentir pour accoster.

« Si vous êtes désolée à ce point, peut-être voudrez-vous m'offrir un verre », s'entendit-il dire, ce dont il fut le premier surpris.

Le troquet le plus proche était le Tantra, à dix pas du terminal. Situé au premier étage du marché, il avait connu des jours meilleurs ; les banquettes étaient élimées et le personnel s'ennuyait ferme derrière le bar. Mais la salle était tranquille et les baies vitrées offraient une belle vue sur le centreville. De toute façon, pour l'instant, Katie Yoon ne méritait pas un traitement spécial.

Dès qu'ils eurent commandé – lui une bière, elle un café –, la controverse sur l'abattage des arbres revint sur le tapis. Katie la minette s'effaça au profit de la diablesse, à ceci près que l'attaque flirtait avec la manœuvre séductrice.

« Assez parlé de ça, décréta Daniel au bout d'un moment. Quoi que je vous dise, Katie Yoon, je reste un sale type hostile aux thèses écologistes. » Il leva la main pour attirer l'attention de la serveuse. « Vous n'avez pas envie d'un calmant… un grand whisky, par exemple ? Toute cette caféine vous rend enragée. »

Elle partit d'un rire nerveux tout en continuant à le fixer d'un œil langoureux. « D'accord. Si vous en prenez un aussi. »

Ils s'observèrent mutuellement en attendant le retour de la serveuse. Perdue dans l'énorme fauteuil, son adversaire lui paraissait nettement moins menaçante. Il lui donnait à peine la trentaine, et elle devait peser au maximum cinquante kilos – un petit gabarit pour toute cette énergie et cette fureur. Elle était vêtue d'une simple chemise blanche ajustée et d'un jean bien coupé, et portait des bottes malgré la chaleur – sans doute en vue de balancer des coups de pied à quiconque osait se dresser sur son chemin. Si elle s'était habillée pour l'occasion, elle n'avait pas complètement réussi à dissimuler les signes extérieurs de la richesse ; ses vêtements avaient une qualité facile à reconnaître. Il aperçut le logo Prada sur le petit sac en bandoulière posé sur la table, ainsi que la marque de sa montre suisse. Elle avait l'assurance de quelqu'un qui a les moyens. Nul doute qu'avec son intelligence elle avait un bon boulot, ou que papa Yoon avait de l'argent.

Elle désigna du doigt son alliance. « Marié ?

— Oui », répondit Daniel d'un ton ferme, avant d'ajouter : « Séparé.

— Votre main tremble. »

Il referma sa main gauche sur sa main droite pour calmer le tremblement agaçant. « Je suis un alcoolique repenti. »

Katie Yoon éclata de rire. « Non, ce n'est pas vrai !

— D'accord. En fait, j'ai peur de vous.

— Ça paraît plus probable.

— Et si on parlait un peu de vous pour changer ? »

Elle croisa les jambes et entrelaça dix doigts fins sur son genou. « Que voulez-vous savoir ?

— Pourquoi m'avez-vous suivi ?

— En dépit de vos arguments cafouilleux, et de cette tache bizarre sur votre visage, je vous ai trouvé séduisant. » Elle se pencha pour regarder de près sa patte-d'aigle. « C'est une sorte de cicatrice ?

— Une tache de naissance. »

Elle lui tapota la jambe du bout de sa botte. « En tout cas, j'ai pensé que je pourrais m'occuper de vous.

— Me convertir, vous voulez dire ? »

Elle haussa les épaules. « Qui sait... »

Sans savoir pourquoi, Daniel se sentit rougir. Mieux valait changer de sujet. « Alors, Katie... où habitez-vous ?

— À Yaletown. Un appartement.

— Ah, ah... Jolie vue ?

— Sur la marina de False Creek.

— Magnifique ! » Il haussa un sourcil. « Et quand vous ne balancez pas des coups de pied, vous faites quoi ? »

Katie hésita un quart de seconde avant de répondre. « Je vends des produits pharmaceutiques.

— Des produits pharmaceutiques ? Trafic de drogue, sans doute. Dites-m'en davantage. »

Elle leva les yeux au ciel. « Nous y voilà...

— Les produits pharmaceutiques ont un impact direct sur l'environnement. On les retrouve dans les nappes phréatiques et dans l'eau que l'on boit...

— Je vends du Viagra aux Coréens, pour qu'ils consomment moins de pénis de tigre, et sauver les tigres de l'extinction. »

Daniel ricana. « Comme c'est touchant ! »

La serveuse fatiguée apporta leurs boissons. Katie but plusieurs petites gorgées, puis consulta sa montre et recroisa les jambes. Daniel la regardait sans rien dire. Il l'imaginait très bien en tailleur noir impeccable avec un attaché-case, en train de négocier des quantités industrielles de Viagra dans le monde entier. L'image était pourtant en complète contradiction avec celle de la militante écolo... et, dans une moindre mesure, avec celle de la séductrice. Très différente de la pragmatique

Amanda au visage impassible, qui ne jouait jamais à aucun petit jeu et avec qui on savait toujours où on en était… enfin, presque. Néanmoins, plus il observait Katie Yoon, plus il était intrigué. Sans compter que, pour la première fois, l'heure qu'ils venaient de passer ensemble avait chassé les images de flammes de son esprit.

« Et vous, vous habitez où ? demanda-t-elle.
— À Ambleside, à l'ouest de Vancouver.
— Seul ? »

Daniel se mordit la langue. Quelle importance… Elle avait déjà une piètre opinion de lui. « Avec mes parents, précisa-t-il. Temporairement. C'est juste un endroit où poser ma tête. Ils voyagent tout le temps et… comme vous le savez, je travaille dans le nord.
— Ils sont absents ?
— Qui ça ?
— Vos parents.
— Oui… Ils sont en France. Pourquoi ?
— Si vous m'emmeniez là-bas ?
— En France ?
— Non, Daniel, dit-elle en le regardant droit dans les yeux. Pas en France. »

Il ressentit une excitation dans le bas du ventre, sans trop savoir si c'était de la nervosité ou du désir. De la nervosité, sans doute. C'était de la folie… Cette fille était beaucoup trop jeune pour lui. Diable, ils venaient de se rencontrer !

« J'aimerais bien, seulement ce n'est pas le bon moment », lâcha-t-il non sans maladresse.

Après avoir affiché la surprise de rigueur l'espace d'une seconde, Katie rigola : « Vous vous faites des idées. »

Daniel réprima un sourire. « Ce n'était pas mon intention, mais qu'aurais-je dû penser ? »

Il la raccompagna jusqu'au SeaBus. Même s'ils avaient repris leurs distances, il lui saisit le bras. « Vous ne m'avez toujours pas rééduqué, dit-il en lui serrant légèrement le coude. Vous pourriez tenter de nouveau le coup, je ne serais pas contre.

— Voici ma carte, » rétorqua Katie, évasive.

Daniel la glissa dans sa poche. « Un jour, peut-être que vous me laisserez vous montrer une de nos opérations d'abattage. Je pourrais même vous emmener faire un tour en hélicoptère. Je suis certain que c'est *vous* qui seriez convertie. » Il la regarda d'un air bienveillant et lui donna une poignée de main.

Katie lui adressa un sourire narquois. « Laissez tomber, ça vaut mieux.

— Que voulez-vous dire ?

— Vous êtes incroyablement grand. Vous nous imaginez tous les deux ensemble ? On serait ridicules.

3

En ce début de week-end de la fête du Travail, Daniel courait le long de la digue d'Ambleside. Dès que le soleil darda ses premiers rayons sur les montagnes, il sentit monter la température. Malgré cela, il refusa de ralentir. C'était de la thérapie ! Histoire de se distraire, il avait planifié sa journée comme une opération militaire : 1) Traverser la ville pour aller chercher Rosie. 2) L'emmener prendre un petit déjeuner. 3) Aller en voiture à Egg Island pour déjeuner avec Bruce et Linda sur leur île. 4) Insister pour poser quelques chevrons sur leur maison en rondins (pendant que Linda montrerait à Rosie la portée de cochons vietnamiens des voisins). 5) Rentrer en voiture jusqu'à Kitsilano, et ensuite à la maison. 6) Passer l'aspirateur dans l'appartement. 7) Nettoyer les carreaux. 8) Lire les nouvelles mesures de sécurité drastiques de Rod. 9) Se coucher.

Il n'arrivait pas à trouver un 10, ce qui, pour une raison mystérieuse, le mettait mal à l'aise, comme si une famille de mini-crabes avait élu domicile dans son ventre et allait et venait dans tous les sens. Il accéléra l'allure et repensa à la panacée prônée par Rod le Noueux : libérer de l'adrénaline devrait mater cette pénible corrida. Il décida qu'il serait judicieux de courir encore trois ou quatre kilomètres. Que faire d'autre de ce 10 qui manquait dans sa journée ?

Du coup, Daniel regagna l'appartement plus tard que prévu. Lorsqu'il se précipita à l'intérieur, les baies vitrées laissaient entrer un rayon de soleil qui éclairait la poussière recouvrant les meubles, sans parler de la couche de sel marin transporté par le vent sur les vitres... Sachant à quel point il était nul dans l'entretien d'une maison, il avait été soulagé d'entendre le message de ses parents sur le répondeur, lui annonçant qu'ils appréciaient beaucoup la France, mais qu'ils partaient pour l'Italie parce que le froid s'installait. Ils s'étaient inscrits à un cours de cuisine en Toscane, où Gabriella espérait faire la connaissance d'un cousin qu'elle n'avait jamais vu.

Daniel se doucha et se rasa en vitesse, récupéra son unique short dans le panier à linge et engloutit deux bananes déjà noircies avec un demi-litre de lait suspect. Il allait franchir la porte quand le téléphone sonna. Cloué sur place, il hésita à répondre. Mais peut-être était-ce sa mère qui essayait une nouvelle fois de le joindre. Il revint sur ses pas en courant et décrocha.

« Allô ?
— Pourrais-je parler à Gabriella Villeneuve ?
— Désolé, elle n'est pas là. Puis-je prendre un message ? »

L'homme à la voix inconnue marqua une pause de quelques secondes. « Quand sera-t-elle là ?
— Qui la demande, je vous prie ? »
Nouveau silence. « Puis-je me permettre de demander à qui je parle ?
— J'ai posé la question le premier.
— Oui... bien sûr. Mon nom est Ken Baxter. J'appelle de Boulder, dans le Colorado. Quand attendez-vous le retour de Mme Villeneuve ? »
Daniel fronça les sourcils. Boulder, dans le Colorado ? « Vous devez vous tromper de Mme Villeneuve. De quoi s'agit-il ?
— Il s'agit d'une affaire privée. À quel moment est-il préférable de la rappeler ?
— Je ne sais pas trop. Mieux vaudrait laisser un message.
— Vous ne connaîtriez pas les coordonnées de son fils ?
— Bien sûr, vous êtes en train de lui parler. Daniel Villeneuve.
— Daniel ? répéta l'homme avec une légère hésitation. Vous êtes né le 29 juin 1971 ? »
Daniel haussa un sourcil. « Je crois que vous feriez mieux de m'expliquer pourquoi vous me posez cette question.
— S'il vous plaît, répondez-moi, monsieur, après quoi je vous exposerai la raison de mon appel. » L'homme au bout du fil avait une marche à suivre, une sorte de manière de procéder et il n'était pas disposé à s'en laisser détourner. Sûrement avait-il un truc très cher à vendre, à moins qu'il ne s'occupe de fraude à la carte de crédit.

« Non, dit Daniel en tripotant ses clés et en regardant la porte. Exposez-la d'abord.

— J'espérais que votre nom était Anil. Anil Villeneuve...

— Eh bien non, ce n'est pas le cas. »

Un bref silence, puis : « La date de naissance est-elle correcte ?

— Je suis vraiment pressé. Venez-en au fait.

— Êtes-vous le *seul* fils de Mme Villeneuve ? »

Daniel éclata de rire. « Mais oui, je suis le seul fils de Mme Villeneuve... Quel délit suis-je supposé avoir commis, monsieur Baxter ? Je ne me souviens pas d'avoir jamais mis les pieds à Boulder, en revanche j'ai vu des photos. Bel endroit ! »

L'homme eut un rire poli. « Je n'avais pas l'intention de rester ainsi dans le vague, monsieur Villeneuve. Je suis enquêteur privé chez HeirSearch International, basé à Denver. Nous avons été engagés par Ellis, Roberts & Merriman, les représentants légaux de M. Pematsang Wangchuck. Je crois comprendre qu'il n'y a pas eu de contacts entre M. Wangchuck et Mme Villeneuve ou très peu pendant plusieurs années, mais si vous êtes bien le seul fils de Gabriella Villeneuve, d'après les registres de naissance, vous êtes aussi le parent de M. Wangchuck. » L'homme poussa un soupir las. « Je suis au regret de devoir vous annoncer que votre père est en train de mourir. »

Daniel s'agaça. « Écoutez, je suis navré, mais nous pouvons cesser tout de suite cette conversation, car vous ne vous adressez pas à la bonne personne. Mon père s'appelle Frédéric Villeneuve.

Freddie est bien vivant et est en train de se payer du bon temps sur la Côte d'Azur, il n'est pas en train de mourir à Boulder, Colorado. » Il jeta un œil à sa montre. « Vous voilà convaincu, monsieur Baxter ? »

M. Baxter demeura un instant silencieux. « Il vaudrait mieux que je parle à votre mère.

— Ce n'est pas possible.

— Mmm... sur la Côte d'Azur, dites-vous. Auriez-vous le nom d'un hôtel... ou un numéro de portable ? »

Daniel tambourina du bout des doigts avec impatience sur la table de l'entrée. Il n'avait pas voulu préciser où étaient ses parents. « Je suis sûr que votre temps est précieux, tout comme le mien et *celui de ma mère*. Clarifions les choses entre nous, monsieur Baxter, et nous pourrons tous les deux retourner à nos occupations.

— Bon, très bien. Voici la situation. Le personnel de la clinique où est soigné M. Wangchuck croyait qu'il n'avait plus aucun parent en vie. Mais, tout récemment, il a demandé à voir son fils. Et en l'occurrence, mon rôle dans cette affaire consiste à localiser ses proches parents. Si vous m'accordez encore quelques minutes, nous pourrons vérifier si nos éléments d'information correspondent, pour votre satisfaction comme pour la mienne. D'après ce que je crois savoir, votre mère est professeur de mathématiques, c'est bien cela ?

— Oui... en effet.

— Elle est née le 22 février 1948 ?

— Euh... oui.

—Son nom de jeune fille est Caporelli ? Gabriella Caporelli. Née de parents italiens. Bianca Rosabella et Pasqualino. »

Il y eut un long silence. L'homme s'éclaircit la gorge en toussant de façon bizarre.

« Désolé de vous perturber. »

Daniel se laissa tomber dans le fauteuil près du téléphone.

« Monsieur Villeneuve ?

— Oui, je vous écoute. »

En réalité, il pensait à autre chose. À la soirée de son trentième anniversaire.

Freddie était sorti acheter une bouteille de champagne au magasin du coin pendant qu'il tenait compagnie à sa mère dans la cuisine en buvant un gin tonic. Amanda, bien que déjà très enceinte, était partie à un concert à Seattle et ne serait pas de retour avant le lendemain matin – une absence que sa mère jugeait d'un total égoïsme. Elle préparait des lasagnes aux épinards, celles qu'il préférait, et il la regardait superposer les feuilles de pâte, la sauce, les épinards, le fromage, les herbes fraîches, et les noisettes, sa touche personnelle. Elle saupoudra une poignée de parmesan sur le tout et mit le plat au four.

« Maman, pourquoi tu ne parles jamais de mon père ?

— Oh, pas maintenant, mon chéri !

— Tu as des photos de lui... Je ne les ai pas revues depuis des années. » Il s'approcha et la prit par l'épaule. « Allez, maman... Laisse-moi les regarder. »

Gabriella partit les exhumer en soupirant. Il n'existait que deux photos, et il avait quasiment oublié à quoi ressemblait son vrai père. Assis sur un tabouret devant le bar, il étudia le visage de Vincenzo Mario de la Pietra, un homme venu de Sicile à Montréal (Dieu sait ce qu'il fuyait) qui avait séduit Gabriella, lui avait offert un gros diamant, puis n'avait pas tardé à mourir d'une crise d'asthme. Que sa mère se retrouve enceinte sans être mariée avait été un coup terrible pour ses parents catholiques, mais, au moins, le bébé avait été conçu dans l'amour. C'était tout ce qu'il savait au sujet du scandale parental.

« *Je peux garder ces photos, maman ?*

— *Je les avais cachées à cause de Freddie, se défendit-elle. Je n'ai pas envie de lui étaler mon passé sous le nez.*

— *Alors donne-les-moi. Tu ne peux rien me refuser le jour de mes trente ans.*

— *D'accord, d'accord, mais range-les. Et n'oublie jamais qui t'a élevé. Freddie t'aime, tu sais.* »

En regardant les photos, il fut frappé par quelque chose de bizarre. Le visage émacié mais séduisant n'était pas marqué par la patte-d'aigle. Il avait appris depuis peu que cette anomalie du chromosome lié au genre se transmettait systématiquement de père en fils. Sa mère en prendrait-elle ombrage s'il l'interrogeait à ce propos ? Au même moment, la porte d'entrée claqua. « *Sortez les flûtes en cristal !* » *cria Freddie.*

Sans un mot, Daniel glissa les photos dans la poche de sa veste.

La voix attristée de M. Baxter le tira de ses pensées. « Vous êtes toujours là, monsieur Villeneuve ?

— Comment avez-vous dit qu'il s'appelle ?

— Pematsang Wangchuck, monsieur.

— Répétez-moi ça ! »

M. Baxter épela le nom. « P-E-M-A-T-S-A-N-G W-A-N-G-C-H-U-C-K. »

Après avoir attrapé un stylo, Daniel écrivit les lettres au dos d'une facture de téléphone, puis regarda le nom et s'efforça de ne pas rire. « Vous vous trompez, mon ami. »

M. Baxter ne réagit pas à cette remarque. « Vous retrouver a été une tâche intéressante, même si, de nos jours, les moyens d'effectuer ce genre de recherches ne manquent pas. Votre prénom est le seul élément qui ne correspond pas. Vous êtes né sous le nom d'Anil, mais je suppose que Daniel est une version américanisée.

— Mon Dieu... cette discussion est grotesque ! »

Cependant, M. Baxter semblait avoir une patience infinie pour ce genre de discussion et ne se laissait pas désarçonner facilement. « Je suis désolé de vous annoncer la nouvelle ainsi.

— Je crois que nous ne sommes pas sur la même longueur d'onde. Je veux dire par là qu'il n'y a aucune chance que mon père biologique porte un tel nom. Je le saurais. »

M. Baxter marqua une pause. « Je ne me doutais pas que vous n'étiez pas au courant de... de la situation. Et, croyez-moi, ça ne m'enchante pas d'endosser le rôle du messager dans cette circonstance.

— Je n'en crois pas un mot.

— Naturellement. C'est compréhensible.

— La prochaine fois que je parlerai à ma mère, je lui demanderai si elle a une idée de tout ce que cela signifie, et si c'est le cas, je vous rappellerai. Sinon, cette affaire sera considérée comme close en ce qui vous concerne.

— D'accord, monsieur Villeneuve. La balle est dans votre camp, j'imagine. Sachez toutefois que si vous ne donnez pas suite à l'affaire, les biens de M. Wangchuck reviendront en déshérence à l'État du Colorado. Et puisqu'il n'existe pas de testament écrit, vous nous aideriez en nous confirmant au plus tôt votre identité telle que je viens de vous la préciser.

— C'est très gentil à vous de me révéler qui je suis, répondit Daniel, espérant que l'homme n'entendrait pas la note d'ironie de son ton. Même si je suis persuadé que vous vous trompez.

— Ce devrait être simple à vérifier, monsieur Villeneuve. Et tant que ce ne sera pas fait, mon travail restera inachevé. » Il y avait comme une supplique dans sa dernière phrase. Le cabinet Ellis, Roberts & Merriman ne lui réglerait sans doute pas ses honoraires tant que l'héritier insaisissable n'aurait pas été retrouvé.

M. Baxter lui laissa ses coordonnées, ainsi que celles du représentant légal du mourant, que Daniel apprit par cœur. « Parlez à votre mère au plus vite, je vous en prie. À tout le moins, si vous avez envie de rencontrer votre... M. Wangchuck.

Sinon, je suppose que vous aurez des nouvelles de son exécuteur testamentaire ou de son notaire au moment voulu. Vous comprenez, n'est-ce pas ? Votre père est… en phase terminale. »

Alors qu'il traversait la ville en voiture, Daniel se refusa à penser au coup de téléphone. Cette histoire bizarre qui donnait la chair de poule l'exaspérait. Des erreurs de ce genre pouvaient bousiller les gens. Imaginez une pauvre âme sensible qui s'entend annoncer d'un seul coup que son père est mourant ! Ou une personne au cœur fragile – de quoi succomber à un infarctus ! Surtout si cette personne vient de subir une épreuve épouvantable comme de voir un collègue se jeter d'un hélicoptère.

Il avait essayé d'appeler sa mère avant de sortir. Comme souvent, son portable était éteint, ou pas rechargé. Quant à Freddie, il n'en avait jamais possédé. Ils n'avaient jamais gardé contact de façon assidue. Il était sûr que l'appel de M. Baxter était sérieux, sauf que ce type était un poil trop va-t-en-guerre. Nul doute qu'il devait faire des démarches identiques auprès de dizaines de gens qui portaient le même nom. Récemment, la télé avait diffusé un reportage sur ces chasseurs de successions armés de listes d'héritages non réclamés qui envoyaient quantité de mailings à droite et à gauche dans l'espoir de tomber sur les bons héritiers. Et qui ensuite, une fois déniché les heureux gagnants, exigeaient pour leur peine une grosse part du butin. Si les héritiers qui ne se doutaient de rien ne signaient pas à l'endroit indiqué, ils refusaient de leur révéler de qui venait l'héritage. Certes, Ken Baxter n'avait fait aucune allusion à ce type de tractation. Peut-être que, ainsi qu'il l'avait laissé entendre, il était payé directement sur la succession. Il vaudrait mieux, par mesure de précaution, vérifier le débit de sa carte de crédit le lendemain ou le surlendemain. Et informer ses parents la prochaine fois qu'il leur parlerait.

Perdu dans ses pensées, Daniel avait raté le pont de Granville Street et fit le détour par Pacific Boulevard. Il y aurait un bouchon à cause d'un festival de musique. Maudissant son inattention, il fronça les yeux d'un air contrarié, lorsqu'il s'aperçut qu'il était... juste en dessous des tours de verre élancées de Yaletown. Dans un de ces appartements élégants vivait la petite femme à qui il ne pouvait pas faire l'amour à cause de sa taille. À un feu rouge, il se retrouva coincé derrière un Hummer au moteur gonflé et en profita pour observer l'opulente marina qui s'étendait sur sa droite. N'avait-elle pas dit que ses fenêtres y donnaient ? Peut-être habitait-elle là, dans cet immeuble. Ce qu'elle lui avait demandé de se représenter se matérialisa devant ses yeux. Elle avait raison, ils seraient ridicules. Ce ne serait pas satisfaisant, même s'il voyait bien une façon... ou deux, peut-être même trois. Oui, il y en avait au moins trois. Il ressentit un fourmillement inhabituel dans le bas-ventre. À quand remontait la dernière fois ? Agacé par ces images imbibées de testostérone, il se tapa le front. Cette fille n'est pas mon genre... Je parie que je suis assez vieux pour être son père. Finalement, il réussit à trouver un pont, traversa False Creek et décida d'oublier la petite harpie évanescente.

Amanda était toujours son épouse, la femme qu'il aimait, bien que cet amour soit mis à rude épreuve. À la vérité, il était furieux contre elle. Après leur séparation, elle avait choisi de retourner habiter dans le quartier bohème de Kitsilano où elle avait vécu avant leur mariage. Il lui en avait voulu de partir de l'autre côté de la ville, mais après tout, c'était une musicienne, un soi-disant « esprit libre ». À l'en croire, c'était son côté irlandais qui avait pris le dessus en elle. Elle imaginait Kits comme La Mecque de la contre-culture que le quartier avait été autrefois, bien que Daniel ait tenté de la convaincre que cette époque était révolue depuis longtemps. Certes, il y régnait encore une ambiance animée, on y donnait des cours de tai-chi, des concerts de musique, on y trouvait des galeries d'art et des restaurants ethniques, mais les vieilles demeures historiques étaient rasées une à une pour laisser place à des immeubles huppés et des maisons particulières. Amanda payait une fortune pour louer un vestige du passé, un duplex condamné à être démoli, en haut de la colline, à deux rues de la plage. Daniel payait la part de Rosie.

Il avait beau la trouver exaspérante, son cœur battit la chamade lorsqu'elle vint lui ouvrir la porte. Amanda ressemblait à une enfant et paraissait beaucoup plus jeune que ses trente-quatre ans.

Si elle n'avait rien d'une beauté au sens conventionnel du terme, elle n'en tournait pas moins les têtes avec sa démarche fière, sa tignasse de cheveux roux et ses yeux d'un vert profond. Ces derniers temps, elle était encore plus radieuse, ses joues plus roses, sa taille plus fine, mais il n'allait sûrement pas interroger Rosie sur ce que faisait sa mère. Celle-ci affirmait ne pas l'avoir quitté pour un homme, or elle n'était pas du genre à mentir. D'après Amanda, ils s'étaient éloignés de façon irrémédiable, parce qu'il avait choisi de travailler aux quatre coins du monde en laissant sa famille des semaines d'affilée, parfois des mois. Elle prétendait qu'il trouvait normal que sa femme et sa fille l'attendent et l'accueillent les bras ouverts quand il débarquait en « visite ». Et même s'il s'en tenait à l'argument de l'homme qui doit travailler pour nourrir sa famille (en ayant la chance de pratiquer un métier qu'il aimait), il savait qu'elle n'avait pas tort. Quelles que soient les alternatives qu'il avait proposées, Amanda avait le sentiment que leur mariage allait trop à vau-l'eau pour avoir une chance d'être sauvé.

Pour l'heure, même si elle essayait d'avoir l'air irritée, il voyait bien que cela cachait de l'anxiété et de l'excitation. « Tu es en retard, Daniel.

— Oh, je t'en prie, chérie… C'est exceptionnel. Tu te plains en général que j'arrive trop tôt.

— J'avais des projets pour ce matin. J'ai peu de temps pour moi. »

Daniel tint sa langue. Il ne s'était pas privé de lui répéter que c'était elle qui avait choisi d'élever leur fille seule, puisqu'elle préférait être libre. De *lui*, en tout cas.

Tout à coup, il songea qu'il devrait lui parler de Ken Baxter. Cette histoire la fascinerait, comme tout ce qui était bizarre. Cela les amènerait à une conversation pleine de spéculations et d'hypothèses. Elle pourrait même lui demander s'il avait pris un café avant de venir, ce qu'il n'avait pas fait et dont il mourait d'envie. Amanda concoctait un fabuleux *latte* capable de tenir éveillée toute la population d'un village pour la journée. En revanche, il ne lui serait jamais venu à l'idée de lui parler de Kurt. Elle détestait tout ce qui avait un rapport avec les hélicoptères. Comme il cherchait une façon d'introduire le coup de fil de Ken Baxter, Rosie franchit la porte et se jeta à son cou, portant son petit sac à dos sur l'épaule et un grand seau de Lego au creux du bras. Ses parents lui sourirent, puis se sourirent. Leur petite fille continuait à les unir par un fil invisible. Comment auraient-ils pu ne pas s'apprécier et ne pas se respecter alors qu'ils avaient créé à eux deux un tel miracle ? Cependant, un miracle ne donnait pas lieu à d'autres miracles. Daniel le constata en voyant l'expression d'Amanda et la façon dont elle n'arrêtait pas de jeter des coups d'œil furtifs au bout de la rue.

« En route, ma jolie, dit-il à Rosie. Les cochons vietnamiens nous attendent. »

La maison en rondins que construisaient Bruce et Linda était située sur Egg Island, un îlot tout proche du rivage, près de Fisherman's Cove. En 1876, l'arrière-grand-père de Bruce avait été le premier enfant blanc à voir le jour à West Vancouver. À vingt-deux ans, il avait acheté l'île à un indigène, à une époque où elle n'était qu'un rocher planté en son milieu d'un bosquet de grands pins. L'île avait beau se trouver dans les eaux d'un territoire sauvage et dangereux, Billy Hale n'en avait pas moins vécu là, sous un bateau retourné, pendant qu'il construisait la cabane destinée à sa future épouse. Cinq générations de Hale avaient divisé l'île en plusieurs parcelles, mais ils avaient gardé pour eux le plus beau terrain, même quand la ville de West Vancouver avait peu à peu tracé un sentier le long de la côte déchiquetée et que la valeur des propriétés en bord de mer avait commencé à grimper. À présent, l'île accueillait quatorze maisons, pour la plupart modestes quoique valant une fortune. Non sans regret, Bruce avait fini par démolir la vieille cabane. En revanche, il aurait bien voulu réparer la barge communale manœuvrée à l'aide d'une chaîne entraînée par une manivelle qu'empruntaient les résidents pour traverser le bras de mer sur une distance de quatre-vingt-dix mètres. La barque rouillait sur le continent, car tout le monde accédait désormais à la digue par ses propres moyens.

Ce fut ainsi que Daniel et Rosie se rendirent à Egg Island. Quelques minutes après un bref coup de fil depuis le port, Bruce avança le *Titanic*. Le canot devait son nom à sa propension à embarquer de grandes quantités d'eau. Il était à peine dix heures passées, et le soleil dansait sur les vaguelettes. La journée s'annonçait idéale pour effectuer des travaux, et, par chance, moins chaude que prévu. Quelques nuages projetaient par instants des ombres, et un vent léger transportait l'odeur des pins et des algues. L'île était en général paisible, mais c'était un jour où les familles se réunissaient. Quel meilleur endroit pour passer le dernier week-end d'été qu'un coin de paradis inaccessible ? La plupart des maisons étaient occupées. Les résidents et leurs hôtes, assis sur les pontons, buvaient de la bière, pêchaient ou sortaient des chaises et des tables pour préparer un barbecue. Seul le grognement d'une truie vietnamienne venait interrompre les bruits, par ailleurs idylliques, ajoutant une touche primitive de cour de ferme à la journée.

« Tu entends ce oink-oink, Rosie ? demanda Bruce alors qu'il écartait le *Titanic* loin du quai d'un geste expert. Un jour, un silence divin régnera sur l'île, et tu te demanderas pourquoi j'ai un congélateur bourré de saucisses.

— Oh, quelle horreur ! s'indigna Rosie en cachant un sourire derrière sa main.

— Franchement, mon vieux... On voit que tu n'as pas d'enfants, protesta Daniel en fronçant les sourcils. Rosie, enfile le gilet de sauvetage et attache-le. Dépêche-toi.

— Papa, on est presque arrivés...

— Mets-le, bon sang ! »

Rosie le dévisagea.

« Du calme, papa ! lança Bruce. Elle n'aura pas le temps. »

Le *Titanic* était un frêle esquif, et la somme de ses passagers représentait un bon poids, il n'empêche qu'au bout d'à peine dix minutes ils se retrouvèrent installés dans des fauteuils en plastique sur le ponton, derrière le squelette de la maison de Bruce et Linda. En temps normal, l'espace entre l'eau et la maison était occupé par un splendide jardin flanqué d'énormes rochers de granit, mais, en ce moment, il était jonché de troncs d'arbres que les Hale, grâce aux relations de Daniel, avaient fait venir sur l'île par voie d'eau.

Linda était une ancienne camarade de classe d'Amanda. Pourtant, après la séparation, l'amitié qui liait Bruce et Daniel semblait avoir mieux résisté que celle de leurs femmes, car Amanda n'avait pas gardé de contact avec eux. Daniel s'en félicitait. Les femmes ayant tendance à organiser la vie sociale de leur couple, il se demandait combien d'amis proches lui seraient restés, hormis quelques pilotes qu'il connaissait bien, depuis qu'il n'était plus que la moitié de deux.

Bruce lui tendit une bière. « Alors, tu tiens vraiment à bosser pour nous ?

— Et comment ! Vu que je suis en congé pour encore une semaine, j'ai besoin d'un maximum d'exercice physique et de distraction. » Il aurait préféré le formuler autrement, cela semblait trop vrai.

Bruce l'observa longuement. « Tu as l'air exténué, mon vieux, conclut-il avec un sourire. Une femme ?

— Pas du tout. » Daniel fit un signe de tête en montrant Rosie et ses petites oreilles fines. Assise les pieds dans l'eau, elle dit sans se retourner : « Il a la fièvre des nuages.

— La fièvre des nuages ? Avec un soleil pareil ? s'étonna Bruce. Écoute-moi, Rosie. Travailler dur va tirer ton père de là. Vous, les filles, vous faites cuire un cochon, et nous, les gars, on construit une maison. »

Linda fit un clin d'œil à Rosie. « Tu entends ça ? Il y a plus d'un cochon sur cette île. »

À deux heures, la chaleur était si intense que toute activité cessa. Bruce prit le marteau de la main de Daniel et lui tapa dans le dos. « Hé, on a vraiment avancé ! Plus que huit chevrons, et on sera prêts pour le gainage. »

Il installa un parasol sur le ponton, puis les deux hommes se mirent en maillot de bain et se jetèrent à l'eau la tête la première. Linda sortit de la tente de quoi boire et grignoter. Au même moment, la silhouette corpulente de Mme Buckley surgit derrière les rochers, son visage rougeaud luisant de sueur. « Toi, la petite, tu veux voir mes bébés ? »

Rosie se leva d'un bond. « Les petits cochons vietnamiens ? »

Mme Buckley lui tendit sa main épaisse. « Viens les voir manger. C'est un spectacle très rigolo. »

Rosie partit à la vitesse de l'éclair.

« Ne t'approche pas du rivage ! » lui cria Daniel en sortant de l'eau.

Linda commença à dresser la table pour le pique-nique. « Avec la vieille poivrote, elle ne risque rien, murmura-t-elle.

— Elle picole ? s'inquiéta Daniel en se tournant vers les rochers derrière lesquels elles venaient de disparaître.

— Oh, pour l'amour du ciel ! s'exclama Bruce en se laissant tomber tout mouillé dans un fauteuil. Qu'est-il arrivé au Danny décontracté ? Tu disais toi-même qu'il ne fallait pas surprotéger les enfants. Tout ça parce que Amanda...

— Ça n'a rien à voir avec Amanda, le coupa Daniel. Un événement récent m'a un peu perturbé et depuis je suis un peu nerveux. Je m'efforce d'y remédier, crois-moi.

— Perturbé de quelle façon ? demanda Linda.

— Un de nos pilotes est mort... Il s'est suicidé.

— Ah bon ? De quelle manière ?

— En sautant d'un hélicoptère. » Daniel chercha un fauteuil pour s'asseoir. « Il s'est jeté dans le vide au-dessus d'une forêt en flammes.

— Mon Dieu ! s'exclama Bruce. C'est sinistre. Et l'hélico s'est posé ?

— Non... » Il hésita une seconde. « Le pilote l'a ramené tout seul à la base.

— Ça n'a pas dû être marrant pour le type. »

Il y eut un long silence. Non, ça n'avait pas été marrant. Daniel ferma les yeux pour qu'ils ne devinent pas la vérité. Il avait eu l'intention de la leur dire. Une part de lui avait envie de déballer l'angoisse qui continuait à le miner, mais la journée semblait trop parfaite pour la gâcher avec cette histoire de flammes et de mort. De plus, il n'arrivait pas à décrire ce qu'il ressentait, ni ce qu'il attendait en retour. Et brusquement, sans même l'avoir décidé, il rouvrit les yeux et demanda : « À votre avis, j'ai l'air d'un vrai Italien du Nord ? »

Ses amis le dévisagèrent avant d'échanger un bref regard.

« Alors, qu'est-ce que vous en pensez ? »

Linda vint s'asseoir près de Daniel. Il remarqua qu'elle s'était coupé les cheveux. Il s'en voulut de ne lui avoir fait aucun commentaire à ce sujet de toute la journée. « Ta coiffure…, se hâta-t-il de dire. Cette coupe te va bien. On dirait un garçon. Un garçon avec des seins. »

Linda rit en passant les doigts dans ses cheveux en brosse décolorés par le soleil. « Tu penses que je devrais me faire une teinte encore plus blonde ?

— Pas du tout. Tu es superbe comme ça. Très naturelle. »

Un silence s'étira.

« Tu es le fils de Gabriella, il n'y a aucun doute là-dessus, se risqua Linda. Tu as le même nez romain et la même bouche large. »

Daniel la regarda en face. « Ce n'est pas la question que j'ai posée. »

Le couple échangea de nouveau un regard. Puis Bruce demanda : « Qu'est-ce que tu veux savoir exactement ?

— J'imagine que je m'interroge sur mon vrai père. Je vous ai déjà raconté… Il était soi-disant italien et il est mort d'une crise d'asthme quand je n'étais encore qu'une tête d'épingle dans le ventre de ma mère. »

Bruce se leva, prit le tisonnier et attisa les charbons sur le barbecue. Linda rapprocha son fauteuil de Daniel et lui prit la main. « En fait, Bruce a cette théorie selon laquelle tu serais l'un des seize millions de descendants génétiques de Gengis Khan… » Elle se tourna vers son mari pour réclamer son soutien. « N'est-ce pas, chéri ?

— Ce n'est pas exactement ce que j'ai dit », grommela Bruce. Le dos tourné, il jetait des tranches de saumon sur le gril. « Simplement, j'ai lu un article sur le fait que ce diable d'excité de Gengis Khan a transmis ses gènes personnels à pratiquement toute une race. »

Ils en avaient donc déjà parlé, avaient remarqué un détail qui lui avait échappé. Linda caressa la main de Daniel d'un geste apaisant. « À vrai dire, tu n'as jamais abordé le sujet, mais tu dois te douter que des tas de gens se sont posé la question.

— Des tas de gens ?

— Oui, enfin, tu sais bien… les amis.

— Et quelle question se sont-ils posée ? »

Bruce s'approcha et lui tapa gauchement sur l'épaule. « Hé ! Pourquoi est-ce qu'on parle de ça ? »

Daniel savait que ce n'était pas juste de les mettre dans cette position inconfortable. « Ce matin, j'ai reçu un drôle de coup de fil. D'un enquêteur privé de Boulder, au Colorado, qui m'annonçait que mon père était mourant.

— Au Colorado ? Mais… Freddie est en Europe, dit Bruce, le tisonnier figé en l'air.

— Exactement. Et mon père biologique est mort depuis quarante ans. » Il enchaîna en leur racontant l'appel téléphonique mot pour mot.

« Oh, putain ! lâcha Bruce.

— Qu'est-ce que je te disais ? fit Linda d'un ton suffisant en décapsulant de nouvelles bouteilles de bière.

— Gabriella m'a toujours affirmé que j'étais le portrait craché de mon père, le Sicilien. » Daniel ricana. « Grand, brun et presque beau.

— Non, écoute-moi, reprit Linda en l'attrapant par le bras. Ce coup de fil a révélé le pot aux roses. Tu as des gènes italiens, c'est certain, mais tu en as d'autres aussi. Ce vieil homme au Colorado doit être persan ou un truc dans ce genre-là. Néozélandais, peut-être... Nicki Borden trouve que tu ressembles à un des joueurs maoris de l'équipe des All Blacks... Je ne me rappelle plus comment il s'appelle... D'après Rachel, en revanche, tu as plutôt quelque chose de Keanu Reeves. Personnellement, je...

— Linda ! tonna Bruce. Arrête !

— Non... Tu ne vois pas qu'il a besoin d'en parler ?

— Alors laisse-le parler ! »

Daniel leva la main. « Attendez... attendez.

— Qu'est-ce qu'il y a ? s'écrièrent ses hôtes.

— Une seule chose ne correspond pas. Ma tache de naissance. Elle est due à une rare anomalie chromosomique, dominante chez le sexe mâle, ce qui signifie qu'elle se transmet invariablement de père en fils, et toujours sur le visage, en général du côté droit. »

Linda le dévisagea. « Le Sicilien asthmatique ne l'avait pas, c'est ça ? »

Voyant qu'il gardait le silence, elle leva les bras au ciel en s'exclamant d'une voix triomphante : « C'est bien ce que je te disais ! »

Daniel lui tapota le genou. « Écoute, Linda chérie, quel que soit le fin mot de l'histoire, je crains que l'enquêteur ne se soit trompé. Je ne suis pas né à Boulder. Ma mère n'a jamais mis les pieds aux États-Unis. Elle le répète assez souvent, elle déteste les Américains... Dieu seul sait pourquoi ! »

Linda pencha la tête d'un air sceptique, trop polie pour oser traiter la mère de Daniel de menteuse. Il n'y avait plus rien à ajouter. Bruce et Linda burent leur bière au goulot. Daniel contempla la mer. De derrière les rochers leur parvint la voix excitée de Rosie qui s'adressait à Mme Buckley. « Vous êtes sûre ? Quel genre de lait ? »

Le soleil leur tapait sur la tête et l'odeur du saumon grillé les enveloppait. Daniel s'allongea sur les planches du ponton à l'ombre du parasol. « Que faire ? grommela-t-il. Est-ce qu'il faut que j'en parle à ma mère ?

— Oui, évidemment ! s'écria Linda.

— Moi, je pense que non » contra son mari.

Daniel rigola dans sa barbe. « Pematsang Wangchuck...

— Qu'est-ce que tu dis ? demanda Bruce.

— Merde... Freddie est bourré de défauts, mais il a toujours été un bon papa. Indulgent... Drôle... Généreux... Je m'en voudrais de tout foutre en l'air. Franchement, je ferais mieux de laisser tomber.

— Freddie est probablement au courant », observa Linda.

Les yeux de Daniel papillotèrent. Il était éreinté. Quelques minutes plus tard, il n'aurait su dire combien, il entendit Linda appeler Rosie. Sur la table, le repas était prêt. Daniel se leva à contrecœur.

Une robe bain de soleil jaune d'œuf entra dans son champ de vision. Puis il vit arriver sa ravissante fille qui sauta par-dessus un rocher telle une enfant sortie du jardin d'Éden, avec ses cheveux brillant de toutes les couleurs, la terre, le bois, l'eau, la pierre, avec ses longues jambes et son visage angélique, ses bras refermés sur une petite boule de chair qui gigotait... Daniel la regarda, partagé entre l'admiration et l'appréhension.

« Elle est à moi ! annonça Rosie avec un sourire béat lorsqu'elle arriva sur le ponton. Mme Buckley me l'a donnée. Comme c'est la plus faible de la portée, elle a besoin qu'on la materne, sinon les autres vont l'écrabouiller.

— Ma petite chérie, tu sais bien que tu ne peux pas rapporter un cochon chez maman. Imagine un peu... Rapporte-la à Mme Buckley, Rosie.

— Je la garde, déclara l'enfant d'un ton calme mais déterminé.

— Laisse donc cette gamine garder le cochon, renchérit Bruce. » Il rota. « Ça en fera un de moins pour mon usine à saucisses.

— Oh, je t'en prie, il n'en est pas question ! marmonna Daniel. Amanda piquerait une crise.

D'ailleurs, on n'a pas le droit de garder des animaux sauvages en ville. La loi l'interdit.

— C'est faux, rétorqua Bruce. Les cochons ne sont pas différents des chiens. Ou plutôt ils sont plus intelligents. Quelque part en Scandinavie, on dresse des cochons policiers, et ce sont de merveilleux animaux de compagnie. J'ai croisé un type qui se promenait avec un cochon en laisse à Stanley Park. Sage comme une image. »

Linda pouffa derrière sa main, mais se garda bien de s'en mêler.

« Rosie, ma petite fille chérie, reprit Daniel en s'efforçant de prendre un ton ferme. Je suis désolé, tu ne peux pas garder ce cochon. Va le rendre tout de suite. »

Rosie tapa du pied. « Tu vas t'en aller... Tu vas me laisser... Je veux ce cochon, puisque je ne t'ai pas, toi. »

Bruce et Linda détournèrent le regard.

« Tu m'auras, ma chérie, je reviens tous les quinze jours. Tu sais comment se passe mon travail. »

Rosie serra le petit animal plus fort tandis que des larmes se mettaient à couler. « Non, papa. Il y a les trois vilains nuages. Je l'ai rêvé. J'en rêve chaque nuit, c'est pour ça que je sais que c'est vrai. »

Daniel la dévisagea, désemparé. Heureusement qu'il ne lui avait rien dit! Un accident tragique en vol... *et encore deux autres à venir?* Non, il ne fallait pas qu'il se laisse embarquer dans les fantasmes de sa fille, ni qu'il croie à ses rêves.

« Je te l'ai dit... Je te l'ai dit ! cria Rosie, furieuse. Les nuages noirs vont tout détruire !

— Qu'est-ce que tu veux dire, ma chérie ?

— Tu ne dois pas partir... » De nouveau, elle tapa du pied, de frustration et de défi. « Il ne faut pas que tu voles... Si tu t'en vas, je garde le cochon. »

Daniel fronça les sourcils en se demandant si les remarques d'Amanda avaient pu contaminer les rêves de sa fille. Rosie le regarda sans broncher. Alors qu'il soutenait son regard, une ombre obscurcit leurs visages. Un oiseau aux ailes gigantesques passa au-dessus de leurs têtes. À cause du soleil, il était impossible de distinguer la masse noire, sans doute s'agissait-il d'un aigle ou d'une chouette. Daniel reporta les yeux sur sa fille. Sentant d'instinct le danger, elle serra le petit cochon contre sa poitrine. Puis elle regarda son père en hochant la tête, les yeux écarquillés de terreur, le teint soudain livide.

Pris de frissons, Daniel s'empressa de secouer la tête avec vigueur. Les présages n'existaient pas... Comment expliquer ça à une enfant ?

4

Il était installé dans le salon de ses parents plongé dans la pénombre, les portes-fenêtres grandes ouvertes. Il tenait à la main une bouteille de vin rouge débouchée, une des trois que contenait le bar. Assis sur le canapé, il regardait la lune qui projetait un rai de lumière tremblotant sur les eaux de Burrard Inlet qui aboutissait quelque part en dessous du balcon. De l'autre côté de l'eau, la péninsule de Stanley Park était d'une noirceur menaçante. Quelque part là-dedans, un Finlandais s'était pendu à un arbre. À en croire les journaux du matin, l'homme était déprimé; et le parc était si dense et sauvage par endroits qu'il était resté pendu là pendant des semaines, en plein cœur de la ville de Vancouver, avant qu'on ne le découvre.

Les yeux fixés sur les arbres immenses du parc, Daniel se sentait furieux et trahi. Il se trouvait stupide et crédule de s'être interrogé sur certaines contradictions de son passé sans jamais avoir cherché plus loin. Du coup, à cause de son propre déni et de sa négligence, il avait sans doute vécu un mensonge pendant près de quarante ans. Les sentiments affectueux et bienveillants qu'il éprouvait à l'égard de ses parents avaient à présent un goût amer. Les gens se comportent ainsi – il le savait puisqu'il en avait fait autant –, ils mentent à leurs enfants pour les protéger, alors que, en réalité, les parents sont trop paresseux et trop lâches pour regarder la vérité en face. Il desserra les dents et essaya de se détendre. Il devait éviter toute précipitation. C'eût été encore plus bête. Après tout, il s'agissait sûrement d'une erreur. Bon sang, il le fallait !

Pour la troisième fois, il composa le numéro de ses parents sur son portable. En entendant enfin la sonnerie, il se crispa. Au bout de trois sonneries, un message en italien lui parvint, sans doute pour l'informer que le service n'était pas disponible actuellement. Il balança le téléphone sur le canapé et but une gorgée de vin au goulot. Malgré la résolution qu'il avait prise de ne croire à rien tant qu'il n'aurait pas une preuve, il songea au Canadien français qui l'avait adopté avec un soudain détachement. Gabriella avait toujours considéré la chose comme allant de soi, d'autant que Freddie n'était pas vraiment un cadeau. Pour commencer, il était plus petit qu'elle. Mince, et même parfois maigre, Freddie était un paquet de tics ambulant et fumait comme un pompier. Il avait gardé un fort accent français ; avec ses cheveux noirs, gras, et les histoires qu'il racontait, il donnait l'impression d'avoir trempé dans des tas d'affaires louches, d'autant que, professionnellement, il changeait sans cesse de domaine d'activité et était toujours à deux doigts de faire fortune. C'était le salaire d'enseignante de sa mère qui les avait fait vivre, et par la suite, son héritage. Aurait-elle pu mentir à Freddie à propos du père de son fils ? Et si c'était le cas, pour quelle raison ? Gabriella, assez snob, pouvait se montrer raciste, un côté que quelques verres avaient tendance à faire ressortir. *In vino veritas !* Par conséquent, peut-être y avait-il quelque chose d'obscur ou de honteux dans la façon dont il avait été conçu.

Oh, mon Dieu... Pourquoi s'infligeait-il cela ? Daniel s'efforça de se relaxer. Il aurait tout le temps d'y penser, de poser des questions.

Au bout d'un moment, il posa la bouteille à moitié vide sur la table basse et prit son ordinateur. La lueur de l'écran pour seul éclairage, il alla sur Google et parcourut de nombreux sites, essaya différentes combinaisons jusqu'à ce qu'il découvre que « Pematsang », apparemment, était un nom tibétain. Tibétain ? Il vérifia sur plusieurs sites afin d'en avoir la confirmation.

Il chercha ensuite « Wangchuck ». Un nom tibétain également. Donc, cet homme, ce Pematsang Wangchuck, était tibétain, ou du moins ses parents ou ses grands-parents. De nouveau, il fut pris d'une folle envie de rire. Gabriella... une histoire avec un Tibétain ! Non, c'était invraisemblable. D'après ce qu'il savait, les Tibétains venaient en Occident pour fuir l'occupation chinoise au Tibet. Or, dans la vision politique de Gabriella, les réfugiés politiques et les demandeurs d'asile étaient classés dans la catégorie des éléments indésirables.

Il se souvint alors d'« Anil ». Ken Baxter n'avait-il pas suggéré que ce pouvait être une autre formulation du prénom Daniel ? Supposant que ça s'écrivait comme ça se prononçait, il fit une nouvelle recherche et découvrit qu'il s'agissait d'un nom tibétain et hindi, d'origine sanscrite.

Anil signifiait : air et vent. Qui vient du vent, ou dieu du vent.

Cette fois, Daniel rigola franchement. C'était trop bizarre. *L'air, le vent.* Oui, ces termes le décrivaient à la perfection. Il avait passé son enfance à rêver de vivre en l'air, de voler avec le vent. Après avoir appris que son anomalie chromosomique pouvait dans certains cas s'étendre au cerveau, il avait réalisé le rêve qui l'obsédait. Savoir cette épée de Damoclès au-dessus de sa tête lui donnait une bonne raison de vouloir vivre plus vite et plus dangereusement que n'importe qui.

Il éteignit l'ordinateur et pensa à Rosie. Sa sensibilité débordante et son allure exotique faisaient d'elle une enfant hors du commun. Sa fille avait-elle des gènes tibétains ?

La pauvre… Sa mère n'avait pas bien accueilli le cochon vietnamien, et encore moins quand elle avait appris qu'il était trop faiblard pour ne pas se faire écrabouiller par sa fratrie si on le rapatriait chez lui. En dépit de ses idées bohèmes et de son amour pour les créatures du bon Dieu, Amanda était restée dubitative – ses yeux verts d'Irlandaise l'avaient littéralement lardé de coups de poignard. Et quand elle avait exigé que Daniel ramène le petit cochon, il avait eu la lâcheté de filer. Alors que Rosie serrait l'animal en train de glapir dans ses bras, il l'avait embrassée en murmurant : « Ne t'en fais pas, on trouvera une solution » Après quoi il était sorti, était remonté dans sa voiture et avait démarré. Il ne s'était pas senti le courage d'arracher l'animal des bras de sa fille. Les sanglots de Rosie sur Egg Island – la frayeur qu'il avait vue dans ses yeux – l'avaient si fortement ébranlé qu'il n'avait pas pu lui refuser le droit d'adopter le petit animal dodu.

Daniel s'octroya une nouvelle rasade de vin et jeta un œil à sa montre. Dix heures et demie. Était-ce trop tard pour appeler ? S'en souciait-il ? Elle aurait toujours la possibilité de lui raccrocher au nez. Il prit la carte de visite dans le saladier posé sur la table basse. Puis il reprit son téléphone.

« Katie Yoon, répondit la jeune femme, la voix ferme et assurée.

— Anil Villeneuve », dit-il en mangeant un peu ses mots.

Il neigeait. Sans cesser de courir, il leva la tête pour que la neige le rafraîchisse, mais ce n'était que de la cendre. De gros flocons de braise tombaient entre les arbres, tapissant tout de gris. Soudain, il vit un ours qui flambait comme une torche courir à côté de lui, et qui continuait à courir bien que sa fourrure fût carbonisée et presque entièrement noire. En sentant sa peau rôtir, il fut pris tout à coup d'un haut-le-cœur...

Daniel plaqua sa main sur sa bouche avec l'impression qu'il allait vomir d'une seconde à l'autre. Il respira plusieurs fois profondément, et la nausée diminua un peu. Quelques instants s'écoulèrent. Tournant la tête, il entrouvrit les yeux et regarda le réveil sur la table de nuit. Il n'était pas où il était censé être. La pièce était trop claire. Sur le mur, il y avait une tache de couleur qu'il ne reconnaissait pas. En se concentrant sur le rouge lumineux, il vit que c'était la reproduction de Paul Klee que sa mère avait achetée au Metropolitan Museum à New York plusieurs années auparavant. Daniel cligna des yeux. Pourquoi était-il en train de regarder ça ?

Peu à peu, les événements de la veille lui revinrent en mémoire, et il comprit où il était. Il tourna la tête de l'autre côté. Katie Yoon dormait, son menu postérieur tourné vers lui, ses longs cheveux noirs étalés tels des rubans de mélasse sur l'oreiller... L'oreiller de sa mère !

Daniel se redressa dans le lit. Comment s'était-il permis de l'emmener dans la chambre de ses parents ? Et d'un seul coup, il se souvint ; c'était elle qui, refusant son lit étroit de célibataire, s'était mise à explorer l'appartement et jetée avec un joyeux abandon sur le lit géant de Gabriella et Freddie. Daniel n'avait pas été en état de l'en empêcher. Tout le sang s'était rué de son cerveau vers l'endroit qui en avait besoin, sans compter qu'il avait bu trop de verres de vin à la suite et trop vite.

En baissant les yeux, Daniel vit que les draps en coton égyptien immaculé de sa mère étaient entortillés en boule autour des pieds de Katie et qu'un des oreillers en duvet d'oie était coincé entre eux deux au niveau des hanches de façon suspecte, alors que la taie d'oreiller semblait avoir disparu. Il se rappela également qu'un verre de vin avait basculé de la table de nuit et que, sur les conseils de Katie, il avait vidé une salière entière au-dessus de la flaque couleur sang étalée sur la moquette blanche de sa mère.

Lorsqu'il se leva pour aller aux toilettes, il posa le pied au beau milieu du tas de sel. Il jura intérieurement. Quand il avança, la pièce se mit à tanguer, et un angle de la coiffeuse de sa mère vint à la rencontre de sa hanche.

Respirant à fond et lentement pour se ressaisir, Daniel s'installa sur la cuvette des toilettes, la tête lourde comme du plomb entre les mains. La journée d'hier restait floue, mais les choses commençaient peu à peu à prendre forme, les images à émerger, les conversations à lui revenir : le jogging du matin, Ken Baxter de Boulder, Egg Island, la discussion avec Bruce et Linda, le rêve de Rosie, les cris du petit cochon, la scène avec Amanda.

Il se releva et passa sous la douche. L'eau glacée étant réputée excellente pour la gueule de bois, il laissa le jet puissant finir de le réveiller. Après s'être frotté vigoureusement, il décida de se raser, de se coiffer et de se laver les dents ; tout de même, une femme était dans son lit… Non, pas dans son lit. Dans celui de Gabriella et de Freddie. Aïe ! Il venait de se couper la lèvre supérieure d'un coup de rasoir. Du sang coula sur la mousse à raser. En regardant dans la glace, il aperçut un parfait étranger, quelqu'un qui se superposait au vieux Daniel qu'il connaissait. Il s'approcha du miroir.

Maintenant qu'il l'observait de près, son visage avait bel et bien quelque chose d'asiatique. En outre, il avait d'une certaine manière vieilli, pris un air décharné, tourmenté. Les vrilles de la patte-d'aigle rampaient telles les pattes d'une horrible araignée encerclant le bord externe de son œil, boursouflées et couleur de sang comme les traces d'un récent coup de fouet. Était-ce Anil, son *alter ego* de fraîche date, qui le fixait ? Daniel s'efforça de sourire, mais même son sourire lui faisait l'effet d'être celui d'un autre.

Dans la cuisine, il prépara du café, sortit deux tasses, du lait et du sucre, puis mit le tout sur un plateau. Il chercha s'il n'y avait pas d'autres douceurs à grignoter susceptibles de plaire à une invitée raffinée. Trouvant une boîte des biscuits aux amandes italiens préférés de sa mère, il en versa une poignée sur un plat en porcelaine. Depuis quand n'avait-il pas apporté le café au lit à une femme ? Depuis quand n'avait-il pas fait l'amour à une femme ? Amanda l'avait quitté depuis dix mois, il était resté comme hébété. De loin en loin, il s'était demandé pourquoi il ne sortait pas, ne serait-ce que pour s'envoyer en l'air, comme tout célibataire normalement constitué. Juste une fois, au printemps dernier, il s'était retrouvé au lit avec une fille qu'il avait rencontrée sur la digue de Stanley Park. Ils s'étaient mis à bavarder en regardant les sculptures en pierre sur la rive rocheuse à l'ouest du parc, des œuvres dingues de types qui empilaient d'énormes pierres rondes en équilibre les unes sur les autres. Comme la majorité des passants, ils avaient engagé la conversation, mus par l'incrédulité, restant là un temps fou à discuter et à se demander comment ces entassements de pierres pouvaient se maintenir en équilibre sans tomber au premier coup de vent. C'était ni plus ni moins de la magie. Le soir même, il s'était retrouvé sur un lit à eau tout mou dans un appartement en sous-sol rempli de chiens, de chats et de plants de cannabis. Toutes les deux minutes, la fille se levait et s'agenouillait au-dessus d'une petite table et s'enfilait un tuyau en argent dans le nez. Il s'était senti soulagé de sortir de là et n'avait plus été tenté depuis. Une partie de sa réticence avait toujours été liée à la peur d'engrosser une fille. Il ne voulait pas prendre le risque d'avoir des fils. Amanda, bien entendu, avait eu d'autres projets, et, Dieu merci, elle avait donné naissance à une fille.

Daniel poussa un grognement. Il ne se souvenait plus très bien de ce qu'il avait fait avec Katie Yoon la veille au soir, ni s'ils avaient utilisé un préservatif. Il ne se rappelait même pas lui avoir posé la question.

Il emporta le plateau dans la chambre de sa mère, avec une fois de plus le sentiment de commettre une transgression, une profanation. Mais lorsqu'il aperçut Katie réveillée dans le lit, qui observait son corps nu à la dérobée en souriant, l'air d'une fleur rare et fraîche couverte de rosée et s'ouvrant devant lui, il se débarrassa du plateau sur la coiffeuse.

Elle était aussi délicieuse le matin qu'au plus noir de la nuit, et elle le désirait tout autant. « Tu m'as parlé de trois positions, mais moi, j'en compte des dizaines, dit-elle en roulant sur lui. Je vais acheter un de ces posters, et nous les cocherons l'une après l'autre.

— Ce qui veut dire que tu en redemandes. » Il l'agrippa par les hanches et la pénétra. « Je suis désolé d'avoir été aussi avide... et aussi saoul hier soir... Je cherchais le courage de t'appeler de toute façon... Il fallait que je peaufine mes arguments écolos.

— Tais-toi. Et ne bouge plus. »

Elle ralentit son mouvement au point de presque s'arrêter et cambra le dos. Puis elle rejeta la tête en arrière et un gémissement rauque lui échappa des lèvres. Il vit son palais rose et les petites stries – hier soir, quand il s'y était glissé, il les avait senties. Et il se souvenait maintenant très bien de son sens du fair-play, un prêté pour un rendu. À cette idée, il sourit.

« Qu'est-ce qu'il y a de drôle ? demanda Katie en le regardant dans les yeux.

— Ton sens du fair-play. » Daniel referma les mains sur ses fesses et essaya de la faire glisser en avant. « Viens par ici. Assieds-toi sur moi.

— Non ! » s'écria-t-elle, les pommettes cramoisies et luisant de petites perles de sueur.

Cela lui était égal, il n'avait pas envie d'elle de cette manière. Les déflagrations de la nuit précédente l'avaient comblé. En revanche, il éprouvait un genre différent de paroxysme, un sentiment de répit, celui d'être libéré d'une myriade de doutes, de peurs et d'images. Il se sentait renouvelé, comme si son autre moi, cet Anil qu'il ne connaissait pas, s'éveillait à une autre réalité. Tout ce qui lui était arrivé au cours de cette dernière semaine avait perdu de sa substance, se dissolvant dans l'atmosphère. Il n'existait plus qu'ici et maintenant – avec elle.

Il était presque midi lorsque Daniel enfila un jean et un tee-shirt pour aller refaire du café dans la cuisine. Quand Katie émergea dans sa robe d'été blanche, on aurait dit une déesse. Ses cheveux encore mouillés après la douche et peignés en arrière dégageaient son visage et retombaient telle une cascade noir de jais. Elle posa une main fraîche sur ses reins tandis qu'il versait l'eau dans la cafetière. Daniel lui sourit, conscient d'avoir de petites étoiles dans les yeux.

« Installons-nous sur le balcon, proposa-t-il en s'appliquant à ne pas sourire jusqu'aux oreilles. Je parie que la vue qu'on a d'ici est encore plus spectaculaire que de chez toi. »

Il alla lui chercher un châle sur le canapé, et ils restèrent un instant silencieux à profiter du soleil de septembre qui se reflétait sur l'eau. Il lui jetait sans arrêt des coups d'œil, se demandant à quoi elle pensait pendant qu'elle buvait son café. Bêtement, il espérait qu'elle ne couchait pas trop souvent avec des hommes qu'elle connaissait à peine. Une pensée absurde à ce stade, n'empêche. Il faillit rire en sentant se profiler le spectre de la *jalousie*, une émotion dont il croyait s'être débarrassé depuis belle lurette. Les désirs affirmés et le plaisir intense que manifestait Katie lui faisaient comprendre à quel point Amanda avait été réservée dans le domaine sexuel... en tout cas avec lui ! Amanda, passionnée par tant de choses, n'avait jamais été une amante pleine d'ardeur. Avec elle, le sexe avait toujours consisté à « faire l'amour », un acte doux, languide et gracieux, au cours duquel elle prenait plus qu'elle ne donnait. Pendant leurs étreintes, ses yeux vert vif, qui en principe reflétaient tout ce qu'elle ressentait, demeuraient fermés, même quand il lui demandait de le regarder. Katie, elle, avait soutenu son regard avec une intensité déconcertante. Regarder dans ses yeux lui avait fait l'effet de plonger dans un obscur tourbillon d'inconnu qui pourrait vite devenir familier. Et il découvrit, non sans étonnement, que l'idée était loin de lui déplaire.

« Quel âge as-tu, Katie ?
— Vingt-six ans. Pourquoi ?
— Bon sang ! marmonna Daniel. Pourquoi es-tu si jeune ?
— Je t'ai épuisé ? » fit-elle en riant.

Daniel lui resservit du café, auquel elle ajouta de la crème et du sucre sans se soucier de sa ligne. Cette attitude lui plaisait – mais n'était-ce pas le signe de la jeunesse insouciante de son métabolisme ? Les biscuits aux amandes de Gabriella disparurent de l'assiette en un clin d'œil. Katie s'essuya les lèvres avec la serviette et regarda sa montre.

« Des œufs, ça te dirait ? proposa Daniel, désireux de la retenir. Je fais une omelette au fromage très convenable.

— Non, reste ici avec moi. Je vais bientôt devoir m'en aller. »

En la regardant, il éprouva une bouffée de désir, et alors qu'il hésitait à la prendre dans ses bras, elle ajouta : « Hier soir, quand tu m'as téléphoné, tu t'es présenté sous le nom d'Émile. C'est ton diminutif ?

— Non, *Anil*, et je n'en sais rien.

— Comment ça, tu n'en sais rien ?

— C'est compliqué.

— Je suis intelligente.

— Oh, je sais ! » Il lui sourit d'un air narquois. « Tu disposes de combien de temps ? »

Katie consulta de nouveau sa montre. « Quelques minutes. »

Raconter le coup de téléphone de Boulder à une presque inconnue lui procura un soulagement beaucoup plus intense que lorsqu'il en avait parlé à Bruce et Linda. Ceux-ci avaient des idées préconçues, dont ils avaient déjà tiré un certain nombre de conclusions parce qu'ils les connaissaient, ses parents et lui. Katie se tut pendant qu'il lui déballait toute l'histoire, la réaction de ses amis, sa découverte la veille de l'origine des noms, ainsi que son état d'esprit au moment où il l'avait appelée.

« C'est une découverte incroyable !

— Oh, non ! se défendit Daniel. Je n'appellerais pas ça une découverte, pas tant que je n'aurai pas parlé à ma mère. Ça m'a tout de même obligé à réfléchir à certaines choses. Le Tibétain de Boulder ne peut qu'être une erreur.

— Pourquoi tu ne rappelles pas ta mère ? suggéra Katie en montrant le téléphone sur la table. Appelle-la dès que je serai partie. Dans ce genre de situation, il vaut mieux prendre les devants. »

Daniel hocha la tête. En dépit de sa jeunesse, cette femme ne tolérerait sans doute pas de rester dans l'incertitude ou l'ignorance. « Oui, je vais réessayer. J'aimerais bien savoir où ils sont exactement. Ils finiront bien par rallumer leur maudit téléphone ou par m'appeler. »

Katie se pencha et posa sa main sur la sienne. « Sauf que, entre-temps, le vieil homme de Boulder risque de mourir. Si par une chance folle il se trouvait être réellement ton père, comment te sentirais-tu si tu avais raté l'occasion de le rencontrer ? »

Daniel la regarda. L'idée lui avait déjà effleuré l'esprit.

« Bon, *Anil*, je dois y aller.
— Est-ce que je peux t'emmener dîner ce soir quelque part ? Histoire de me faire pardonner de t'avoir ravie comme une bête.
— D'accord ! s'exclama Katie en riant. Appelle-moi. »

Visiblement, les longs baisers d'adieu n'étaient pas son style. « À tout à l'heure. » Elle lui serra le bras avant de s'envoler.

Une heure plus tard, Daniel était toujours assis sur le balcon. Il avait tenté de joindre sa mère à deux reprises, et chaque fois il avait eu droit au même message en italien. Prendre les devants… Prendre les devants ! Katie avait raison. Pourquoi laisser l'incertitude fermenter dans un coin de sa tête ? Ce n'était pas un problème qu'il pouvait facilement laisser reposer, surtout qu'il se passerait peut-être des jours avant qu'il parvienne à joindre sa mère. Il avait déjà fort à faire avec la mort de Kurt, les images d'ours en flammes, Rosie et ses rêves troublants... sans parler de la perspective de remonter dans un hélicoptère. Il lui restait encore une semaine de congé. Autant régler cette histoire ; ce serait un sujet d'inquiétude en moins.

Prenant une grande respiration, Daniel décrocha et composa le numéro qu'il avait mémorisé. Il y eut quatre sonneries.

« Ellis, Roberts & Merriman.

— Bonjour, ici Daniel Villeneuve. »

Après quelques secondes de silence, il ajouta : « Ken Baxter, de HeirSearch International, m'a donné votre numéro. J'appelle du Canada... de Vancouver. À propos d'un certain Pematsang Wangchuck.

— Ah oui, M. Wangchuck... Je vais voir si la personne en charge de son dossier peut vous parler. »

Deux minutes s'écoulèrent.

« Bonjour, M. Villeneuve, dit une voix féminine profonde et mélodieuse. Anne Roberts, à l'appareil. C'est moi qui suis en charge des affaires de M. Wangchuck.

— Parfait. Eh bien... » À court de mots tout à coup, Daniel ne savait plus quoi dire. « Hier matin, j'ai reçu un appel d'un certain Ken Baxter. S'agit-il d'un enquêteur privé fiable que vous avez vous-même embauché ?

— Oui, c'est bien cela, monsieur Villeneuve.
— Il pense avoir établi que je suis le fils de ce M. Wangchuck. À mon avis, il est dingue.
— HeirSearch International est ce que l'on trouve de mieux sur le marché, rétorqua Anne Roberts. Les erreurs sont très rares.
— Ce que l'on trouve de mieux ? Pour commencer, il se trompe sur mon nom. »

Un silence. « Il m'a dit en effet qu'il avait dû creuser. »

Daniel fronça les sourcils. « Qu'est-ce que ça signifie exactement ?
— Je l'ignore, mais il a apparemment dû surmonter plusieurs obstacles inhabituels avant d'avoir accès aux archives.
— Il y a des milliers d'immigrants italiens au Canada, madame Roberts. Peut-être que ce monsieur est allé un peu vite en besogne, ou qu'il était trop pressé de trouver la bonne personne. »

Il entendit Anne Roberts remuer des papiers. « Écoutez, reprit-elle d'une voix un peu distraite, je ne peux pas présumer savoir comment vous réagissez à cette histoire, mais, toute considération d'ordre affectif mise à part, le fait que vous pourriez être le bénéficiaire de M. Wangchuck ne vous intéresse pas ?
— Vous parlez d'un héritage ? fit Daniel avec une pointe de sarcasme. Je suis plus intéressé par mon identité.
— Oui, naturellement. » La voix d'Anne Roberts s'adoucit légèrement. « Aucun de vos proches n'est en mesure de confirmer la situation ?

— C'est bien le problème. Ma mère est en voyage, et je n'arrive pas à la joindre. »

Daniel entendit quelqu'un réclamer une signature à son interlocutrice. Il éleva la voix d'un cran. « Je suppose que vous avez rencontré M. Wangchuck.

— Une seule fois, la semaine dernière. Je venais d'être désignée son représentant légal en l'absence de famille connue. Le problème, c'est qu'on lui administre de fortes doses de morphine et qu'il ne semble pas très disposé à parler. Je l'ai interrogé plusieurs fois sur ses antécédents familiaux, et juste au moment où j'allais renoncer, il s'est mis à réclamer son fils. Quand j'ai insisté pour qu'il me donne un nom, il n'a plus pipé mot... J'ai supposé qu'il y avait eu une brouille familiale, et que, peut-être, il espérait une réconciliation à la dernière minute. Quoi qu'il en soit, compte tenu de la possibilité de l'existence d'un héritier, il était de mon devoir d'enquêter.

— Sans même avoir un nom ? Comment diable vous y êtes-vous prise ?

— Les personnes qui le soignent n'ont jamais entendu parler d'aucun parent, mais elles m'ont adressée à l'un des amis de M. Wangchuck. Il semble se rappeler certains faits concernant le passé de votre père. Ken Baxter est parti de là. »

Daniel attendit, espérant en apprendre davantage, mais Anne Roberts semblait réticente à lui donner plus de détails. Toute cette histoire était plus que bizarre.

« J'envisage de venir, finit-il par déclarer.

— Si vous voulez le rencontrer, mieux vaudrait faire vite.
— Demain ?
— Oui, ce serait bien.
— Je vais tâcher de réserver un vol.
— Denver est l'aéroport international le plus proche. Une fois là, prenez la navette jusqu'à Boulder ou louez une voiture. C'est à moins d'une heure de route. Le Boulderado est un bon hôtel, mais si la dépense vous pose problème, vous pourrez toujours séjourner dans la maison de M. Wangchuck, avec sa permission. De toute façon, il se pourrait que la maison vous revienne… un de ces jours.
— Je pense que je vais réserver une chambre, merci.
— Et n'oubliez pas d'apporter tous les papiers d'identité en votre possession. Je préviendrai Ken Baxter de votre arrivée. Vous n'aurez qu'à l'appeler sur son portable quand vous atterrirez à Denver et vous pourrez le retrouver dans un endroit dont vous conviendrez ensemble.
— Ken Baxter ? Pas vous, madame Roberts ?
— Nous devrons nous voir à un moment donné, mais c'est à l'enquêteur qu'il revient de rassembler les documents attestant de votre identité et de présenter un rapport au tribunal. »

Au cas où, elle lui indiqua le nom et le numéro de la clinique de Pematsang Wangchuck, puis ils se dirent au revoir.

Daniel se cala dans son fauteuil et but ce qui restait de café dans la tasse de Katie pour s'humecter la bouche. Il lui parut doux et sirupeux comparé au breuvage amer qu'il préférait, mais ce fut efficace. D'un seul coup, un scénario lui traversa l'esprit, le faisant éclater de rire. Ken et Anne étaient probablement assis dans un bar à bière minable à East Hastings, devant des portables volés à des touristes américains, en train de boire à leur génie. Ils avaient vérifié que les propriétaires de l'appartement étaient en Europe, et expédier le fils crédule dans une chasse au trésor au Colorado leur donnerait amplement le temps de vider les lieux de ses objets de valeur. Très inspiré !

Daniel cessa rapidement de rire. Lequel de ces deux scénarios ferait de lui le plus grand imbécile : aller à Boulder vérifier qu'il s'agissait d'une erreur grotesque ou bien tomber dans le piège tendu par deux escrocs ? Poussant un soupir las, il prit sa décision.

5

Un billet sans date de retour en poche, il embarqua sur le vol direct Vancouver-Denver d'United Airlines qui décollait à sept heures et demie et ne durait que deux heures et demie. Dans l'avion, il se demanda au-devant de quoi il allait et ce qui l'avait motivé à entreprendre ce voyage. Il décida de se laisser porter et de voir où cette histoire le mènerait. Quand l'hôtesse arrêta le chariot près de son siège en lui tendant un plateau de petit déjeuner, il se surprit à le refuser pour commander à la place un double whisky.

Les yeux fermés, il sirota son verre en songeant à Rosie. Il commençait à s'inquiéter sérieusement de cette angoisse que sa fille avait développée – ses rêves de nuages noirs, de gens qui mouraient, de catastrophes... – et qui avait toujours un rapport avec lui. L'enfant ultrasensible qu'elle était pouvait-elle mettre en scène le stress post-traumatique que lui-même ressentait et contre lequel il luttait après ce qui s'était passé au-dessus de la forêt en flammes ? Nul doute qu'il l'aiderait s'il lui montrait qu'il était capable de prendre sa vie en charge et n'était pas un père irresponsable, trop agité pour se poser. Ce qu'il fallait à sa fille, c'était un foyer. Il pouvait se permettre de demander un emprunt confortable. Rosie et lui chercheraient une maison avec un bout de terrain, un endroit en dehors de la ville, où les prix n'étaient pas trop faramineux et où il était possible d'élever un très gros cochon. Une chambre immense pour Rosie, de l'espace pour construire, un énorme bac à sable, une balançoire, un enclos... Il avait déjà proposé à Amanda la garde alternée de leur fille, une solution qu'elle avait repoussée au prétexte qu'il n'avait pas de domicile fixe. Il comprenait à présent que son refus n'avait rien d'irraisonnable. Une fois installé dans une maison, il lui ferait de nouveau cette proposition, insisterait pour obtenir une garde partagée. Son travail – s'il trouvait le courage de le reprendre – était idéal pour un tel arrangement.

Ses pensées dérivèrent ensuite vers Katie. Bien qu'il ait décidé sur une impulsion de partir pour le Colorado, il avait tenu sa promesse et l'avait emmenée dîner à la *Maison du saumon*. Il avait pleinement conscience qu'ils avaient pour l'essentiel parlé de lui et de cette crise bizarre qu'il traversait. Il n'avait laissé aucune possibilité à Katie de lui parler d'elle, sinon pour dire que sa mère, anglaise, était décédée depuis quinze ans (ce qui l'avait laissée orpheline de mère à l'âge de Rosie) et que son père, un homme d'affaires coréen, s'était remarié à une Coréenne avec laquelle il vivait à Toronto.

Elle lui manquait déjà. Après un régime de tendres câlins et de chastes baisers auprès de

Rosie, ce réveil physique faisait vibrer son corps comme un diapason. Des sentiments aussi forts, il n'en avait éprouvé qu'une seule fois envers une femme – une femme dont il avait perdu l'amour.

Rudi avait insisté pour aller prendre un dernier verre à Gastown, où ils avaient été étonnés de découvrir le Limp Rock Café archibondé. Ils avaient eu de la chance de trouver une table. La foule avait l'air d'attendre quelque chose. On sut très vite ce que c'était. Un groupe – composé d'une fille et de trois garçons – monta sur la petite scène obscure installée dans le fond de la salle. Le chanteur commença à beugler des ballades des années 60, mais, incontestablement, la vedette était la fille. Les clients, médusés, avaient les yeux rivés sur le coin sombre où son visage très pâle irradiait sous la lumière tamisée. Tout son corps semblait jouer du petit violon qu'elle tenait coincé sous son menton, ses boucles rousses rebondissaient sauvagement, et les sons qui s'échappaient de ses mains auraient pu réveiller les morts. Rapidement, quelqu'un cria grossièrement au chanteur de la fermer, et ils furent nombreux dans l'assistance, y compris Daniel, à siffler et à manifester leur approbation. Comme tout le monde dans le bar, la magie qui émanait de cette fille le fascinait. Rudi, avec son charme gitan et son jean moulant de styliste, se dirigea vers elle à la fin du concert et l'invita à leur table.

« Voici Amanda, dit Rudi. Tu peux lui parler, mais elle est à moi, d'accord ?

— *Nous verrons ça* », répondit Daniel qui avança la chaise à côté de lui d'un geste décidé. Amanda, que la remarque de Rudi avait fait rire, se figea brusquement en dévisageant Daniel comme si elle venait d'apercevoir un fantôme. Assise entre eux deux, elle jeta à peine un regard à Rudi, et quand il s'absenta pour aller aux toilettes, elle se rapprocha de Daniel.

« *C'est une patte-d'aigle, n'est-ce pas ?* » dit-elle en levant la main pour effleurer le bord des lignes sombres. Dès qu'il sentit la douceur de ses doigts sur sa peau sensible, il sut qu'il était conquis. « *C'est une variante du syndrome de Sturge Weber. Extrêmement rare. Un gène dominant lié au genre.* »

Daniel secoua la tête, stupéfait. « *Comment sais-tu ça ? Tu es généticienne ?*

— *Non.*

— *Médecin ?*

— *Ma colocataire au collège avait un angiome non traité*, répondit Amanda. *Comme je trouvais épouvantable que ses parents n'aient rien fait, nous avons entrepris de longues recherches sur les marques vasculaires de naissance, et elle a fini par recourir à la chirurgie pour se le faire enlever. Je suis tombée sur une patte-d'aigle dans un obscur manuel de médecine. On dit que ça touche moins d'un bébé garçon sur huit cent mille, et que c'est légèrement plus fréquent dans les régions de l'Himalaya et le long de la route de la soie. J'ai aussi lu une étude qui laissait entendre que c'était à cause d'un marchand itinérant qui avait passé sa vie à faire du commerce dans le coin.*

— Mon Dieu ! s'exclama Daniel en riant. Il ne devait pas lui rester beaucoup de temps pour son activité professionnelle ! »

Amanda rit à son tour et haussa un sourcil. « Serais-tu par hasard originaire de quelque part dans l'Himalaya ?

— Non, je suis canadien, issu d'un tas de gènes italiens. Et toi ? Tu es irlandaise, non ? »

Elle ignora sa question. « Quel effet ça te fait de savoir que ça risque de s'étendre au cerveau ? »

Bien que décontenancé par le côté à la fois direct et intime de la question, Daniel se reprit en vitesse. « J'essaie de vivre comme s'il me restait peu de temps devant moi, par conséquent... tu vas m'épouser, n'est-ce pas ? »

L'Himalaya ? Au souvenir de cette conversation, il se demanda pourquoi il n'avait jamais prêté attention à la remarque d'Amanda. Il avait même retrouvé l'étude qu'elle avait mentionnée, et dont il n'avait jamais entendu parler, mais jamais il ne lui était venu à l'idée qu'il pourrait avoir un lien génétique avec le marchand excité qui semait des petits garçons affublés d'une patte-d'aigle le long de la route de la soie. Il chassa ce souvenir. En ce moment, rien n'avait de sens, il préférait avoir la tête vide.

À peine l'avion atterri, Daniel poussa un petit soupir de soulagement et se rendit compte qu'il était resté tendu pendant toute la durée du vol. Son sac à dos pour unique bagage, il franchit rapidement la douane et prit la navette jusqu'au bureau Hertz. Après une seconde d'hésitation lorsqu'on lui demanda combien de temps il souhaitait garder la Ford Taurus, il opta finalement pour trois jours.

Boulder étant bien indiqué, il y arriva à midi. La ville était beaucoup plus belle qu'il ne s'y était attendu. Elle s'étendait au pied d'imposantes parois de pierre inclinées où les Rocheuses rencontraient les Grandes Plaines. Le contraste entre l'immense plateau et les hautes montagnes était époustouflant.

Comme le promettait la carte de Hertz, Daniel trouva l'hôtel Boulderado dans la 13ᵉ Rue, mais s'étonna de voir sa taille et l'élégance de son architecture – l'édifice, qui datait du tournant du siècle n'était pas sans ressemblance avec l'hôtel historique de Banff où il avait passé sa lune de miel avec Amanda. Quand un voiturier lui proposa de garer sa voiture, il céda à la tentation de se simplifier au maximum les choses.

À peine entré dans le hall somptueux, décoré d'un immense plafond en verre et d'un escalier en spirale en bois de cerisier, il s'inquiéta des tarifs. Étant donné qu'il n'y avait pas de chambres à un lit, il choisit l'option la plus économique, à savoir une chambre double avec un grand lit standard au dernier étage. Il eut tôt fait de comprendre pourquoi elle coûtait moins cher... L'ascenseur était si vétuste qu'il fallait appeler un chasseur pour le manœuvrer, un inconvénient que la plupart des clients préféraient, semble-t-il, éviter. Rosie aurait adoré, et si l'école n'avait pas repris, il aurait envisagé de l'emmener avec lui. Étant plus sage que son âge, il était probable qu'elle aurait charmé le vieux M. Wangchuck si mal en point. Elle qui vivait avec un cochon dans un taudis aurait à coup sûr apprécié le luxe à l'ancienne de l'hôtel Boulderado.

Un bref coup de fil à Ken Baxter passé depuis la chambre lui confirma que ni lui ni Anne Roberts n'étaient des escrocs et, à deux heures pile, l'homme se présenta dans le hall. Plus jeune que Daniel ne l'avait imaginé, il était grand et mince, quoique pas aussi grand que lui. Ses cheveux blonds bouclés attachés en un catogan impeccable, il était vêtu d'un jean de bonne coupe et d'un blazer. Malgré cette allure décontractée, il se dégageait de lui un air très professionnel.

« Bienvenue à Boulder, dit-il en lui serrant la main. Et surtout, appelez-moi Ken. »

Après quelques plaisanteries, il suggéra qu'ils montent sur la mezzanine où ils seraient plus tranquilles. Ils s'installèrent dans des fauteuils confortables qui donnaient sur le hall. Refusant le café qu'il lui proposait, Daniel lui remit sans perdre de temps ses papiers d'identité et son passeport, ainsi que divers autres certificats, sa licence de pilote, sa carte d'assurance sociale et son certificat de citoyenneté canadienne. Ken examina longuement les documents. Cinq minutes s'écoulèrent dans un complet silence.

« Avez-vous un acte de naissance ? demanda-t-il finalement.

— Ma mère l'a perdu. Il a été remplacé par le certificat de citoyenneté canadienne, qui sert à faire valoir tout ce qu'est censé faire valoir un acte de naissance. »

Ken plissa les yeux. « Je parlais de l'acte de naissance américain.

— Américain ? » Daniel tressaillit. Avait-il en fin de compte fait ce voyage pour rien ? « Vous voyez, dit-il d'un ton sec, vous venez de confirmer la folie de toute cette entreprise. Je suis né au Canada. »

Ken l'observa un long moment. « C'est bon, dit-il. J'en ai obtenu une copie.

— D'un acte de naissance américain ?
— Oui. Le vôtre.
— Comment ?
— C'est simple. Avec un ordre du tribunal.
— Simple, peut-être, fit Daniel d'un air morose. Sauf qu'il ne peut s'agir de moi. »

Ken consulta ses papiers et lui tendit ce qui ressemblait à la photocopie d'un certificat, sur lequel il lut le nom Anil Goba Caporelli. Ce qui ne voulait cependant rien dire. Des Caporelli, il devait en exister des milliers aux États-Unis.

« Hé, regardez ! » s'exclama soudain Ken sans cacher son soulagement. Il se leva et se pencha sur la rambarde du balcon. « Anne ! appela-t-il. Nous sommes là-haut. »

Puis il se tourna vers Daniel. « Anne Roberts vient d'arriver. J'ai là tout ce dont j'ai besoin pour l'instant. Elle va prendre le relais. »

Se préparant à leur faire savoir combien il appréciait de perdre ainsi son temps, Daniel jeta un coup d'œil entre les barreaux en bois de rose et scruta le hall en cherchant l'avocate. Bien qu'il lui ait trouvé une jolie voix, le nom d'Anne

Roberts lui avait plutôt évoqué une petite dame mal fagotée, avec un léger surpoids, une coiffure figée, des lunettes et un collier de perles hérité de sa grand-mère. Consterné par ses *a priori* machos, et oubliant d'un coup sa frustration, il vit une femme très différente monter l'escalier. Elle aurait pu sortir du fin fond de l'Afrique et était splendide à regarder. À peu près du même âge que lui, elle avait la silhouette fine et nerveuse d'une athlète olympique et était vêtue d'un tailleur moulant vert citron. Le plus spectaculaire était cependant sa chevelure, une masse de petites nattes retenues sur la nuque par un foulard assorti.

Daniel n'avait aucune idée de ce à quoi elle s'attendait à le voir ressembler, car lorsqu'elle arriva en haut des marches et lui serra la main d'une poigne robuste, elle le toisa en riant d'un air entendu.

« Ken m'a prévenue que vous vous retrouviez ici », dit-elle en laissant apparaître des dents d'un blanc étincelant. Son accent était celui d'une Américaine cultivée, son attitude amicale et décontractée. « Il fait tellement beau que j'ai décidé de vous accompagner.

— Je crains que vous n'ayez perdu votre temps. Et moi le mien, commenta Daniel en s'efforçant d'avoir l'air fâché.

— Pourquoi ne prendrions-nous pas les choses une par une proposa Anne Roberts, qui ne parut nullement offensée par sa pique. Allons-y à pied, voulez-vous ? La clinique Rosewood n'est qu'à dix minutes de marche, et comme ça, vous découvrirez une partie du centre de Boulder.

— Nous nous verrons au tribunal, Daniel, dit Ken lorsqu'il prit congé.
— Quand ? Quoi ? Comment ? rétorqua Daniel, déconcerté.
— Désignation d'héritier, répondit l'enquêteur d'un ton jovial. Je vais tenter le coup pour demain. »

Outre que l'enthousiasme de Daniel à l'idée de rencontrer M. Wangchuck était proche du néant, il était trop distrait pour admirer la ville. Il remarqua seulement qu'ils marchaient le long d'une jolie rue piétonne, flanquée de nombreux arbres et de magasins aux vitrines élégantes.

« Ça va ? demanda Anne Roberts au bout d'un moment.
— À vrai dire, non... Ken m'a réellement désarçonné en me demandant mon acte de naissance américain. J'aurais dû poser plus de questions avant de venir ici. Il est impossible que je sois votre homme. »

Anne Roberts hocha la tête. « Je pense personnellement que vous l'êtes, Daniel, mais vous pourrez toujours réclamer un test ADN. Le tribunal pourrait lui aussi en exiger un, ça dépendra du juge. » Elle lui effleura le bras. « Pourquoi ne pas vous décider une fois que vous aurez rencontré M. Wangchuck ? Mais ne soyez pas trop déçu si vous n'arrivez pas à lui tirer un mot. N'oubliez pas qu'il est très malade. »

Ils marchèrent un instant en silence.

« M. Wangchuck est d'origine tibétaine, c'est bien cela ?

— Oui, il est né au Tibet. Il est venu aux États-Unis pour la première fois en 1959.

— Pourquoi à Boulder ?

— Pour être franche, je n'en sais rien. Mais ce n'est sans doute pas aussi étrange que ça en a l'air. Nous avons un certain nombre de Tibétains, ici. Boulder est jumelée avec la ville de Lhassa, et il y a même un temple bouddhiste tibétain et un monastère au Colorado.

— Une raison particulière à cela ? Je veux dire, quel est le lien, au départ ?

— L'altitude et les montagnes, j'imagine. Nous sommes à mille six cent cinquante mètres au-dessus du niveau de la mer. Ce qui fait un kilomètre six cents dans le ciel. Pour l'Amérique, c'est haut, sans comparaison cependant avec le toit du monde. En termes de climat et d'environnement, c'est ce qui, aux États-Unis, ressemble le plus au Tibet. »

Ils continuèrent à marcher en silence.

« De quoi souffre M. Wangchuck, exactement ?

— Une tumeur au cerveau. En phase terminale.

— Est-ce ce qui explique que vous n'ayez pas réussi à le faire parler beaucoup ?

— Non. Apparemment, il ne s'agit pas d'une tumeur qui affecte les fonctions cognitives. Mais quand je l'ai vu mardi, il délirait. Les drogues, sans doute... »

Daniel s'arrêta. « Alors, pourquoi maintenant ? S'il avait voulu voir son fils, il l'aurait certainement fait savoir plus tôt.

—Je n'en ai aucune idée. » Anne Roberts le prit par le coude pour l'inviter à avancer. « Mais puisqu'il a admis avoir un héritier, le tribunal est tenu de déployer les moyens nécessaires pour le retrouver. Jusqu'à la semaine dernière, il ne semblait en exister aucun. Il est fort possible qu'il lui reste de la famille éloignée au Tibet, seulement notre budget ne nous permet pas d'entreprendre de telles recherches. Rappelez-vous qu'il vit aux États-Unis depuis un demi-siècle, et qu'il a apparemment rompu tout lien avec son pays d'origine. Si son ami n'avait pas confirmé votre existence, l'affaire se serait arrêtée là. » Elle se tourna vers Daniel. « Comme je vous l'expliquais, en tant que juriste désignée par le tribunal, je devais essayer de vous retrouver. Personne ici n'a rien à y gagner, si c'est à cela que vous pensez. »

Daniel crut déceler dans sa dernière remarque une réaction défensive, voire de l'irritation. Anne Roberts avait dû s'attendre à plus de reconnaissance que de suspicion ; peut-être même ne croyait-elle pas une seconde qu'il ignorait l'existence de ce prétendu père.

« Vous connaissez le pouvoir de la volonté, enchaîna-t-elle. Ces derniers jours, peut-être que M. Wangchuck est resté en vie uniquement pour nous laisser le temps de vous retrouver. Le médecin est convaincu qu'il n'en a plus que pour quelques heures, au mieux quelques jours. Remarquez, les médecins peuvent se tromper. Je ne sais pas si je dois employer le mot *chance*, toujours est-il qu'il est encore en vie. Mais à peine. »

Elle continua à marcher à grandes enjambées en faisant se retourner quelques têtes sur son passage. Daniel la suivit, de plus en plus mal à l'aise. Ils tournèrent à droite, puis à gauche, Anne lui donnait le nom des monuments historiques devant lesquels ils passaient et lui recommandait des itinéraires touristiques ou de bons restaurants. Cinq minutes plus tard, ils arrivèrent devant un ravissant vieux bâtiment en bois peint en jaune avec de larges fenêtres. Un magnifique jardin l'entourait, planté de rosiers, de saules et de bouleaux.

Daniel était impressionné. « Ça m'a l'air d'un endroit merveilleux où vieillir.

— C'était autrefois l'hôtel Rosewood, mais il semblerait que s'occuper du troisième âge rapporte plus d'argent. En fait, c'est plutôt une sorte d'hospice, une dernière étape, si vous voyez ce que je veux dire. »

Ils entrèrent dans un grand hall de réception. Au bureau d'accueil, Anne présenta Daniel à trois infirmières, puis elle lui tendit la main. Il fixa sa main tendue en murmurant : « Vous me laissez là ?

— Je pense qu'il est préférable que vous rencontriez M. Wangchuck en tête-à-tête. Peut-être pourrions-nous nous reparler demain matin. Ken ou moi vous appellerons.

— D'accord. Eh bien…, merci pour votre peine, Anne. »

Soudain, en la voyant s'éloigner et franchir la porte, Daniel se sentit très seul. Il se tourna vers les infirmières assises derrière le bureau et les surprit à chuchoter. Sans doute faisaient-elles des commentaires sur l'allure exotique de la juriste, à moins que ce ne soit sur la sienne...

« Il y a un problème ? demanda-t-il d'un ton brusque.

— Pardon », s'excusa la plus âgée des trois femmes.

Il était à l'évidence nerveux et avait perdu son sens de l'humour. Il avait du mal à réfléchir correctement. Il se ressaisit et se pencha vers elles. « Où puis-je trouver M. Wangchuck ? »

Sa question arracha un petit rire nerveux à la plus jeune des trois infirmières. « Seigneur, vous êtes encore plus grand que lui ! » Elle lui indiqua un couloir. « M. Wangchuck est dans la chambre 28, au fond et à gauche. » Jolie comme une poupée, l'infirmière s'empressa de passer de l'autre côté du comptoir. « Je vais vous accompagner, monsieur Villeneuve. »

Le couloir lui parut d'une longueur interminable. L'infirmière marchait devant lui. Ses hanches se balançaient, et elle n'arrêtait pas de se retourner en lui souriant. Il voulut répondre à son sourire, mais son cœur battait trop vite. Elle ralentit le pas pour qu'il la rattrape.

« C'est un bon jour pour lui rendre visite, vous savez. Ce matin, M. Pemmy est en grande forme... compte tenu des circonstances.

— M. Pemmy ? »

La fille gloussa. « Nous ne l'appelons jamais comme ça en sa présence. Comme je vous le disais, ce matin, il est bien, et plus lucide qu'il ne l'a été ces derniers quinze jours. Au petit déjeuner, il a mangé la moitié d'un œuf, la première chose qu'il avalait depuis des jours. » Elle baissa la voix. « Nous sommes toutes sidérées qu'il soit encore parmi nous. Nous ne savions pas qu'il lui restait quelqu'un, enfin, jusqu'à ce qu'Anne Roberts lui pose des questions sur sa famille et qu'il réclame son fils. » Haussant légèrement les sourcils, elle prit un ton pincé. « Son vieil ami est bien passé deux ou trois fois avec sa fille, mais personne de la famille. Ç'aurait été gentil que quelqu'un s'occupe de lui... »

Oh, par pitié, tais-toi! songea Daniel.

Ils arrivèrent enfin devant la chambre 28. Daniel s'arrêta devant la porte tandis que l'infirmière entrait en lançant d'une voix aiguë : « On n'est pas heureux, Pematsang ? Vous voyez ? Vous avez pris votre petit déjeuner, et regardez maintenant qui est là ! »

La forme couchée dans le lit remua légèrement.

« Allez, allez, Pematsang, on se réveille... Vous avez de la visite ! »

Elle fit signe à Daniel d'entrer.

La mine renfrognée, il lui dit tout bas : « À tout à l'heure. D'accord ?

— Bon, très bien ! » fit l'infirmière avec un haussement d'épaules en levant les yeux au ciel. Puis, soufflant d'un air déçu, elle tourna les talons. Nul doute qu'elle aurait adoré raconter la rencontre entre le père et le fils à ses collègues. Ses sabots résonnèrent sur le sol carrelé du couloir.

Désormais seul, Daniel resta immobile sur le seuil et regarda l'homme dans le lit. Il avait ouvert les yeux et le regardait d'un œil sans expression. Daniel inspira à fond. Même à cette distance, il était impossible de ne pas voir la marque sur le visage du vieil homme. D'un seul coup, il eut les jambes en coton. Ce qu'il voyait devant lui n'était autre que lui-même, l'homme vieilli qu'il avait fixé dans le miroir hier matin, sauf que cet homme était encore plus vieux et ses traits asiatiques plus prononcés. La patte-d'aigle étendait ses tentacules de sa tempe jusqu'au sourcil et à la joue. La mort était imprimée sur son visage, et on aurait dit que le fil de sa vie pouvait se rompre à tout instant.

Il leva mollement la main et lui fit signe d'entrer. Daniel s'approcha du lit mais se figea d'un air troublé, en proie à un tel désarroi qu'il était incapable d'agir ou de réagir. Ils se dévisagèrent mutuellement. M. Wangchuck l'observait en silence, les yeux voilés de douleur, le visage creusé et ravagé par la maladie.

Cet homme est mon père.

Cette découverte écrasante le laissa hébété. Au bout de quelques instants, il finit par se reprendre. Il se pencha en avant et toucha la main de l'homme. Une main très semblable à la sienne – ce serait la sienne d'ici quelques années –, sauf qu'elle ne tremblait pas autant. Il sentit les larmes lui monter aux yeux.

Le vieil homme retira sa main et tourna la tête lentement vers le mur. Un geste qui semblait bizarre.

« Vous allez bien ? demanda bêtement Daniel.

— Pourquoi vous ont-ils fait venir ici ? » murmura l'homme, qui avait gardé un fort accent.

Daniel regarda le profil figé. « Que voulez-vous dire ?

— Je ne vous connais pas.

— C'est exact, monsieur Wangchuck. Nous ne nous connaissons pas, mais il semblerait que je sois votre fils.

— Non, fit le vieil homme en secouant la tête. Je n'ai pas de fils. »

Daniel le dévisagea, abasourdi. À moins d'être aveugle, n'importe qui aurait vu qu'ils étaient père et fils. Il comprenait à présent pourquoi Anne Roberts en avait été convaincue à la seconde où ils avaient été présentés, et pourquoi les infirmières avaient chuchoté en le voyant. Quelles que soient les circonstances étranges dans lesquelles il avait été conçu, aucun test n'était nécessaire pour en avoir confirmation. Ils se ressemblaient à en avoir froid dans le dos, seul l'âge les différenciait, et même s'ils n'avaient pas été aussi semblables, la patte-d'aigle apportait la preuve de leur lien génétique. Le nier eût été ridicule.

« J'aurais été le premier à dire que vous n'êtes pas mon père, monsieur Wangchuck. Croyez-moi, j'ai sincèrement espéré que tout cela ne soit qu'une erreur... J'étais très heureux avec le père que j'avais, mais, maintenant que je suis là et que je vous vois, je sais sans l'ombre d'un doute que je suis votre fils. »

Le vieil homme ferma les yeux et baissa le menton, comme s'il était inutile de poursuivre cette conversation. Comme s'il avait attendu en vain. Daniel sentit la panique le gagner. Était-il en train de lâcher prise ? *Était-il en train de mourir ?* Mais Pematsang Wangchuck bougea et parla lentement à cause de la difficulté qu'il éprouvait à respirer. « Je suis désolé qu'on vous ait induit en erreur. Vous n'êtes pas mon fils.

— Regardez-moi ! s'exclama Daniel. Regardez, et vous verrez votre visage… Je vois le mien dans le vôtre. »

Pematsang demeura résolument tourné vers le mur. Ses lèvres sèches s'entrouvrirent en s'efforçant de dire quelque chose. « Je sais qui vous êtes, parvint-il à murmurer. Mais vous n'êtes pas mon fils.

— Expliquez-vous, rétorqua Daniel, la voix tendue. Je vois bien qu'il vous est difficile de parler, mais essayez, je vous en prie. Je crois que vous me devez bien ça. »

Apparemment, c'en était trop pour le vieil homme, qui tendit la main et appuya sur un bouton près du lit. Une lumière verte s'alluma, et quelques secondes plus tard, une infirmière arriva, que Daniel n'avait pas encore vue.

La main de Pematsang Wangchuck s'agita de nouveau, d'un geste qui lui signifiait clairement son congé. Il voulait que Daniel s'en aille.

« Je m'en vais, dit celui-ci laconiquement à l'infirmière. Inutile de me raccompagner. »

Les paroles du vieil homme auraient pu se révéler libératrices, mettre un terme à cette entreprise folle, mais maintenant qu'il l'avait rencontré et avait pu constater par lui-même la preuve de leur filiation, Daniel se sentait complètement anéanti. Alors qu'il s'éloignait à pas lents dans le couloir tout en luttant pour se ressaisir, l'infirmière le rattrapa. Âgée d'une quarantaine d'années, elle avait un visage délicat et intelligent. Elle posa délicatement sa main sur l'épaule de Daniel pour le retenir et lui dit : « Attendez une minute. Je ne sais pas ce qu'il vous a dit à l'instant dans la chambre, mais c'est un homme acariâtre, même dans ses meilleurs moments. Il a des métastases à la colonne vertébrale et souffre énormément. La morphine le rend confus. Ne vous laissez pas décourager par ça... Il n'en a plus pour longtemps.

— Merci », dit Daniel. Tout à coup, il se sentit si absurdement reconnaissant pour cette marque de compassion qu'il aurait volontiers embrassé cette femme. « Je tâcherai de m'en rappeler. » Il était pratiquement certain qu'elle n'avait pas entendu leur conversation, de sorte qu'elle ne pouvait rien savoir du verdict aussi précis qu'irrévocable que venait de rendre le vieil homme.

Se hâtant de sortir au soleil, il se dirigea vers le premier bar.

Après un grand Jack Daniels sur glace, la consternation, la colère et la confusion qu'il éprouvait commencèrent à se dissiper. Il s'était promis de voir où ce voyage le mènerait, ce qui relevait du simple bon sens. Aussi surréaliste que soit l'expérience, il n'y avait rien à gagner à s'impliquer sur le plan affectif. N'en restait pas moins le choc d'avoir vu l'homme qui, il n'en avait aucun doute, était son père. Il se retrouvait en proie à un sentiment mêlé de crainte et de respect… en même temps que d'urgence. Le vieil homme était dans les brumes morphiniques et n'avait peut-être pas vu la marque sur son visage, à moins que, contrairement à ce qu'Anne Roberts avait dit, sa tumeur n'affectât ses capacités intellectuelles. Autre hypothèse, l'allure de cet homme plus jeune ne lui avait tout simplement pas plu ou il avait changé d'avis. À vrai dire, ce dernier scénario semblait le plus probable : au moment où il avait réclamé son fils en plein délire, il n'avait pas eu réellement envie qu'on le retrouve ni qu'on le lui amène. Il avait seulement dû se débarrasser d'un regret concernant son passé, que lui avait rappelé Anne Roberts par ses questions insistantes.

Ces spéculations ramenèrent Daniel à la question qu'il n'avait pas eu le temps d'aborder depuis le coup de fil de Ken Baxter, à savoir pour quelle raison sa mère lui avait-elle menti au sujet de son père ? Venant d'une famille catholique très stricte, peut-être avait-elle eu honte de son incursion en territoire interdit et jugé plus simple d'inventer un beau garçon italien. Ou encore, Vincenzo Mario de la Pietra avait bel et bien existé, mais il n'avait pas su que le bébé qui se développait dans le ventre de sa fiancée n'était pas le sien. Quelle avait été la nature de la relation entre Pematsang Wangchuck et Gabriella ? Dans sa jeunesse, nul doute que Pematsang Wangchuck avait été un homme impressionnant, et peut-être que Gabriella, alors âgée d'un peu plus de vingt ans, rêvait d'une histoire d'amour exotique. Du fait même de son éducation rigoureuse, peut-être s'était-elle rebellée... avant de finalement rentrer dans le rang. Quoi qu'il se soit passé entre ses parents, au-delà de l'avoir engendré, il était très possible que voir Daniel ait rappelé au vieil homme un souvenir désagréable ou une souffrance liés à son histoire avec Gabriella ou à la façon dont ils s'étaient séparés.

De nos jours, retrouver les gens était relativement facile ; il avait suffi de quelques jours à Ken Baxter. Si son acte de naissance original portait le nom d'Anil – cet original insaisissable qu'il n'avait jamais vu –, son nom avait pu être transformé en Daniel sur simple décision du tribunal. Gabriella avait-elle été amoureuse et avait-elle voulu donner au bébé un nom qui lui rappellerait cet homme et sa culture ? Avait-elle trouvé par la suite ce nom bizarre ou trop « ethnique » et décidé de le modifier ? Freddie ne lui aurait certainement jamais demandé ; il était accommodant, et pour le coup, pas du tout comme sa mère.

Quel que soit le sens dans lequel il tournait les choses, tous ces scénarios semblaient plus abracadabrants les uns que les autres.

Daniel termina son verre et regarda le bar, remarquant pour la première fois l'endroit où il se trouvait. Une salle blanche à l'atmosphère décontractée, avec des canapés en velours rouge, des toiles semi-abstraites de tulipes rouges à la Georgia O'Keefe, des sortes de palmiers en pots et une vitrine qui ouvrait largement sur la rue. Une rangée d'arbres touffus offrait de l'ombre à la voie piétonne, où les gens qui se promenaient étaient minces, semblaient rayonner de santé et de prospérité. Il avait lu dans une brochure de l'hôtel que Boulder avait été élue « la ville où il est le plus agréable de vivre aux États-Unis ». De là où il était, ç'avait l'air vrai. Calé dans son fauteuil, Daniel laissa le vent chaud de septembre lui caresser le visage, mais il fut pris tout à coup d'un léger vertige. Sans doute le stress de la matinée qui s'ajoutait à l'altitude. La ville était tout de même perchée à plus de mille cinq cents mètres au-dessus du niveau de la mer.

Alors qu'il observait la rue ensoleillée, il repensa à une chose et se redressa d'un geste brusque. L'acte de naissance! Était-il *ici* dans son pays natal? Cette ville était peut-être celle où il était né. Si c'était vrai, il n'était pas canadien. *Il était américain*. Un soudain mal de tête lui vrilla les tempes. Il n'était pas seulement américain... une moitié de lui était tibétaine. Tibétain! Son moi solide et stable, qui, en trente-neuf ans, n'avait eu à subir aucun autre bouleversement qu'une rupture conjugale, était en train de se démanteler irrésistiblement. Tout ce qu'il savait et croyait savoir sur lui s'écroulait. Son identité même se voyait remise en question. *Qui était-il réellement ?*

6

Daniel parcourut des kilomètres à pied dans Boulder, plongé la majeure partie du temps dans un état de stupeur, regardant par moments vers l'ouest de manière à s'orienter. Là, à flanc de montagne et à la limite de la ville se dressaient des parois rocheuses quasi verticales, les bien nommées Flatirons. Il finit par se retrouver plus ou moins à l'endroit d'où il était parti, sur Pearl Street, une avenue piétonne très animée. Sorte de jungle paysagée où se mêlaient fleurs, arbres et buissons, elle était pavée de brique et parsemée de rochers, de sculptures et de fontaines. Les bâtiments superbement rénovés donnaient à l'avenue un charme un peu fin de siècle, très différent des mégalithes de verre et d'acier de Vancouver.

Tout à coup, Daniel se rendit compte qu'il mourait de faim et se dirigea vers la première terrasse, où il s'installa sous un auvent à rayures jaunes. Le serveur mexicain très aimable lui recommanda le sandwich au saumon fumé accompagné de salade et de frites. Qu'à cela ne tienne!

Il passa la fin de l'après-midi à écumer les magasins en cherchant quelque chose à rapporter à Rosie. Comment réagirait la pauvre enfant en apprenant qu'elle avait un autre grand-père, un grand-père que, en toute certitude, elle ne connaîtrait jamais ? Déciderait-il seulement de lui en parler ? Le problème avec Rosie, c'était sa redoutable perspicacité. Il aurait beau s'évertuer à le lui cacher, elle remarquerait à coup sûr que quelque chose chez lui avait changé. Elle devinerait sa perplexité en le regardant dans les yeux.

Les boutiques étaient aussi sophistiquées que les habitants, et un grand nombre d'échoppes vendaient de jolis objets d'art, des bijoux ou de l'artisanat indien. Rosie n'était pas une enfant à aimer les jouets, pas plus qu'elle ne s'intéressait aux trucs de fille. Un magasin à l'enseigne de *Tibet Imports* attira son œil. Il aurait bien aimé discuter avec le jeune homme assis derrière le comptoir, visiblement d'origine tibétaine, mais celui-ci avait l'oreille collée à son téléphone portable. Daniel écouta avec intérêt la langue étrange qu'il parlait lorsqu'il paya une petite amulette passée sur une chaîne en argent.

Dans une grande librairie, il feuilleta plusieurs livres susceptibles d'intéresser sa fille, des livres sur l'architecture, les paysages, les arbres, les cochons et l'élevage des cochons. En consultant des ouvrages sur les bâtiments de Pearl Street, il reconnut que ça n'avait rien d'une lecture attrayante pour une petite fille. Il regarda ensuite plusieurs guides de Boulder, espérant glaner quelques renseignements sur le lien qui existait entre la ville et le Tibet. À en juger par la sélection, la ville montrait une prédilection pour un curieux mélange de jeunes cadres dynamiques et de mouvements alternatifs. Un des guides mentionnait deux restaurants tibétains. Il sortit un stylo de son sac à dos pour noter les adresses. Ce qu'il allait y faire, il ne savait pas trop. Probablement manger, écouter, s'imprégner... Dans un livre intitulé *Le Boulder spirituel*, il chercha s'il était fait mention du centre bouddhique tibétain et du monastère, lorsque ses yeux s'arrêtèrent sur une photo qui lui rappela quelque chose. L'édifice avait décidément un air familier. Sortant son appareil photo de son sac, il fit défiler ses photos pour revoir celles qu'il avait prises deux ou trois semaines plus tôt, le jour où il avait entrepris avec sa fille de construire un village haïda sur la plage. Rosie avait fini par faire un monument en tout point différent... D'une main, il tenait le livre, de l'autre l'appareil. Dieu du ciel! Le bâtiment qu'il avait sous les yeux était le même... Il examina longuement les deux images, notant seulement quelques différences mineures, qui tenaient sans doute à la difficulté qu'elle avait eue à reproduire l'édifice avec du sable.

 La photo dans le livre était celle du grand stupa du Shambhala Mountain Center, près de Boulder. Un stupa? Daniel n'avait jamais entendu parler de ça. Il lut la légende sous la photo: « Le stupa tibétain est unique parmi les diverses formes d'architecture sacrée. Sa structure traditionnelle précise transforme et harmonise les déséquilibres des éléments et des énergies. C'est un symbole de l'esprit éclairé du Bouddha et de notre propre potentiel en tant qu'êtres humains. »

Rosie avait construit un stupa tibétain ! Cette coïncidence étrange pouvait néanmoins s'expliquer. Sa fille raffolait des émissions de télévision qui diffusaient des reportages sur les différentes cultures du monde et prenait note mentalement de tout ce qu'elle voyait. Comme lui, elle faisait un excellent usage de sa mémoire exceptionnelle. Cette dernière s'était révélée très utile à quatre générations d'élèves dans la famille et expliquait probablement le génie de Gabriella pour les mathématiques. Et bien que Rosie fût bonne en maths, elle se singularisait par un don spatial. Capable de mémoriser les détails d'un bâtiment jusqu'à la dernière tuile sur le toit, ce devait être ainsi qu'elle avait reproduit le stupa sur la plage.

Pour finir, Daniel lui acheta un canif Flatirons et prit pour lui deux livres sur le Tibet. Le soleil se couchait et la chaleur diminuait. Il repartit vers le Boulderado avec l'intention de se coucher de bonne heure et de s'accorder un sommeil bien mérité. Les voitures étaient peu nombreuses et la plupart des gens circulaient à vélo. Boulder était assurément une ville paisible et civilisée pour un homme débarquant d'un Tibet déchiré et opprimé. Qu'est-ce qui avait poussé Pematsang Wangchuck à quitter cette terre lointaine pour venir ici ? Bien qu'il y ait de multiples questions et peu de réponses, Daniel persista dans sa résolution à laisser les choses suivre leur cours. Pourtant, les paroles de Katie continuaient à résonner dans sa tête. *Dans ce genre de situation, il vaut mieux prendre les devants...* Demain matin, il déciderait quoi faire. Il retournerait voir son père et tenterait une nouvelle fois de parler avec lui, mais son instinct lui soufflait déjà ce qu'il fallait *ne pas faire*. Il ne mentionnerait le violent rejet exprimé par son père ni à Anne, ni à Ken Baxter, ni au médecin, ni aux infirmières, et, avec un peu de chance, Pematsang Wangchuck s'en abstiendrait lui aussi... si toutefois il était encore là demain !

Daniel fut réveillé par le téléphone. C'était Anne Roberts. Il regarda sa montre – huit heures moins le quart – et se redressa.

« Alors ? demanda-t-elle sans autre préambule. Vous avez été convaincu ?

— Oui. Après avoir vu M. Wangchuck, il n'y a plus aucune place pour le doute.

— Je savais que vous diriez ça. Vous êtes bien le fils de votre père... Par conséquent, venons-en à la paperasse. » Elle avait l'air pressée et tendue, et Daniel se sentit un peu vexé qu'elle ne lui demande pas comment il s'était entendu avec son père ou quel effet lui faisait une découverte aussi monumentale. « Retrouvez-moi au tribunal du comté de Boulder à onze heures. Nous ferons établir l'ordre de désignation d'héritier. Et ensuite, si vous voulez, nous pourrons réclamer une décision judiciaire qui fera de vous l'exécuteur testamentaire de votre père.

— Quoi ? » Il ne lui avait jamais traversé l'esprit qu'il pourrait être l'exécuteur testamentaire de son père. Anne devait être ravie de pouvoir se décharger de cette responsabilité et de ce qu'elle impliquerait une fois Pematsang décédé. Prendre les devants, tu parles ! « Est-ce la procédure normale ?

— Pas tout à fait, répondit-elle. Même s'il n'est pas si rare que des gens se brouillent avec toute leur famille... Si nous avons de la chance, nous pourrons tout boucler aujourd'hui, après quoi vous prendrez le relais.

— Oh, Seigneur ! Je ne sais pas trop... Est-ce que j'y suis obligé ?

— Non, fit-elle, un brin surprise. J'interviens en tant qu'administrateur public, mais l'avocate que je suis peut continuer à intervenir au titre de représentante légale de votre père.

— C'est que... il faut que je reprenne mon travail.

— Bien sûr. Je comprends. »

Daniel espéra qu'elle ne le jugeait pas insensible. Histoire d'atténuer un peu la chose, il ajouta : « À vrai dire, ce n'est pas seulement à cause de mon travail. Plusieurs bombes ont explosé d'un seul coup dans ma vie, et je me sens un peu perdu.

— Oui, naturellement, je comprends. Ce qui vous arrive doit être très perturbant... Écoutez, maintenant que vous êtes convaincu que M. Wangchuck est votre père, vous mettriez de l'huile dans les rouages et accéléreriez les choses en vous abstenant de mentionner au tribunal les doutes que vous avez eus au départ. Vous me suivez, Daniel ?

— Ah... Puisque vous le dites.

— Si vous êtes pressé de repartir, vous préférerez éviter d'avoir à subir un test ADN. Si tout paraît clair et limpide au juge, il prendra sa décision immédiatement, et, dès demain, vous pourrez filer. Pensez à apporter tous vos documents. Ken nous retrouvera là-bas pour confirmer l'évidence du lien biologique.

— Attendez, Anne... Pas si vite. Que se passera-t-il une fois cette décision de justice rendue ? Que devrai-je faire ensuite ?

— Ne vous inquiétez pas, dit-elle d'une voix plus douce. Je m'occuperai de tout. »

Daniel hésita. « Et pour ce qui est des... des obsèques ? Vous les organiserez ?

— Je peux si vous le voulez... Mais peut-être est-ce une chose dont vous aimeriez vous charger vous-même. Les pompes funèbres Yew Tree ont bonne réputation. Le directeur s'appelle Carlos Benedict. Un type bien, efficace et pas cher. Il organisera le transport si vous souhaitez ramener le corps au Canada. »

Daniel se hérissa. Pematsang était encore en vie, et il trouvait macabre de parler de lui comme s'il n'était déjà plus qu'un cadavre. « Je vais y réfléchir. Je vous retrouve à onze heures. »

Il s'étendit sur son lit et contempla le plafond. Les murs et le plafond étaient tapissés d'un papier à motif floral bleu et blanc assorti à celui des rideaux, et les meubles de style victorien. Il se demanda si ce style aurait plu à Rosie. Si seulement une tasse de café avait pu descendre du ciel... Sans compter qu'il avait de nouveau faim. L'appétit lui était revenu, or, la veille, il n'avait pris qu'un seul repas. Le petit déjeuner était servi dans une luxueuse salle à manger. Ce qui ne manquerait pas de lui coûter cher également.

Décisions judiciaires... organisation des obsèques... homologations. Et dire que l'homme n'était même pas encore mort ! Daniel se demanda vaguement ce qui lui reviendrait. Il se fichait comme d'une guigne de l'héritage du vieil homme, d'autant que Pematsang l'avait rejeté de façon catégorique, pour ne pas dire accablé de son mépris. En repensant à leur rencontre, sa poitrine se serra, et il se sentit tout à coup au bord des larmes. Il se demandait comment d'autres que lui auraient supporté ce genre de confrontation. Déterminé à s'en tenir à sa résolution, il fit de son mieux pour chasser ses pensées, au moins jusqu'à ce qu'il ait réussi à mettre la main sur son insaisissable mère.

Sortant aussitôt son téléphone, Daniel composa le numéro de Gabriella. C'était sa dixième tentative, et il commençait à s'inquiéter. Peu importait l'urgence de ses questions, il espérait que ses parents allaient bien. Peut-être avaient-ils égaré leur téléphone ou le leur avait-on volé, mais, dans ce cas, ne l'auraient-ils pas appelé pour le prévenir ?

« Mon chéri ! »

Le son de la voix de sa mère lui procura autant de soulagement que de colère. « Maman ! Où diable êtes-vous donc ?

— Nous sommes en Italie, mon chéri, chez mon cousin Luigi. »

Daniel balança ses jambes par terre et s'assit au bord du lit. Ne sachant pas très bien par quoi commencer, il respira un grand coup, prêt à se lancer dans une tirade de frustration, de questions et d'accusations. Pour finir, il se contenta de dire : « Maman, je suis à Boulder, au Colorado. »

Silence.

« Tu m'entends ? reprit-il au bout de quelques secondes. Je suis venu à Boulder voir un dénommé Pematsang Wangchuck... » Toujours pas de réaction. « *Maman ?* »

Il l'entendit s'étrangler et attendit qu'elle reprenne la parole.

« Comment as-tu... Qui t'a contacté ?

— Ç'a une quelconque importance ?

— Daniel, écoute-moi ! » Elle avait retrouvé sa voix, ce côté hystérique familier vainement déguisé en autorité. « Il y a certaines choses qu'il faudra que je t'explique, mais, d'ici là, ne crois *rien* de ce qu'on te racontera. Tu m'entends ?

— Oh, je t'en prie, maman... J'ai vu un acte de naissance américain imprimé noir sur blanc. J'ai vu l'homme qui est mon véritable père. »

Cette fois encore, il y eut un long silence. « Je ne vais pas commencer à discuter de ça au téléphone. Ça devra attendre notre retour.

— Passe-moi Freddie.

— Oh, pour l'amour du ciel… Ne mêle pas Freddie à ça !

— Pourquoi pas ? Peut-être qu'il pourra m'éclairer un peu sur qui je suis.

— Il n'est pas là, et tu ne le mêleras pas à ça. » Il pouvait quasiment sentir des éclairs d'hostilité dans le téléphone. Quel que soit le fin mot de l'histoire, il devinait qu'elle en avait gardé de l'amertume, à moins qu'elle n'ait peur. *Peur de quoi ?*

« Parce que ce bon vieux Freddie n'est pas au courant non plus ?

— Écoute, je ne te laisserai pas t'immiscer dans mon couple et y semer le trouble. Mon passé ne regarde que moi, Daniel. Il va falloir que tu montres un peu de respect pour mon intimité.

— Du respect ? C'est une blague, maman !

— Tu aurais dû m'en parler avant de te lancer dans je ne sais quelle quête stérile. Je te le dis, tu n'aurais pas dû aller à Boulder, et je ne dirai pas un mot de plus sur le sujet avant d'être rentrée à la maison… c'est-à-dire je ne sais pas quand.

— Je n'arrive pas à croire que…

— Non, Daniel ! cria Gabriella, au bord de la crise de nerfs. Tu m'as entendue. Tu me balances ça sans préambule, je ne suis pas prête à en parler au téléphone. Rentre à la maison et reprends le cours habituel de ta vie.

— Que je rentre à la maison et que je reprenne le cours habituel de ma vie ? Tu plaisantes... »

Il entendit un déclic, suivi d'un long silence. Il regarda le petit gadget dans sa main. « C'était ma très aimante mère ! » lui dit-il. Peut-être que la ligne avait été coupée, mais elle était connue pour raccrocher au nez des gens, y compris des êtres qui lui étaient le plus proches et le plus chers. Il s'allongea sur le lit et contempla les fleurs au plafond en se remémorant la conversation.

Qui t'a contacté ? Ne crois rien de ce qu'on te racontera. Qu'est-ce que ça voulait dire ? Qui chercherait à lui mentir... et dans quel but ? Non, c'était sans doute une façon typique de Gabriella de gagner du temps. Heureusement que sa fille avait une mère d'un autre genre... Son estime pour Amanda remonta en flèche. Et d'un seul coup, il eut envie d'entendre sa voix. Il lui raconterait ce qui se passait. Quelle que soit leur relation, dans l'adversité, Amanda était d'un formidable soutien, et probablement la seule personne qui écouterait son histoire avec une empathie sincère.

Il attendit que son rythme cardiaque soit redevenu normal, puis reprit le téléphone. Il sonna un bon moment.

« *Vous êtes sur le répondeur d'Amanda Byrne. Merci de laisser un message.* »

Amanda *Byrne* ! Villeneuve avait donc été jeté par la fenêtre et elle avait repris son nom de jeune fille. Mauvais signe. Et quid de Rosie Villeneuve ? Son désir d'entendre la voix de son ancienne femme se dissipa instantanément.

« Rosie ! Amanda ! cria-t-il dans le récepteur. C'est moi. Décrochez, je vous en prie !

— Je suis là, papa, fit la voix aiguë de sa fille. Où es-tu ?

— Bonjour, ma chérie. Je suis encore à Boulder. » Il prit sa respiration. « Comment s'est passée la rentrée à l'école ?

— Horrible ! Jenny a déménagé à Halifax et Mlle Ekman a un gros bidon. Je parie qu'elle attend un bébé. Et je suis la plus grande dans ma classe, même plus grande que les garçons.

— C'est la vie, ma jolie », dit Daniel d'un ton désinvolte, bien qu'il ressentît un pincement au cœur. Mlle Ekman était une institutrice merveilleuse, qui adorait sa fille et paraissait comprendre sa singularité de surcroît. Si elle était enceinte et partait en congé maternité, ce serait un changement de plus pour Rosie, un nouveau deuil. « Écoute-moi, ma petite chérie. Je sais que ce n'est pas drôle, mais je préfère te prévenir. Ce voyage est un peu plus compliqué que je ne le pensais au départ… et quand je reviendrai, il faudra sûrement que je retourne directement au travail. Mais je me rattraperai, promis. On fera quelque chose de vraiment spécial à mon prochain congé. Que dirais-tu d'un week-end à Disneyland, par exemple ? On descendra en avion…

— Il faudra que tu demandes à maman, dit Rosie d'un ton maussade. Elle et Tony ont des tas de projets. »

Tony ? C'était donc ça... Il l'avait soupçonné depuis le début. Il y avait un homme dans la vie de sa femme.

« Je pourrais pas venir vivre avec toi, papa ? Juste toi et moi. »

Rosie ne lui avait jamais fait une telle demande, à laquelle il n'était d'ailleurs absolument pas préparé. « J'aimerais beaucoup... Maman et moi discutons pour voir comment nous pouvons t'avoir tous les deux le plus souvent possible, alors ne t'inquiète pas. Entre-temps, je serai toujours près de toi... »

Rosie resta muette.

« Écoute-moi, ma puce, tu peux me passer maman une seconde ?

— Elle est sortie boire un café avec Tony au Starbucks.

— Tu es toute seule à la maison ? demanda Daniel en essayant de ne pas avoir un ton affolé.

— Ne t'en fais pas. Elle revient dans cinq minutes. J'entraîne Runtie-Lou à devenir un cochon policier. Je te la passe, papa. Dis-lui quelque chose. »

Daniel entendit des grognements de cochon tandis que le groin de l'animal se pressait contre le téléphone.

« Écoute-moi, cochon policier. Veille sur mon trésor de fille, d'accord ? Sinon tu finiras en bacon.

— *Papa !* s'écria Rosie. Ne sois pas méchant. Ce n'est qu'un bébé. Mais, à cause d'elle, Arnie dit qu'il va nous faire pulser.

— Pulser ? C'est-à-dire ?

— Ça veut dire qu'on va nous jeter de la maison.

— Qu'ils essaient seulement ! Qui diable est cet Arnie ?

— Le voisin.

— Je vais lui *pulser* le derrière, oui ! Ne t'en fais pas. »

N'empêche que cette nouvelle l'inquiétait au plus haut point. Elles pouvaient très bien se faire expulser. La dernière chose dont avait besoin Rosie en ce moment était d'un nouveau déménagement. Daniel en avait mal pour elle. Qu'étaient-ils en train de faire à leur petite fille ?

« Il faut que j'y aille, dit Rosie. Je dois nettoyer la litière de Runtie-Lou avant de me préparer pour l'école. Tu m'appelleras demain ?

— À la première heure, ma chérie. » Il hésita une seconde. « Dis-moi, te souviens-tu d'avoir regardé une émission sur le Tibet ? Je suis sûr que tu connais ces fantastiques constructions qu'on appelle des stupas. »

Rosie ne dit rien pendant une seconde. « Non, je ne m'en souviens pas.

— Tu en as peut-être vu dans un livre ?

— Non. »

Vu qu'elle n'oubliait jamais rien, il la crut, et comme il était difficile de la prendre au dépourvu, il décida de lui poser franchement la question. « Ça ressemble à l'édifice que tu as construit la dernière fois sur la plage.

— Oh, celui-là... Je te l'ai dit, j'en ai rêvé.

— Ah bon.
— Je vais être en retard, papa. Je t'aime. »

Bien qu'il s'inquiétât pour sa fille, Daniel se sentit soulagé au moins par une chose : elle n'avait pas fait allusion aux trois nuages noirs, ni exprimé sa peur qu'il parte et ne revienne pas. Cependant, elle ne voyait peut-être pas Boulder comme un endroit dangereux. Peut-être savait-elle quelque chose qu'il ignorait.

La mort dans l'âme, il la laissa partir et raccrocha. Que fabriquait Amanda ? On ne laisse pas une enfant de neuf ans toute seule à la maison ! Personne ne reste que cinq minutes au Starbucks. Surtout pas avec un nouveau petit ami. Tony... Pendant qu'il y serait, il lui *pulserait* son putain de derrière à lui aussi.

Le tribunal du comté de Boulder occupait un immeuble neuf – séduisant malgré sa façade en béton –, situé à l'entrée de Boulder Canyon. Comme il avait un peu de temps devant lui, Daniel sortit son appareil et photographia le bâtiment sous divers angles en pensant à sa petite architecte.

Vingt minutes plus tard, il était assis avec Anne Roberts et Ken Baxter face à un juge jovial et grassouillet qui avait largement dépassé l'âge de la retraite et était affublé d'une perruque qui ne lui allait pas du tout. La chose marron foncé posée au sommet de son crâne faisait penser à un castor mort. Daniel nota sans surprise qu'il ne portait pas d'alliance. Aucune femme saine d'esprit n'aurait laissé son mari sortir de chez lui avec un castor aplati sur la tête. Ken Baxter avait en revanche renoncé à son jean et portait un costume en lin beige mastic. Quant à Anne, qui avait troqué le vert citron pour du bleu bleuet, elle ressemblait à une exotique princesse africaine et faisait paraître terne tout ce qui l'entourait.

Assis de l'autre côté de l'imposant bureau, Ken présenta ses conclusions au juge, en même temps que les indispensables certificats canadiens et américains, puis Anne lui tendit les documents relatifs à Pematsang Wangchuck. Daniel lui donna son passeport, sa carte de sécurité sociale, son certificat de citoyenneté canadienne, auxquels il ajouta sa licence de pilote, histoire de faire bonne mesure. Le magistrat examina la pile de papiers posée devant lui durant plusieurs minutes. Anne s'arrangea pour placer la photo du passeport de Daniel à côté de celle de Pematsang Wangchuck prise des dizaines d'années plus tôt et qui figurait sur sa demande de citoyenneté américaine. Discrètement, Daniel se pencha sur le bureau pour comparer les photos. Voir son père à un âge approximativement égal au sien le renvoya avec violence à sa découverte. Hormis une légère différence de couleur de peau, on aurait dit qu'il s'agissait de la même personne. Le juge observa un instant les photos en hochant la tête, puis se tourna vers Daniel.

—Je peux voir à l'œil nu que vous êtes notre homme, monsieur Villeneuve, mais je constate une divergence entre le nom inscrit sur votre acte de naissance américain, Anil Goba Caporelli, et celui que vous utilisez en tant que citoyen canadien, Daniel Villeneuve. Pouvez-vous m'en expliquer la raison ? »

Non, il ne pouvait pas. Lorsque Daniel ouvrit la bouche pour avouer son ignorance, Ken Baxter le prit de vitesse.

« Votre Honneur, la mère de M. Villeneuve, Gabriella Caporelli, a quitté les États-Unis en 1972 pour le Canada, où elle a épousé Frédéric Villeneuve en 1974. À la suite de quoi le nom et le prénom de Daniel ont été modifiés sur décision judiciaire. »

Daniel le dévisagea. Ce jeune citadin branché en savait plus long que lui-même à son sujet.

Le juge s'adressa de nouveau à Daniel. « Avez-vous été adopté légalement par Frédéric Villeneuve ?

— Oui, je...

— Non, il ne l'a pas adopté, l'interrompit Ken Baxter. Il... »

Le juge leva la main. « Si nous laissions parler lui-même ce brave homme ? » Il fixa Ken en haussant les sourcils, ce qui eut pour effet de tasser le castor de façon périlleuse.

Voyant que les secondes passaient et que Daniel restait muet de confusion, Ken montra du doigt un document. « Il a seulement pris le nom de son beau-père. »

Daniel sentait qu'il fallait qu'il dise quelque chose, mais il nageait soudain dans un océan de perplexité. Était-il vrai que Freddie ne l'avait jamais adopté ? Était-ce là encore un mensonge ? Anne le regarda fixement. Se rappelant qu'elle lui avait conseillé de dissimuler son ignorance, il se débattit avec sa conscience.

« M. Baxter a raison, s'empressa-t-il de dire. J'ai pris le nom de mon beau-père. » Ce n'était pas tout à fait un mensonge, mais comment affirmer si oui ou non Freddie l'avait adopté étant donné que, contrairement à lui, Ken Baxter avait fait son travail ? Jusqu'à aujourd'hui, il n'avait jamais pensé à Freddie autrement que comme à son vieux père.

« Vous étiez par conséquent brouillé avec votre père biologique, ce M... » Le juge déchiffra le nom avant de le prononcer. « ... Wangchuck ? »

Daniel jeta un coup d'œil à Anne qui l'encouragea d'un hochement de tête. « Pas exactement brouillé..., improvisa-t-il. J'ai été séparé de lui à un âge où j'étais trop jeune pour comprendre.

— Je suppose que vous l'avez vu ici à Boulder. »

Pris tout à coup d'une émotion qui le déstabilisa, Daniel répondit d'une voix légèrement tremblante : « Oui, Votre Honneur. Je l'ai vu. »

Le juge leva les yeux, son expression s'adoucit, puis il regarda une nouvelle fois les photos. « Ma parole ! La vie est étrange, n'est-ce pas ?

— Oui, n'est-ce pas ? renchérit Anne en posant une main couverte de bijoux sur le bras de Daniel. M. Wangchuck nous a demandé de retrouver son fils, et à présent... le père et le fils sont de nouveau réunis. » Habilement, elle s'interrompit une seconde, le temps de laisser cette image émouvante se matérialiser dans l'esprit du juge. « Comme je vous l'ai expliqué, Votre Honneur, M. Wangchuck est gravement malade, mais pour avoir parlé avec lui l'autre jour, je suis persuadée qu'il voudrait que son fils soit son exécuteur testamentaire et son héritier. Nous avons établi au-delà du doute raisonnable qu'il n'y avait pas d'autres parents consanguins, Votre Honneur. »

Daniel s'efforça de ne pas sourire quand il la vit regarder le juge en battant de ses longs cils noirs. Aussi intelligente et professionnelle que fût Anne, elle n'hésitait pas à employer la rouerie féminine pour accélérer les choses. L'éblouissante avocate maîtrisait la gestion du temps sur le bout des doigts.

« Très bien, dit le juge, les yeux plongés dans son décolleté. Je suis un homme raisonnable, et je sais que vous êtes deux jeunes professionnels chevronnés. Voyez ma greffière pour les papiers. »

Une heure plus tard, ils se retrouvèrent en plein soleil devant le tribunal. Anne tenait les papiers dans ses bras, dont une copie de l'acte de naissance que Daniel n'avait jamais vu, un bout de papier qui racontait une étrange histoire sur sa naissance… en tant que citoyen américain.

« Je dois filer, dit Ken Baxter en lui tendant la main. J'ai été ravi de vous rencontrer.

— J'ai votre numéro, dit Daniel en lui serrant la main avec poigne. Puis-je vous appeler au cas où j'aurais d'autres questions à vous poser à mon sujet ?

— Bien sûr, répondit le jeune homme sans relever l'ironie de sa question. Prenez soin de vous. » Il sortit une enveloppe de son attaché-case, la glissa furtivement sur la pile de papiers que portait Anne, puis regagna sa BMW gris métallisé garée sur le parking.

« Sa facture, je présume », observa Daniel dès qu'il se fut éloigné. Comme elle ne répondait pas, il ajouta : « Qui le paie, exactement ?

— Votre héritage.

— Je dois payer pour me retrouver ? Quand je pense que je ne me cherchais même pas... »

Le sourire d'Anne découvrit ses dents magnifiques. « Comme disait le juge, la vie est étrange, n'est-ce pas ?

— Vous agirez par conséquent comme avocate mandatée. Je peux tout vous confier ?

— Tout... si vous êtes si pressé de partir. » Elle le regarda d'un air interrogateur. « On m'a prévenue que votre père n'en avait plus pour longtemps.

— C'est ce que tout le monde dit, mais qui peut prédire ce genre de chose avec certitude ? » Daniel mit son sac sur son dos. « Je vais rester quelques jours, au moins le week-end. J'aimerais avoir l'occasion de le connaître un peu. » Tout à coup, il ressentit un besoin désespéré de parler de ce qui s'était passé entre lui et son père, mais il voyait bien qu'Anne était impatiente de filer à son prochain rendez-vous. Pour elle, ce n'était qu'un boulot, sans compter que lui parler du rejet catégorique de Pematsang ne ferait qu'ajouter davantage de confusion. Néanmoins, il céda à l'envie de la retenir, de lui faire part de ce qu'il ressentait.

« C'est une situation étrange d'être ici à attendre que mon père meure, un père dont j'ignorais tout jusqu'à aujourd'hui. Je suis encore stupéfait par toute cette histoire. J'ai été aspiré dans ce tourbillon la tête la première, et je ne sais pas dans quel état je serai quand je ressortirai à l'autre bout. C'est une sorte d'attentisme des plus surréalistes. »

L'avocate parut légèrement déstabilisée par l'intimité d'une telle déclaration, comme s'il était rare qu'elle eût un contact aussi personnel avec ses clients. Daniel s'était déjà demandé comment une avocate aussi peu banale s'était retrouvée à Boulder. Il était évident qu'elle venait d'ailleurs ; son accent le faisait pencher pour New York. Non que Boulder manquât de raffinement, au contraire, mais la ville avait encore une ambiance d'exclusion, où la population était fondue dans un moule, pour la plupart des Blancs, aussi branchés et tolérants qu'ils soient. Jetant un œil sur les bagues qu'Anne portait aux doigts, il constata qu'aucune ne ressemblait à une alliance.

Elle le surprit à la regarder. « Puis-je vous apporter un peu de réconfort en vous invitant à déjeuner ? »

Daniel eut un rire bref. Faisait-elle là acte de charité ? Au bout d'une seconde, quand elle regarda sa montre, il lui dit : « Merci, ce serait volontiers, mais il vaut mieux que je profite de ce qui me reste de la journée. Je voudrais m'occuper de deux ou trois choses. Du cercueil, du transport et de formalités de ce genre, ainsi que vous me l'avez si sagement suggéré. »

Anne ne partit pas tout de suite, semblant hésiter. Il y eut un moment de malaise, et Daniel se demanda si elle allait insister.

« Hier, je suis passée devant la maison de M. Wangchuck, finit-elle par dire. L'endroit est très bien, mais elle se trouve dans un quartier relativement laissé à l'abandon. Je vais envoyer une entreprise de déménagement sur place et mettre la maison en vente dans une agence immobilière, à moins que vous ne vouliez attendre que le marché reprenne.

— Non, ce n'est pas nécessaire.

— Je ne suis pas censée le faire à ce stade, mais je vais vous remettre la clé. » Elle fouilla dans son attaché-case d'où elle sortit une simple clé passée sur un anneau auquel était attachée une étiquette bleue. Elle la lui déposa dans la main. « Allez faire un tour pour voir s'il y a des choses que vous souhaitez garder, quelque chose qui pourrait vous aider à donner du sens à ce tourbillon dans lequel vous vous trouvez. Le reste finira probablement au feu.

— Merci. Je vais le faire. » Daniel empocha la clé, mais déclina sa proposition de le déposer devant la maison. Elle lui indiqua l'adresse et comment y aller, puis ils se dirent au revoir.

Cependant, après avoir parcouru une cinquantaine de mètres, il revint sur ses pas en courant et la rattrapa alors qu'elle sortait du parking dans une Audi noire rutilante. Anne abaissa sa vitre.

« Vous avez changé d'avis au sujet du déjeuner ? » demanda-t-elle dans un sourire.

Daniel secoua la tête. « L'ami de Pematsang…, dit-il, hors d'haleine. Qui est-ce ? »

Elle mit le levier de vitesse au point mort le temps de consulter un gros agenda. Puis elle nota un nom et un numéro sur un carnet, déchira la page et la lui glissa dans la main.

La perspective de se rendre au Yew Tree Funeral Parlor ne lui disait rien du tout. Bien qu'il lui semblât inconcevable d'organiser les obsèques d'une personne encore en vie, il savait qu'il lui revenait d'anticiper sur ce sinistre événement. Étant donné que le Yew Tree était sûrement ouvert sept jours sur sept, il repoussa cette tâche en bas de sa liste des priorités. Avec l'aide du plan de l'hôtel et des instructions que lui avait données Anne, il repartit à pied dans les rues de Boulder.

Dans une banlieue verdoyante qui s'appelait Newlands, et qui était pour ainsi dire située au pied des collines, il trouva Cheyenne Avenue sans difficulté. À partir de Broadway Street, l'avenue montait en pente raide, et la maison de Pematsang était nichée dans le dernier pâté de maisons, sous la colline couverte d'herbe qui se dressait quasiment à la verticale. La maison elle-même était entourée d'immenses arbres. Plusieurs châtaigniers et deux peupliers entrelaçaient leurs branches qui pendaient au-dessus du toit. La maison, un simple bungalow en bois, était plus petite et plus ancienne que celles du voisinage. Elle était placée un peu en biais, comme si elle avait été construite avant que soit percée l'avenue et s'était retrouvée là par pure coïncidence. Le jardin, qui avait manifestement été bien entretenu autrefois, paraissait à l'abandon, à l'exception d'un carré de pelouse sur le devant que quelqu'un avait tondu récemment.

Daniel regarda alentour pour voir si quelqu'un l'observait. Puisque la maison était vide depuis un certain temps – il ignorait depuis combien de semaines ou de mois Pematsang était malade –, il n'aurait pas été surprenant qu'un voisin vienne lui demander ce qu'il fabriquait là, à ceci près que la maison était à peine visible. Et comme on était juste après l'heure du déjeuner, par une journée de chaleur poussant à la somnolence, le silence régnait dans la rue.

De mauvaises herbes avaient poussé dans les fissures de l'allée de ciment. Après avoir gravi les quelques marches en bois qui conduisaient à une moustiquaire cachant un petit porche, Daniel ouvrit la porte-moustiquaire et pénétra dans le domaine de son père, se faisant l'effet d'être un intrus, mais brûlant de curiosité. Sur le triste petit porche attendait un fauteuil solitaire, dont la tapisserie avait perdu ses motifs à force de rester exposée aux intempéries.

Il sortit la clé de sa poche. Au moment où il mit la clé dans la serrure, la porte bougea légèrement. Elle était déjà ouverte. Il la poussa, et elle pivota sur ses gonds déglingués.

Déconcerté, Daniel frappa plusieurs coups sur le montant en bois en criant : « Bonjour ! Il y a quelqu'un ? »

Pas un bruit. Impatient, il entra dans la maison en se rappelant qu'il avait le droit d'être ici. Il ne s'en attendait pas moins à voir une femme tibétaine fondre sur lui, armée d'un rouleau à pâtisserie, ou à ce qu'un chien vienne lui planter ses crocs dans la cheville, pourtant il n'y avait personne. La maison était silencieuse. Mais alors, qui avait laissé la porte ouverte ?

Dès qu'il la referma, une forte odeur de putréfaction l'assaillit. Rempli d'appréhension, il traversa l'entrée étroite et trouva le salon tout de suite à droite. Les rideaux de la petite pièce étaient tirés. Il lui fallut quelques instants avant de s'accoutumer à la pénombre du salon... ou plutôt, à ce qu'il en restait ! La pièce en désordre semblait abandonnée, le sol était jonché d'un fatras d'affaires qui montait jusqu'au genou, mais il n'y avait aucun meuble à proprement parler. Seule trônait une statue en bronze, haute d'environ un mètre, qui représentait un homme au visage asiatique assis en tailleur sur un socle. Le regard de Daniel s'accrocha à la statue comme à un radeau de sauvetage au milieu de ce dangereux océan de détritus.

Il vit qu'il s'agissait d'un bouddha, même s'il lui manquait l'habituel ventre rond, l'air souriant et les longs lobes d'oreilles. La statue aux lignes élancées arborait une expression de réelle harmonie. À la vérité, elle était d'une extrême beauté. Un rai de lumière qui se faufilait entre les rideaux tombait sur son visage. Daniel, comme attiré, s'avança d'un pas timide au milieu du fouillis pour la regarder de plus près. L'attitude du bouddha évoquait une extrême sagesse, et sa posture une sérénité étrange, bien que celle-ci fût gâchée par un grand trou et qu'il lui manquât une jambe. Sur une impulsion, il approcha la main pour toucher le bord de la cavité, qui lui apparut blanc et crayeux. La statue semblait faite de vulgaire plâtre, habilement recouvert d'une peinture couleur bronze. Il s'écorcha le dessus des doigts sur quelque chose d'effilé et de pointu. En tirant dessus, il se retrouva avec l'extrémité d'un cintre en fer tordu à la main. Comme si quelqu'un avait voulu attraper quelque chose à l'intérieur de la statue. Il ne s'en étonna pas outre mesure. L'endroit était tellement bizarre ! Jetant le cintre par terre, il se força à détourner les yeux du visage paisible pour explorer la maison de son père. Comment le vieil homme avait-il pu vivre dans ce foutoir abominable ? Certes, c'était fréquent chez les personnes âgées. Elles n'avaient plus ni l'énergie ni l'envie de ranger quoi que ce soit.

Daniel passa dans la cuisine. La misère et le désordre qu'il y découvrit l'attristèrent sans qu'il sût pourquoi. Pendant combien de temps le vieil homme avait-il préparé ses repas sur cette cuisinière qui ressemblait à une épave et les avait-il mangés tout seul sur cette table et cette chaise de jardin en plastique comme on en achète pratiquement pour rien à Costco à la fin de l'été ? Un affreux comptoir en Formica tout déformé et taché était posé sur des éléments en bois. Sur les portes du placard, les couches de peinture écaillée témoignaient du goût douteux d'une succession d'occupants. La porte sur la cour était percée d'une sorte de chatière assez grande pour laisser passer un chien. L'évier en céramique fêlé était noir de crasse, et le sol… insupportable à regarder. La lumière du réfrigérateur brillait de façon sinistre dans un coin. Devant la porte restée grande ouverte, le contenu de pots et de sachets de nourriture entamés était répandu par terre. Daniel renifla en se demandant si c'était de là que provenait l'odeur épouvantable. Peut-être, peut-être pas.

Tout à coup, en voyant l'état de la maison, il se rendit compte qu'il s'agissait d'autre chose que de la simple négligence et de la misère de la vieillesse. Ce fut presque avec soulagement qu'il en vint à la conclusion que la maison avait été cambriolée. Mais étant donné que les cambrioleurs auraient pu facilement se faufiler par la trappe, il se demanda pourquoi ils avaient choisi de forcer la porte. En s'approchant pour pousser la trappe du bout du pied, il constata qu'elle était verrouillée. Elle était munie d'une sorte de système électronique, activée sans doute par un collier de chien.

Daniel inspecta rapidement les deux chambres. Toutes les pièces de la maison avaient été mises à sac. Les matelas des deux lits jumeaux avaient été jetés par terre et lacérés, les plinthes arrachées des murs, les meubles éventrés ou retournés. Ici et là, on avait soulevé des lames du parquet, vraisemblablement avec une pince-monseigneur, la même sans doute qui avait servi à forcer la porte. Quelqu'un avait trouvé la maison abandonnée, était entré et avait tout mis sens dessus dessous dans l'espoir de trouver des objets de valeur. Peut-être étaient-ce des gosses du voisinage qui s'étaient introduits dans la maison histoire de tout saccager, ou qui s'étaient imaginé que Pematsang avait planqué des liasses de billets sous son matelas ou sous le plancher, comme on raconte quelquefois que le font les vieilles personnes.

Daniel resta là un moment à réfléchir aux diverses options possibles. Apparemment, il n'y avait aucun objet de valeur dans la maison, en fait tout avait l'air d'être bon à brûler. Il retourna dans le couloir et s'immobilisa dans l'entrée. En se retournant, il vit qu'il restait une porte au bout du couloir qu'il n'avait pas encore ouverte – sûrement la salle de bains. Il hésita. L'odeur nauséabonde s'intensifia à mesure qu'il approchait. Mal à l'aise, Daniel haussa les épaules en laissant échapper un petit rire strident. Il se sentait déstabilisé ; c'était clair, son imagination se déchaînait.

7

Il ouvrit la porte sur une scène qu'il ne comprit tout d'abord pas. Instinctivement, il recula d'un bond en claquant la porte. Sous le choc, le souffle coupé, il s'efforça de reprendre sa respiration. Que faire ? Il ne voulait pas ne serait-ce que souffler des cellules de son ADN sur ce qui se trouvait là-dedans, encore moins savoir de quoi il s'agissait. Il repartit dans le couloir défraîchi en courant jusqu'à la porte d'entrée, près de laquelle il avait aperçu un téléphone sur un tabouret. En décrochant le combiné, il constata avec étonnement qu'il y avait de la tonalité. Tandis que des numéros défilaient dans sa tête, il en composa un, et une voix de femme lui demanda : « Quel service d'urgence cherchez-vous à joindre ?

— Il y a eu un... un accident, bégaya Daniel. Je viens de voir... je crois que c'est du sang... des litres de sang.

— Vous avez besoin d'une ambulance, monsieur ? À quelle adresse, s'il vous plaît ?

— Une ambulance ? Je ne sais pas… » Il se tut. Que signalait-il exactement ? « Écoutez, laissez-moi une minute. Je vous rappelle tout de suite. »

Il raccrocha et demeura un instant immobile en respirant profondément. Puis, se tournant vers la porte, il retourna au bout du couloir. Il essaya de se calmer un peu en se disant que quoi que puisse être ce qu'il venait d'entrevoir, ça ne s'était pas passé le jour même, ni même la veille. Il n'y avait rien à craindre, il ne courait aucun danger. Agrippant la poignée, il ouvrit la porte. Puis il cligna des yeux.

Le sol était recouvert d'une substance brune séchée qui formait par endroits des flaques rougeâtres coagulées. Sûrement du sang. Les carreaux de céramique blancs étaient éclaboussés comme si s'était déroulée là une scène de folie meurtrière. Daniel n'eut d'autre choix que de marcher dans cette bouillasse pour aller voir d'où elle provenait. Sur la gauche, coincée entre le mur et le lavabo, gisait une grosse masse de poils noirs. Il fit un pas en avant, puis encore un autre, et se pencha pour regarder de plus près. La puanteur était telle qu'un jet de bile lui remonta dans la gorge. Instinctivement, il mit la main devant sa bouche.

Le cadavre était celui d'un chien. Il distinguait maintenant sa tête. Un rottweiler, une femelle adulte. Elle avait été poignardée à la tête et au cou, sur les flancs, dans le ventre et les poumons. On avait dû enfoncer l'arme sans relâche alors qu'elle était déjà blessée. Il devina qu'il y avait dû avoir un combat à mort, la peur réciproque décuplant la rage de l'homme et du chien, car pour quelle autre raison aurait-on mutilé cette pauvre bête avec une telle sauvagerie ? Daniel sortit de la salle de bains de peur de ne pas pouvoir se retenir plus longtemps de vomir.

« Oui, monsieur. Un cambriolage, dit le plus âgé des deux policiers alors qu'ils se tenaient dans l'entrée en regardant dans le salon. Vous n'avez pas parlé d'un chien ?
— Par ici », dit Daniel en montrant la porte de la salle de bains qu'il leur laissa le soin d'ouvrir. N'ayant aucune envie de prendre part à l'inspection, il les attendit au salon.

« Oh, Seigneur ! entendit-il s'exclamer un des flics. Qu'est-ce qui s'est passé là-dedans ? »

Moins d'une minute s'écoula avant qu'ils ne le rejoignent au salon.

« Alors, qu'est-ce que vous en pensez ? demanda Daniel.
— Une vilaine confrontation, aucun doute là-dessus ! fit le vieux policier. Le cambrioleur ne savait peut-être pas qu'il y avait un chien dans la maison, mais ça m'étonne qu'il soit allé aussi loin. Normalement, un chien de garde se rue derrière la porte d'entrée à la minute où le type introduit sa pince-monseigneur.
— Le chien était peut-être derrière dans la cour, suggéra Daniel. Il y a un terrain clôturé avec une niche, et une trappe dans la cuisine. Il aurait pu entrer par la trappe alors que le cambrioleur était déjà à l'intérieur de la maison.

— C'est possible, reconnut le flic. Je suppose qu'un voisin aurait pu en vouloir au chien… Un chien qui n'arrête pas d'aboyer peut finir par rendre fou. »

Les policiers observèrent l'état de la pièce avec un air de dégoût non dissimulé. « Quelqu'un vivait vraiment ici ? »

Daniel acquiesça, soudain envahi de chagrin. La façon dont avait vécu son père avait quelque chose de pathétique. Quand le plus jeune flic ouvrit les rideaux, la tringle dégringola dans un nuage de poussière. La lumière inonda la pièce.

« Vous sauriez dire ce qui manque ?

— Pas du tout, avoua Daniel. Comme je vous le disais, c'est la maison de mon père. Je ne sais pas vraiment ce qu'il avait ici. »

Sous l'œil du bouddha, les policiers poussèrent du pied les affaires éparpillées à même le sol. Daniel nota que l'expression du bouddha qui tout à l'heure évoquait une spiritualité sereine avait laissé place à un air agacé, un regard impérieux et désapprobateur, comme si l'insouciance avec laquelle les flics profanaient la pièce ne se distinguait en rien de celle des cambrioleurs.

Ils passèrent dans les chambres.

« Hé, regardez ça ! s'exclama le plus jeune flic en retournant le matelas lacéré sous lequel était posé un écran plasma Pioneer 50 pouces. Les cambrioleurs l'ont décroché du mur et laissé là. Trop lourd, sans doute… » Il se tourna vers Daniel. « À votre place, je l'embarquerais. Ils ont assez de culot pour revenir le chercher. »

En s'approchant, Daniel faillit poser le pied sur un grand cadre en verre. Il le ramassa. Une cinquantaine de pièces anciennes étaient disposées sur un fond de velours bleu roi. Le tout semblait avoir une certaine valeur, mais sans doute pas pour des voyous en maraude.

Le jeune flic inspecta une pile de CD. « Sacrée collection, monsieur ! Pour ce qui est de la musique, votre père a bon goût. Et tenez, voilà la boîte vide d'un ordinateur portable... mais ça m'étonnerait qu'il soit encore là. C'est un de ces petits modèles qui se glisse dans la poche d'un manteau. »

Les commentaires des policiers en disaient long sur Pematsang Wangchuck. Manifestement, le vieil homme avait vécu dans un monde plus vaste grâce à la télévision, Internet et la musique, mais pourquoi dans cette chambre minuscule ? Peut-être que le salon était la pièce où il se recueillait, celle où il se connectait à ce qu'il avait été avant de venir vivre dans ce pays étranger.

À mesure qu'ils passaient la maison au peigne fin, il apparut évident que les vandales avaient négligé de nombreux objets de valeur. Un sabre de forme complexe au manche incrusté d'or, une collection de couteaux... Divers outils avaient été abandonnés sur le sol. En tout cas, les intrus étaient frustes, pour ne pas dire ignorants, confirmant l'hypothèse de Daniel que c'était un boulot d'amateurs.

Le vieux flic s'adressa à Daniel. « Vous savez ce que je pense ? Tout ça ne ressemble pas à un cambriolage ordinaire...

— S'il n'y avait pas le chien, dit Daniel, j'aurais penché pour des gosses... Des opportunistes, à la recherche d'argent liquide. »

Le flic se frotta le menton d'un air songeur. « J'ai comme l'impression que la maison a été retournée pour une autre raison.

— Que voulez-vous dire ? »

Le flic observa Daniel une seconde. « Soit le propriétaire de la maison a des ennemis et quelqu'un est venu tout saccager pour régler des comptes... soit ceux qui se sont introduits ici cherchaient quelque chose de précis.

— Par exemple ?

— Comment le saurais-je ? » Il ramassa des papiers déchirés éparpillés à ses pieds. « Dans quelle branche est votre père ?

— Il est très âgé. Je suppose qu'il est à la retraite depuis déjà un moment.

— Vous supposez ? répéta le flic en fronçant les sourcils.

— Pour être franc, je ne connais pas vraiment mon père. C'est la première fois que je mets les pieds chez lui.

Le gros policier le fixa du regard. « Comment cela ?

— C'est une longue histoire, dit Daniel en secouant la tête. Est-ce indispensable de la raconter ?

— Ça pourrait aider.

— Mon père est en phase terminale à la clinique Rosewood. C'est la première fois que je le rencontre en trente-neuf ans. »

Les deux flics échangèrent un regard que Daniel ne put éviter de remarquer et qui en disait long. *Un chercheur d'or !*

« Dommage, dit l'un d'eux avec un petit ricanement. À part l'écran plasma, il n'y a pas grand-chose ici pour le fils prodigue, hein ? »

Daniel sentit les poils se dresser sur sa nuque. « Ne présumez pas de ce qui m'a amené ici... De plus, ça n'a rien à voir avec la raison pour laquelle vous, vous êtes là. Il y a eu un crime, et j'apprécierais que vous preniez la chose au sérieux. »

Le flic lui jeta un regard noir avant de sortir un calepin de sa poche. Il l'ouvrit et dit : « Puis-je avoir vos nom et prénom, ainsi que votre adresse ? J'aimerais par ailleurs vérifier que vous êtes bien le fils légitime du propriétaire de la maison. »

D'accord ! Je peux être lourd moi aussi, songea Daniel en ouvrant son sac à dos, d'où il sortit la liasse de papiers qu'Anne lui avait remise et ses papiers d'identité. Il les fourra dans la main du policier en disant d'un ton sec : « Alors, maintenant, vous pouvez m'expliquer ce que vous comptez faire ?

— Puisque rien ne semble manquer et qu'il n'y a pas d'indices ou de mobile apparent, nous allons probablement classer l'affaire en cambriolage de troisième degré avec cruauté envers un animal. Nous enquêterons auprès des hôpitaux de la région pour savoir si quelqu'un a été soigné suite à une morsure de chien et nous enverrons le chien dans un laboratoire pour autopsie. Je vous suggère de poser une nouvelle serrure et de sécuriser l'endroit.

—Vous n'allez pas revenir relever des empreintes, des cellules sanguines, ce genre de choses ? »

Les flics regardèrent ostensiblement la saleté et l'état d'abandon de la pièce. Il était clair qu'ils avaient décidé que ce taudis ne méritait pas de perdre une seconde de plus de leur temps précieux de policiers.

Une demi-heure plus tard, un homme arriva pour embarquer le chien dans un camion de la clinique des urgences vétérinaires de South Boulder. Quand enfin Daniel se retrouva seul, son moral était descendu au plus bas. Il aurait voulu être loin de cette maudite ville... D'un air dégoûté, il ouvrit la fenêtre de la salle de bains et entreprit de laver le sol, puis il essaya de mettre un peu d'ordre dans les autres pièces, bien qu'il fût difficile de décider par où commencer. Il fit les choses machinalement, tout en se disant qu'il vaudrait mieux qu'il s'occupe de ce pour quoi il était venu à Boulder : découvrir l'homme supposé être son père. Seulement, retourner à la clinique Rosewood n'était pas une perspective réjouissante non plus puisqu'il savait ne pas être le bienvenu. *Allez*, s'admonesta-t-il, *qui sait comment sera le vieil homme aujourd'hui ?* Peut-être qu'il accueillera son fils à bras ouverts, ou qu'il n'aura pas conscience de sa présence, voire qu'il sera inconscient tout court. Toutefois, restait la question à laquelle il ne trouvait pas de réponse : pourquoi le vieil homme l'avait-il rejeté aussi brutalement ? Il avait réclamé son fils, et quand il l'avait vu en chair et en os, il avait nié avoir un fils. Pour une raison psychologique mystérieuse, voir une version de lui-même en plus jeune, si plein de santé et de vie, avait peut-être été trop douloureux pour lui ; comme un rappel désespérant du fait qu'il était en train de mourir. Pourtant, il était difficile d'imaginer un homme mûr, et qui plus est bouddhiste, avoir des sentiments aussi mesquins et irrationnels. Ça n'avait pas de sens.

Daniel était en train de ramasser la nourriture pourrie sur le sol de la cuisine et de la mettre dans un grand sac-poubelle lorsqu'il entendit du bruit dans l'entrée.

Une voix d'homme appela : « Wangchuck ? C'est toi ? »

Daniel lâcha le sac et alla dans l'entrée. Un type corpulent d'une cinquantaine d'années se tenait là, son visage reflétant un mélange de perplexité et de suspicion. Lorsqu'il vit Daniel, son expression se transforma en stupéfaction.

« Je vois un fantôme ou quoi ? laissa-t-il échapper. Qui diable êtes-vous ?

— Daniel, le fils de Pematsang Wangchuck. Et vous êtes ?

— Bob, son voisin. Merde, vous ressemblez sacrément au vieux ! En version blanche. » Il secoua la tête. « La marque de naissance, tout ça... Y a de quoi foutre les jetons ! »

Ils restèrent un instant à se toiser.

« Quand je vais dire ça à Marla... », ajouta Bob avec un sourire idiot. Il ne ressemblait pas du tout aux habitants branchés et propres sur eux de Boulder que Daniel avait croisés jusqu'à présent. L'homme était hirsute, pas rasé, et il émanait de sa personne une vague odeur d'alcool et de tabac.

« J'imagine que vous n'êtes pas au courant que la maison a été cambriolée, dit Daniel.

— J'ai vu les flics partir en voiture, du coup je me suis dit que j'allais passer voir. Je suppose que le vieux a cassé sa pipe, hein ? » Sans attendre de réponse, il s'avança et jeta un œil dans le salon. « De Dieu... Qu'est-ce qu'ils ont foutu ? » Il se tourna vers Daniel en plissant le front. « D'où est-ce que vous sortez ? Je ne savais pas que Wangchuck avait un fils.

— Je ne savais pas que j'avais un père », rétorqua Daniel sur la défensive. Tous ces soupçons et cette méfiance commençaient à sérieusement l'agacer. Il ne méritait pas ça. « Eh, non, il n'a pas cassé sa pipe, bien qu'il soit très malade. Vous n'êtes pas allé le voir ? »

Bob lui lança un regard noir, comme si sa question était une accusation. « On est voisins, mais ce n'est pas vraiment un ami. Je pense avoir fait ma part en nourrissant la chienne et en tondant la pelouse.

— Quand avez-vous nourri la chienne pour la dernière fois ? »

Les yeux de Bob se rétrécirent. « Comment ça ? Marla laisse un grand bol de croquettes et un seau d'eau dans la niche environ tous les deux jours. Remarquez, la chienne aime bien être dans la maison. Sûrement que le vieux lui manque.

— La chienne est morte. Elle était dans la salle de bains. Poignardée à mort. »

Les yeux de Bob s'écarquillèrent d'horreur. À l'évidence, ce n'était pas lui le voisin qui en avait voulu au malheureux animal. « Bon Dieu ! Pauvre bête... Elle était féroce, c'est sûr, mais fidèle.

— Vous ne connaissiez donc pas bien mon père ? »

Il secoua la tête. « Ma femme avait pitié de lui et lui apportait quelquefois à manger... Un jour où elle lui avait fait de la soupe, elle a dû appeler une ambulance. Apparemment, il n'était pas beau à voir. »

La tristesse lancinante que ressentait Daniel revint de plus belle. L'image du vieil homme esseulé, se battant pour rester chez lui jusqu'au bout... Pas beau à voir... L'idée de son père souffrant et malheureux lui fendait le cœur au point qu'il dut se retourner pour dissimuler son émotion. Visiblement, Bob n'était pas à l'aise face aux manifestations de désarroi et il se dirigea vers la porte dans l'intention de filer en vitesse.

Se ressaisissant, Daniel le rappela : « Attendez... Je peux vous demander quelque chose ?

Une main sur le chambranle de la porte, Bob se retourna de mauvaise grâce : « Quoi ?
— Vous connaissez des amis de mon père ?
— Je vous l'ai dit, ma femme lui apportait un bol de soupe ou de ragoût de temps en temps. Elle est comme ça. Toujours à s'occuper des chiens perdus.
— Quelqu'un d'autre ?
— Un vieux type est passé une fois ou deux. Il venait du même pays que vous. L'Himalaya ou je ne sais trop comment ça s'appelle... Mais je ne l'ai pas revu depuis un bout de temps. »

Soudain, le téléphone sonna dans l'entrée. Bob s'esquiva pendant que Daniel courait faire cesser la sonnerie stridente.

« Allô ? fit-il prudemment.
— Ça, c'est de la chance ! s'exclama la voix familière d'Anne Roberts. J'espérais bien que vous seriez là.
— Eh bien, il se trouve que la maison a été...
— Daniel, reprit-elle en lui coupant la parole. Si vous voulez faire vos adieux à votre père, allez tout de suite à la clinique. Pematsang est en train de rendre l'âme. »

Alors qu'il fonçait à travers les rues, Daniel prit douloureusement conscience de l'envie qu'il avait de poser une dernière fois les yeux sur son père, d'entendre sa voix, de tenter de le comprendre. Il aurait dû aller à la clinique dès ce matin ; il avait maintenant perdu la majeure partie de la journée et l'occasion de connaître Pematsang Wangchuck, ou du moins d'être à ses côtés pendant qu'il était encore en vie.

Désormais familier de la configuration de la ville, il arriva vingt minutes plus tard à la clinique Rosewood. Il se rendit directement au bout du couloir où se trouvait la chambre de son père sans passer par la réception. De la sueur lui dégoulinait sur les tempes, son dos était trempé, et il était hors d'haleine. À la seconde où il entra, l'infirmière assise au chevet de Pematsang se leva pour lui laisser sa chaise. C'était la même femme qui lui avait témoigné de la compassion la veille.

Il n'y avait en réalité rien à dire. Hochant la tête vers le mourant, elle tapota l'épaule de Daniel pour l'encourager et murmura : « Je vous laisse seul avec lui. » Elle lui montra la sonnette près du lit. « Appelez, si vous avez besoin de moi.

— Merci. »

Elle sortit en refermant la porte derrière elle. On ne percevait aucun bruit en dehors de la respiration laborieuse de Pematsang. Les stores baissés empêchaient le soleil écrasant de l'après-midi d'entrer, mais une bougie éclairait le visage d'un petit bouddha posé sur la table de nuit.

Daniel eut besoin de quelques minutes pour se ressaisir et reprendre son souffle. Il approcha la chaise du lit, mais il resta debout, et pendant un long moment, il regarda la silhouette squelettique de son père, un homme très grand, si grand que ses talons touchaient le bout du lit. Le visage de Pematsang s'était creusé davantage. Son nez mince paraissait plus fin, plus long, les yeux fermés et la large bouche pareils à des fentes sur le crâne finement ciselé. Et pourtant, même au seuil de la mort, il ne subsistait aucun doute. Daniel avait l'impression de se regarder. De voir sa propre mort, crûment illustrée. Son caractère inéluctable le frappa comme jamais encore cela ne lui était arrivé, et il pensa à sa fille, la seule personne au monde qu'il était terrifié de laisser derrière lui. Soudain, l'idée qu'elle avait rêvé non pas de son départ, mais de celui de Pematsang, qu'elle avait vu le nuage noir planer au-dessus du lit de son grand-père, lui traversa l'esprit. Il secoua la tête pour chasser cette pensée déraisonnable. Néanmoins, il éprouva du regret à l'idée que jamais le grand-père et sa petite-fille ne feraient connaissance. Quels qu'eussent été les ressentiments de Pematsang envers son fils, il n'aurait sûrement pas repoussé Rosie.

Penché au-dessus du malade, Daniel observa chaque angle et chaque ligne de son visage afin d'enregistrer ses traits à tout jamais dans sa mémoire. Il ne lui resterait rien d'autre. Le souffle de Pematsang était très faible et faisait un bruit effrayant chaque fois qu'il respirait. Il semblait sur le point de trépasser. Chacun de ses soupirs pouvait être le dernier. Dix minutes s'écoulèrent, quinze, vingt, mais Pematsang continuait à respirer péniblement, le visage et le corps immobiles.

« Pematsang ? finit par prononcer tout bas Daniel avec une sorte de désespoir en touchant le bras du vieil homme. Père ? »

Pas de réaction.

« Vous m'entendez ? »

Brusquement, le râle s'interrompit et Daniel se figea. Pematsang avait-il cessé de respirer ? Tout à coup, le vieil homme remua les lèvres, puis ouvrit les yeux. Lentement, il tourna la tête vers Daniel. En apercevant son double en plus jeune, ses yeux s'agrandirent, affolés, comme s'il venait de se réveiller face à un diable.

« C'est bon, le rassura doucement Daniel, bouleversé de voir la terreur dans son regard. Je veux seulement rester là avec vous. Vous tenir compagnie. Ne vous inquiétez pas.

— Qui êtes-vous ? murmura Pematsang.

— Daniel... *Anil*. Votre fils, vous vous rappelez ?

— Creusez. Trouvez... le... »

Daniel se pencha plus près. « Comment ? De quoi parlez-vous ?

— *Jam jam...*

— Qu'est-ce que c'est ? » demanda Daniel, désespéré. Son père était certainement en train de prononcer ses dernières paroles, et il ne les comprenait pas.

« Donnez-le-lui, dit Pematsang dans un souffle.

— C'est une personne ? Votre ami ? Je peux l'appeler de votre part ? »

La seule réponse qu'il obtint fut un râle de douleur tandis que le vieil homme luttait pour respirer.

« Vous avez mal ! s'écria Daniel. Laissez-moi aller chercher le médecin…

— Non !

— Vous êtes sûr ? »

D'un seul coup, le vieil homme leva la main et l'agrippa par le poignet. Avec une force surprenante. « La chienne… » Ses yeux s'agitèrent d'un air anxieux en essayant de se fixer sur Daniel. « La chienne… le chenil…

— Votre chienne ? » Dieu merci, il ignorait tout du sort réservé à la pauvre bête… Daniel posa sa main sur celle de Pematsang et dit : « Ne vous en faites pas. Je m'en occuperai. Ma petite fille adore les animaux et…

— Non ! siffla Pematsang, essayant frénétiquement de se faire comprendre. Le chenil. Sous une pierre.

— Le chenil ? Je ne comprends pas. » Daniel s'approcha encore. « Qu'est-ce qui vous inquiète ? Dites-le-moi… Prenez votre temps. »

Une minute s'écoula. Les doigts glacés de Pematsang continuaient de serrer son poignet. Daniel lui caressa la main, impatient qu'il en dise plus. De nouveau les lèvres de Pematsang remuèrent, mais la voix qui en sortit était quasiment inaudible. Daniel approcha son oreille de la bouche de son père.

« Creusez…

— Creuser quoi ?

— Creusez et donnez-le *à Jam Jam Togden*. Il... est... à ma cléode...

— Votre « cléode » ?

— Ma cléode... ma cléode... gange. »

Il se tut pour prendre une longue inspiration. Daniel tressaillit en entendant le gargouillis affreux, mais il s'obligea à ne pas détourner les yeux. Leurs regards rivés l'un à l'autre exprimaient une épouvante réciproque. Au bout de quelques instants, Pematsang poussa un long soupir. Qui sembla durer une éternité. Sa poitrine s'était enfin vidée, et Daniel attendit que sa respiration reprenne, mais une seconde se passa, puis une autre, et encore une autre. La respiration ne reprit pas. Il regarda son père dont les yeux étaient toujours rivés aux siens.

Daniel lui secoua le bras, espérant le pousser à inspirer, mais il se rendit compte tout à coup que c'était fini. Lentement, l'étreinte sur son poignet se desserra et la main glissa sur le drap.

Sa première réaction fut de se jeter sur la sonnette, avant de se raviser. À quoi bon se précipiter ? Son père était mort, pas du tout paisiblement, et sans doute était-ce en partie sa faute. Les yeux pénétrants continuaient de le regarder, exprimant quelque chose d'inachevé, un dernier souhait, à moins que ce ne soit la peur ou le regret. Son fils n'avait pas été capable de le comprendre ni de l'aider. Pire, sa présence avait contrarié le vieil homme, peut-être même hâté sa mort. Il pouvait bien rester à le veiller le temps qu'une infirmière vienne rompre le silence.

Avançant la main vers le visage de son père, Daniel lui ferma les paupières, puis il laissa couler les larmes qu'il retenait depuis la veille, sachant qu'il pleurait sur lui-même autant que sur le vieil homme. Si tout cela était arrivé plus tôt, s'ils avaient eu l'occasion de se parler et de se connaître, ou au moins s'il avait pu lui demander pourquoi il avait renié son propre fils, non seulement à l'instant mais depuis quarante ans... Pematsang aurait pu faire comme Anne Roberts : engager un enquêteur privé et retrouver son fils en quelques jours. Pourquoi n'en avait-il rien fait ?

Une demi-heure plus tard, il avait encore le visage enfoui dans les mains lorsque l'infirmière entra à pas de loup dans la chambre.

Du bureau de la clinique, Daniel téléphona aux pompes funèbres Yew Tree, où on lui répondit qu'on serait très honoré de prendre soin du défunt. Dès son arrivée, Jeff Randall, le médecin de Pematsang, délivra le certificat de décès. L'homme, bien que plutôt sympathique, n'avait rien à ajouter au mystère que représentait Pematsang Wangchuck. Tout le monde se montra serviable et accommodant, pourtant Daniel crut percevoir une sorte de soulagement parmi le personnel. En l'absence de toute famille venue les assister, s'occuper de Pematsang avait indubitablement été pour eux une charge plus lourde que les autres patients.

Le soir tombait au moment où Daniel franchit la grille de la clinique Rosewood en sachant que jamais il n'y reviendrait. Le soleil couchant attira son regard. La lumière se fissurait tandis qu'elle déclinait derrière les sommets hérissés des Rocheuses. Quels que fussent les sentiments que lui inspirait Boulder, il ne pouvait nier que le cadre était d'une beauté stupéfiante. Brusquement, il éprouva le besoin d'aller marcher dans ces montagnes, de se promener en pleine nature sur les sentiers interminables qui faisaient la réputation de Boulder. Dans les prochains jours, peut-être qu'il prendrait la voiture de location qu'il n'avait pas encore utilisée pour aller au stupa tibétain. Mais il était maintenant trop tard pour envisager une telle promenade. La nuit approchait, or il savait dans quel état il avait laissé la maison de son père, ouverte et vulnérable à de nouveaux actes de vandalisme. Il devait essayer de la fermer comme il faut.

Daniel partit au nord de Broadway dans un demi-brouillard. Il ressentait comme un vide dans la poitrine, sans pour autant bien comprendre ce qu'on lui avait pris. Étant donné qu'il n'avait pas connu son père, ce qu'il avait perdu était plus l'idée d'un père que cet homme qui venait de mourir. Il soupçonnait que ce qu'il avait perdu, c'était lui-même, la personne qu'il pensait être. Cette expérience avait brouillé l'image qu'il avait eue de lui-même, en même temps qu'elle lui avait ouvert la porte à une nouvelle identité. Aurait-il assez de courage pour explorer cet autre moi, ses gènes, ses origines, son histoire… cet homme qui avait pour nom Anil ?

Bientôt, en remontant Cheyenne Avenue, il aperçut au loin les immenses peupliers. « Malheureux », c'était le terme qu'avait employé Anne Roberts. Le voisinage était un mélange de bungalows des années 60 et de maisons individuelles flambant neuves. Il s'arrêta devant la maison de Pematsang et contempla les fenêtres plongées dans l'obscurité. Quelques lampes à déclenchement automatique permettraient de tenir les visiteurs indésirables à distance. Il en achèterait dès le lendemain matin.

« Bonjour ! » lança une voix.

Une femme maigrichonne en jogging de velours rose se précipita vers lui. Ses cheveux teints en noir corbeau étaient relevés en un chignon d'une hauteur impressionnante.

« Je suis Marla, la femme de Bob.

— Bonjour, Marla », dit Daniel en lui serrant la main. Le diamant qu'elle portait au doigt s'enfonça dans sa paume.

« Bob a raison, déclara-t-elle en le dévisageant. Vous êtes le portrait craché de Pematsang, avec la même marque et tout ! Qu'est-ce que vous avez fait ? Vous vous êtes plongé dans une cuve de Javel ? »

Son impertinence fit rire Daniel. « Oui, mais ne le répétez à personne.

— Vous avez fait comme Michael Jackson ? reprit Marla, le regard brillant de curiosité. Personnellement, je n'ai jamais cru à ce syndrome de vitiligo. Ce type s'est blanchi avec un truc… Il n'existe aucune maladie au monde qui transforme un Noir en Blanc !

— Ma mère est italienne, confessa Daniel, au risque de la décevoir. Et aussi pâle que de l'eau de vaisselle.

— Mmm... » Marla le fixa d'un air sceptique. « Ah bon ?

— Dites, vous auriez un tournevis à me prêter ? J'ai eu beau chercher tout à l'heure, je n'en ai pas trouvé.

— Bien sûr. » Plus jeune que son mari d'au moins dix ans, Marla était nettement plus séduisante, et une lueur vorace luisait dans ses yeux noircis de mascara. « Attendez, je vais vous chercher ça. Et des vis, vous en avez ? Parce que l'un ne sert pas à grand-chose sans l'autre. »

Daniel se tourna vers la maison pour qu'elle ne le voie pas sourire. Cette femme lui apparaissait comme une distraction après l'horrible après-midi qu'il venait de passer, mais mieux valait ne pas l'encourager. « Non, je n'ai pas besoin de vis, mais merci de me l'avoir proposé.

— Je reviens tout de suite. » Marla repartit chez elle en petites foulées, tandis que Daniel se dirigeait vers le porche. La serrure était à moitié arrachée, mais les vis étaient encore là. Néanmoins, quelqu'un pourrait facilement ouvrir la porte d'un coup de pied, quel que soit le mal qu'il se donne pour les serrer. Il faudrait qu'il trouve un serrurier demain matin ou qu'il demande à Anne de s'en occuper. Assis sur le vieux fauteuil défraîchi, il attendit, peu pressé d'entrer dans la maison obscure. Au bout de quelques minutes, il entendit claquer une porte, puis le pas vif de Marla résonner sur le trottoir.

Quand elle arriva sur le porche, Daniel lui dit : « Écoutez-moi. J'aurais dû vous prévenir... Mon père est mort cet après-midi. Bob m'a expliqué que vous lui apportiez à manger de temps en temps. C'était très gentil de votre part, Marla.

— Oh, merde ! lâcha-t-elle avec sincérité. *Mes condoléances.* J'aurais dû vous demander de ses nouvelles... Où sont passées mes manières, bon sang ? C'est à force d'être avec lui, dit-elle, le pouce tendu vers sa maison. Il n'a pas bossé depuis trois ans. On avait une affaire de plomberie, mais Bob était nul pour ce qui est de gérer l'argent. La seule chose qu'on a pour nous, c'est la baraque, sauf que lui... » De nouveau elle tendit le pouce avec dédain. « Être au chômage n'est pas bon pour un homme. Et vous, Daniel, vous travaillez ? »

Il se gratta la tête. « Je crois, oui. Je saurai ça dans quelques jours. »

Marla acquiesça, l'air compatissant. « Ces temps-ci, pas mal de gens se font virer. Moi, je suis femme de chambre à l'hôtel Boulderado. Irréprochable. Des clients de qualité, pas de taches sur les matelas... enfin, vous voyez le genre.

— Oui, c'est sûr. » En réalité, il n'en était pas si certain. Des marginaux, des farfelus, toutes sortes de gens descendaient aussi dans cet hôtel. Il se leva et prit le tournevis qu'elle lui tendait. « Marla, est-ce que Bob vous a parlé de la chienne ?

— Oui... C'est incroyable ! Je vais mettre des verrous sur mes portes. Votre père, lui, ne prenait jamais de risques. Autrefois, il avait deux chiennes, deux sœurs. L'autre a fini de façon tout aussi atroce.

— Ah bon ? Que lui est-il arrivé ?

— Apparemment, elle a été empoisonnée. » Marla haussa les épaules d'un air gêné. « C'est ce que l'assistant du vétérinaire a raconté à sa nièce qui l'a répété à un de nos voisins.

— Empoisonnée ? Qui irait faire une chose pareille ?

— Dieu seul le sait ! Quelqu'un qui déteste les chiens... ou qui détestait votre père. »

Daniel lui effleura le bras. « Vous pouvez être franche avec moi, Marla. Les flics ont laissé entendre que Pematsang avait peut-être... comment dire... des ennemis. Mon père était-il quelqu'un d'antipathique ?

— Oh, mon Dieu, pas du tout ! C'était un ange, votre papa... Il gardait les choses pour lui, mais c'était un vieux monsieur tout ce qu'il y a de convenable. »

Daniel soupira de soulagement. « Tant mieux. Je suis content de l'apprendre. C'est que je ne l'ai pas connu, voyez-vous.

— Un ange », répéta Marla en secouant la tête, faisant tinter les anneaux dorés qui pendaient à ses oreilles.

« Comment s'appelaient les chiennes ? Ce n'était pas par hasard Jam Jam, ou Cléode, ou Gange ? »

La jeune femme eut un petit sourire en coin. « La dernière s'appelait Lasya. Et ce nom a beau sonner charmant, c'était une sale vicieuse. Celle qui a été empoisonnée s'appelait Lhamu. Votre papa était toujours inquiet de sa sécurité. Au point qu'il promenait ses chiennes chacune leur tour... Il ne voulait pas laisser la maison sans protection, et en plus, il avait une mauvaise jambe. Je crois qu'il ne faisait pas confiance aux gens de Boulder. Mais ses chiennes, il les adorait, ça c'est sûr. » Son regard prit soudain une expression de tristesse. « Je me souviens du jour où il a enterré Lhamu dans le chenil... Il pleurait. C'était pitoyable, vraiment pitoyable...

— Le chenil... » Daniel cligna des yeux. « Vous avez parlé d'un *chenil* ?

— Oui, derrière la maison. »

Il la regarda fixement en réfléchissant à toute vitesse. « Vous savez où exactement ?

— Quoi donc ?

— Où il a enterré la chienne ?

Marla le fixa à son tour. « Pourquoi vous me demandez ça ?

— Je me posais juste la question, répondit Daniel de manière évasive. Est-ce qu'il l'a enterrée sous une pierre ? Peut-être qu'il a mis une pierre ou autre chose pour signaler la tombe ?

— Comment je le saurais ?

— Vous auriez pu le voir creuser le trou. »

Marla frissonna et recula d'un pas. « Bon, il vaut mieux que je file. Bob m'attend. Il sait que je suis ici, vous comprenez...

— Oh, mon Dieu, voilà que je vous ai fait peur ! »
Daniel se donna une claque sur le front d'un geste théâtral. « Je suis désolé... Dites-moi, il y a ici une télé à écran plat de 50 pouces, une Pioneer. Je ne peux pas l'emporter. Est-ce que vous en auriez l'usage ? »

Marla sortit du porche en protégeant sa maigre poitrine de ses bras. « Oui... sûrement. Je vais envoyer Bob. »

Rentré dans la maison, Daniel téléphona à Anne, qu'il attrapa au vol à l'instant où elle quittait son bureau. Il lui raconta la mort de Pematsang, le cambriolage, le massacre de la chienne et les flics pleins de condescendance. Elle se montra à la fois horrifiée et compatissante, et révéla plus de douceur qu'il ne l'avait pensé au départ. Après lui avoir promis de suivre l'enquête de police, elle lui proposa de le rappeler quand il le voudrait si jamais il avait envie ou besoin d'en parler.

Il était déjà tard lorsqu'il termina ce qu'il y avait à faire dans la maison. Il avait réparé la tringle du rideau et laissé une lumière dans la cuisine. En réalité, peu lui importait que la maison fût une nouvelle fois vandalisée. Pematsang était mort, et lui-même ne voulait rien. Il avait minutieusement cherché des photos, des documents ou des lettres, mais n'avait rien trouvé qui fût à même de l'éclairer un tant soit peu sur la véritable personnalité de Pematsang. Le reste des affaires serait débarrassé avant que l'on mette une pancarte « À vendre ». Une fois la télévision emportée par un Bob fou de joie, Daniel alla chercher les pièces de monnaie encadrées qu'il fourra dans son sac. Il ne se sentait pas le droit de les prendre, mais qui viendrait les réclamer ? Certainement pas les cambrioleurs... Comme il pouvait difficilement se balader en ville avec un immense sabre à la main, il décida de repasser le lendemain en voiture, et, s'il trouvait une solution, il récupérerait également le bouddha qu'il ferait expédier au Canada. À présent, il ne désirait qu'une seule chose : retourner dans sa chambre au Boulderado, ou, mieux, prendre le premier avion pour Vancouver et aller se blottir dans les bras de Katie Yoon.

Daniel dîna dans un bar italien d'une assiette de pâtes et d'un verre de vin au goût âcre, puis regagna d'un pas fatigué le havre paisible de sa chambre. Après avoir donné quelques coups de fil, il se déshabilla, se brossa les dents et se glissa sous les draps. Allongé à plat ventre, les bras en croix, son corps las s'enfonça dans le matelas moelleux. Il n'avait pas l'intention de bouger jusqu'au lendemain matin. Il ne pouvait rien faire de plus aujourd'hui et, de toute façon, il se sentait vidé, aussi bien physiquement qu'émotionnellement.

Il se prépara toutefois à une longue nuit d'insomnie. Aucun doute, le paroxysme de sa visite à Boulder – la mort de son père – avait eu pour effet de le ramener sur terre. Alors qu'une part de lui-même éprouvait très fort le sentiment de ne pas être à sa place, sa vie quotidienne ordinaire réclamait haut et fort son attention. Pourtant, en se projetant au lundi suivant, jour où il devrait être de retour en Colombie-Britannique et reprendre l'hélitreuillage dans le Grand Nord, il se rendit compte que toute la banalité de la chose avait disparu. Et pas seulement à cause de la mort de son père, la mort de Kurt elle aussi l'avait changé. Cet événement avait représenté une sorte de tournant dans son existence. Pourquoi ou comment, il n'aurait su le dire de façon précise. L'homme qu'avait été Kurt commençait néanmoins à s'effacer. La seule chose qu'il revoyait encore était son corps en feu au sommet de cet arbre. Et juste derrière cette image se profilait celle d'un ours en flammes qui courait et dont les cris déchirants le poursuivaient jusque dans ses rêves. Que sa vie et son identité telles qu'il les connaissait semblassent se désintégrer et se métamorphoser n'arrangeait rien. Rosie était la seule à avoir vu au-devant de quoi il allait... Rosie, son petit oracle.

S'il arrivait à être méthodique et «à prendre les devants», il pourrait repartir samedi, voir Rosie une journée (et Katie une nuit), et être prêt à rejoindre le campement le lundi matin comme prévu. Daniel se retourna sur le dos et visualisa ce dont il avait l'intention de s'occuper le lendemain. Puis il prit le petit bloc de papier à lettres du Boulderado et commença à noter de mémoire la conversation interrompue qu'il avait eue avec son père. Les dernières paroles de Pematsang : Chenil. Sous une pierre. Creusez et donnez-le à

Jam Jam Togden. Sans doute s'agissait-il d'un nom, mais de quoi était-il question ? Après avoir parlé à Marla, il avait supposé que ça se rapportait à la chienne enterrée, que la chienne était enterrée « sous une pierre ». « Creusez. » Sans blague ! Le vieil homme voulait-il qu'il creuse et exhume la chienne pour qu'on les enterre ensemble ? Non, il avait dit « Donnez-le à Jam Jam. » « Il est à ma cléode. »

Donc, la chienne devait être exhumée, donnée à Jam Jam, qui était déjà à sa « cléode », un endroit que le vieil homme avait dû voir dans les instants qui avaient précédé sa mort, et non pas l'habituel tunnel au bout duquel brillait une lumière. « Cléode... gange... » Rien de tout cela ne faisait sens. Il ne fallait y voir que les propos incohérents d'un mourant dont l'esprit égaré était déjà dans une autre dimension. Mais ce qui le tracassait, c'était cette demande, exprimée avec une telle insistance. « Creusez ! » Pourquoi diable fallait-il creuser ? La maudite chienne était probablement déjà au paradis, surtout si on l'avait empoisonnée...

Daniel sortit de sa poche le bout de papier que lui avait remis Anne. Apparemment, ce Tenzing Gyaltsen était le seul ami de son père. Peut-être serait-il en mesure de jeter un peu de lumière sur ses dernières paroles.

8

Le mercredi arriva très vite, trop vite. Daniel avait passé une nuit épouvantable entrecoupée de rêves horribles. Outre qu'il faisait trop chaud dans la chambre – il avait oublié d'ouvrir la fenêtre –, une fête débridée s'était déroulée dans la chambre voisine, suivie de ce qui évoquait bizarrement une orgie. Une douloureuse érection lui avait procuré des sensations irréelles, dont la cause n'était pas la belle Katie, mais des chiens qui mordaient, des sabres acérés et des cintres en fer tordus. Réveillé dans un état de torpeur émotionnelle, il se retrouva soudain assailli de doutes en même temps que d'un sentiment d'irréalité. La journée d'hier avait-elle réellement eu lieu ?

Dans le silence de l'aube, Daniel resta allongé en attendant que le temps passe, quand, à six heures et demie, un réveil sonna dans une chambre voisine. Il se leva d'un bond et alla prendre une douche. « Salut, Anil », dit-il d'un air sombre au miroir de la salle de bains. Il observa son image négligée – le sosie « blanc » de son père. Son visage, qu'on pouvait qualifier d'anguleux, paraissait s'être creusé. Ses cheveux raides et épais n'avaient pas vu une paire de ciseaux depuis des semaines et auraient eu besoin d'une bonne coupe. En gros, il donnait l'impression d'avoir passé la nuit à picoler. « Prends-toi en main, mon vieux, grommela-t-il. Trouve-toi un coiffeur à Boulder. »

Avant de quitter la chambre, Daniel composa le numéro d'Amanda. Il était un peu tôt pour appeler, mais il avait promis de le faire à Rosie, et vu qu'elle était comme lui une lève-tôt, elle devait déjà être debout, en train de se préparer afin de partir pour l'école. Une voix de femme qu'il ne connaissait pas répondit à la première sonnerie.

« Pardon, j'ai dû me tromper de numéro…
— Qui demandez-vous ?
— Rosie.
— Elle dort.
— Qui êtes-vous ?
— Tony. Tony avec un y. »

Daniel fronça les sourcils, les idées quelque peu embrouillées. Était-ce une blague ?

« Vous êtes sûre que Rosie dort encore ? » demanda-t-il, s'appliquant à ne rien laisser percevoir de son agacement.

Il y eut un bref et lourd silence. « Je viens de vous le dire. Vous voulez laisser un message ?
— Il est sept heures du matin, Tony avec un y. Comment se fait-il que vous répondiez au téléphone de ma femme ?
— Je ne pense pas que cela vous regarde.
— Passez-moi Amanda.
— Elle est occupée.
— D'accord, Tony. Alors transmettez-lui le message suivant. Dites à ma femme de ne pas

laisser Rosie toute seule à la maison. Ni cinq minutes, ni une minute, ni une seconde, *jamais* ! C'est compris ? »

Tony lui raccrocha au nez, et, une seconde plus tard, il eut l'impression qu'il venait de se flanquer une gifle. Qu'est-ce qu'il lui avait pris ? Il imaginait déjà ce que Tony (avec un nom pareil, c'était sûrement une militante féministe) allait dire à Amanda. *C'est comme ça que te parle ce connard ? Divorce de ce crétin !* Et il préférait ne pas penser à ce qu'Amanda répondrait.

Ce coup de fil humiliant n'avait qu'un seul point un peu positif : Tony n'était pas un homme !

À huit heures et demie, la voiture de location attendait Daniel devant l'entrée principale de l'hôtel où un employé courtois venait de l'avancer. Depuis son arrivée à Boulder, la voiture était restée au garage à engloutir des dollars à la pelle, mais il en était à un point tel qu'il s'en fichait. Bien que la note de l'hôtel s'annonçât salée, il n'avait pas envie d'aller ailleurs. Il y avait quelque chose de réconfortant dans le lit luxueux avec sa couette aussi légère qu'un nuage et ses oreillers en plume d'oie. Le personnel était très poli et accommodant, la chambre nettoyée par une quelconque Marla (à laquelle il laissait un billet de dix dollars chaque matin) qui respectait le fait qu'il ne souille pas le matelas, et les petits déjeuners étaient à se damner.

L'employé qui lui tint la portière reçut lui aussi un généreux pourboire. S'il continuait à dépenser l'argent à ce rythme, se lancer dans l'achat d'une maison à Vancouver ne serait pas possible avant un bon bout de temps... Daniel s'installa au volant et prit la direction de Spruce Street vers l'ouest. Il trouva Arapahoe Road sans difficulté, étant donné qu'elle était parallèle à Spruce et coupait la ville d'est en ouest. Il roula vers les montagnes d'Arapahoe sur une route où se succédaient des zones résidentielles, de bureaux et de magasins. Ralentissant l'allure, il regarda attentivement sur sa droite et sur sa gauche, mais il n'avait pas à craindre de rater les pompes funèbres Yew Tree. Un néon clignotait en indiquant « CHAPELLE DE REPOS ».

Non sans surprise, il apprit qu'on avait déjà transporté son père à la chapelle de repos. Les instructions confuses qu'il avait données la veille avaient immédiatement mis les choses en branle. L'acte de décès avait été enregistré, et le lit évacué. Naturellement, tout s'était passé très vite ; une clinique qui ne disposait pas de morgue ne pouvait pas garder un cadavre plus de quelques heures.

« Je viens de préparer le défunt, l'informa Carlos Benedict en lui serrant la main avec chaleur. Je vais vous accompagner à la chapelle où vous pourrez rester le temps que vous voudrez. Étant donné que j'ai eu deux autres arrivées pendant la nuit, j'ai largement de quoi faire ce matin. »

L'homme, petit et trapu, avait un léger accent espagnol. Vêtu d'un costume noir impeccable, il arborait une expression grave et contrite. Il était difficile d'imaginer qu'il y ait des moments joyeux dans la semaine de travail de M. Benedict, de sorte que Daniel ressentit une empathie immédiate à son égard.

L'entrepreneur de pompes funèbres l'emmena à l'arrière du bâtiment, lui fit traverser une cour, puis l'invita à entrer dans un préfabriqué transformé en chapelle. Le décor avait fait l'objet de gros efforts. Des rideaux de velours noir protégeaient de la lumière du soleil. Le papier peint moucheté d'or scintillait dans la lueur d'une demi-douzaine de bougies. Au centre d'un socle en faux marbre trônait un cercueil en laque noire, tapissé de métrages de soie blanche bouillonnante sur laquelle reposait Pematsang Wangchuck, vêtu d'un costume sombre, d'une chemise blanche et d'un nœud papillon rouge.

« Merci beaucoup, dit Daniel, touché par le soin et l'attention manifestement apportés aux détails. Vous avez fait du beau travail, monsieur Benedict. Tout a l'air... *magnifique*.

— Vous êtes le bienvenu. Prenez votre temps, et quand vous serez prêt, je vous parlerai des formalités à suivre. » Il s'arrêta sur le seuil. « Voulez-vous que je vous apporte une tasse de café avec quelque chose à grignoter? J'ai acheté des feuilletés aux amandes et à la crème qui fondent dans la bouche. »

Daniel hésita. « Non, merci... Je viens de prendre mon petit déjeuner.

— Retrouvez-moi quand vous serez prêt », répéta M. Benedict.

À peine Daniel se retrouva-t-il seul dans le préfabriqué plongé dans la pénombre qu'il lui tarda d'en ressortir. La présence d'un corps en décomposition, les bougies qui bouffaient l'oxygène et les relents de produits chimiques lui donnaient mal au cœur. Bien que parfaitement toiletté et aseptisé, Pematsang ressemblait à la statue de cire d'une personne d'une autre époque. Cet endroit lui aurait sans doute plu. Anne Roberts recommandait-elle le Yew Tree à tous ses clients ? C'était peu probable. Dans ce cas, quelles conclusions avait-elle tirées de sa situation, de sa personnalité et de ses priorités ? La question occupa fructueusement les pensées de Daniel pendant les quinze minutes qu'il jugea convenables de passer auprès de son père.

Un peu plus tard, assis dans le bureau de M. Benedict, il accepta un café. Après examen des tarifs, il se décida pour une crémation, la principale raison étant que sa phobie des espaces clos s'étendait à la perspective d'être enterré entre les quatre planches d'un cercueil – la chair se détachant des os, les vers se faufilant à l'intérieur des organes, les yeux pourrissant dans leurs orbites et autres délices de ce genre...

Soudain, une idée le traversa. Assez scandaleuse pour sembler réalisable.

« Monsieur Benedict, dans quel délai ces choses peuvent-elles être accomplies au plus vite ?

— Tout dépend du crématorium... et du service que vous envisagez. Quel genre de cérémonie souhaitez-vous ? »

Daniel sentit qu'il pouvait lui parler en toute franchise. « Mon père était bouddhiste, mais, pour être honnête, je ne connais rien des rituels que pratiquent les bouddhistes en de telles occasions... et je suis trop pressé pour prendre le temps de me renseigner. »

M. Benedict hocha la tête en l'encourageant à développer son point de vue.

« Aussi je propose de procéder à la crémation le plus tôt possible, d'emporter les cendres de mon père avec moi au Canada et d'étudier ensuite la situation pour essayer de deviner ce que lui-même aurait voulu... Trouver un endroit paisible où déposer l'urne ou, si c'est possible, rapporter par la suite ses cendres à l'endroit où il est né. Oui, je crois que c'est ce que je voudrais faire.

— Voilà qui me paraît une excellente idée, monsieur Villeneuve... mais, tout de même, une petite cérémonie ? En général, le service a lieu *avant* la crémation.

— Vous est-il possible de l'organiser très vite ?

— Bien entendu, surtout avec cette chaleur... Demain, je suis plein à craquer, mais je pourrais vendredi.

— Parfait. Et la crémation ?

— Je vais appeler tout de suite le crématorium. »

« *Prendre les devants !* » Daniel s'efforça de ne pas sourire quand il entendit M. Benedict négocier un créneau horaire en urgence avec le crématorium. Il regarda Daniel en levant un pouce triomphant et raccrocha le téléphone.

« C'est bon pour vendredi. Si les papiers sont en ordre, ils le feront juste après le service. Nous présenterons nos derniers hommages et nous le transporterons de l'autre côté de la ville. Sous réserve que les cendres aient refroidi, vous pourrez emporter votre urne samedi matin.

— Formidable ! s'exclama Daniel avec un sentiment de réelle gratitude. Monsieur Benedict, vous êtes un magicien. »

Après être remonté dans sa voiture, Daniel prit la direction du nord de la ville, où il se perdit deux fois avant que les rues plus étroites ne laissent place à de petites routes de campagne qui grimpaient vers les collines ondoyantes. Le soleil brillait sans discontinuer ; Daniel profitait d'un des trois cents jours d'ensoleillement annuel dont bénéficiait la région. Sa destination l'emmena plus loin dans les montagnes. Les pins de Murray épars qui parsemaient le flanc des collines lui permettaient de jouir d'une vue quasi panoramique. De temps à autre, il jetait un coup d'œil au bout de papier posé sur le siège passager où il avait noté les indications que lui avait données la fille de Tenzing Gyaltsen au téléphone.

L'ami de Pematsang habitait dans une grande maison en bois située au bout d'un chemin de terre, à l'écart de plusieurs bâtiments qui abritaient des écuries. Depuis la maison nichée au fond d'une petite vallée, on ne voyait plus ni Boulder ni les Flatirons. Outre que l'emplacement était isolé et idyllique, le domaine évoquait une certaine richesse.

À l'instant où il se gara sur le parking gravillonné, un homme sortit de la maison. Visiblement, il s'attendait à recevoir de la visite, bien que sa fille ait prévenu Daniel que la mémoire de Tenzing n'était plus ce qu'elle avait été. Le pas alerte malgré son âge et se tenant aussi droit qu'un jeune homme, il était du genre qu'on remarque aussitôt au milieu d'une foule, non pas à cause de son apparence générale mais plutôt de la dignité de son maintien. Son visage buriné était à peine ridé et ses yeux se plissaient en lui donnant un air joyeux. De taille moyenne et large d'épaules, mais très mince, il portait une vieille salopette Levis sur une chemise rouge à carreaux. Ses vêtements allaient bien avec les écuries, la grange et le tracteur rouge flamboyant garé devant. En revanche, ce qui n'allait pas – la chose qui le distinguait le plus –, c'était la boucle d'oreille en argent et turquoise qui pendait au lobe de son oreille gauche. Il vit Daniel la fixer du regard.

« Ça m'évite d'être réincarné en âne », dit-il avec une lueur malicieuse dans l'œil.

Était-ce une plaisanterie ? « Je suis heureux de pouvoir vous rencontrer, monsieur, dit Daniel en lui serrant la main. Étant donné que j'ai mille et une questions à vous poser, vous allez sûrement me dire de m'occuper de mes affaires.

— Je vis dans la cabane. » Il fit un geste vers un bosquet de trembles. « La ferme appartient à ma fille et à mon gendre. Ma fille a emmené ma petite-fille à son cours de danse, mais dès qu'elle sera revenue, elle nous préparera un vrai déjeuner tibétain. » Il fit un clin d'œil. « Des *momos*. Je parie que vous n'en avez jamais goûté.

— Non, en effet, reconnut Daniel en souriant. C'est encore mieux que je ne l'espérais. »

Tenzing posa un bras paternel sur son épaule, et, une fois de plus, cette boule agaçante lui remonta dans la poitrine. Autant en finir tout de suite avec le plus difficile. Daniel respira à fond. « Monsieur Tenzing... votre fille vous a-t-elle dit que mon père est mort hier ?

— Votre père ? » Le vieux Tibétain le dévisagea d'un air perplexe.

« Oui, Pematsang Wangchuck. Il est décédé.

— Pematsang était mort depuis longtemps », rétorqua Tenzing en secouant la tête.

Cette remarque sinistre laissa Daniel sans voix. Il n'avait cependant pas envie de lui demander ce qu'il entendait par là, en tout cas pas pour l'instant.

Le vieil homme l'entraîna vers le bosquet d'arbres, puis le long d'un chemin qui menait à une petite cabane en rondins au milieu de trembles hauts et élancés. Les feuilles frissonnaient sous la brise dans un bruissement merveilleusement apaisant. L'endroit était comme un petit paradis, et la cabane semblait sortir tout droit d'un livre de contes. Tenzing lui fit monter quelques marches jusqu'à une véranda, où ils s'assirent dans ce qui avait l'air de fauteuils en bois fabriqués maison. Entre les arbres, Daniel apercevait la grande bâtisse et entendait hennir les chevaux. À l'évidence, la fille de Tenzing avait réussi dans la vie.

Le vieil homme dévissa une bouteille Thermos, versa une boisson chaude dans deux tasses en grès et en tendit une à Daniel. Il goûta le breuvage fumant. Une sorte de thé, salé au lieu d'être sucré.

« Du thé au beurre, précisa Tenzing. J'ai l'impression de vous connaître, ajouta-t-il au bout de quelques secondes.

— C'est normal, dit Daniel, contenant avec peine son impatience. Je croyais que votre fille vous avait expliqué… Je suis le fils de Pematsang. » Il commençait à soupçonner que quelque chose ne tournait pas rond chez le vieux Tenzing, mais il devait absolument collecter des informations. « Vous ne saviez pas qu'il avait un fils ?

— Il n'avait pas de fils », déclara le vieil homme.

Daniel le fixa un long moment. « Je crains que si. Vous voyez bien que je suis son fils », dit-il en montrant sa patte-d'aigle. Au bout de quelques secondes, il changea de tactique. « Y aurait-il une raison pour laquelle Pematsang aurait pu rejeter son fils ? »

Tenzing secoua la tête, l'air peiné. « Pematsang avait beaucoup de soucis. »

Reprenant espoir, Daniel attendit d'entendre quels soucis avait eus son père – ce qui ne vint pas tout de suite. « Par exemple… ? fit-il, histoire d'encourager son interlocuteur.

— Voyez-vous… » Tenzing se renfrogna, comme s'il cherchait à se concentrer. « Pematsang a très mal pris la disparition du projet. Même après avoir tout perdu, il a continué à faire campagne, à aller voir les gens haut placés à l'agence et à camper sur le seuil de leur porte. »

Tout perdu ? Daniel secoua la tête. « S'il vous plaît, monsieur Tenzing, rappelez-vous que je ne sais rien de mon père. »

Le vieil homme but une gorgée de thé. « Je suis désolé. Pardonnez-moi. Ces temps-ci, je suis très distrait. »

Daniel se pencha en avant, impatient de donner un sens aux propos qu'il entendait, mais Tenzing s'était focalisé sur un rouge-gorge qui picorait des graines dans une écuelle en bois à l'autre bout de la véranda.

« Monsieur Tenzing, je brûle d'envie d'en s'avoir plus sur sa famille et ses proches. Il a tout perdu, disiez-vous. C'est important pour moi de le savoir, parce que...

— Non, je parlais du projet... Quelle comédie ! Nos contrôleurs eux-mêmes ne se doutaient pas à quel point c'en était une. »

Daniel respira profondément. « S'il vous plaît, expliquez-moi. Quel était ce projet dans lequel vous étiez engagés ? »

Tenzing jeta un regard inquiet alentour avant de lui confier dans un murmure : « Nous étions tenus au secret. Nous avions fait un serment.

— Vraiment ? Quand cela ?

— Depuis, beaucoup de temps a passé... Je ne me souviens plus combien. »

Comprenant que l'entretien allait être délicat, Daniel décida de rester patient, même s'il se rongeait les sangs et mourait d'envie d'arracher ce qu'il savait au vieil homme.

« Une agence, disiez-vous. Quel genre d'agence ? »

Tenzing le regarda d'un œil incrédule en réprimant une envie de rire. « Vous n'avez jamais entendu parler de la CIA, jeune homme ? »

Daniel rit à son tour. « Si, bien sûr... L'Agence. Où avais-je la tête ? »

Tenzing se déconcentrait facilement. Il avait de nouveau tourné les yeux vers le rouge-gorge, l'air rayonnant de bonheur. Le petit oiseau perché sur la rambarde gonflait ses plumes pour se donner de l'importance.

« Et le projet dans lequel Pematsang et vous étiez engagés... ?

— Ah oui... L'opération ST Circus. Vous n'en avez jamais entendu parler, j'imagine ? » De nouveau, il baissa la voix. « Elle était classée top secret. »

Daniel acquiesça, comme s'il comprenait. « Mais, comme vous l'avez dit, c'était il y a longtemps. Ces choses ont une date de prescription, non ?

— Vous avez sans doute raison.

— J'aimerais bien que vous m'en parliez, monsieur Tenzing. C'était quoi, ST Circus ?

— Je suppose qu'il n'y a aucune raison de ne pas en parler. » L'expression du vieil homme sembla s'aiguiser, et il prit tout à coup un air sombre. « Il faut que vous sachiez que la plupart d'entre nous étions des Khampas, du royaume de Kham, les guerriers les plus redoutés du Tibet. » Il tripota sa boucle d'oreille avec une fierté non dissimulée.

« Pematsang venait de ce... royaume ?

— Oh, oui... Il était même un modèle de Khampa de tout premier ordre, très grand, très fort, très courageux... Son père était administrateur de district dans une région éloignée du Kham – un homme très puissant. Les premières années, ils protégeaient les frontières de l'est de la vermine chinoise... Mais c'était une famille humble... Pematsang était très dévoué, un vrai guerrier du Bouddha.

— Et qu'est-ce qui l'a amené ici ? »

Cette fois encore, Tenzing jeta un coup d'œil autour de lui avant de répondre en murmurant : « L'Agence nous a amenés ici pour nous entraîner à Camp Hale en vue d'une mission secrète. Camp Hale n'est pas très loin d'ici, dans les montagnes. La base était surveillée de près par la police militaire. Elle est aujourd'hui en ruine. On aperçoit encore les carcasses des baraquements quand on va par là-bas à pied. Comme une vilaine cicatrice dans un somptueux paysage. Le paysage ressemblait à celui du Tibet. C'est ce qui explique qu'ils avaient choisi le Colorado pour nous entraîner. »

Espérant qu'il allait en dire plus, Daniel ne détacha pas ses yeux une seconde du vieil homme.

« On devait nous parachuter au Tibet pour y mener des missions d'espionnage. Le jour où le projet a été réduit, la déception et la baisse de moral ont été terribles parmi les survivants que nous étions... Nos hommes ont été expédiés à Mustang, au Népal, où ils sont tombés comme des mouches, et seule une poignée est restée sur place. En 1974, c'en était fini de la résistance.

— Quel rôle Pematsang a-t-il joué dans cette histoire, monsieur Tenzing ? »

Le vieil homme ne l'avait apparemment pas entendu. « Kissinger a effectué une visite secrète en Chine. Tout le monde l'admirait, alors que c'était un traître de premier ordre.

— Et Pematsang... ?

— Pematsang ? Il a découvert que Kissinger était allé là-bas. Comment ? Je n'en sais rien. » Tenzing secoua la tête et se perdit un instant dans ses pensées. Une minute s'écoula.

« Et ensuite, qu'a fait mon père ?

— Votre père ?

— Je veux dire Pematsang. Qu'a-t-il fait quand il a su que Kissinger s'était rendu en Chine clandestinement ? »

Tenzing se frotta les mains l'une contre l'autre en riant. « Ah, s'il leur a créé des ennuis ? Oh, ça oui ! Il a refusé de se taire. Il avait un don pour semer la pagaille, même si, évidemment, il aurait de loin préféré continuer à se battre. C'était un guerrier-né, voyez-vous, il commandait les *Chushi Gangdruk*, seulement il avait été gravement blessé au cours d'une embuscade. Les Chinois lui ont réduit la jambe en bouillie. Ce qui a signifié la fin des combats pour lui, mais il a réussi à obtenir la citoyenneté américaine, en sachant bien qu'il pourrait faire beaucoup plus d'ici.

— Faire quoi, par exemple ? »

Tenzing gloussa. « Qu'est-ce que vous croyez ? Exposer l'ampleur de la trahison à la presse internationale.

— Quelle trahison exactement ?

— *Quelle trahison ?* s'exclama le vieux Tibétain avec une incrédulité à peine déguisée. Cet escroc de Nixon est allé serrer la main du diable en personne ! » Il contempla ses propres mains comme s'il venait de se rendre compte de leur potentiel de destruction.

— Le diable ? Je suis désolé, monsieur Tenzing, je ne vous suis pas très bien...

— Le président Mao ! Vous en avez sûrement entendu parler... À cause de l'alliance sino-américaine, le Tibet a été abandonné. ST Circus a vite été caché sous le tapis, et on s'est débarrassé de nous, les combattants de la liberté.

— Débarrassé ? Comment cela ?

— Il y a des choses que je préfère ne pas me rappeler, jeune homme. Je commence à être affamé, pas vous ?

— Si... »

Ils restèrent un instant silencieux à boire du thé salé. Daniel enregistra la conversation dans sa mémoire et vit du coin de l'œil que le vieil homme piquait du nez. Il risquait de s'endormir.

« J'espère bien tout apprendre sur le travail de Pematsang, dit Daniel, craignant que l'entretien n'arrive prématurément à son terme. Mais je suis aussi très désireux d'entendre parler de sa vie personnelle. Y avait-il une femme dans sa vie ? Gabriella ? Pouvez-vous m'en dire quelque chose, monsieur Tenzing ?

— Une femme ?

— Oui, ma mère, Gabriella Caporelli. Savez-vous quelque chose sur sa relation avec mon père ?

— La mathématicienne...

— Oui, la mathématicienne. » Tendu d'excitation, Daniel attendit, mais le vieil homme semblait avoir perdu le fil. Au bout d'un moment, il se tourna vers Daniel d'un air implorant, comme s'il s'apprêtait à lui avouer quelque chose. « Je ne lui ai été d'aucune aide. Il ne restait que nous deux, et j'étais fatigué, complètement désabusé... J'ai pris ce qu'ils m'offraient, en acceptant de me taire, mais Pematsang était pour eux une gêne, vous comprenez – un franc-tireur. Ils ont essayé de l'envoyer ailleurs, mais ils ne pouvaient pas se débarrasser de lui. Alors ils l'ont séparé de sa femme et de son bébé, en espérant que les perdre le pousserait à renoncer à sa campagne et qu'il partirait rejoindre ses compatriotes en Inde ou ailleurs, ou même qu'il se ferait tuer au Tibet. »

Daniel s'avança sur le bord du fauteuil. « Comment cela, ils l'ont séparé de sa femme et de son bébé ?

— Ah! Qu'est-ce que j'en sais? s'agaça Tenzing en haussant les épaules. Un jour, ils ont disparu, voilà tout.

— Pematsang n'a jamais su où ils avaient été envoyés? Ni pourquoi?

— Pematsang avait des tas de soucis. »

Daniel se cala de nouveau au fond du fauteuil et ferma les yeux un instant. La conversation était pour lui une tension presque aussi grande que pour le vieil homme qui s'efforçait de s'expliquer. Donc, Gabriella était venue au Colorado, peut-être ici même à Boulder. Fallait-il comprendre que Pematsang avait eu d'autres priorités que son jeune fils? Peut-être valait-il mieux ne pas faire de suppositions. Il ne disposait pas d'informations suffisantes et risquait de ne pas savoir comment mettre en perspective le peu de renseignements qu'il avait. En même temps, il tenait là une chance de savoir qui était son père, une chance qui ne se représenterait sans doute plus jamais. Tenzing n'était plus tout jeune...

Le vent s'était levé. Daniel contempla les petits nuages qui défilaient dans le ciel d'azur. « Pematsang parlait-il jamais de retrouver son fils ? S'interrogeait-il sur ce qu'était devenu le bébé ? »

Tenzing posa sur lui un regard fixe, comme s'il avait oublié qui il était. Puis il sourit d'un air contrit. « Je ne me souviens d'aucun fils... Vous savez, Pematsang avait vraiment beaucoup de soucis.

— Il a fait allusion à Jam Jam, reprit Daniel, conscient qu'il allait trop loin. Jam Jam Togden. Savez-vous de qui il s'agit ?

— Jamais entendu parler », répondit le vieil homme d'un air distrait. Il était en train de faire des signes au conducteur d'une Chevrolet Suburban qui venait de s'arrêter devant la maison. « Voilà ma fille... Vous devez avoir faim. Allons la regarder préparer les momos, voulez-vous, et vous ferez la connaissance de la petite Beatrice, mais nous l'appelons Bitty. » Il rit d'impatience. « Elle a quatre ans et c'est un vrai rayon de soleil.

— Monsieur Tenzing, une autre chose que Pematsang a dite à la fin... il a parlé de ma cléode, de gange... À quoi faisait-il allusion ? »

Tenzing le regarda d'un seul coup comme s'il le reconnaissait. « McLeod Ganj ? C'est là que vit Sa Sainteté.

— Sa Sainteté ? »

Le vieux Tibétain s'était levé, l'air épuisé par les questions incessantes de Daniel et son ignorance manifeste.

« Juste une dernière chose, s'il vous plaît. Puisque vous êtes le seul ami de Pematsang, peut-être avez-vous une idée de l'endroit où il voudrait que soient répandues ses cendres ?

— Ses cendres ? » Tenzing prit le temps de réfléchir. « Au Tibet, nous découpons nos morts et les laissons dans la montagne pour que les vautours les dévorent. Ils mangent la chair et les os sans rien laisser. On appelle ça un enterrement céleste. Mais des cendres... si un jour vous pouvez les transporter dans son pays, montez sur un plateau le plus haut possible, jetez-les vers le ciel, et laissez l'air et le vent les emporter. »

Daniel hocha la tête. Plus rien ne le surprenait. « L'air et le vent, répéta-t-il tout bas en se levant du fauteuil. C'est mon nom. »

Le vieil homme se figea. « Anil ? Anil Goba ? C'est votre nom ? »

Daniel reprit soudain espoir. « Vous vous souvenez de moi ? Je suis le fils de Pematsang. »

Le regard de Tenzing s'assombrit. « Je crois que vous vous trompez. Il n'avait pas de fils. »

Daniel se sentait désespéré, frustré, mais Tenzing gloussa de rire. « Un choix de noms étrange...

— Ah oui ? Que signifie "goba" ?

— C'est cet énorme oiseau, l'aigle. »

Un aigle ! Un aigle qui plane dans les airs, porté par le vent. Comment quelqu'un avait-il deviné que voler serait sa passion ? « Monsieur Tenzing, pourquoi pensez-vous que mon père a choisi ces noms ?

— Oh, pas votre père... Les noms des enfants tibétains sont en général choisis par un grand lama. Votre nom est prometteur, il a été décidé avec beaucoup de soin. »

Tenzing respira un grand coup et se retourna, prêt à partir. Chacune des déclarations du vieil homme faisait naître chez Daniel au moins une dizaine de questions, mais, pour l'instant, il n'obtenait aucune réponse. Il suivit le vieil homme alerte qui descendit pratiquement en sautant les marches de la véranda.

Daniel n'avait pas faim. À la seconde même, il n'avait qu'une envie : s'asseoir tranquillement dans la Ford Taurus en haut d'une colline d'où l'on apercevrait les grands sommets du Continental Divide[11] et digérer ce que venait de lui raconter l'ami de son père. Cependant, la politesse ne l'autorisait pas à partir, et la fille de Tenzing avait beau lui avoir assuré ne rien savoir d'intéressant, peut-être connaissait-elle des choses qui pourraient l'aider. Daniel grinça des dents tandis qu'il marchait en silence derrière son hôte, redoutant de partager le déjeuner de Bitty, le rayon de soleil.

Pendant tout le trajet de retour à Boulder, il demeura dans un état de profonde perplexité,

---

1. La ligne de partage des eaux entre l'océan Pacifique et l'océan Atlantique. (*N.d.T.*)

les renseignements qu'il avait soutirés à Tenzing tournaient en rond dans sa tête. Le point essentiel était que le vieil homme avait mentionné une mathématicienne. Qui d'autre aurait-ce pu être que Gabriella ? Dans sa jeunesse, elle avait décroché un prix prestigieux et une bourse, mais elle avait renoncé à une brillante carrière académique après la naissance de Daniel et avait enseigné les maths dans une série de lycées de la ville. Comment et pour quelle raison s'était-elle retrouvée dans le Colorado ? En tout cas, il était clair à présent que Pematsang Wangchuck n'avait rien eu d'un immigrant ou d'un réfugié ordinaire. S'il avait bien compris le vieux Tibétain, les deux hommes s'étaient battus dans le but de libérer leur patrie en s'engageant dans un projet initié par la CIA qui avait eu pour nom ST Circus et avait été finalement abandonné. Cette histoire n'était pas sans rappeler celle de la baie des Cochons, où avait eu lieu la tentative de la CIA d'infiltrer Cuba pour renverser Castro et libérer le pays du gouvernement communiste. Mais si Cuba était une chose, la Chine en était une autre : une superpuissance avec à la barre le « diable en personne ». Assurément, la CIA s'était persuadée assez vite qu'elle ne parviendrait pas à libérer le Tibet en faisant appel à quelques farouches Khampas. Si ce projet tibétain bizarre avait réellement existé, un article, un livre ou un journal avaient dû en rendre compte... À moins que ST Circus ne soit qu'un fantasme, un pur produit de l'imagination de Tenzing, le rêve d'un vieil homme qui aurait voulu se battre pour la libération de son pays.

Google… ST Circus… Oui, cela existait en effet, même si très peu de chose avait été écrit sur le sujet. Installé dans le *business center* du Boulderado, Daniel lut avidement plusieurs articles et découvrit que ce que Tenzing lui avait raconté n'était pas une fable. ST Circus était le nom de code d'une opération secrète menée par la CIA, un épisode peu connu de la guerre froide. Vingt ans durant, le gouvernement américain avait soigneusement dissimulé son secret : l'entraînement de rebelles tibétains à Camp Hale, au Colorado, qu'il envoyait en mission de surveillance à l'intérieur du Tibet, et le largage d'armes destinées au Mouvement de résistance tibétain. Au moment où le vent avait tourné – c'est-à-dire quand Nixon avait embrassé le derrière du président Mao –, les projets embarrassants tels que ST Circus avaient immédiatement été jetés à la poubelle. ST Circus et les hommes qui avaient risqué et sacrifié leur vie au Tibet avaient tout bonnement sombré dans l'oubli. Dès lors, le Tibet s'était retrouvé seul pour s'opposer à la Chine.

Daniel fut pris d'une bouffée de rage. Il connaissait malheureusement très mal l'histoire du pays de son père, mais, d'instinct, cette trahison le révoltait. D'une main, les Américains avaient serré la sale patte de Mao (lequel ne se lavait apparemment jamais), tandis que, de l'autre, cachée dans leur dos, ils avaient lâché le Tibet en l'abandonnant à sa détresse comme on lâche un charbon ardent. Dans un monde qui évoluait à toute vitesse, la chose n'avait rien d'inhabituel, d'autant que le soutien de la CIA avait toujours été officieux. Personne n'avait cherché à savoir en quoi ils avaient failli, personne ne s'en était soucié... Faux ! *Ils l'ont séparé de sa femme et de son bébé.* Tout à coup, Daniel repensa aux chiennes de Pematsang, Lasya et Lhamu... l'une massacrée, l'autre empoisonnée. Si, quelqu'un s'en souciait bel et bien.

9

Après une nouvelle nuit agitée, il se réveilla tard, trop tard pour téléphoner à Rosie. Elle serait déçue étant donné qu'ils avaient pris l'habitude de se parler presque tous les jours. Il ne pouvait toutefois rien faire avant qu'elle soit rentrée de l'école dans l'après-midi.

Daniel traîna un moment dans le hall en observant les allées et venues, puis consulta d'un œil paresseux des brochures touristiques empilées sur un présentoir. Soudain quelqu'un s'approcha de lui avant de s'arrêter brusquement pour faire demi-tour. En levant les yeux, il aperçut une femme élancée en pantalon noir et au chignon noir.

« Hé, Marla ! »

Celle-ci se figea sur place, puis finit par se retourner de mauvaise grâce. « Qu'est-ce que vous faites ici ?

— Je suis descendu dans cet hôtel.

— Vous êtes un de nos clients ? rétorqua-t-elle d'un air suspicieux en fixant son jean et son tee-shirt.

— Oui, pourquoi ? J'ai de l'argent.

— Eh bien, alors... que puis-je faire pour vous ? demanda Marla avec une feinte courtoisie.

— Je donnerais n'importe quoi pour une tasse de thé. Je peux m'en faire servir une dans le hall ?

— Vous pouvez en avoir des litres avec votre petit déjeuner.

— Je n'ai pas le courage... » Daniel fit une grimace qui était censée lui permettre de rompre la glace.

Marla plissa les yeux, croyant sans doute qu'il avait la gueule de bois. « Vous êtes allé à la *Dushanbe Teahouse* ?

— Non.

— Vous y trouverez toutes sortes de thés. » Elle s'approcha d'un pas agile, prit une brochure d'un geste vif et la lui fourra dans la main. « La plus grande attraction de la ville. Au bout de la rue, vous n'aurez qu'à traverser Pearl Street, Walnut Street et Canyon Boulevard, et ce sera sur votre gauche. Impossible de la rater, conclut-elle en s'éloignant en vitesse.

— Marla, attendez... »

Elle s'immobilisa, sans se retourner. « Je ne suis pas censée passer par le hall, et je n'ai pas envie de parler de chiennes mortes.

— D'accord, pas de chiennes mortes. Je vous serais infiniment reconnaissant si vous veniez demain à la cérémonie organisée pour Pematsang », dit-il à son dos. Aussitôt, il ajouta : « Vous et Bob.

— Impossible, rétorqua-t-elle en lui jetant un coup d'œil. Demain, je travaille toute la journée.

— Ce sera de bonne heure. À neuf heures et demie. Et bref. » Elle sembla hésiter. « Oh, allez, Marla... Vous êtes l'une des deux seuls amis de Pematsang... Faites-le pour le vieil homme. Au Yew Tree Funeral Parlor, dans Arapahoe. Je vous y emmènerai, si vous voulez.

— J'irai de mon côté... si j'y vais !

— Vous êtes un amour, Marla. Je compte sur vous. »

Daniel l'observa tandis qu'elle montait en courant l'escalier en spirale dans son tailleur-pantalon noir. Une vraie boule d'énergie ! Ce vieux Bob avait de la veine... Il pouvait rester affalé devant son écran plat Pioneer toute la journée pendant que sa dame se chargeait d'assurer leur survie.

Il regarda la brochure qu'il tenait à la main. On y voyait la photo de l'intérieur d'un restaurant ou d'un café. Il lut : *Ce chef-d'œuvre d'architecture intérieure, plein de couleur et de fantaisie, a été fabriqué par des artisans de Douchanbe, au Tadjikistan, et envoyé en pièces détachées à Boulder – le cadeau le plus spectaculaire jamais offert par une ville à une autre. Vous trouverez là des plats et des thés en provenance de toute l'Asie, ainsi que des thés rares en édition limitée...* L'endroit avait l'air fabuleux. Il décida d'y aller sur-le-champ.

N'ayant pas d'appétit, Daniel étudia la carte des thés parfumés. Il avait horriblement soif, comme si, en effet, il avait passé la nuit à picoler. Entre deux gorgées, il admira l'œuvre raffinée des artistes de Douchanbe. Rosie aurait adoré cet endroit. Dommage qu'elle ne soit pas là avec lui...

Il sortit son appareil photo et se leva. Personne ne sembla s'offusquer de le voir mitrailler les lieux. Après avoir pris une trentaine de photos, il retourna s'asseoir et fit défiler ses photos en en cherchant une de Rosie. Elle lui manquait, d'autant plus qu'il avait plusieurs raisons de s'inquiéter pour elle. La dernière en date avait un rapport avec le coup de fil de la veille. Une dénommée Tony refusait de le laisser parler à sa fille. Que se passait-il?

Daniel s'arrêta longuement sur une photo, puis se leva d'un bond en demandant l'addition.

Il retourna à l'hôtel en courant comme un dératé, non sans s'attirer quelques regards au passage. Après avoir récupéré sa voiture, il alla faire le plein d'essence et, suivant les instructions du plan qu'il avait imprimé sur Google, il se mit en route. Il prit l'autoroute en direction du nord. Après Fort Collins, il tourna à gauche à la hauteur d'une station-service, connue apparemment sous le nom de Ted's Place. Puis, il grimpa les collines, traversa une immense et longue vallée que dominaient au fond les sommets escarpés des Rocheuses et s'enfonça vers les plaines du Colorado. Finalement, il bifurqua sur une route en terre et suivit une enfilade de vallées verdoyantes. Un fort parfum de sauge entrait par la vitre baissée. L'odeur et l'altitude de plus en plus élevée lui donnaient l'impression de planer. Lorsqu'il aperçut un troupeau de chevaux sauvages qui galopaient au loin, il se demanda s'il n'était pas victime d'une hallucination. L'endroit semblait perdu dans le temps.

Il arriva en début d'après-midi, après un trajet plus long que prévu. L'air était plus frais, mais aussi plus léger. Un sentier partait du parking et serpentait au milieu d'une cuvette boisée. Des drapeaux qui battaient au vent balisaient le chemin, le menant à travers les arbres, puis sur d'étroits passages en planches qui débouchaient sur une sorte de campement. Des maisons en bois et une myriade de tentes abritaient et nourrissaient les résidents du Shambhala Mountain Center. Il salua quelques personnes en souriant, mais continua à suivre la rangée de drapeaux qui le mènerait à sa destination. Au bout de vingt minutes, lorsqu'il aperçut au loin une flèche s'élever au-dessus de la cime des arbres, Daniel se figea sur place. Là, devant lui, au beau milieu de nulle part, se dressait un édifice impressionnant, celui-là même que Rosie avait construit sur la plage de Kits.

Voir le grand stupa, et l'émotion qu'il ressentit, lui confirmèrent que sa fille possédait un don prophétique. Elle avait vu ce monument quelque part dans les visions qu'elle avait de l'avenir de son père, il en était certain. Sa fille avait pressenti qu'il représenterait pour lui quelque chose de spécial, ce qui l'effraya d'autant plus que *ce n'était pas la seule chose qu'elle avait vue.*

Daniel s'attarda un long moment autour de l'édifice magnifique, impressionné par sa taille et sa beauté. Un peu plus tard, lorsque les derniers visiteurs s'éloignèrent, il savoura la paix qui émanait du lieu, en même temps que la sensation de calme qu'il lui procurait. Lui, qui s'était toujours cru agnostique et ne savait quasiment rien sur le bouddhisme, ressentait quelque chose. Gabriella et Freddie étaient catholiques et pratiquaient de façon irrégulière, mais Daniel trouvait leur foi oppressante. Quant à Amanda, dont les intérêts en matière de spiritualité étaient très vastes, elle lui avait toujours dit qu'il manquait d'âme. Or, cette âme, il la sentait remuer, se manifester à l'instant même.

Un moine en robe orange, qui sans doute avait trouvé son comportement douteux, s'approcha de lui. Il émanait de sa personne une autorité et une sorte d'aisance, comme s'il était ici chez lui – d'ailleurs, il tenait un gros trousseau de clés à la main. Son visage sympathique avait des traits asiatiques.

« C'est la première fois que vous venez au grand stupa ? demanda-t-il avec un léger accent mélodieux.

— Oui. » Puis, histoire de justifier sa présence, Daniel ajouta : « Ma fille... m'a amené ici. »

Le moine regarda alentour.

« Ce que je veux dire, c'est que... elle m'a guidé jusqu'ici. » Il ne devait aucune explication à cet homme, mais ses barrières habituelles étaient tombées. Il savait qu'il cherchait à saisir quelque chose et était ravi de parler à quelqu'un de ce qui lui arrivait.

« Votre fille est-elle bouddhiste ?

— De façon instinctive, peut-être, répondit Daniel en riant. Elle n'a que neuf ans. »

Le moine lui sourit. « Je n'ai pas pu m'empêcher de remarquer que vous n'étiez pas entré.

— C'est vrai, reconnut Daniel, cherchant les mots à même de décrire ce qu'il ressentait. Je n'étais pas sûr... Mais je crois que je m'apprêtais à le faire. »

L'homme hocha la tête, comme s'il le comprenait. « Nous fermons dans quelques minutes, alors allez-y. Ce stupa est l'un des rares dans lequel on puisse entrer. Le bouddha qui se trouve à l'intérieur est très particulier. »

Daniel jeta un coup d'œil alentour et vit qu'ils étaient seuls. « Pardon... Je vous retiens ? »

Le moine le dévisagea, la tête penchée de côté. Il avait le crâne rasé, et il était difficile de lui donner un âge. « Je peux attendre un peu. Vous ne le regretterez pas. »

Daniel monta jusqu'à la porte, retira ses chaussures et pénétra à l'intérieur du stupa. Le moine avait dit vrai. Un immense bouddha en or occupait la moitié de l'espace. Daniel s'assit sur une chaise et sentit aussitôt le silence déferler en lui telle une vague. En levant les yeux vers l'immense statue, il vit qu'elle le regardait...

Ce dont il eut conscience ensuite fut que le moine en robe orange lui tapotait l'épaule. Il s'était endormi d'un seul coup.

« Ne vous en faites pas, fit le moine d'un air entendu. Il arrive la même chose à beaucoup de gens.

— Je suis désolé. Je vais m'en aller.

— Ici, le temps n'est pas compté. »

Après avoir jeté un dernier regard au bouddha, Daniel suivit le moine et ressortit dans la lumière qui déclinait. Il remit ses chaussures, puis le remercia. « C'est une sacrée expérience... J'aimerais beaucoup que ma fille voie ça. »

Le moine rit de nouveau. « Il ne va pas s'en aller de sitôt... Ce stupa a été construit avec des matériaux qui lui permettraient de durer plus de mille ans, construit en l'honneur de feu le professeur bouddhiste tibétain Chogyam Trungpa Ripoche, mort en 1987. Ses reliques sont enterrées à l'intérieur.

— Ah oui ? Quel genre de reliques ? »

Le moine secoua la tête d'un air contrit. « Par reliques, j'entendais ses restes humains. Ses cendres.

— Je croyais que les Tibétains procédaient à un... enterrement céleste. Qu'ils laissaient le corps dans la nature pour que les oiseaux le dévorent. »

Le moine acquiesça en détournant les yeux. « Oui, c'est ce que nous faisions au Tibet. »

Un soudain espoir s'empara de Daniel. « Vous êtes tibétain ?

— Oh, oui... Je suis tibétain.

— Écoutez, je sais que c'est une question stupide, mais auriez-vous par hasard connu un homme qui vivait à Boulder et s'appelait Pematsang Wangchuck ?

— Oui, bien entendu, je le connais. Et vous êtes son fils, j'en suis sûr.

—Oui ! » Daniel avança d'un pas et, sur une impulsion, lui tendit la main. « Je suis… Anil Goba, marmonna-t-il. Heureux de vous rencontrer.
—Netsang Dawa… Comment va votre père ?
—Il est mort mardi.
—Je suis sincèrement désolé.
—Que savez-vous de lui ? C'est que, voyez-vous, je ne le connaissais pas. »

Netsang Dawa ne parut nullement surpris. « Avant de venir travailler ici, j'ai été très actif dans le Mouvement de libération du Tibet, et votre père venait parfois à nos réunions à Denver. » Il hocha la tête, comme s'il repensait à un souvenir. « Votre père était un Khampa. Il n'était pas toujours d'accord avec Sa Sainteté concernant les solutions pacifiques à opposer à l'occupation chinoise du Tibet. Quand je suis venu enseigner ici au centre, nous nous sommes revus. Il passait quatre fois par an, depuis que le grand stupa a été consacré en 2001. Je crois que cet endroit représentait quelque chose d'important pour lui.

—Vous rappelez-vous quand vous l'avez vu la dernière fois ?

—Mais oui… En février dernier. Il faisait un froid exceptionnel, et il n'était pas habillé comme il fallait. Il avait beaucoup neigé, mais je pense qu'il avait oublié à quel point le climat peut être rude à cette altitude. Je suis allé lui chercher une couverture et il a fait ses *koras* autour du stupa, enroulé dans la couverture, sept fois, comme il en avait l'habitude. Le pauvre, il boitait terriblement et s'enfonçait dans la neige jusqu'au genou… Il m'a dit que sa jambe le faisait beaucoup souffrir, et comme il n'avait pas l'air de se sentir bien, je l'ai accompagné dans son dernier tour. Comme je ne l'ai plus revu, je me suis souvent demandé si cette journée glaciale n'avait pas mis un terme à ses visites.

— Vous souvenez-vous d'autre chose ? »

Netsang hésita une seconde. « Oui. C'est probablement sans importance, mais, une fois, il m'a demandé une faveur. C'était il y a longtemps, sept ou huit ans. Il avait apporté une boîte. Une petite boîte. Pas plus grande qu'une brique, dit-il en écartant les mains pour en montrer la taille. Il m'a demandé si je pouvais la garder en lieu sûr. Quand j'ai voulu savoir ce qu'elle contenait, il a refusé de me l'expliquer, mais il a dit qu'il ne pouvait pas la garder chez lui. Alors je l'ai rangée sous mon lit et je l'ai oubliée. Un jour, il est venu me la réclamer. Lui qui en général était serein avait l'air très anxieux au sujet de la boîte. Il m'a raconté qu'il fallait qu'il l'emporte en Inde et qu'il aurait dû le faire depuis longtemps.

— Ah bon ? Et il est allé en Inde ?

— Je ne crois pas. Il m'a dit par la suite qu'il ne se sentait pas suffisamment en forme pour entreprendre un tel voyage. »

Daniel se sentit soudain tout excité. Il pensait comprendre pour quelle raison Rosie l'avait guidé jusqu'ici. Ce n'était pas seulement à cause du stupa, ni parce que Pematsang y avait effectué plusieurs pèlerinages, mais parce que ce moine détenait la clé... Il faillit empoigner Netsang par les épaules mais réussit à contenir son euphorie.

« Une boîte ? »

Netsang le regarda fixement. « Oui, une boîte.

— Peut-être pouvez-vous m'aider... Sur son lit de mort, mon père a prononcé des paroles étranges. Il a fait référence à quelque chose ou à quelqu'un du nom de Jam Jam Togden. Vous savez ce que cela veut dire ? »

Le front de Netsang se plissa avec concentration. « Jam Jam ne me dit rien, mais ce pourrait être Jamyang. Jamyang Togden est un nom.

— Vraiment ? Quelqu'un que vous connaissez ?

— Non, mais ces noms ne sont pas rares.

— Et McLoud Ganch ? Peut-être ai-je mal compris... Je ne sais pas comment ça s'écrit.

— Vous voulez parler de McLeod Ganj, le siège du gouvernement tibétain en exil, où vit le dalaï-dama.

— Je croyais qu'il vivait à Dharamsala.

— C'est exact. McLeod Ganj est la partie supérieure de Dharamsala.

— Ah..., fit Daniel en s'efforçant de rester calme. Je comprends. »

Ils discutèrent encore un moment, Daniel tâchant d'arracher des informations plus précises au pauvre homme, mais Netsang avait beau vouloir l'aider de son mieux, il ne pouvait rien lui apprendre de plus.

Daniel le remercia avec effusion et promit de revenir un jour – et d'amener sa fille qui s'intéressait beaucoup à l'architecture.

« Notre rencontre est "de bon augure" », dit Daniel en souriant.

Netsang rit d'un air joyeux. « Je suis impatient de faire la connaissance de votre fille.

— Demain, un service à la mémoire de mon père sera célébré à Boulder. Je sais que c'est loin, mais je serais honoré si vous pouviez y assister.

— Non. Il est très rare que je m'absente du centre. Mais votre père sera dans mes prières. »

De nouveau, ils se serrèrent la main, puis Netsang repartit vaquer à ses devoirs.

Une fois seul, tandis qu'il admirait une dernière fois le symbole magnifique du Bouddha, Daniel sut qu'il reviendrait. Il lui paraissait évident que cet endroit, ou ce qu'il représentait, avait une signification profonde pour ce qui était de sa vie future. Quant à savoir laquelle, il était encore incapable de l'imaginer.

Cependant, la sérénité et le calme l'avaient déserté, et il se sentait galvanisé par le besoin d'agir. *Prendre les devants, prendre les devants...* Il regagna le parking en courant et sauta dans sa Ford Taurus. Deux pièces du puzzle pouvaient s'emboîter ; il suffisait d'essayer de les rassembler. Désormais, il avait une mission et brûlait d'impatience de s'y consacrer.

Une fois encore, la journée avait été accablante de soleil, mais le globe doré pourvoyeur de vie descendait rapidement vers les montagnes, de plus en plus énorme et de plus en plus rouge. Lorsqu'il arriva à Cheyenne Avenue, il faisait déjà nuit, et un croissant de lune brillait derrière les arbres. Après avoir jeté un coup d'œil alentour, Daniel se faufila dans la maison. Il était pressé, mais, d'une certaine façon, l'obscurité l'arrangeait.

Il eut beau chercher partout, d'abord dans la maison puis dehors, il ne trouva de pelle nulle part. Demander à Bob et à Marla de lui en prêter une ne lui disait rien. Il deviendrait dingue s'il les savait en train de l'observer derrière leur fenêtre, spéculant sur les mobiles macabres qui pouvaient pousser un homme à creuser la terre au clair de lune pour retrouver les restes pourrissants d'une chienne.

Pourtant, puisque Pematsang avait entretenu son jardin, il devait posséder une bêche ou un outil de ce genre... Daniel chercha encore, n'ayant pas envie de remettre son projet au lendemain. Dans la maison voisine, une lumière s'alluma, puis s'éteignit aussitôt. Il se faufila sous le porche – un geste sans aucun doute observé –, où il finit par trouver une vieille pelle rouillée. Il l'emporta dans la cour à l'arrière de la maison, où il constata avec soulagement que les arbres et les buissons qui entouraient la propriété étaient trop denses pour permettre à Bob et à Marla de surveiller son comportement bizarre.

Effectivement, il y avait un chenil. L'enclos, qui occupait une bonne portion de la cour, était délimité par un grillage et renfermait une grande niche. La structure avait été renversée ou soufflée par une tempête. Daniel entra par le portail et commença à arpenter l'enclos de façon méthodique. « Sous une pierre » n'était pas un indice d'une très grande utilité. Lorsqu'il se fit la réflexion qu'il n'y avait pas vraiment là de lien avec un chien mort, son manque de bon sens le fit sourire. Il avait décidé d'agir de cette façon parce qu'il croyait qu'il y avait quelque chose de caché sous une pierre. Une boîte de la taille d'une brique, par exemple... Une boîte que Pematsang avait jugé ne pas pouvoir, ou n'avait pas osé, laisser à l'intérieur de la maison. Il s'agissait probablement de la chose même qu'étaient venus chercher les intrus, ces soi-disant cambrioleurs qui n'avaient embarqué aucun objet de valeur. Mais pour quelle raison ? Et même s'il retrouvait cette chose, que pourrait-il en faire dans la mesure où il n'avait toujours aucune idée ni hypothèse sur qui était le dénommé Jamyang Togden ? S'il pouvait se fier à l'histoire que lui avait racontée le vieux Tenzing, Pematsang avait en effet eu des ennemis. Et des ennemis puissants. Mais tout cela remontait à très longtemps. Au bout de cinquante ans, il semblait inconcevable qu'il ait pu être encore en possession d'une chose qui intéressait la CIA.

Les mauvaises herbes avaient envahi l'enclos à tel point que, dans la pénombre, il était quasiment impossible de distinguer ce qu'il y avait entre les chardons et les orties. Mais quand son pied buta sur une pierre plus grosse que les autres, Daniel décida de creuser. Bien que la terre fût très dure, il persévéra un bon moment mais ne réussit qu'à déterrer d'autres pierres. Le sol n'avait pas été retourné, il en était certain. Il continua à marcher de long en large en explorant le terrain.

À plusieurs reprises, il enfonça la pelle dans le sol, la terre qui lui résistait faisant vibrer ses bras et ses poignets, mais il n'y avait rien à découvrir là. Il avait arpenté la totalité de l'enclos, retourné des tas de pierres, des grandes et des petites. En regardant autour de la niche retournée, il vit qu'on avait foulé le sol. Donc, la structure n'avait pas été renversée par le vent, on l'avait déplacée exprès. Au lieu de le pousser à renoncer comme il s'apprêtait à le faire, cette découverte le renforça dans sa détermination. « Sous une pierre » ne voulait pas dire sous la niche. Les intrus n'avaient pas trouvé ce qu'ils étaient venus chercher.

Daniel recommença à aller et venir en écartant les herbes du bout du pied. Le sol était tapissé de gros cailloux. Un à un, il les envoya promener en tâtant le sol du bout de sa chaussure. Il trouva des éclats de vieilles tuiles peintes, un sécateur rouillé, un peigne, des morceaux de tuyau écrasés, de multiples fragments d'os, dont les deux sœurs vicieuses avaient dû faire leur repas, ainsi qu'une sandale en cuir pourri qui, à en juger par sa pointure, avait dû appartenir à son père.

Il était sur le point de laisser tomber lorsqu'une petite pierre plate attira son attention. Elle était d'une forme ronde presque parfaite. Il la ramassa et la retourna. Le dessous était lisse, avec au centre une sorte de signe gravé à la main. Son cœur se mit à battre à toute allure. Il l'épousseta de la main et l'examina dans la pénombre. Ce qu'il vit alors le laissa stupéfait. Un swastika nazi !

Qu'est-ce qu'une telle chose lui apprenait sur Pematsang ? Son antipathie pour les Chinois communistes qui avaient envahi son pays avait-elle fait de lui un militant d'extrême droite ? Était-ce une facette de plus de son père qu'il allait lui falloir accepter ? Daniel se rappela sa résolution de ne pas se laisser déborder par ses sentiments. Il comprenait de moins en moins et était de plus en plus perplexe en repensant à ce que le coup de fil de Ken Baxter avait déclenché. La réponse, du moins à une partie du mystère, sa mère la connaissait. Gabriella allait devoir renoncer à quarante ans de mensonges et de faux-semblants pour lui révéler la vérité.

Après avoir observé l'emblème quelques instants, Daniel glissa la pierre dans sa poche et recommença à creuser.

La nuit était déjà bien avancée lorsqu'il s'assit en tailleur dans sa chambre d'hôtel, son trésor posé devant lui. Il l'avait sorti d'un grand sac en plastique recouvert de boue séchée. Dedans se trouvait un autre sac en plastique épais entouré de ruban adhésif. Prenant le canif Flatirons qu'il avait acheté pour Rosie, il découpa l'emballage et aperçut en dessous une couche de papier journal. Délicatement, il déplia le papier. Quoique légèrement humide, il était encore en bon état, assez, en tout cas, pour distinguer la date en haut d'une page. À quelques jours près, le journal datait de six ans.

Sous les couches de papier journal apparut enfin la boîte, fabriquée dans une sorte de métal peint de couleur vert foncé. Le couvercle était soudé, sans doute pour le rendre imperméable. Daniel la retourna plusieurs fois, la secoua doucement, puis avec plus de vigueur. À la façon dont le contenu allait et venait à l'intérieur, il ne devait pas s'agir d'objets lourds, mais de papiers, de documents, éventuellement d'un petit livre ou de brochures.

Il débattit pendant un moment avec sa conscience. Il avait beau avoir envie de savoir ce que renfermait la mystérieuse boîte, il ne fallait pas se précipiter. Après tout, il allait hériter, sans l'avoir mérité, d'une maison construite sur un terrain de valeur et de Dieu sait quoi d'autre… Les dernières paroles de son père avaient été claires : cette boîte ne lui était pas destinée. Il voulait qu'elle soit remise à Jamyang Togden, qui que soit cet homme.

Daniel décida de ne pas ouvrir la boîte – pas tout de suite – et de se laisser un peu de temps. Il avait une vague idée de par où commencer. Si ses efforts n'aboutissaient à rien, il ouvrirait la maudite boîte, dont le contenu lui révélerait peut-être qui en était le mystérieux destinataire.

Il se releva et la déposa dans le coffre-fort caché dans l'armoire. Il composa son numéro de code universel. Puis, sur une intuition, il l'annula pour en choisir un autre – le jour de la mort de Squakie, son perroquet, il y avait de cela vingt-huit ans. On n'était jamais trop prudent, il l'avait appris au cours des deux derniers jours. Satisfait de savoir la boîte à l'abri, il retourna s'asseoir par terre pour lire le journal. Des nouvelles vieilles de six ans ne manqueraient pas de lui rappeler quelques souvenirs…

10

« Amanda Byrne. »

Byrne ! Daniel réussit à tenir sa langue. Après tout, ce n'était jamais qu'un nom… « Bonjour. Rosie est-elle réveillée ?

— Non, elle a regardé un film et s'est couchée tard.

— Un film ? Cette enfant a repris l'école. Elle est censée avoir des devoirs à faire et se coucher tôt. » Il se mordit la langue – il s'en voulait de cette réprimande digne d'un despote. Amanda était une bonne mère, quoique assez peu conventionnelle, pas du genre à s'imposer à elle ou à sa fille des routines monotones.

« Aurais-tu oublié qu'elle est sous ma responsabilité ? » demanda-t-elle d'un ton léger.

Daniel noua la ceinture du peignoir du Boulderado autour de son poignet et la serra. « Non, je ne l'oublie jamais, même si aucune décision de justice n'a entériné cette situation.

— Daniel… elle a neuf ans. »

La ceinture empêchait le sang de circuler dans sa main. Lentement, il la détacha. « Elle a neuf ans quand ça t'arrange.

— Écoute, il est trop tôt pour se chamailler. » Un silence. « À propos, où es-tu ? Rosie m'a parlé de Boulder. C'est en Arizona ?

— Au Colorado.

— Tu as encore changé ? Je croyais qu'hélitreuiller des arbres en Colombie-Britannique te rendrait heureux un moment. Tu as toujours dit à quel point c'était dangereux. »

Bien que percevant son ton ironique, Daniel décida de passer outre. « Je ne suis pas ici pour le boulot. » Il fit tournoyer la ceinture en l'air. « Je peux te parler sérieusement un instant ? Juste une question. Qui donc est cette nouvelle amie que tu as, la réjouissante Tony ? »

Amanda ne répondit pas. Il s'apprêtait à répéter sa question sous une forme moins sarcastique lorsqu'elle dit : « Si ça ne te dérange pas, épargne-moi les remarques désobligeantes sur Tony.

— Je ne la connais même pas.

— Elle n'a par conséquent rien fait pour t'offenser.

— L'autre jour, elle a pris sur elle de filtrer mon coup de fil du matin à Rosie, protesta Daniel, qui s'entendit monter la voix d'un cran.

— Tu n'as pas de droits illimités sur Rosie. »

Daniel fouetta une Tony imaginaire d'un coup de ceinture. « Qui donc est cette *Tony* pour décider ça ? »

Un silence. « Je pensais que tu avais deviné. »

Il ressentit comme un coup de poing dans le ventre. « Deviné quoi ?

— Pourquoi crois-tu que ça n'a jamais pris, toi et moi ? » demanda gentiment Amanda.

L'espace d'un instant, sa tête fut complètement vide. Puis la colère s'y insinua. « Je crois me souvenir que ç'avait incroyablement bien *pris*.

— D'accord... Alors, pourquoi ça n'a pas tenu ?

— Parce que, comme tu me l'as toujours reproché, j'ai fait passer mon boulot avant ma famille... J'ai toujours été trop loin trop longtemps... J'ai toujours eu trop de goût pour le danger, le défi et l'aventure... Je ne voulais pas faire de compromis et travailler à des horaires de bureau... Voilà pourquoi. N'est-ce pas, Amanda ?

— Oui. Tout cela est exact. » Elle hésita. « Tu n'as jamais remarqué chez moi un *autre* genre d'ambivalence ?

— Non. » Il donna un violent coup de ceinture sur le dessus-de-lit. Elle ne pensait tout de même pas ce qu'elle lui laissait entendre ! « Pour l'amour du ciel, Amanda, arrête de tourner autour du pot ! Es-tu en train de m'expliquer que j'ai épousé une lesbienne ? »

À la seconde même, il regretta ses paroles, surtout le dernier mot, un terme assez peu aimable et violent. Il préférait ne pas penser à ce qu'il signifiait vraiment.

« Je suis désolée, Daniel. On a merdé tous les deux, d'accord ? »

Un long silence s'étira. Daniel se sentit rougir à mesure que la vérité s'imposait. Il avait de la peine à croire ce qui lui arrivait, encore un mensonge, encore un déni...

Amanda reprit la parole d'un ton plus conciliant : « Écoute, j'aimerais vraiment qu'on arrive à laisser ça derrière nous. Maintenant que tu es au courant, peut-être que ça nous aiderait d'être amis. Nous avons toujours été de bons camarades, non ? Notre amitié, c'était ce qui nous tenait ensemble. »

Daniel fit un effort pour retrouver sa voix. « Il m'est difficile d'accepter que l'amour de ma vie m'a toujours considéré comme un simple ami.

— L'amour de ta vie ? » Comme toujours, Amanda s'emporta au quart de tour. « L'amour de ta vie, c'est toi dans un hélicoptère, et ensuite Rosie !

— Alors nous avons vécu un mensonge ? Tu m'as menti pendant dix ans.

— Tu te trompes. Tu n'étais jamais là suffisamment longtemps pour que je découvre quelle était la véritable nature du problème. Et d'ailleurs, ce n'est plus un problème… Il a été résolu. »

Daniel ne l'entendait plus. La révélation avait vite transformé en panique sa stupéfaction et sa colère. La brève conversation qu'il avait eue avec Tony – une femme dont la réaction immédiate face à un homme était l'agressivité et le rejet – avait pris un nouveau sens : elle estimait déjà de son droit de contrôler la relation qu'il avait avec Rosie.

— Tony a emménagé avec toi et Rosie ?

— Nous y songeons. Ce serait moins cher pour toi. Je pourrais déduire la…

— Non, dit Daniel en lui coupant la parole. Ne me parle pas d'argent. Je paie la part de ma fille, qui que ce soit qui s'installe avec toi.
— Nous en parlerons quand tu te seras calmé », annonça froidement Amanda.
Puis elle lui raccrocha au nez.

Ils formaient un petit groupe pathétique – Daniel, Carlos Benedict, Anne, Marla et Dolma Whiteread, la fille de Tenzing. Tenzing lui-même n'avait pas voulu venir, mais Dolma était très à cheval sur les convenances, même si elle affirmait n'avoir que rarement rencontré Pematsang.
Anne et Marla resplendissaient, la première dans une robe violette qui s'accordait superbement à la nuance de sa peau, la seconde vêtue d'un pantalon noir moulant et d'un haut à motif léopard, avec beaucoup de maquillage et de bijoux. Son chignon atteignait des hauteurs inégalées. Daniel était content de voir qu'elles avaient toutes deux fait un effort. À côté d'elles, Dolma avait l'air d'une mémère dans son tailleur marron. Daniel, qui n'avait emporté que deux tenues dans ses bagages, avait mis un pantalon en toile vert olive et une chemise blanche.
Il observa les membres de l'assistance hétéroclite réunie autour du cercueil dans la caravane-chapelle éclairée aux chandelles. À part Marla, aucune des personnes présentes n'avait vraiment connu le défunt, pas plus d'ailleurs qu'ils ne se connaissaient les uns les autres. Quelle terrible

mise en accusation pour un être humain que de finir aussi seul au monde...

Prenant les choses en main, Carlos Benedict prononça quelques phrases pleines de tact et bien choisies. Pour justifier l'absence d'un homme ou d'une femme d'Église, il souligna le fait que Pematsang était bouddhiste. L'absence de la famille fut mise sur le compte de leur éloignement géographique. Quant à l'absence d'amis... eh bien, toute personne ayant atteint un âge aussi respectable avait perdu depuis longtemps la plupart de ses contemporains.

Touché par cet hommage sensible, Daniel enchaîna en racontant le peu qu'il savait du passé de son père – Pematsang avait, semble-t-il, vécu et risqué beaucoup pour défendre la cause de sa patrie –, en omettant toutefois presque tout ce qu'il avait appris de Tenzing. Puis il raconta sa propre histoire décousue, comment il avait découvert ce père inconnu lorsque, une semaine auparavant, il avait reçu l'appel téléphonique de Ken Baxter. Pendant qu'il parlait, il trouva difficile de contenir son émotion, mais, puisqu'il ne reverrait sans doute jamais ces gens, quelle importance ? En outre, raconter son histoire lui paraissait un bon moyen de donner un peu de substance à la cérémonie.

Quand il ne sut plus quoi dire, Daniel regarda ses compagnons, dont il ne connaissait aucun depuis plus de deux jours. Tout le monde paraissait plutôt ému, à l'exception de Dolma. Par deux fois, il l'avait surprise en train de le fixer d'un air glacial rempli de suspicion.

« Du café et un assortiment de biscuits sont à votre disposition dans le bureau », dit Carlos Benedict dans le silence qui s'ensuivit.

Obéissants, ils sortirent tous en rang, soulagés d'avoir été débarrassés aussi vite de leurs obligations. Daniel fut le dernier à passer la porte. Il jeta un dernier regard derrière lui, envahi une fois de plus par un terrible sentiment d'irréalité. Que faisait-il dans cette chapelle clinquante à rendre hommage à un inconnu, à ce vieux Tibétain qui l'avait rejeté ? À ce père qui avait nié avec tant de véhémence qu'il était son fils.

Il rejoignit les autres dans la cour sinistre. Debout dans un petit salon adjacent au bureau, ils burent du café dans des tasses en polystyrène en grignotant les biscuits assortis. Daniel prit Dolma par le bras et l'entraîna un peu à l'écart.

« Ça va, Dolma ?

— Ça va, répondit-elle d'un ton sec.

— L'autre jour, je n'ai pas eu l'occasion de vous remercier pour le déjeuner. J'ai dû vous paraître un peu distrait, mais, comme vous le savez, je n'ai vu mon père que deux fois... et à présent, je l'ai perdu. »

Dolma le regarda sans la moindre compassion. « Pematsang a eu une longue vie. Vous auriez pu vous mettre à sa recherche un peu plus tôt. »

Sans prendre la peine de se défendre de cette accusation, Daniel lui serra légèrement le bras. « S'il vous plaît, Dolma, aidez-moi. Je n'ai pas eu l'occasion de vous parler au cours de ce merveilleux déjeuner... Tenzing m'a raconté certaines choses, mais j'ai encore une quantité de questions sans réponse. »

Elle haussa les épaules et dégagea son bras. « Je sais très peu de chose sur Pematsang. Pratiquement rien.

— Pematsang ou votre père vous ont-ils jamais parlé de moi ou de ma mère ?

— Non.

— Et quelle était la vie de Pematsang au Tibet… avant de venir aux États-Unis ? Que faisait-il ? Vous en avez sûrement une idée… Il était un très vieil ami de votre père. »

Dolma n'avait pas l'air réjouie par cet interrogatoire. « Tout ce que je sais, c'est que Pematsang venait d'une famille khampa influente et qu'elle a été exterminée par l'Armée de libération populaire pendant la Révolution culturelle.

— Exterminée ? Toute sa famille… a été massacrée ? »

L'attitude de Dolma était passée de la réserve à la franche antipathie. « Écoutez, c'est ce qu'on lui a raconté, mais il n'est jamais retourné là-bas le vérifier.

— Peut-être qu'il… »

Dolma lui coupa la parole. « Parler de ça ne m'intéresse pas. Est-ce que vous comprenez ? »

Daniel était intrigué. La première fois qu'il l'avait vue, elle ne lui avait pas fait l'effet d'être une rigolote, mais là, sa réaction frisait l'hostilité. « Dolma, vous ai-je offensée d'une quelconque manière ? »

Elle passa son sac au creux de son bras. « Écoutez-moi. Votre visite a beaucoup perturbé mon père. Évoquer le passé remue des choses qu'il a besoin d'oublier. Par conséquent, inutile de revenir l'embêter.

— Je suis désolé d'apprendre que je l'ai perturbé, dit Daniel en reculant. Ce n'était pas du tout mon intention, mais vous devez comprendre ce qui m'arrive... »

Elle lui jeta un regard noir. « Pour être franche, je n'ai jamais entendu parler d'un fils. Vous ressemblez un peu à Pematsang, je veux dire, vous êtes grand et vous avez une marque de naissance similaire. Mais qu'est-ce que ça prouve ?

— Attendez...

— Pourquoi ne pas vous contenter d'empocher l'héritage et de retourner à votre vie ? À cheval donné, on ne regarde pas les dents. »

Anne Roberts fut la dernière à partir. Elle lui proposa de l'emmener dans sa voiture, et ils suivirent le corbillard dans la banlieue de Boulder. Au crématorium, il n'y eut pas vraiment de cérémonie formelle. Carlos Benedict prit congé et Anne tint compagnie à Daniel dans une antichambre climatisée sinistre. Lorsqu'on les appela dans la salle principale, ils restèrent debout en regardant le cercueil de Pematsang descendre dans une trappe creusée dans le sol, au son d'une sombre musique d'orgue.

« C'est incroyable la vitesse à laquelle une vie entière peut être emportée, murmura Anne.

— Un jour nous sommes un corps et un esprit, et le lendemain rien que des cendres, commenta

Daniel d'un air songeur. Je repasserai demain chercher l'urne. Elle devrait tenir dans mon sac, mais il faudra sûrement que je la mette dans la soute.

— Quelle soute ?
— Dans l'avion. J'espère repartir demain.
— Déjà ? »

Il se tourna vers elle. « Plus rien ne me retient ici. Vous allez vous occuper de tout, n'est-ce pas ? »

Anne le regarda dans les yeux. « Absolument.
— Puis-je vous inviter à déjeuner à la Kharma Kitchen ? »

Elle acquiesça d'un signe de tête. « Maintenant que vous en parlez, je ne pensais pas qu'une crémation pouvait ouvrir à ce point l'appétit. »

Le déjeuner dura plus longtemps que Daniel ne l'avait escompté. Le restaurant, une petite gargote tibétaine située dans Arapahoe, avait dû échapper à l'œil vigilant des inspecteurs de la santé publique. Néanmoins, la nourriture était délicieuse, et la salle décorée d'une série de tableaux qui représentaient des yaks velus et des Tibétains en costume traditionnel sur fond de montagnes enneigées. À un mur était accrochée une immense tapisserie représentant le Potala à Lhassa. Un grand panneau donnait des informations sur des réunions et rassemblements divers, des centres bouddhiques, des cours et des célébrations religieuses. Des photos témoignant des atrocités commises par les

Chinois à l'encontre des Tibétains apportaient une note tragique à l'atmosphère plutôt enjouée.

Apparemment, les propriétaires du restaurant étaient les deux jeunes gens qui faisaient la cuisine et servaient, supervisés par une vieille grand-mère toute ratatinée. Bien que Daniel eût aimé leur poser des milliers de questions, il devait accorder toute son attention à Anne. Il leur fallait discuter de plusieurs choses. Elle avait dans sa mallette des documents à lui faire signer et lui promit qu'elle le tiendrait au courant et lui ferait part des offres faites sur la maison. À son avis, mieux valait la « raser », étant donné que le terrain était assez vaste pour y construire une résidence familiale avec un jardin et une piscine. Daniel lui demanda si elle pourrait récupérer le sabre tibétain et le bouddha en plâtre cassé restés dans la maison de Pematsang et les lui faire expédier à Vancouver, quel qu'en soit le coût.

« L'argent peut tout », lui assura-t-elle.

Il aimait bien Anne ; non seulement elle lui plaisait beaucoup, mais il avait confiance en elle. Pendant qu'ils mangeaient leur *thenthuk* et leur *shabri*, il fut tenté plusieurs fois de lui raconter ce que Pematsang avait dit sur son lit de mort, de lui parler de sa visite à Tenzing et au stupa, ainsi que de l'étrange histoire qui en avait résulté. Il aurait voulu avoir son opinion avisée, mais chaque fois qu'il entreprenait de se lancer dans le récit de cette série d'événements alambiqués, quelque chose l'en empêchait. S'il lui disait qu'il avait creusé dans le chenil et déterré la boîte en métal, elle ne manquerait pas de mettre en doute sa santé mentale. De plus, il n'avait pas le droit de la charger davantage de ses soucis.

Il était plus de trois heures lorsqu'ils se retrouvèrent face à face au coin de la rue.

« Vous voulez que je vous raccompagne à votre voiture ?

— Non, merci, Anne. Vous avez déjà passé trop de temps à me baby-sitter, et j'ai besoin de me dégourdir un peu les jambes. » Il se tut une seconde. « Je vous suis reconnaissant de tout ce que vous avez fait pour moi. »

Ils se serrèrent la main. Daniel prit la main d'Anne dans les deux siennes et, d'un seul coup, dans un élan d'affection, il se pencha pour l'embrasser sur la joue. Son geste la fit rougir de manière charmante, mais elle retrouva très vite son expression d'avocate. « C'est mon boulot, et on me paie bien pour le faire. Quant à vous, une fois que tout sera terminé, vous recevrez un gros chèque.

— C'est comme gagner à je ne sais quelle obscure loterie... Il doit y avoir un hic quelque part. »

Elle lui décocha un sourire éblouissant. « Ne dépensez pas tout d'un coup ! »

Daniel la regarda s'en aller, la soie violette de sa robe frémissant avec sensualité à chacun de ses pas. Cette femme avait un goût parfait pour choisir ses vêtements, ainsi qu'une silhouette d'amazone idéale pour les mettre en valeur. À part cela, et qu'elle avait l'esprit vif et le sens de l'humour, il ne savait rien d'elle, et il était désormais trop tard pour y remédier.

À la seconde où il ouvrit la porte de sa chambre, il sut que quelqu'un y était entré, quelqu'un d'autre que les femmes de chambre. Ce qu'il aperçut lui en donna à la fois l'impression et la certitude. Bien que la pièce fût relativement en ordre, comme toujours, il se rappelait avec précision où et comment il avait laissé le moindre objet. Le lit avait été soulevé, les meubles déplacés. Le plus flagrant était la porte de l'armoire, que l'on avait refermée, mais pas complètement, pas comme le faisaient Marla ou ses méticuleuses collègues qui laissaient la chambre dans un état impeccable. Dès qu'il s'approcha de l'armoire, il vit qu'on avait tripoté le coffre-fort. L'étagère en bois sur laquelle il était scellé était fendue en diagonale. Aussitôt il composa le code de Squakie pour s'assurer que le contenu du coffre n'avait pas disparu. Ces coffres d'hôtel remplissaient leur fonction, toutefois le coin de la porte comportait deux éraflures très nettes qui n'étaient pas là auparavant et auraient pu être faites par une pince-monseigneur... Par la brigade de la pince-monseigneur ? Les pièces de monnaie tibétaines étaient là où il les avait mises. Aucun doute. C'était cette maudite boîte... Quelqu'un était prêt à tout pour la récupérer. Ils avaient saccagé la maison de Pematsang, creusé sa cour, fouillé sa chambre d'hôtel... Jusqu'où iraient-ils ? Et pourquoi ?

Daniel sentit la peur lui nouer le ventre en même temps qu'il partit d'un grand éclat de rire. Cette histoire était tout simplement rocambolesque. La seule explication, aussi grotesque et tirée par les cheveux qu'elle fût, désignait la CIA comme coupable. À en croire Tenzing, Pematsang avait tout sacrifié pour dénoncer l'Agence. Avait-il, cinquante ans durant, détenu des informations suffisamment préjudiciables pour que l'Agence arrive au galop à la minute où il n'était plus en mesure de protéger sa maison ? La chose paraissait peu probable. Dans certains pays – à commencer par celui où était né Pematsang –, on l'aurait simplement arrêté et on lui aurait arraché les renseignements voulus au moyen d'un aiguillon électrique, d'une pince ou du supplice de la goutte d'eau.

L'idée d'informer la direction de l'hôtel semblait absurde, la police plus encore, et pourtant, être en possession de quelque chose d'aussi convoité lui déplaisait. Si seulement il avait pu remettre cette foutue boîte à quelqu'un qui saurait quoi en faire... Dans une dernière tentative désespérée pour se décharger de quelque devoir, ou de terminer une chose qu'il n'avait pas pu accomplir à temps, Pematsang lui avait confié la boîte en espérant qu'il trouverait le moyen de la remettre à Jamyang Togden.

Daniel la sortit du coffre et la retourna entre ses mains. Sa curiosité l'emporta. Tant pis ! Prenant le canif multifonction destiné à Rosie, il s'agenouilla par terre. Se servant de chacun des outils l'un après l'autre, il essaya de forcer la boîte. Le décapsuleur se cassa, puis le couteau, ensuite la lime à ongles, mais la soudure tint bon. Frustré, il se releva pour donner un coup de talon sur le bord du couvercle en pensant que la soudure céderait. La boîte se déforma, mais le couvercle demeura obstinément soudé.

Il se laissa tomber dans un fauteuil en fixant l'objet mutilé sur le sol. La boîte refusait tout simplement de s'ouvrir. Après quelques secondes de réflexion, il décida de s'en tenir à ses principes et de ne pas l'ouvrir... à moins qu'il ne le juge absolument nécessaire. Mieux valait considérer cette affaire comme une simple transaction : on lui avait offert une maison qui valait une belle somme d'argent, en échange de quoi il se chargerait d'effectuer une livraison. D'ailleurs, il avait déjà accepté. Aussi lui revenait-il de faire au mieux pour respecter les dernières volontés de son père. C'était tout ce qu'un être humain pouvait faire : *au mieux* !

Il remit la boîte dans le coffre-fort avant d'aller vérifier que la porte de la chambre était bien fermée à clé. Dès le lendemain matin, il réserverait une place sur le vol de la mi-journée à destination de Vancouver, irait récupérer les cendres au crématorium et ficherait le camp de Boulder. Il appela la réception en demandant qu'on le réveille à sept heures.

Après avoir retiré ses chaussures, il s'allongea sur le lit et dressa une liste en cochant les choses qu'il emporterait dans l'avion.

1) Boîte en métal scellée recherchée par la CIA
2) Brosse à dents + dentifrice + rasoir
3) Urne contenant des cendres humaines encore tièdes
4) Doggy-bag du restaurant Kharma renfermant six momos au fromage
5) Parapluie (non utilisé)
6) Acte de naissance américain (jamais utilisé)
7) Canif (inutilisable) (à jeter – impossible de le prendre en cabine)
8) Pièces de monnaie tibétaines dans un cadre
9) Pantalon ayant besoin d'être lavé, plus chemise et sous-vêtements, idem
10) Journal datant de six ans

Daniel tripota un moment la liste, puis la déchira en petits morceaux qu'il jeta dans les toilettes. N'avait-il pas vu suffisamment de films pour savoir comment se débarrasser de documents compromettants ? Pour finir, il ouvrit son sac et commença à ranger ses affaires. Il lui fallut trois minutes. Il contempla son sac déjà bourré en se demandant de quelle taille était l'urne et s'il pourrait l'y faire tenir. Il le faudrait bien. Il emmènerait le défunt à Vancouver, quitte à transvaser les cendres dans ses putains de poches.

11

Calé au fond de son siège, envahi par un soulagement aussi bien physique que mental, Daniel profita pleinement du vol. Le sentiment d'irréalité qui commençait à se dissiper lui permit de se concentrer à nouveau sur la vie qui avait été la sienne avant le coup de fil de Ken Baxter. Rosie l'attendait, et il espérait que Katie aussi. Tout rentrerait dans l'ordre une fois qu'il reprendrait les commandes d'un S-64 et s'engagerait dans cette activité vitale qui maintenait ses incertitudes de macho à distance, un passe-temps qu'un grand lama avait prévu en lui attribuant ce nom de « bon augure ». Il se fendit d'un grand sourire ; il ne pouvait s'empêcher de rire en pensant aux idées folles qui avaient fait vaciller ses certitudes au cours des derniers jours. Il devrait être attentif, sans quoi il finirait au fond d'une grotte tibétaine à se flageller en quête du nirvana, à moins qu'il ne devienne comme sa fille et n'ait le jugement faussé par des idées étranges, se mettant à croire aux présages, aux rêves et aux prophéties pleines de promesses. Ses inquiétudes concernant Rosie reprenant le dessus, son sourire s'évanouit et il repensa à ce qu'il s'était dit au grand stupa. Sa fille avait beau posséder un talent singulier, il n'y avait pas de quoi rire. Il priait le ciel que cette prédisposition diminue, voire disparaisse avec la puberté en même temps, ne risquait-elle pas au contraire de s'affirmer ? Il ne souhaitait à Rosie que du bonheur et de la lumière, aucune pensée sombre, aucune peur et aucun rêve prémonitoire. Amanda appelait ça un don. Lui-même n'avait jamais réussi à le voir de cette façon.

Amanda… Depuis leur conversation de la veille, Daniel avait évité de penser à elle, et alors même qu'une série d'images dérangeantes se faufilaient dans un coin de sa tête, un jeune steward lui apporta un plateau-repas. À manger ! Depuis quand n'avait-il rien avalé ? Ses pensées se dissipèrent à la seconde même où il s'attaqua au minuscule plateau. Seul un suprême effort le retint de manger également les momos qu'il destinait à Rosie. Une fois le repas englouti, et les plateaux débarrassés, il contempla la terre tandis que l'avion survolait les crêtes des montagnes Rocheuses en filant vers le nord. Ce ne fut qu'après avoir repéré le lointain sommet de Baker Mountain qu'il repensa au drame qu'il avait laissé derrière lui. Là, au milieu de la chaîne des Cascades, entre Baker et Glacier Peak, s'étendait la forêt calcinée de Snoqualmie, où il avait abandonné un collègue accroché en haut d'un arbre, et où les souffrances d'un ourson en flammes s'étaient gravées dans son esprit.

La frontière canadienne n'était plus très loin, et il apercevait déjà la couche de nuages gris qui recouvrait la côte. Le signal « Attachez vos ceintures » s'alluma, suivi de l'annonce du commandant de bord. L'avion entamait sa descente vers Vancouver. Me voilà chez moi ! Bien que l'idée d'un « chez moi » ne l'eût jamais traversé depuis qu'Amanda avait vendu leur appartement de North Van, à l'instant même, chez moi signifiait Rosie, son travail et… Katie.

L'incompréhensible marché qu'il avait conclu avec le fantôme de son père commençait déjà à devenir moins urgent.

L'aéroport international de Vancouver, véritable régal d'art haïda et de diverses tribus indiennes du Canada, est décoré de gigantesques sculptures, de tentures et de sculptures en bronze – une introduction impressionnante à la Colombie-Britannique pour ceux qui viennent là pour la première fois, et un retour immédiat dans le bain pour les habitants de Vancouver qui reviennent chez eux.

Daniel récupéra son sac à dos sur le carrousel à bagages. Se faisant le plus petit possible – ce qui n'est guère commode quand on mesure un mètre quatre-vingt-quinze –, il passa furtivement la douane en priant pour que personne ne juge bon de l'arrêter et de fouiller ses affaires.

En sortant du terminal, il respira l'air à pleins poumons. Une pluie fine recouvrait la ville d'un voile gris, et ce temps semblait parti pour durer. Vancouver était connu pour ses longues pluies d'automne qui masquaient le paysage et déprimaient ses habitants. Lorsqu'il traversa le passage couvert pour rejoindre le parking, il ralluma son téléphone et appela Rosie en espérant qu'elle serait déjà à la maison.

« Papa !
— Bonjour, ma chérie. Je suis rentré.
— Viens me chercher.
— Demande d'abord à ta mère.
— Elle est sortie.
— Sortie ? Tu es toute seule à la maison ?
— Non, Tony est là. Tu veux que je lui demande à elle ?
— Non ! Tu n'as qu'à simplement la prévenir.
— D'accord ! » fit Rosie d'un ton entendu.

Juste après, Daniel appela Katie. Elle l'accueillit avec une chaleur inattendue. « Ça m'embête de l'avouer, dit-elle, mais j'ai pensé à toi. »

Il rit, ravi d'entendre cette femme dure comme une noix se laisser aller à un aveu aussi sentimental. « Alors tu ferais bien de me réserver un moment ce soir. Je pars travailler lundi matin à l'aube.
— Tu pars décimer nos forêts primaires, rétorqua-t-elle, non sans une pointe d'humour. Laisse-moi vérifier mon agenda... Oui, je peux dégager du temps. Retrouvons-nous au Yakomono's, dans Robson. Un grand plateau de sushis ne serait pas pour me déplaire. Tu vois où c'est ?
— Je suis impatient de te voir, Katie Yoon, dit Daniel, sincère.
— Il me tarde de savoir ce que tu as découvert à Boulder.
— Je te raconterai.

— On se retrouve à huit heures ?
— À huit heures, ça marche. »

Toujours assis dans sa voiture, Daniel passa un autre coup de fil. À Rod le Noueux.

« Salut, Rod. Je voulais juste avoir confirmation de mon planning. Me voilà fin prêt pour lundi. »

Il y eut un bref silence. « Comment ça va, mon vieux ?

— Bien, Rod. Et toi ? »

Il rigola. « Oh, très bien ! Tu es sûr que tu es prêt à voler de nouveau ?

— Écoute-moi. Ça peut paraître déraisonnable, mais je vais être bon à enfermer si je ne reprends pas le boulot. Et je suis sérieux.

— D'accord, d'accord... C'est pile ce que je voulais entendre. Dis-moi, on a embauché un des candidats, Connor Payne. Et il a beau avoir des tonnes d'heures de vol pour un pilote de son âge, il est nouveau dans le bois. Mais bon, pour toutes sortes de raisons, je n'ai pas envie de le mettre en équipe avec Robin... » Rod marqua une brève pause. « Il lui faut quelqu'un d'expérimenté qui lui apprenne les ficelles du métier... À mon avis, vous vous entendrez très bien tous les deux. »

Daniel fronça les sourcils. Indépendamment du nombre d'heures à son actif, un nouveau venu dans le domaine de l'hélitreuillage pouvait se révéler soit un rêve soit un cauchemar. De plus, cela voulait dire que le type serait copilote plusieurs semaines avant de s'installer à son tour dans le siège du commandant de bord. « OK, je peux le démarrer. Mais mets-le aussi en équipe avec quelqu'un d'autre, tu veux ? dit Daniel en soupirant. Remarque, ça me remettra dans le coup...

— C'est sympa. »

Il se gara devant chez Rosie et descendit de voiture. Il resta un moment sur le trottoir à contempler la maison qui avait jadis été classée au patrimoine. Derrière, à quelques centaines de mètres, le Pacifique venait lécher une plage magnifique, et la rue ne manquait pas de caractère. La véranda couverte, affaissée et de guingois, renfermait une profusion de plantes vertes entre lesquelles se dressaient des bois flottés blanchis par la mer. Les hublots en verre teinté, les poutres en chêne et les bardeaux sculptés témoignaient d'une époque révolue. L'ensemble était ravissant, bien que, sous la pluie, la maison perdît le charme bohème qu'elle avait par temps ensoleillé. Il voyait à présent à quel point elle était délabrée, à peine plus habitable que celle de Pematsang Wangchuck. Les fenêtres en bois à guillotine avaient besoin d'une révision complète, et il manquait plusieurs tuiles sur le toit. Dire que cet effronté d'Arnie qui habitait l'autre moitié du duplex avait le culot de se plaindre d'un petit cochon ! L'état de la partie qu'il occupait était encore pire.

« C'est un taudis, n'est-ce pas ? » entendit-il dire quelqu'un.

Ce quelqu'un venait d'ouvrir la porte, mais ce n'était pas Rosie. Une jeune femme aux cheveux coupés court le regardait. Daniel chercha à deviner qui ce pouvait être et s'approcha de quelques pas. Elle vint à sa rencontre en lui tendant la main.

« Je suis Tony. »

Daniel la fixa, pétrifié – il l'avait imaginé grande, la quarantaine, les hanches larges, la clope au bec. Or, Tony paraissait étonnamment jeune, était de taille moyenne et avait une allure de garçonnet. La main qu'il serra lui sembla fragile, comme s'il tenait un oiseau blessé. Elle avait les yeux les plus bleus qu'il ait jamais vus et le visage constellé de taches de rousseur. Il ne lui manquait plus qu'une baguette et des bottes vertes pointues pour avoir l'air de sortir d'un conte de fées.

« Je vous avais imaginée différente, dit-il bêtement.

— Oui, je m'en doute, fit-elle en roulant des yeux.

— Je viens chercher Rosie.

— Vous voulez un thé à la menthe ? »

Daniel la regarda en se demandant ce que cachait l'invitation.

« D'accord », dit-il, décidant que ce serait une bonne idée de faire connaissance, et de lui montrer qu'il était un type bienveillant en dépit de ce qu'Amanda avait pu lui raconter.

Il la suivit à l'intérieur. La maison était dans le plus grand désordre, et plus encombrée que jamais, mais elle n'en avait pas moins ce côté cosy et plein de vie que savait créer Amanda où qu'elle soit. Partout s'entassaient des tapis colorés, par terre, sur les murs et sur l'escalier.

Une caverne d'Ali Baba, songea Daniel en suivant Tony à la cuisine.

« C'est mon boulot, expliqua-t-elle sans se retourner. Je les achète au Pérou, en Inde ou au Maroc, et je les revends ici.

— Tant mieux pour vous.

— Vous êtes toujours aussi moqueur ? »

Elle avait une démarche dégingandée d'adolescente. Une longue jupe violette en tissu diaphane virevoltait autour de ses pieds nus. De minuscules clochettes tintaient sur ses chevilles. Elle lui avança une chaise. Le thé était déjà prêt. Elle prit une théière exotique en bronze avec un long bec et remplit deux petits verres.

« J'étais sérieux, dit Daniel. Ce doit être une occupation amusante. »

Tony lui jeta un regard las. « Je fais ça pour l'argent, pas pour m'amuser.

— Je vois », dit-il, s'apprêtant à répéter « tant mieux pour vous », mais se ravisant juste à temps. Comme il n'avait aucune idée de ce qu'il pouvait dire d'autre à cette fille, il approcha le verre fumant de ses lèvres. Le thé embaumait la menthe fraîche et avait un goût délicieux, plein de miel.

« C'est un très bon thé à la menthe, observa Daniel. Exactement comme on en boit au Maroc. Alors, vous avez emménagé ? »

Tony haussa les épaules. « Nous cherchons un autre logement à cause de ce satané cochon. »

Ce n'était en rien une réponse à sa question, mais une accusation. Il essaya de formuler une réponse franche. « Je suis sûr qu'Amanda me parlera du cochon si et quand il posera problème. »

Les yeux bleu vif de Tony fixèrent les siens une seconde, puis se détournèrent. « Le cochon nous en empêche, si vous voyez ce que je veux dire. »

Daniel réfléchit un instant au sens de cette remarque énigmatique. « Tout comme une enfant de neuf ans, j'imagine.

— Vous voulez bien être plus clair ? »

Daniel écarta les mains et haussa les épaules de façon exagérée. « Je faisais juste une observation comparative. Il arrive que les cochons contrecarrent vos projets – métaphoriquement parlant. »

Ils se dévisagèrent un moment avec méfiance. Le visage espiègle s'était métamorphosé, laissant place à une expression de renarde rusée, et l'on voyait bien qu'elle n'était pas si jeune. Ce regard bleu vibrant n'était pas facile à déchiffrer. Son apparence délicate semblait dissimuler une détermination sournoise, et, en même temps, il y avait quelque chose de séduisant chez cette femme. Il comprenait presque ce qu'Amanda voyait en elle. Bien qu'elle ne fût ni belle ni charmante, elle possédait une sorte de magnétisme sans doute lié à ses origines de lutin.

Persuadé qu'il n'avait rien à perdre, Daniel reprit la parole : « Je vais être franc avec vous, Tony. J'avais espéré qu'Amanda et moi nous remettrions ensemble. Cela dit, je suis très inquiet pour ma relation avec Rosie. Mettez-vous à ma place. Tout à coup arrive une inconnue qui cherche à prendre en charge ma fille…

— Ce n'est pas vrai. Je ne cherche rien du tout. Je n'ai pas choisi de vivre avec un enfant. Rosie est vraiment spéciale, ne prenez pas mal ce que je vous dis, mais c'est d'Amanda dont je suis amoureuse. »

Daniel jeta un coup d'œil dans le couloir, espérant que Rosie n'écoutait pas. « C'est bien ce que je pensais, dit-il tout bas. S'il y a un problème, Rosie viendra vivre avec moi, compris ? En attendant, j'alterne deux semaines de travail avec deux semaines de repos, et ce que je voudrais, éventuellement... » Il se tut. Qu'était-il en train de faire ? Cette conversation, c'était avec Amanda qu'il devait l'avoir, pas avec sa nouvelle amante ! « Écoutez, Tony, j'ai été ravi de vous rencontrer. »

Lorsqu'il voulut se lever, elle le retint par le bras. « Vous savez qu'Amanda n'est pas très douée pour ce qui est de l'argent. Son groupe se sépare parce que Eddie s'en va. Les concerts en solo sont rares et...

— Vous me demandez de l'argent ?

— Oh, bon sang ! Est-ce que je ferais ça ? J'allais vous dire que j'aimerais embaucher Amanda comme coacheteuse. Elle a un flair étonnant et un réel sens des affaires. Vous aimeriez qu'elle soit capable de se débrouiller sans votre aide, non ?

— Je n'arrive pas à y croire ! s'exclama Daniel en riant. Amanda est une violoniste virtuose... pas une vendeuse itinérante de tapis ! »

Les yeux de Tony se réduisirent à deux fentes glaciales. « Ce n'est pas à vous d'en décider. Elle a le droit de changer, vous savez.

— Oh, ça, je le sais ! Dans ce cas, pourquoi m'en parler ?

— Je pensais que vous et moi espérions le même genre de solution. »

Amanda était-elle de mèche, ou bien Tony manigançait-elle derrière son dos ? « Coacheteuse ? Est-ce que ça n'implique pas de voyager... dans tous les pays que vous avez mentionnés ? »

Tony hocha la tête d'un air patient. « Vous voyez maintenant où je veux en venir...

— Je crois, oui. Et dans ce projet qui est le vôtre, que faites-vous exactement de Rosie ? »

Calée contre le dossier de sa chaise, Tony haussa ses épaules anguleuses. « Vous et moi pourrions en discuter.

— Merci pour le thé. » Là-dessus, Daniel se leva en criant : « ROSIE ! »

Ils se promenèrent sur la plage de Kitsilano. La pluie avait diminué d'intensité, mais l'air humide imprégnait leurs vêtements. Daniel transportait son gros sac à dos qu'il n'avait pas voulu laisser dans la voiture. Le coffre n'avait plus de plage arrière et sa charge était trop importante pour rester exposée à la vue des gens qui rôdaient dans les parkings. Rosie avait elle-même un sac à dos rempli d'outils. Elle portait un jean, un coupe-vent et des bottes en caoutchouc rouges à pois blancs. Ses cheveux étaient attachés par un élastique et sa longue queue-de-cheval se balançait tandis qu'elle marchait en le tirant de force sur la plage. Bien que pâle, elle avait l'air concentrée.

« Ça va, ma chérie ?

— Je suppose.

— J'ai fait la connaissance de Tony, dit Daniel d'un air détaché.

— Fifi brin d'acier, rétorqua Rosie en faisant une grimace.
— Naine de jardin, renchérit Daniel.
— Mme Spock.
— Pity Pan. »
Rosie se plia en deux en riant comme une folle. Il savait que ce n'était pas bien, mais la voir joyeuse lui faisait plaisir. Il se mit à rire lui aussi. Ils continuèrent à marcher le long de la plage, se lançant des noms de lutins de plus en plus stupides, jusqu'à ce qu'ils tombent en panne d'inspiration. Il la prit par la main. « Nous sommes abominables, Rosie. Maintenant qu'on a bien ri, il va falloir oublier tout ce qu'on a dit. On ne pourra plus rien dire d'horrible sur Tony, plus jamais jamais jamais, et on devra être très gentils avec elle. »
Rosie se décomposa. « Mais je ne l'aime pas.
— Elle n'est pas gentille avec toi ?
— Si, elle est gentille avec moi.
— Alors, pourquoi est-ce que tu ne l'aimes pas ?
— Elle déteste Runtie-Lou. Elle déteste les animaux.
— Ça, ça la regarde, mon cœur. Ça ne fait pas d'elle une sorcière pour autant.
— *Sorcière !* s'écria Rosie. On l'avait oublié, celui-là !
— Est-ce que maman connaît Tony depuis longtemps ?
— Je suis supposée ne rien te raconter. »
Serrés l'un contre l'autre sous le parapluie de Daniel, ils retombèrent dans le silence. Il faisait un gros effort pour ne pas laisser voir

à quel point il était furieux. Jamais il n'aurait cru Amanda capable de piéger Rosie par un tel subterfuge. Pas étonnant que la gamine semblât si déstabilisée...

Au bout d'un moment, Rosie lui montra un nouveau kiosque sur la promenade. « Ils font des hot-dogs végétariens. Je meurs de faim.

— Hé, oublie les hot-dogs ! J'ai des momos... Il vaudrait mieux les manger.

— C'est quoi, des momos ? »

Ils s'assirent sur une souche d'arbre et Daniel sortit le paquet enveloppé de papier d'aluminium tout écrasé de la poche de sa veste. « Un plat tibétain. » Il ouvrit le paquet et fronça les sourcils. « Hum, ils avaient une meilleure tête hier... Mais je suis sûr qu'ils sont encore bons à manger. »

Des gouttes de pluie éclaboussèrent la piteuse offrande. D'un geste hésitant, Rosie prit un des raviolis en forme de croissant et en mordit un bout. « Ça va, dit-elle en hochant la tête.

— Je suis désolé. C'est le seul souvenir que je t'ai rapporté : des momos tout raplapla. Quel genre de père suis-je donc ? On devrait me fusiller. » Puis il repensa à l'amulette tibétaine, seulement il ne se souvenait plus où il l'avait rangée et préféra ne pas en parler.

« Alors, comme ça, tu es déjà allé là-bas, dit Rosie au bout d'un moment. Je pensais bien que c'était peut-être là que tu étais parti. » Elle lui lança un regard luisant de reproche. « Tu m'as menti quand tu m'as dit que tu m'appelais de Boulder. »

L'espace d'une seconde, Daniel ne comprit pas ce qu'elle voulait dire. Puis il éclata de rire. « Mais non ! Je ne suis pas allé au Tibet… Juste dans un restaurant tibétain. À Boulder. »

Rosie resta silencieuse un long moment. « Zut !

— Comment ça, zut ?
— Il faut que tu y ailles.
— Que j'aille où ?
— Là-bas. »

Il la regarda dans les yeux. « Qu'est-ce qui te fait penser qu'il faut que j'aille au Tibet ? »

Rosie haussa les épaules. Tout en regardant la mer, elle continuait à grignoter son momo.

« Encore un de tes rêves ?
— C'est toi qui me l'as dit, murmura-t-elle.
— Non, certainement pas. » Daniel lui ébouriffa les cheveux. « Où vas-tu chercher des idées pareilles ? »

Le visage de Rosie s'assombrit. Elle repoussa sa main d'un geste brusque et balança le reste du momo dans le sable. « Tu ne m'écoutes jamais ! s'écria-t-elle. Tu ne crois à rien de ce que je raconte !

— Bien sûr que si, Rosie, se défendit Daniel, déconcerté par cet accès de colère. Je t'écoute plus que n'importe qui d'autre au monde.

— Peut-être, n'empêche que tu ne me crois pas. »

Il la regarda fixement. Elle avait raison. Il n'avait pas envie de la croire. La croire l'effrayait. « Je vais essayer de te croire, ma chérie. Je sais que tu ne me racontes pas de mensonges. *Ça, je le sais*.

Et quelquefois, je te crois même complètement, sauf que c'est un peu difficile pour moi...

— Très bien, papa ! reprit-elle, la voix rageuse et pleine de défi. Alors, crois-moi si je te dis que tu ne peux pas aller travailler lundi. Tu te souviens des trois nuages noirs ? Tu vas tomber de l'hélicoptère, ou il va s'écraser, ou les pales vont te couper en rondelles et t'arracher la tête.

— Oh, mon Dieu... Rosie ! »

Bien qu'elle lui résistât, Daniel la prit dans ses bras. « Écoute-moi, ma chérie, écoute-moi bien. Je ne vais ni tomber de l'hélicoptère ni me faire arracher la tête. Ce n'est pas parce que nous avons tous peur de certaines choses que ça veut dire que ces choses arrivent pour de vrai. Ça veut seulement dire que nous sommes inquiets. Et c'est tout à fait normal. Moi, par exemple, j'ai peur des ascenseurs. Je rêve que je me retrouve coincé au fond d'une grotte souterraine. Ce rêve, je le faisais déjà quand j'avais ton âge, et pourtant tu vois... » Il écarta les bras pour lui montrer qu'il était toujours entier. « Je suis en vie. »

Daniel continua à parler en berçant le petit corps crispé de sa fille dans ses bras, tout en pensant sans arrêt à Kurt. *Et des gens meurent.* Une catastrophe avait déjà eu lieu, mais il persistait à rejeter les peurs de sa fille. Il savait qu'il avait tort, que c'était lui manquer de respect et la traiter avec condescendance, mais comment faire autrement ? Il voulait tellement qu'elle soit normale, ou du moins juste... névrosée. Mais *voyante,* sûrement pas !

« Lundi, j'irai travailler, petit trésor. Tu vas devoir serrer les dents et me faire confiance. Je t'appellerai tous les jours.

— Très bien. Va te faire tuer ! » Rosie se dégagea et ouvrit le zip du sac à dos de son père. Puis elle plongea la main au fond et commença à le vider. Daniel la laissa faire. D'une certaine façon, il lui devait une explication sur ce qui se passait. Peut-être que ce qu'il transportait dans son sac l'encouragerait à lui poser des questions et l'aiderait à formuler des réponses.

« Qu'est-ce qu'il y a dans cette boîte ? demanda Rosie en la secouant légèrement.

— Je ne sais pas. Elle est scellée. »

Elle la retourna dans tous les sens en examinant les bords abîmés du couvercle. « Ah oui », fit-elle en la posant sur le sable sans autre commentaire.

Elle sortit ensuite les pièces de monnaie encadrées. Cette fois encore, elle les regarda avec attention. « Je peux avoir ça ?

— Tu sais ce que c'est ? »

Elle leva les yeux au ciel. « Des pièces, papa !

— D'accord. Tu peux les avoir.

— Merci. »

Daniel était déjà en train de chercher comment expliquer la présence de l'urne. Enfin, si toutefois sa fille voulait une explication... Elle retira le sac de linge sale et vit l'urne au fond du sac. Enveloppée dans une chemise se trouvait la coupe en faux marbre. Bien que c'eût été la plus petite qu'ils avaient au crématorium, dans les mains de sa fille, elle paraissait énorme. Rosie la tint un instant, puis la lâcha dans le sable d'un geste brusque.

« Beurk ! C'est dégoûtant.

— Eh bien... oui, convint Daniel, trop épuisé pour s'étonner.

— On n'a qu'à creuser un trou et l'enterrer... J'ai apporté ma pelle.

— Pourquoi voudrais-tu l'enterrer ?

— Je ne sais pas... Juste pour qu'on s'en débarrasse. »

Daniel ramassa l'urne, la renveloppa dans sa chemise et la remit dans le sac. « Je m'en débarrasserai, promis, dit-il tout bas. Mais pas tout de suite. »

Deux petits garçons arrivèrent en courant sous la pluie et commencèrent à shooter dans un ballon au bord de l'eau. Appuyée contre la souche d'arbre, Rosie les regarda pendant que Daniel remballait le reste des momos et les tassait au fond de sa poche. Tout en continuant à observer les garçons, Rosie reprit la boîte et la serra contre sa poitrine. Au bout d'un moment, elle la posa sur ses genoux et dit d'une voix basse mais déterminée : « Enterrons la boîte. Comme ça, ce sera notre secret. Personne ne pourra la trouver, sauf nous. »

Daniel la regarda en plissant les yeux. « Voilà qui m'étonne de toi, Sherlock. Tu oublies ceux qui ratissent les plages... Un détecteur de métal la repérera à vingt mètres.

— Mmm... »

Les épais nuages gris se déchirèrent un instant, dégageant les deux sommets des Lions sur la rive nord. D'ici, Daniel pouvait quasiment voir l'appartement de ses parents de l'autre côté du bras de mer. Ce qui lui fit soudain penser comme tout avait changé. La prochaine fois qu'il les verrait, ses sentiments pour eux seraient irrémédiablement différents. Gabriella lui avait menti sur son passé, Freddie sur son adoption... Il se demanda s'il serait capable de les embrasser ou de les regarder dans les yeux.

Les garçons qui jouaient au ballon s'éloignèrent sur la plage, mais Daniel et Rosie restèrent encore un moment à regarder un dingue bondir sur sa planche à voile au milieu des vagues jusqu'à ce qu'il ne soit plus qu'un point dans le lointain, la voile blanche s'agitant sur les flots tel un papillon affolé.

Soudain, Daniel eut une idée et se tourna vers Rosie. « Alors, Sherlock, tu sais dans quel autre endroit on pourrait cacher cette boîte ?

— Mais oui ! répondit-elle aussitôt, rayonnante d'excitation, la mort imminente de son père oubliée. Je connais l'endroit idéal. Chez Arnie.

— Le voisin Arnie ? Ce type qui veut te faire un procès à cause de Runtie-Lou ? Hé, ce n'est pas la meilleure idée que tu aies eue !

— Il a été pulsé, rétorqua Rosie d'un air malicieux. Hier matin. Voilà ce qui arrive quand on essaie de faire des ennuis aux autres. Il s'est fait pulser les fesses ! »

Ils rirent tous les deux avec malveillance. Stupide Arnie !

« Mais quelqu'un d'autre va louer l'appartement, Rosie. »

Elle secoua la tête. « Non. Ils vont démolir la maison parce qu'elle est pourrie.

— Ah bon ? » Il la prit par le bras. « Quand ça ?

— Ne t'inquiète pas. Pas avant six mois.

— Est-ce que maman le sait ?

— Un monsieur est venu lui donner un avis de pulsion. On doit déménager après Noël. Ils vont construire une résidence de dix appartements de luxe. »

Ce n'était pas à cause du satané cochon, en fin de compte. Tony était encore plus sournoise et manipulatrice qu'elle n'en avait l'air... N'avait-elle pas essayé de le rendre responsable de l'obligation dans laquelle elles se trouvaient de chercher de nouveaux pâturages ? Comme il ne voulait pas embêter Rosie en lui parlant de l'endroit où elles comptaient s'installer, il se retint de l'interroger. Il avait la désagréable impression que l'avenir d'Amanda et de Rosie allait être orchestré par un nain de jardin.

« Chez Arnie, reprit-il en se frottant le menton. Impressionnant, Sherlock ! Tu sais comment c'est à l'intérieur ?

— Évidemment. C'est comme chez nous, sauf que c'est dans l'autre sens.

— D'accord. Et quel est le meilleur endroit pour cacher un trésor ? »

Rosie se leva et se mit à tourner en rond dans le sable en se mordant la lèvre d'un air concentré. « Ça y est, j'ai trouvé ! Allons-y... Je vais te montrer.

— La maison est sûrement fermée à clé.

— Oui, mais je sais comment entrer. Il y a un passage secret. »

Main dans la main, ils se hâtèrent de revenir sur leurs pas en courant tête baissée sous une soudaine averse.

Deux heures plus tard, Daniel se gara dans le parking du Rowing Club en face de Stanley Park et suivit la promenade du front de mer près de Coal Harbour. Il portait toujours son sac sur le dos, qui était cependant plus léger sans la boîte en métal. L'urne qui contenait les cendres de son père lui frottait la colonne vertébrale.

Qu'allait-il faire de cette urne ? Un mort se souciait-il de l'endroit où il reposerait ? Il fut tenté de traverser tout de suite la rue et de répandre les cendres dans les eaux peu profondes de Lost Lagoon. Pour en finir avec toute cette maudite histoire. Cependant, il y avait l'engagement qu'il avait pris dans le bureau de Carlos Benedict en buvant un Nescafé tiédasse : donner aux cendres de son père le lieu de repos le plus approprié. S'il l'avait pu, il l'aurait ramené là où il avait commencé sa vie, dans son pays natal. Néanmoins, il devait bien y avoir des Tibétains à Vancouver ; peut-être que l'un d'eux aurait une idée à lui souffler. Il n'y avait pas d'urgence. Un de ces jours, il pourrait emmener Rosie au grand stupa. Les bois des alentours seraient un endroit idéal pour répandre des cendres. Autrement, il y avait l'Inde, le McLeod Ganj hors d'atteinte. Pematsang aimerait-il reposer auprès de Sa Sainteté le dalaï-lama ?

« Pematsang, je sais que ce n'est pas une manière de se reposer quand on est mort et je jure de te trouver un endroit très bientôt, marmonna Daniel. D'ici là, toi et moi allons dîner avec Katie Yoon. Je commence à me dire que j'ai envie qu'elle soit ma petite amie. Elle est têtue, mais honnête, et elle a des principes. Et puis elle est follement attirante… Chevelure noir de jais, silhouette fine… nettement plus jeune que moi, mais je suis en forme, non ? Nous allons devoir nous comporter le mieux possible, car j'aimerais bien qu'elle commence à m'envisager sur le long terme, si tu vois ce que je veux dire… C'est vrai, c'est un peu prématuré vu que je ne sais pas grand-chose sur elle, mais bon, je n'en sais pas beaucoup plus sur moi non plus. »

Riant dans sa barbe, Daniel tapota l'urne dans son dos. Si quelqu'un d'Helicap avait pu le voir à cette seconde, lui le pilote senior en train de se promener en ville avec un homme mort sur le dos et de lui faire la conversation…

12

Il se réveilla dans une grande chambre éclatante de lumière, face à une immense baie vitrée sans volets ni rideaux. Visiblement, Katie n'avait pas de problèmes d'insomnie. Elle dormait près de lui à poings fermés comme une femme qui n'a ni soucis, ni angoisses, ni culpabilité. Sinon, comment aurait-elle pu être toujours plongée dans un sommeil aussi paisible alors que le jour était levé depuis longtemps ?

Daniel se glissa hors du lit avec précaution et sortit de la chambre. Dans la salle de bains, il prit une grande serviette qu'il enroula autour de ses hanches, puis passa dans la cuisine à l'américaine pour voir s'il pouvait se préparer une boisson chaude. La cuisine était sophistiquée, mais quand il ouvrit les placards, il les trouva quasiment vides. Katie semblait faire partie de ces femmes qui dédaignent les tâches ménagères et qui prennent la plupart de leurs repas au restaurant. Les rayons de l'énorme réfrigérateur avaient l'air plus prometteurs : pots de gingembre au vinaigre, olives, cornichons, wasabi, harengs, saumon fumé et divers fromages. En sortant un camembert déjà entamé, Daniel constata qu'il était très vieux et tout ratatiné. Il l'examina avec intérêt. Des marques de dents ! Certes, il y avait un fort côté animal chez cette femme...

Dans la porte du réfrigérateur, c'était encore mieux : trois bouteilles de Moët, une de Bollinger, deux de chablis, une de gin Bombay, des canettes de tonic, de la sauce de soja, du jus de pamplemousse et du lait. Il but une rasade de jus de fruits directement au carton (uniquement parce qu'elle le faisait aussi – une trace de rouge à lèvres sur le bec verseur en attestait), extirpa le lait coincé entre deux bouteilles de vin et le renifla. Voyant la machine à café sur le comptoir, il se mit à la recherche de la substance adéquate à mettre dedans. Il finit par dénicher un paquet de café « commerce équitable » pas encore ouvert. Daniel esquissa un sourire. Commerce équitable, tu parles ! La veille, pendant que Katie engloutissait un plateau de sushis géant, ils avaient eu une discussion orageuse sur le problème de la surpêche du thon. Il ne manquait pas de munitions avec lesquelles l'attaquer, et elle avait une telle passion pour les sushis qu'elle avait dû ramer pour se défendre. Toutefois, avec Katie, les confrontations agressives semblaient n'être rien de plus qu'une excitation préliminaire à l'explosion des sens, un aboutissement auquel ils étaient arrivés plus tard dans la soirée. Un tel concept lui était étranger – c'était exactement l'inverse de ce qu'il avait vécu avec Amanda –, et il n'était pas certain que ce soit très sain. Entre la fureur et la luxure, la soirée avait été si chargée que, hormis quelques brefs détails, ils n'avaient pas parlé de ce qui s'était passé à Boulder.

Daniel se servit une tasse de café et s'approcha de la fenêtre du salon, qui n'était d'ailleurs pas tant une fenêtre qu'un mur vitré. Il observa la scène en contrebas. Marcheurs, joggeurs, cyclistes et skateurs se disputaient l'espace sur la digue. Dans la marina, des matelots lavaient le pont des bateaux pendant que des capitaines et leurs épouses court-vêtues prenaient le petit déjeuner en plein air. De minuscules ferries, pas plus grands que des coques de noix, allaient et venaient en faisant teuf-teuf sur le bras de mer, embarquant et débarquant des passagers en divers endroits. Sur l'autre rive, où le marché de l'île de Granville battait son plein, les terrasses des restaurants étaient déjà bondées.

Ayant laissé ses affaires dans la chambre, Daniel chercha un téléphone. Il en aperçut un et se laissa tomber dans un fauteuil design danois, un classique qu'il reconnut pour l'avoir vu en photo dans des magazines et qui avait dû coûter une fortune. Bien qu'il ne fût pas aussi confortable qu'il aurait dû, c'était parfait pour profiter de la vue sur False Creek. Il composa le numéro et attendit.

« Vous êtes chez Tony, Amanda et Rosie, déclara Amanda.

— Déjà ? dit-il en parlant le plus bas possible. Quand est-ce qu'elle a emménagé ?

— Bonjour, Daniel. Comment vas-tu par ce beau matin ensoleillé ?

— Je suis secoué, merci. J'essaie de me remettre de la bombe que tu as lancée sur moi.

— La bombe... quelle bombe ?

— Tony, pardi ! Et ce qu'elle implique.

— Daniel, je suis bien avec elle. Tâche de l'accepter. Toi et moi sommes séparés. Alors passons à autre chose.

— Très bien. » Il serra les dents. « Dis à Rosie que j'arriverai un peu en retard. Je serai là dans environ une heure. »

Amanda resta une seconde silencieuse. « Rosie ne t'a pas dit ? Aujourd'hui, elle vient avec nous. Nous allons à White Rock rencontrer les parents de Tony. C'est important, Daniel. L'opération s'annonce un brin délicate. Rosie sera le grand modérateur.

— Est-ce que c'est juste pour elle ? » À peine eut-il prononcé cette phrase qu'il se rappela avoir voulu que Rosie remplisse le même rôle à Boulder. « Autrement dit, je ne vais pas la revoir avant deux semaines. »

Amanda poussa un long soupir. « C'est ton travail qui veut ça, non ?

— Rosie a envie d'y aller ?

— Oui, elle est fin prête. Elle a prévu un gros sac de Lego au cas où elle s'ennuierait. »

Se lancer dans une discussion l'épuisait d'avance, d'autant qu'il savait que ça ne servirait à rien. « D'accord, dis-lui que je passerai ce soir et que nous bavarderons sous le porche, ou qu'on ira prendre un chocolat chaud ou ce qu'elle voudra. Vous revenez à quelle heure ? »

Son café avait refroidi. Daniel resta assis là en s'efforçant de réprimer un sentiment croissant d'impuissance. Tony, Amanda et Rosie. Toutes les trois allaient faire une sortie en famille. Comme c'était charmant ! Sa famille à lui, main dans la main avec un lutin, une créature d'un autre monde qui leur avait jeté un sort.

En bas, False Creek grouillait de familles, de mères et de pères qui sortaient leurs enfants pour la journée. Il songea alors qu'il pourrait ne jamais plus se mêler à eux de cette façon. Le gouffre de plus en plus large qui les séparait, Amanda et lui, paraissait impossible à combler, et il n'aurait pas d'enfant avec une autre femme. Il avait toujours eu peur d'engendrer un fils, de lui transmettre ses chromosomes défaillants. Pas seulement la patte-d'aigle, mais ce qu'elle impliquait de plus grave. Rosie était le seul et unique enfant qu'il voulait, même s'il avait conscience que Katie était jeune et sans enfants…

Daniel essaya de chasser ces pensées. On était ici et maintenant, et il tenait à faire durer ce sentiment de renouveau et d'excitation qui s'était immiscé en lui au cours de la nuit. Inutile de le nier : il était dingue de Katie Yoon. L'épreuve de Boulder était terminée, et pendant les deux prochaines semaines il ferait ce qu'il adorait : voler. Et si ça ne suffisait pas à le réjouir, le matin qui venait de se lever annonçait un retour à l'été.

Il perçut du mouvement dans la chambre, puis le bruit d'une chasse d'eau. Tournant le dos à False Creek, il balaya l'appartement du regard. Il était confortable et respirait l'opulence, quoique un peu impersonnel. Ce qui ne le surprenait pas outre mesure ; Katie était une femme d'affaires et une militante, ce n'était pas le cas d'Amanda, qui était plutôt une femme d'intérieur avec un œil d'artiste et le besoin de créer son propre environnement. Bien qu'il ait aimé l'originalité du style d'Amanda, il y avait une sorte de liberté dans le minimalisme austère de la maison de sa maîtresse.

La porte de la chambre s'ouvrit. Katie s'immobilisa sur le seuil, son corps mince étant un hommage à la perfection.

« Bonjour, mademoiselle Yoon. »

Elle lui sourit. « Tu me reluques d'un drôle d'œil. »

Daniel haussa les épaules d'un air innocent. « Je ne te reluque pas. J'ai la tête tellement embrouillée d'idées confuses que mes yeux se sont posés machinalement sur la première chose qui a bougé. »

Katie le rejoignit et se lova sur ses genoux. « Et quelles sont ces idées confuses ? »

Daniel n'avait pas envie d'en parler, et il était certain qu'elle ne tenait pas à le savoir, mais les mots jaillirent malgré lui. « Je pensais au gouffre de plus en plus grand qui s'ouvre entre moi et la femme dont je suis séparée.

— J'espère que tu ne crois pas que c'est ma faute. »

Il referma ses bras autour de ses jambes repliées et enfouit son visage dans sa chevelure. « Serait-ce si terrible, si tu avais quelque chose à y voir ? T'avoir rencontrée m'aide à regarder vers l'avant plutôt qu'en arrière. »

Katie resta un long moment immobile sans rien dire. Il se demanda tout à coup s'il n'avait pas dit quelque chose qu'il ne fallait pas. Après tout, il n'était pas habitué à la façon moderne de draguer.

« J'ai dit un truc idiot ?

— Daniel, il faut que je t'avoue une chose. » Elle se tourna dans ses bras pour lui faire face. « J'ai beau avoir l'air d'une femme libre et me comporter comme telle, à longue échéance je ne le suis pas du tout. Je suis fiancée à un Coréen. »

Daniel la dévisagea, stupéfait par la désinvolture de cet aveu. « Tu plaisantes ?

— C'est une sorte d'arrangement. Mon père est endetté jusqu'au cou auprès de lui pour une raison qu'il refuse de m'expliquer. Mais ce n'est pas *tout* noir. Harvey vient d'une famille extrêmement riche, il est bel homme et très intéressant. J'ai accepté, pas uniquement parce que papa veut que je l'épouse, mais parce que je sais que nous allons bien ensemble. »

Daniel la saisit par les deux épaules en la tenant à bout de bras. « Dans ce cas, qu'est-ce que tu fous assise toute nue sur mes genoux ?

— Oh, allons, du calme... Le mariage n'aura lieu qu'au mois de mai. Il vit à Londres – à cause de son boulot – et je n'ai pas envie d'abandonner mon travail ici pour l'instant. Je me débrouille vraiment pas mal, tu sais. Nous avons décidé de vivre notre vie jusque-là chacun de notre côté. »

Quelque chose au fond de lui s'effondra. Il la repoussa et se leva. « Je ne peux pas supporter cette idée. »

Vive comme l'éclair, Katie vint se planter devant lui et le retint par le bras. « Daniel, ne sois pas ridicule… Nous n'allons pas nous faire une scène. Je te disais juste de ne pas t'amouracher de moi.
— Je ne vais pas m'amouracher de toi. Je pars.
— Espèce d'hypocrite ! hurla-t-elle. Je te rappelle que c'est *toi* qui es marié !
— Eh bien, nous avons doublement tort. Et c'est la deuxième fois que tu me traites d'hypocrite. »
Katie secoua la tête et desserra sa main sur son bras. « Ne sois pas aussi susceptible, Daniel. Toi et moi avons besoin de compagnie, et nous aimons bien baiser ensemble. Si ça me va, pourquoi ça ne t'irait pas ?
— Oui, en effet, pourquoi ? rétorqua-t-il, le regard glacial. Disons les choses telles qu'elles sont : pour toi, je suis juste un type à baiser ? » En s'entendant prononcer cette phrase, il se trouva aussitôt ridicule, pathétique même, comme si elle venait de lui proposer un boulot et qu'il pleurnichait sur la description du poste.
« Oui, et qui baise bien, en plus !
— C'est tout ?
— Qu'est-ce que tu voulais ? Quelqu'un qui te mitonne des petits plats et qui te repasse tes chemises ?
— Ha ! Comme si c'était le cas ! s'exclama-t-il en regardant autour de lui. Et pourquoi pas quelque chose d'aussi banal et peu original que la confiance, la franchise, l'intégrité ?
— Eh bien, tu l'as, non ? Je viens de te dire la vérité. »

Elle souriait, visiblement ravie de la confrontation. Il repensa à la première impression qu'il avait eue d'elle, et pourtant leur histoire d'amour ne s'était même pas passée. Elle n'avait même pas commencé.

Katie le relâcha et s'adossa contre le mur, les bras croisés sur la poitrine. « J'aurais dû me douter que tu ne pourrais pas gérer la situation. Il faudrait que tu sois un homme pour ça. Harvey s'en tire très bien, lui.

— Ah oui ? Parce qu'il est au courant ?

— Il pourrait l'être.

— Eh bien, garde ton Harvey, sale mégère diabolique ! »

C'était ridicule, il aurait mieux fait d'éclater de rire, seulement il était furieux. Sans trop savoir pourquoi, il avait l'impression de s'être fait avoir. Il fit un pas vers elle. Elle le provoquait du regard, attendant qu'il réagisse. Voyant qu'il ne faisait rien, elle le gifla, avec une force étonnante. Sa tête partit sur le côté, et il sentit sa joue le brûler. Il se jeta en avant et, une main sur sa poitrine, la repoussa contre le mur. Il la maintint là, la mettant au défi de le gifler de nouveau, tout en pensant malgré sa rage – *Une femme qui fait la moitié de ma taille, voilà où j'en suis arrivé !* Cette fois, il vit venir le coup et lui saisit le poignet en lui clouant les deux bras au-dessus de la tête. Il savait ce qu'elle voulait. La petite furie devrait attendre, mais son corps était aussi glissant et souple que celui d'un serpent. Elle libéra une de ses mains et lui arracha sa serviette. Avec elle, il n'y avait qu'un seul moyen pour prendre le dessus.

Il la pénétra et commença à faire résonner le mur de ses coups de boutoir.

« Regarde mon poignet, dit Katie quand ce fut terminé, en lui désignant le bleu qui commençait à apparaître. Comment as-tu pu perdre la tête à ce point ? » Ce n'était pas une plainte. Elle lui posait la question non pas pour se préserver de sa fureur mais pour comprendre comment la provoquer.

« Tu devrais le savoir », répondit Daniel, allongé sur la luxueuse moquette blanche, tout en caressant la tête de Katie posée sur sa poitrine. Il n'aimait pas la façon dont il s'était comporté, mais il n'avait pas besoin d'un psy pour l'analyser. La colère était la réponse de l'homme de Néandertal face à la douleur. L'idée d'une nouvelle perte lui était tout simplement insupportable. Rien qu'au cours de ces dernières semaines, qu'avait-il perdu ? Sa femme, son père, un collègue, l'homme qu'il croyait être son père, et aussi sa mère, en un sens. Encore une heure plus tôt, il avait commencé à croire que Katie était une sorte de remords du destin, une compensation à ses malheurs. Pourtant, ils se connaissaient depuis moins de quinze jours, et en repensant à leur première rencontre, il aurait dû se douter qu'elle n'était intéressée que par une relation superficielle. S'il ne supportait pas le fait de n'avoir qu'une part d'elle, c'était son problème à *lui*, pas celui de Katie, d'autant qu'il était mal placé pour la juger. Il portait encore son alliance au doigt.

Elle roula sur lui. « Et là, tu as vu ? La moquette m'a râpé les fesses, j'ai des brûlures terribles.

— Ce sont tes fesses qui sont terribles.

— Ne sois pas odieux avec moi, roucoula-t-elle.

— Ne fais pas semblant d'être charmante, parce que tu ne l'es pas. »

Daniel la repoussa et se tourna sur le flanc pour la regarder en face. « Et maintenant, sois franche avec moi. Comment réagirait ton petit ami s'il savait ce qu'on est en train de faire ensemble ?

— Il lancerait ses hommes de main après toi.

— Après *moi* ? Et toi, alors ? C'est toi, la fiancée infidèle.

— Il chargerait un de ses sbires de me donner une leçon. Quelque chose qui aurait à voir avec de l'acide, sans doute.

— Je suis sérieux. Qu'est-ce qu'il ferait ?

— Il deviendrait livide – livide coréen –, mais ne t'inquiète pas. Il est à Londres. »

Daniel la regarda dans les yeux en tâchant de déchiffrer ce qu'il y voyait. Elle ne pouvait pas aimer cet homme. Il sourit. La baiser avait en partie restauré son ego fragilisé. C'était là un défi pour le Néandertalien qui se frappait la poitrine : *Je peux la faire changer d'avis*. Il n'y aurait pas de putain de mariage en mai – il y veillerait !

« D'accord ! Je veux que tu rencontres les gens de *mon* équipe. Habille-toi, espèce de furie. On va à Egg Island ? »

13

À l'aube, deux heures avant que ne sonne le réveil, Daniel se réveilla en sursaut. Un sentiment de culpabilité et d'abattement imprégnait tout son être. La visite à Egg Island s'était prolongée jusque tard dans la soirée. Bien qu'il ait eu l'intention de passer dire au revoir à Rosie, il s'était laissé prendre par l'ambiance de fête, et, curieusement, sa priorité numéro un lui était complètement sortie de la tête. Comme il avait été trop tard pour retourner à temps en ville, il lui avait téléphoné, mais elle avait tout de suite deviné qu'il avait bu. Tout le monde laissait tomber Rosie. Y compris son père.

Jusqu'à ce moment, la soirée avait été agréable, la chose la plus normale qu'il avait faite depuis des mois. Grâce à la chaleur du feu de camp et au bon vin, il avait même expulsé toute l'expérience de Boulder de sa poitrine. Son public était resté médusé. Bruce s'était montré favorablement impressionné par sa nouvelle compagne. Katie et Linda s'étaient entendues à merveille, même si, en tant que femmes, elles n'auraient pas pu être plus différentes. Linda était capable d'abattre un arbre comme un bûcheron expérimenté, alors que Katie militait contre eux en bottes à talons aiguilles Sergio Rossi. En dépit de l'intérêt qu'elle manifestait pour l'environnement et la conservation du patrimoine naturel, Daniel avait du mal à l'imaginer construire une maison en rondins ou passer l'été sous une tente. Mais peut-être qu'il se trompait. Cette femme était pleine de surprises. Bien qu'elle pût se comporter comme une furie, il lui arrivait aussi d'être étonnamment tendre et prévenante. Elle avait eu la correction de rester sobre, de le raccompagner et de rentrer à Yaletown en taxi. Le long et doux baiser sur lequel elle lui avait dit au revoir pour deux semaines compensait largement la méchante gifle qu'elle lui avait assénée le matin. Comment comprendre une femme pareille ? Daniel ignorait la réponse, mais, riche gros bonnet coréen ou pas, il ne comptait pas renoncer à cette femme étonnante sans se battre.

Il s'extirpa du lit, se doucha et prépara son sac. Comme il avait du temps devant lui, il sortit tout ce qui était périmé du réfrigérateur, puis décida de passer l'aspirateur, jusqu'au moment où Mme Edderhouser, qui vivait dans l'appartement du dessous, se mit à donner des coups de canne furieux au plafond. Daniel rangea l'appareil, puis se prépara un sandwich au fromage et au concombre pour le voyage. Tôt ou tard, sa gueule de bois finirait par se dissiper, et il aurait alors une faim de loup. Il écrivit un mot à sa mère qu'il laissa en vue sur le comptoir de la cuisine. *Appelle-*

moi sur le téléphone satellite du campement entre 20 et 22 heures. Il faut que je te parle.

Il rejoignit l'île de Vancouver en bus, via Horseshoe Bay, prit le ferry jusqu'à Nanaimo et ensuite un autre bus. À la station de triage proche de la Beaver, il embarqua sur un hydravion avec sept autres employés d'Helicap et deux pêcheurs de la tribu Kwakwaka'wakw. Destination : le territoire de la première nation Kwakwaka'wakw, au cœur de ce qu'on appelait la forêt pluviale du Grand Ours, à six cent cinquante kilomètres des tours de verre et d'acier de Vancouver.

Daniel s'installa dans son siège et attendit le décollage. Une fois en l'air, il sortit ses deux livres sur le Tibet. Après quoi il déballa son sandwich, déjà en piteux état. L'odeur de vieux cheddar et de beurre liquéfié qui emplit la cabine était si nauséabonde qu'il s'empressa de replier le papier d'aluminium au bout de quelques bouchées. Mordillant une pomme dure comme de la pierre, il contempla la terre en dessous. Le soleil avait évaporé ce qui restait de la couche nuageuse matinale, et les rochers escarpés couverts de neige de la Chaîne côtière qui se dressaient dans le lointain étaient d'une beauté étourdissante. Le long été n'avait pas provoqué la moindre entaille dans les glaciers bleutés et les pentes neigeuses d'un blanc de satin.

Très vite, ils volèrent au-dessus du Plateau interdit, au sud du glacier Comox. On distinguait vaguement la station de ski où, un an et demi plus tôt, il avait passé Noël avec Amanda et Rosie. À la limite du plateau, sur un terrain immaculé, une équipe de travaux publics perçait des routes destinées à desservir des lotissements. Ici, aucun manifestant ne venait s'enchaîner aux machines. Ce n'était pas une cause aussi chic et spectaculaire que les arbres millénaires. Pourtant, des gens étaient d'accord pour vivre ici, ayant apparemment oublié la triste histoire du Plateau interdit. Au temps jadis, c'était là que le peuple comow envoyait se cacher les femmes et les enfants quand d'autres tribus les menaçaient. Mais un jour, lors d'une attaque des Cowichan, tous enfants et les femmes avaient disparu sans laisser de trace. Le mystère jamais résolu de leur disparition s'était transmis d'une génération à l'autre. Rosie, qui était alors âgée de huit ans, avait été effrayée par l'endroit. Elle avait entendu des enfants hurler dans la nuit. Daniel et Amanda avaient supposé que quelqu'un de l'hôtel lui avait raconté l'histoire et que, sensible comme elle était, elle avait imaginé quelque drame épouvantable. Pour finir, ils n'avaient plus supporté de voir sa détresse et avaient mis un terme à leur séjour plus tôt que prévu.

Histoire de s'empêcher de penser à Rosie, Daniel se concentra sur la couverture d'un de ses livres, *Vivre sur le toit du monde*. Il l'ouvrit et commença à lire l'introduction. Une grande partie du Tibet s'étendait à plus de quatre mille cinq cents mètres d'altitude, sur un vaste plateau désolé, flanqué d'un côté par la chaîne gigantesque de l'Himalaya. Chaque mot qu'il lisait lui donnait l'impression que ce pays se trouvait à l'extrême limite de Mars, un endroit où les êtres humains pensaient et se comportaient de façon totalement différente des Occidentaux, avant que l'invasion chinoise n'apporte des bouleversements dévastateurs. L'introduction se terminait sur une description sinistre de la destruction systématique de l'environnement fragile du Tibet et de son peuple sans défense – un effacement progressif de tout ce qui était tibétain, que ce soit la culture, la langue, la religion ou le mode de vie.

Bercé par le bourdonnement du moteur du DeHavilland, Daniel s'absorba dans la description du pays natal de son père. Il leur restait encore une heure de vol, le temps de traverser le détroit de la Désolation pour retourner sur le continent, mais, un instant plus tard, la cabine s'assombrit brusquement et le bruit des moteurs s'amplifia dans un écho angoissant. Daniel posa son livre et regarda par le hublot. L'appareil volait très bas au-dessus de l'eau entre de hautes falaises. Ils avaient laissé derrière eux la côte escarpée pour bifurquer vers Coyote Canyon, l'un des innombrables fjords qui s'enfonçaient loin dans les terres.

Daniel se pencha davantage pour regarder les rochers qui se profilaient au-dessus. Là poussaient des sapinettes, des pins de Douglas, des pins de Murray et des cèdres rouges, certains âgés de plusieurs centaines d'années. À l'époque où ces arbres ancestraux étaient sortis du sol, une vingtaine de tribus indigènes vivaient sur cette côte isolée. Aujourd'hui, il n'en restait plus que quelques-unes, et une poignée seulement se souvenait encore de leur ancienne langue. Daniel ne put s'empêcher de faire un parallèle ironique avec ce qu'il venait de lire. Comme au Tibet, l'invasion et le pillage s'étaient déroulés avec presque autant de brutalité, bien qu'un siècle se soit écoulé depuis et qu'il soit facile de classer cet épisode comme appartenant désormais à l'histoire. Et lui-même était là, sur le point de se livrer à un nouveau pillage, de s'emparer des richesses de ces forêts ancestrales qui avaient un jour appartenu aux tribus pour ainsi dire décimées.

Alors que l'avion descendait encore en rasant les eaux du fjord qui allait en se rétrécissant, d'un seul coup le campement apparut. D'en haut, il offrait une vision bizarre, un univers flottant incongru composé de bric et de broc, amarré au pied d'à-pics gigantesques qui se dressaient quasiment à la verticale. Le campement était installé sur deux énormes barges. Noires et mangées de rouille, elles avaient depuis longtemps été mises au rebut et transportées le long de la côte en vue d'abriter les quartiers de l'équipe, la cuisine, les salles communes, les unités de stockage et les hangars de maintenance, le tout réparti dans une série de préfabriqués dépareillés. Les trois plates-formes d'hélicoptère que délimitait un cercle de peinture jaune demeuraient vides durant la journée.

Souvent vivaient là jusqu'à une trentaine d'hommes, pilotes, ouvriers, mécaniciens et autre personnel au sol. L'endroit disposait d'un confort relatif grâce à Wendy Two-Rivers, une Indienne au caractère très direct qui dirigeait les opérations. Bâtie comme un lutteur de sumo, elle avait suivi une formation de chef cuisinier et régnait sur une équipe de quatre jeunes apprentis qui changeaient régulièrement.

Dans sa cabine, Daniel dormit d'un sommeil intermittent, et, à six heures et demie, lorsque sonna la cloche, il était déjà réveillé. Après s'être douché et habillé en vitesse, il fit son lit et se rendit à la cantine, une baraque installée à l'écart au bout de la barge. Il commanda un solide petit déjeuner – œufs, tomates, pancakes et salade de fruits – qu'il mangea sans trop d'appétit en sachant toutefois qu'il était sage de faire des réserves. Quand arrivait l'heure du déjeuner, il était souvent trop tendu, et en général trop pressé. Jetant un œil sur sa montre, il engloutit la nourriture, puis rapporta le plateau sur le comptoir, ce que les autres gars du campement avaient rarement la courtoisie de faire.

«Où diable avais-tu disparu? tonna Wendy Two-Rivers.

— Oh, j'avais pris un congé, histoire de réaligner mes neurones...»

Wendy ricana. «Si prendre des vacances se faisait sur ce critère, ce bateau ressemblerait à une ville fantôme!»

Ils rirent tous les deux, les sourcils dressés d'un air entendu. «Et toi, comment vas-tu? demanda Daniel en notant qu'elle avait le teint plus rougeaud que d'habitude.

— J'ai trop de tension, et du coup trop de médicaments, répondit Wendy d'un air résigné.

— Toi aussi, tu aurais besoin d'un congé.

— Tu rêves! fit-elle en levant les yeux au ciel. Comment va la petite? Rosa, c'est bien ça?

— Rosie va bien, mentit Daniel. Bon, il faut que je file, Wendy. À ce soir. »

Daniel passa sur la barge voisine, où se trouvaient les plates-formes et le hangar des hélicoptères. Il arriva le dernier ; les pilotes et les mécaniciens étaient déjà là, en train de l'attendre dans une tension palpable à côté de deux appareils. Se sentant soudain honteux, il eut envie de rentrer sous terre. Comme on oubliait vite l'importance du temps calculé à la minute près !

Immédiatement, on lui présenta Connor Paine, le jeune homme plein d'enthousiasme qui serait son copilote. Daniel l'avait aperçu dans l'avion, mais n'avait pas trouvé l'occasion de se présenter. Le jeune Connor était visiblement ravi de sa bonne fortune. Décrocher un tel boulot n'était pas facile, vu que les conditions de vol étaient des plus périlleuses et nécessitaient d'avoir accumulé plus de deux mille heures au compteur.

« Ils n'ont pas traîné pour te mettre au boulot, dit plaisamment Daniel en lui serrant la main.

— Non… Il vous manque un pilote, d'après ce que j'ai compris.

— On peut le dire comme ça », rétorqua Daniel avec raideur, avant de se rendre compte que le pauvre gars n'avait probablement jamais entendu parler de Kurt. « Eh bien, félicitations pour avoir été choisi. Bien joué ! Tu vas trouver ça très stimulant.

— Je suis impatient d'apprendre, répliqua Connor avec un sourire espiègle.

— Tu vas avoir de quoi acquérir toute l'expérience nécessaire. Nous faisons des journées de douze ou quatorze heures, dont huit heures au moins de vol actif.

— Ça me va, déclara le jeune pilote. N'arrêtez pas de me parler, de me dire ce que vous faites.

— D'accord, Connor. Tu surveilles l'appareil, et moi je le fais voler, OK ? »

Connor regarda l'imposant S-64 et lui tapota le flanc. « Je le traiterai comme si c'était ma Lamborghini.

— Tu as une Lamborghini ? » s'étonna Daniel.

Le jeune homme lui jeta un regard déterminé. « Pas encore. »

Au moment où ils décollèrent de la barge, le câble de soixante-quinze mètres qui sortait du ventre de l'appareil se déroula jusqu'à ce que le crochet fixé au bout se libère de la plate-forme en les laissant s'envoler vers le site d'abattage. Les zones de coupe forestière étaient nichées derrière les montagnes côtières. Des bateaux de croisière à destination de l'Alaska remontaient le long de cette côte, et ne pas toucher à la forêt située dans leur champ de vision était une sorte de concession à l'idée de nature sauvage, aussi artificielle fût-elle. Malgré tout, entre la barge et le site d'exploitation, la durée de vol était de quatre-vingt-dix secondes.

Daniel vit le jeune copilote se pencher pour regarder le crochet au bout du câble frôler la cime des arbres.

« Ce n'est pas une mission comme les autres, lui dit-il. On vole en "zone de mort" toute la journée, et tu sais à quel point c'est dangereux. »

Des nuages noirs, papa, criait la voix de Rosie dans sa tête. *Tu voles... et des gens meurent*. Pris d'une soudaine appréhension, Daniel jeta un coup d'œil à Connor. Non, c'était absurde ! Ce garçon était la santé physique et mentale incarnée. Il n'allait certainement pas sauter.

Connor le dévisagea d'un air affolé, quoique pour une tout autre raison. « En "zone de mort" ? » Apparemment, personne ne l'avait prévenu qu'il volerait si bas en rasant le sommet des arbres.

« Et sache que tout à l'heure j'ai donné un très mauvais exemple... en arrivant en retard, dit Daniel avec un sourire rassurant. Dans ce boulot, chaque seconde compte. Le fonctionnement de cet hélico revient à environ deux cents dollars la minute. Ce qui rend le moindre retard extrêmement coûteux.

— Ne craignez rien, commandant, dit Connor avec une pointe d'autosatisfaction dans la voix. Je sais parfaitement ce que coûte de faire tourner un S-64. »

Quand ils arrivèrent sur le site, une zone de coupe sur une pente particulièrement abrupte, le bûcheron avec lequel ils faisaient équipe, Goran Lindstrom, était déjà à son poste où l'avait déposé l'hélicoptère de service. Daniel fit descendre l'appareil au-dessus de la silhouette vêtue en orange qui se tenait sur une pile de troncs, prêt à accrocher le premier chargement. Goran, un Suédois massif, n'était plus tout jeune pour ce travail qui nécessitait de l'endurance, de la rapidité et de bons réflexes, mais il compensait ce problème par vingt ans d'expérience dans les forêts de son pays natal.

Penché dans la bulle de façon à examiner le terrain, Daniel ralentit, s'apprêtant à montrer à son nouveau collègue comment manœuvrer le filin et amener le crochet à l'ouvrier en toute sécurité.

« Penche-toi et observe bien ce que je fais. Tu vois le tas de troncs, là en bas ? Il ne faut pas que le bûcheron soit obligé de grimper dessus pour attraper le crochet. On doit l'amener jusqu'à lui, et vite ! Le compteur de dollars tourne. »

Daniel vit Goran se courber afin de fixer le crochet au collier qui enserrait les arbres. Quand il se redressa, il fit un signe de la main et se carapata comme un chamois se mettre à l'abri. Ce n'est que lorsqu'il l'entendit identifier l'appareil et crier « Clear » dans la radio que Daniel remonta dans les airs en soulevant le tronc géant du dessus du tas.

Lorsqu'il demanda à Connor de lui indiquer le poids, le gamin répondit aussitôt. Le tronc se balançant au bout du filin, ils survolèrent la pente en redescendant vers Coyote Canyon, où il largua le tronc dans l'eau à côté du *boom-boat*. En tout, l'opération n'avait pas pris plus de trois minutes.

« À ce qu'il semble, c'est le bûcheron qui a le plus de responsabilité en attachant correctement la charge. Le pilote doit juste la soulever.

— Faux ! corrigea Daniel d'un ton brusque. En l'air, on a l'impression qu'il suffit d'attraper un tronc et de le soulever, alors que, en fait, c'est comme un jeu de mikado. Quand tu sais que chaque tronc peut peser jusqu'à plus de quatre tonnes, tu ne t'amuses pas simplement à le ramasser. Vu que beaucoup de choses peuvent déraper, tu écoutes attentivement les instructions du bûcheron. C'est lui le chef.
— Compris, commandant. »

Daniel avait cessé de compter le nombre d'allers-retours quand, arrivé à la fin du cycle, il posa l'hélicoptère sur la barge le temps de refaire le plein. La pause de midi semblait encore loin. Ils n'avaient volé qu'une heure et demie. Il aurait volontiers bu un café mais se contenta d'aller pisser.

Il disposait de trois minutes pour aller aux toilettes et en revenir. Alors qu'il était en train de se soulager, sans penser à rien, une image s'imprima sur sa rétine : la chienne rottweiler massacrée. Cette vision réveilla en lui cette sensation insidieuse familière, à laquelle s'ajouta soudain un sentiment de panique. *Qu'avait-il fait ?* Pourquoi avait-il montré la boîte à Rosie et l'avait-il entraînée dans cette histoire en lui demandant de l'aider à la cacher ? Sur le coup, la chose avait paru relativement innocente et amusante, mais comment avait-il pu oublier ce que son contenu pouvait représenter pour quelqu'un, qui que ce fût ? Jusqu'à cet instant, il ne lui était pas venu à l'idée que cette personne ou l'Agence avait pu le suivre à Vancouver. C'était comme si quitter Boulder avait rompu le charme et rendu toute cette affaire plus ou moins risible. Pourtant, il n'y avait pas de doute, quelqu'un était prêt à tout pour mettre la main sur la boîte. Il se remémora le moindre de ses faits et gestes depuis qu'il était sorti de l'aéroport : son arrivée à Kits, son départ de la maison avec Rosie, la balade sur la plage, puis l'entrée en douce dans l'ancien logement sordide d'Arnie – là, il avait regardé alentour avec soin pendant que Rosie trifouillait la poignée de la fenêtre du rez-de-chaussée. Non, rien n'indiquait qu'il avait été suivi ou observé. Son affolement n'en diminua pas pour autant, pas plus que ne se dissipa l'image sinistre du cadavre de la chienne.

Il respira plusieurs fois à fond en essayant de se calmer. Il ne pouvait absolument pas se permettre de penser à cette histoire pour l'instant. Refermant sa braguette, il sortit en vitesse, baissa la tête en passant sous les pales du rotor et prit place à côté de son copilote, qui jeta un coup d'œil furtif à sa montre.

« Sale petit con, c'est encore moi qui suis aux commandes », marmonna-t-il dans sa barbe, les yeux levés vers le flanc de la montagne en se protégeant du soleil de la main. Au-dessus de la crête, la chaleur qui montait des pentes abruptes faisait vibrer l'air. Une demi-heure plus tard, la température dans le cockpit lui fit souhaiter l'arrivée de l'hiver. La boîte de vitesses qui commandait les rotors principaux chauffait autant qu'un radiateur, et la bulle du pare-brise n'était pas très différente d'une serre en plein soleil. Outre que le malaise qu'il avait ressenti tout à l'heure ne l'avait pas quitté, la fournaise qui régnait dans le cockpit ne faisait rien pour l'aider à oublier l'incendie de forêt. Il essuya du doigt la sueur qui perlait sur son front et chassa ses pensées.

Daniel effectua chaque rotation un peu plus vite. Il fallait qu'il rattrape les minutes perdues ce matin, mais voir les troncs se multiplier rapidement sur l'eau le rassura. Il ne leur restait plus qu'un aller-retour avant de faire le deuxième plein de carburant. Après avoir largué un énorme tronc de sapinette dans le fjord, Daniel accéléra pour passer au-dessus de la colline. Penché à l'extérieur de la bulle, il surveillait le crochet qui touchait presque la cime des arbres, puis il descendit de deux cents pieds. Après une très légère correction, le crochet se logea en douceur entre les mains du bûcheron.

« Ouah ! s'exclama Connor, impressionné. Quelle précision incroyable ! »

La voix de Goran grésilla dans la radio. « J'ai un trois sur deux. Un des troncs est un peu coincé sous une battue… Il va sans doute falloir que tu le travailles au corps. »

Daniel se tourna vers son copilote. « Tu as entendu ? Il nous dit qu'on soulève trois troncs sur deux colliers et comment hisser au mieux la charge.

— Je comprends. » À mesure que les heures passaient, le môme avait l'air moins arrogant, découragé à juste titre à l'idée que, d'ici quelques semaines, son tour viendrait de s'installer dans le siège du commandant.

La voix de Goran retentit de nouveau. « Je suis tout au bord du ravin, alors fais attention à moi quand tu tireras.

— Ne t'inquiète pas », cria Daniel pour couvrir le bruit.

Il vit Goran courir vers le bord du précipice, l'entendit crier « Clear », puis observa l'enchevêtrement de branches et de troncs.

« Bon, allons-y ! Extraire des troncs de ce méli-mélo risque de nous faire embarquer la moitié de la colline ! »

Connor eut un rire nerveux.

Après examen du tas au sol, Daniel décida que ça n'avait pas l'air trop compliqué. En fait, deux troncs étaient posés sans être attachés au sommet de la pile, et il voyait que le tronc isolé ne passait que sur environ trois mètres sous une grume plus petite. Il commença à faire monter l'appareil et rassembla les troncs. Le mouvement initial se déroula dans une parfaite coordination. Au moment où les sangles se serrèrent autour des grumes, il mit les gaz pour hisser le poids de charge.

Il entendit les moteurs à turbine monter en arrière-fond tandis que Connor se mettait à énumérer les paramètres du moteur et du poids, comme on le lui avait manifestement enseigné à l'école.

Les deux premières grumes vinrent facilement, mais celle qui était isolée dans l'autre sangle resta coincée et refusa de bouger d'un pouce.

Conscient que les secondes s'égrenaient, mais déterminé à avoir raison du tronc récalcitrant, Daniel fit planer l'hélico en décrivant de petits cercles qu'il élargit peu à peu, tirant la grume dans un mouvement de va-et-vient comme on le ferait pour arracher une mauvaise herbe d'une pelouse. Pour finir, le tronc commença à se dégager.

La voix de Goran crépita dans la radio. « Ça ne marchera pas… C'est ma faute. Tu n'as qu'à redescendre la charge, je vais la détacher.

—Attends ! lui cria Daniel. Je sens qu'elle vient. »

D'un mouvement fluide, il tira un dernier coup et sentit la grume se déloger. Pouce levé, il se tourna alors vers Connor, mais celui-ci avait les yeux rivés sur le sol. En se penchant dans la bulle pour surveiller le filin, Daniel prit la mesure de son erreur. L'extrémité étroite du tronc était toujours bloquée, mais comme il était très long et souple, il se courbait simplement comme un arc sous le poids de l'amas de troncs empilé au-dessus. Ce n'était pas bon signe… Ce maudit tronc risquait de se casser, ou pire, de se comporter comme un énorme ressort en faisant sauter toute la pile.

Aussitôt, Daniel décida de renoncer. Au même moment, l'appareil fut pris d'une soudaine et violente secousse, accompagnée d'une terrible explosion. À quatre-vingt-cinq mètres en dessous de lui, la chose même qu'il redoutait venait de se produire. L'explosion projeta des morceaux de tronc brisés dans tous les sens. Deux d'entre eux, de la taille de gros piquets, se retrouvèrent propulsés à la vitesse d'une balle vers le bûcheron.

Goran avait beau se tenir à plus d'une trentaine de mètres, Daniel ne put rien faire d'autre que regarder les débris foncer droit sur lui.

Alors qu'il contemplait la scène, malade d'horreur, le temps sembla se contracter et ralentir au point de s'arrêter. Au-dessus, le clac-clac des rotors se fit silencieux. Il regarda les morceaux de tronc voler avec de plus en plus de lenteur. Les fragments semblèrent mettre une éternité pour arriver au bout de leur course. Le premier passa légèrement au-dessus de la tête de Goran Lindstrom, mais le deuxième suivit une trajectoire un peu plus basse. Quand le morceau de bois le percuta tel un boulet de canon, il fut projeté en arrière et atterrit à l'extrême bord du ravin.

Daniel entendit Connor lui crier quelque chose, mais il demeura pétrifié. D'un seul coup, son monde s'écroula, et il pensa à Rosie tandis qu'il fixait le corps disloqué qui gisait en bas sur la falaise.

14

Les deux jours qui suivirent la mort de Goran Lindstrom se déroulèrent dans la plus grande confusion. Un accident de ce genre obligeait le campement à un arrêt complet des opérations. Le moindre aspect de l'accident devait être sérieusement analysé, documenté et consigné. Malgré la douleur sourde, la culpabilité et l'angoisse qu'il ressentait face à l'erreur dont il se sentait l'unique responsable, Daniel coopéra de son mieux, bien qu'il eût un mal fou à se concentrer. Pour ce qui relevait de son rôle dans cette catastrophe, sa mémoire légendaire lui faisait complètement défaut. Il n'arrêtait pas de perdre le fil, d'oublier ce qui l'avait amené à effectuer la manœuvre ou à quel moment et pourquoi. L'équipe chargée de l'enquête mit son trouble sur le compte du choc et s'en remit essentiellement à Connor pour obtenir la description seconde par seconde de l'accident.

Daniel était le seul à connaître la raison du trouble intérieur qu'il ressentait : alors même qu'il essayait d'accepter le fait qu'il avait tué un homme, il était mort de peur pour Rosie. Et cette peur était multiple. À présent, il croyait à tout ce qu'avait dit Rosie. Mais le plus sinistre était cette idée qui ne le quittait pas que sa fille avait la poisse. Ses prédictions cauchemardesques avaient fini par se réaliser. Et si ce n'étaient pas des prédictions ? Si elle était tellement déterminée à le garder près de lui et à l'empêcher de voler qu'elle *provoquait* des morts ? Non ! Il n'arrivait pas à imaginer une telle malice chez sa petite fille.

Par ailleurs, il y avait la boîte. En entraînant Rosie à l'aider à la cacher, il savait avoir agi de façon inconséquente. Et même si, sur le moment, il n'y avait vu qu'un jeu innocent, son intuition lui soufflait qu'il l'avait peut-être mise en danger. Il fallait qu'il rentre la retrouver. En dépit du désastre provoqué par sa faute, du chagrin et du désarroi de tout le campement et de la suspension des opérations, c'était la seule chose qui comptait à ses yeux. À la minute où on lui en donnerait l'autorisation, il partirait. Ce n'était qu'une fois Rosie hors de danger qu'il se paierait le luxe de craquer.

Finalement, le jeudi matin, Daniel repartit pour Vancouver. À Horseshoe Bay, quand il descendit du ferry, il renonça au bus et prit un taxi jusqu'à l'appartement, monta en vitesse, jeta son sac dans un coin et récupéra ses clés de voiture. Il roula le plus vite possible sur le Lions Gate Bridge, traversa l'obscurité déprimante de Stanley Park, se faufila dans la foule animée de Denman et continua le long de Beach Avenue. Une fois franchi le Burrard

Bridge, il bifurqua à gauche dans Cypress Street et s'arrêta dans un crissement de pneus devant le bâtiment en brique d'un étage qui abritait l'école élémentaire Henry Hudson... dix minutes pile avant que retentisse la cloche.

Attendant derrière la grille, Daniel scruta la foule d'enfants qui se déversait par les portes et dans l'escalier. Dès qu'il aperçut Rosie, il l'appela en lui faisant de grands signes. Il la regarda le regarder. Sa fille était plus grande que la plupart de ses camarades et, du moins à ses yeux, plus gracieuse et plus digne, telle une jeune danseuse vaguement consciente de chacun de ses mouvements.

« Papa ! cria Rosie, oubliant toute maîtrise d'elle-même pour se précipiter dans ses bras. Tu es là ! fit-elle, sans même demander pourquoi.

— Oui, ma chérie, je n'ai pas pu rester là-bas. »

Elle chercha le téléphone dans les poches de son père. « Appelle maman et dis-lui que je suis avec toi. »

Lorsqu'ils retournèrent ensemble vers la voiture, Rosie lui parla avec excitation d'un coffret de vieux DVD du feuilleton *Le Prisonnier* qu'elle avait emprunté à la bibliothèque. Daniel se rappelait très bien cette série télévisée anglaise qu'il avait lui-même revue avec plaisir dans sa jeunesse.

« Je crois que ce village existe vraiment, dit-il. Quelque part au pays de Galles.

— Ah bon ? s'écria Rosie en lui prenant la main. C'est où ? On pourra aller là-bas ?

— D'accord. Je t'emmènerai au pays de Galles un de ces jours. Pourquoi pas ?

— Allons chez toi construire le Village, décida-t-elle, tout excitée, redevenant soudain elle-même, l'œil vif et pleine de vie. On va le construire en pâte à modeler. » Elle sortit de son sac une poignée de ballons blancs. « J'ai trouvé ça. On n'aura qu'à les remplir d'eau et s'en servir comme boules blanches... Tu sais, celles qui poursuivent les gens qui tentent de s'échapper.

— Oui, je me souviens de ces boules. Elles me donnaient des cauchemars. »

Rosie tapa des mains d'un air ravi.

« Mais écoute-moi, ma chérie, reprit Daniel, rechignant à lui faire faux bond. On ne pourrait pas remettre ça à une autre fois ? Si on allait faire une balade et déjeuner à Granville Market ? Je n'ai rien mangé depuis hier.

— J'ai déjà déjeuné, dit-elle, déçue.

— Tu aurais pu faire semblant qu'il n'en était rien et avaler un deuxième déjeuner. Tu pourrais vouloir me faire plaisir, pour la bonne raison que je suis ton père et que je meurs de faim.

— Oui, sauf que ce serait mentir.

— Non, ce serait une omission, ce qui est différent d'un mensonge. Quelquefois, c'est bien, du moment que ça ne fait de mal à personne et que ça aide les autres à se sentir mieux. »

Rosie lui jeta un regard inquisiteur. « C'est ça que t'es en train de faire, papa ? Tu me racontes des omissions ?

— Tout le monde le fait de temps en temps », répondit Daniel de façon évasive.

Rosie n'avait pas oublié. Elle savait parfaitement qu'il n'était pas normal qu'il soit revenu à

Vancouver au bout de trois jours seulement, mais elle n'avait pas envie de savoir pourquoi. Il allait devoir prendre garde à ne pas lui communiquer son sentiment de détresse, ni à laisser son chagrin et sa haine de lui-même assombrir son humeur joyeuse.

Ils se garèrent dans Walnut Street et se dirigèrent vers l'ouest le long de la digue. Arrivé à Jericho Beach, Daniel insista pour qu'ils fassent demi-tour. Le temps était décidément automnal ; les nuages filaient dans le ciel et les averses menaçaient en permanence entre deux rayons de soleil. Insensible au froid, il avait retiré sa veste et l'avait mise sur les épaules de Rosie. Elle bavarda sans se laisser démonter, mais pas une fois elle ne fit allusion aux *trois nuages noirs* ou à la raison de son retour.

Deux heures plus tard, épuisés et affamés, ils arrivèrent à Granville Island et se dirigèrent vers le marché, qui rassemblait des couleurs splendides, des textures variées, des arômes tentateurs... et des hordes de gens. Il lui donna une petite tape sur l'épaule.

— Nous y voilà, commandant. Maintenant que nous sommes sortis de la zone de déjeuner, nous pouvons faire atterrir notre appareil affamé sans encombre dans l'espace du dîner.

— D'accord, commandant, dit Rosie. Au fait, je suis devenue végétarienne.

— Et ta mère est d'accord ?

— Oui, ça ne la dérange pas. La naine est végétarienne. »

Le marché grouillait de gens qui avaient atterri affamés dans l'espace du dîner, de sorte qu'ils errèrent un bon moment d'un stand à l'autre avant de trouver une table près de la fenêtre face à False Creek. Pendant que Rosie gardait leurs places, Daniel alla acheter un plat indien végétarien qu'ils partagèrent tous les deux. Son envie de viande et de volaille diminuant toujours avec le stress, il était content d'être végétarien avec elle. Quoi qu'il en soit, le plat aurait pu nourrir un village indien entier, en tout cas en taux de glucides.

« Comment maman supporte-t-elle Runtie-Lou ?

— Bien. Elle l'aime beaucoup, maintenant. Tony la déteste. »

Daniel posa sa fourchette et passa à la suite. « Dis-moi, ma chérie, il faut qu'on parle de la boîte...

— Chut ! » Rosie jeta un regard furtif alentour en se cachant la bouche derrière sa serviette. « On ne peut pas en parler ici.

— C'est bon, commandant. Nous sommes ici incognito », dit-il plus bas.

Elle se pencha vers lui et lui chuchota à l'oreille : « Je l'ai changée de place.

— Quoi ?

— Notre boîte, murmura Rosie. Je l'ai changée de place. »

Daniel fronça les sourcils. « Pour quelle raison ? Pourquoi l'as-tu changée de place ?

— Parce qu'un monsieur la cherche.

— Tu veux dire que... des gens viennent chez Arnie ?

— Non, papa. Un monsieur veut notre boîte. »

Pris d'une soudaine frayeur, il s'efforça de ne rien en laisser paraître. « D'accord, Sherlock. Explique-moi ce qui se passe.

— Hier, il m'attendait à la sortie de l'école et m'a suivie jusqu'à la maison. »

Une abominable crampe dans le ventre l'obligea à chercher son souffle. « Tu es sûre qu'il n'allait pas tout simplement au même endroit que toi ?

— J'en suis sûre. Je l'avais déjà vu.

— Où ça ?

— Devant la maison. Le week-end dernier. Il regardait la maison d'Arnie quand nous sommes rentrés de chez les parents de Tony. Dès qu'il nous a vues, il a déguerpi en vitesse.

— À quoi il ressemble ?

— Il est plus jeune que toi, avec des lunettes noires, une casquette de base-ball, des cheveux bruns et un jean. Dimanche, il roulait à bicyclette et avait un casque ridicule, mais ça faisait superfaux.

— Ta mère l'a aperçu ? Tu lui en as parlé ?

— Non, répondit Rosie en triturant la nourriture du bout de sa fourchette. Je ne raconte rien à maman et à Tony. C'est notre histoire. On a fait un serment, rappelle-toi. »

Malgré lui, Daniel jeta un regard alentour. Sa nuque se hérissa de chair de poule et une sensation glacée gagna son dos. « Ce monsieur t'a-t-il dit quelque chose..., a-t-il essayé de te parler ?

— Non, répondit Rosie en repoussant l'assiette. Mais je suis certaine qu'il cherche la boîte. »

Son intuition avait donc été la bonne ; il avait toutes les raisons de s'inquiéter. Ses expériences à Boulder ne lui avaient-elles pas apporté la preuve de l'importance de cette putain de boîte ? Et maintenant, quelqu'un rôdait autour de Rosie. Qui d'autre était sous surveillance ? Amanda, et sans doute aussi Katie... Les déplacements de Rosie étaient-ils observés parce que les autres endroits avaient déjà été soigneusement fouillés, l'appartement de ses parents, le parking en sous-sol, sa voiture... ou bien fallait-il chercher une autre explication ? Rosie n'était qu'une enfant, pourquoi aurait-elle su quelque chose ? À moins que... Si cette boîte avait une importance vitale, kidnapper un enfant serait une solution efficace pour la faire réapparaître rapidement.

Cette idée fit frissonner Daniel. La seule autre explication était tout aussi sinistre : l'homme qui suivait sa fille était un pédophile qui s'en prenait aux jolies filles prépubères.

« Rosie, dit-il calmement. Ce n'est pas un jeu. Tu me racontes bien la vérité ? » Il vit à son œil qu'il n'aurait pas dû poser cette question, à laquelle elle ne daigna d'ailleurs pas répondre. « Bien, reprit-il entre ses dents serrées. Donnons à ce type ce qu'il veut. À partir de demain, je t'accompagnerai à l'école et je viendrai te chercher jusqu'à ce qu'on l'aperçoive et on lui donnera cette fichue boîte. Où est-elle ? »

Rosie détourna le regard. « Je le dirai pas. Je n'ai pas envie qu'il la prenne. *Elle est à nous !*

—Non, elle n'est *pas* à nous. » Il la prit par le bras, et son affolement était tel qu'il faillit la secouer. Il l'avait entraînée dans un jeu dangereux, l'avait exposée à un danger, et il fallait maintenant qu'il retrouve sa présence d'esprit. Il allait devoir se montrer très habile pour obtenir sa coopération sans pour autant l'effrayer. Et surtout, garder son calme.

« Il n'y a qu'une seule solution, murmura Daniel sur un ton de conspirateur. Il faut qu'on ouvre la boîte. »

Sa fille arrondit la bouche d'un air soupçonneux. « Tu ne sais pas ce qu'il y a dedans ?

— Non. Comme je te l'ai dit, elle appartient à quelqu'un d'autre. J'étais censé remettre cette maudite boîte à quelqu'un, sauf qu'il y a eu un changement de plan. À présent, Rosie, dis-moi où est la boîte. »

Elle le regarda en plissant les yeux. Elle avait senti, et à juste titre, qu'il y avait quelque chose de louche dans ce brusque changement de plan. Ses lèvres demeurèrent résolument serrées.

« *Rosie*... Si tu ne me le dis pas, je n'aurai pas d'autre choix que d'appeler la police. Je ne peux pas laisser des types bizarres te suivre comme ça... Ce n'est plus drôle du tout. C'est très sérieux, et tu vas me dire où est la boîte. » Il lui serra le bras un peu plus fort et elle se recula en tressaillant.

« D'accord ! fit-elle avec colère en dégageant son bras. On n'a qu'à aller la chercher. »

Daniel l'attendit sous la véranda pendant que Rosie courait récupérer la boîte là où elle l'avait cachée – sous ses jouets tout au fond de son coffre. Alors qu'il regardait la porte pourrie à la peinture bleue écaillée, Tony sortit de la maison.

« Bonjour, Daniel.

— Bonjour.

— Je croyais que vous passiez deux semaines dans le Nord à abattre des arbres.

— Ah oui ? »

Ses pieds agiles étaient nus, ses cheveux courts dressés en l'air comme s'ils étaient chargés d'électricité. Elle portait une tunique blanche flottante sur un pantalon assorti. Dans la lumière déclinante, il émanait de sa personne quelque chose de magique, comme si elle était translucide. Vêtu d'un tel accoutrement, n'importe qui de normal aurait été frigorifié... La vision de sa femme la tenant dans ses bras lui traversa l'esprit, et il s'empressa de la repousser.

Tony s'assit sur la vieille balançoire en bois – celle que Daniel avait achetée au marché aux puces de Seattle pour en faire cadeau à Amanda – et ramena ses pieds sous elle. Au bout de quelques secondes, elle demanda : « Vous y avez réfléchi ?

— Réfléchi à quoi ? »

Pour toute réponse, elle poussa un long soupir en levant les yeux au ciel.

Son air condescendant le mit en rage. « Qu'est-ce que vous voulez ?

— Vous ne vous souvenez pas de notre conversation, Daniel ?

— Je me souviens de chaque mot que vous avez prononcé, mais rien de tout ça ne me concerne, mis à part le bonheur et le bien-être de Rosie.

— C'est justement de ça que je vous parle. Du bien-être de Rosie.

— Je ne pense pas. Je pense que vous cherchez à séparer Rosie de sa mère et que vous voulez que je coopère. Je ne parle de Rosie qu'avec Amanda et je ne me mêle pas de vos projets. »

Tony lui décocha un regard glacial. « Je croyais que vous aviez envie de voir Rosie davantage. Moi aussi, je parle de son bien-être. En ce sens, je suis de votre côté, mon vieux. Pourquoi vous comportez-vous comme un abruti ? Je comprends mieux ce qu'a enduré Amanda... »

Daniel décida de couper court à la conversation. Il s'appuya contre la porte en attendant que Rosie revienne.

« Le cochon pèse déjà treize kilos, l'informa Tony au bout d'un moment. Et il grandit.

— Comme tous les petits cochons. Amanda est là ?

— Elle est à une répétition. Mais, comme je vous l'ai expliqué, elle n'a plus le cœur à ça. Il n'y a pas tellement de débouchés à Vancouver pour le genre de musique qu'elle joue.

— C'est curieux, jusque-là, il y en a toujours eu. J'imagine qu'il vaudrait mieux qu'elle parcoure le monde avec vous, c'est ça ? »

Tony ne répondit pas.

Il repensa au cochon. C'était très bien qu'Amanda se soit mise à aimer l'animal, mais il ne pouvait quand même pas s'attendre à ce qu'elle héberge, promène et nourrisse un cochon vietnamien pansu une fois devenu adulte. Le problème lui trottait en permanence dans un coin de l'esprit. Bien qu'il refusât de se l'avouer, la proposition voilée de Tony paraissait séduisante... et appropriée. Dorénavant, il serait en mesure de s'occuper *à plein temps* de Runtie-Lou et de sa jeune maîtresse dans une belle ferme en dehors de la ville. Il se demanda vaguement comment Katie s'adapterait, bien qu'il l'imaginât assez mal en campagnarde. Amanda aurait été parfaite pour ça, mais ce qu'elle avait choisi ne figurait plus dans ses projets. Il nota mentalement de téléphoner à Anne Roberts pour voir si la maison de son père avait déjà été mise en vente. Il aurait besoin de tout l'argent qu'il pourrait récupérer s'il voulait acheter une propriété sur le continent. Anne Roberts... Six jours plus tôt seulement, il déjeunait avec elle dans un restaurant tibétain, pourtant il avait l'impression que ça remontait à six mois. De toute façon, la maison ne serait peut-être pas si facile à vendre. Il songea tout à coup qu'il pourrait s'installer dans celle de son père à Boulder. Il y avait déjà tout ce qu'il fallait pour un cochon dans la cour... Il rigola intérieurement. Pour une petite fille, il existait des endroits pires où grandir.

Daniel entendit Rosie descendre l'escalier en courant.

« Tiens, la voilà, *ta* boîte ! » dit-elle d'un ton pincé en lui tendant un gros paquet enveloppé dans un vieux drap et entouré d'une ficelle en jute. Il esquissa un sourire en voyant qu'elle avait essayé de la camoufler.

Tony se leva d'un geste vif et s'approcha. « Quelle boîte ? »

Rosie, qui n'avait pas vu qu'elle était sur la balançoire, sursauta. « Rien, dit-elle. C'est un cadeau pour mon papa. C'est bientôt son anniversaire.

— Oh, je vois ! Et quel jour est l'anniversaire de ton papa, Rosie ? »

Daniel fronça les sourcils. Il n'aimait pas le ton intrusif de Tony, et Rosie avait l'air toute retournée. Cette enfant n'était douée ni pour les mensonges ni pour les omissions. « La semaine prochaine », répondit-elle nerveusement.

Tony fit un pas vers elle et parla plus bas. « Hé, Rosie, tu n'es pas au courant ? On n'offre pas un cadeau avant la date, dit-elle en tendant les mains. Donne-le-moi. Dis au revoir à ton papa, et on ira le cacher jusqu'à la semaine prochaine. »

Rosie se tourna vers son père, la boîte toujours dans les bras, ses yeux noirs écarquillés d'appréhension. « Papa ? »

— Occupez-vous de vos oignons, Tony. »

La jeune femme regarda la boîte un instant, puis tourna les talons et rentra dans la maison en claquant la porte.

« Cruella d'Enfer », murmura Rosie.

Elle semblait attendre qu'il surenchérisse en proposant un autre sobriquet, mais Daniel avait la tête ailleurs. Il fixait des yeux la moustiquaire de la porte qui tremblait encore, le malaise qui s'insinuait en lui dressant les poils sur sa nuque. Qu'avait-elle dit si ostensiblement ? *Moi aussi je parle du bien-être de Rosie.* Oh, mon Dieu ! Depuis quand cette mystérieuse créature était-elle dans les parages ? Non, ce n'était pas possible !

Daniel prit la boîte sous son bras et attrapa la main de Rosie. « Appelle ta mère de la voiture. Ce soir, tu restes avec moi. »

Lorsqu'ils arrivèrent à l'appartement, le téléphone sonna au moment où il mettait la clé dans la serrure. Rosie se faufila la première et courut décrocher.

« Mamie ! s'exclama-t-elle. Où es-tu ? Je ne t'ai pas vue depuis une éternité. »

Daniel écouta en se réjouissant que Rosie ait été là pour répondre. Combien de fois lui avait-elle demandé où étaient ses grands-parents ? Elle avait toujours été plus attirée par Freddie que par Gabriella, qui était loin d'être une femme chaleureuse. Non seulement Freddie savait s'y prendre avec les enfants, mais il adorait Rosie.

Après cinq minutes de bavardage intense et force baisers sonores, Rosie lui passa le téléphone.

« Mon chéri ! s'écria une voix aiguë qu'il reconnut à peine. C'est ton incontrôlable mère.

— J'avais compris.

— La petite a l'air tellement adulte...

— Maman ! Quand est-ce que vous rentrez ? J'ai besoin de te parler !

— Oui, oui, tu me l'as déjà dit, et je t'ai répondu que je ne parlerai de rien au téléphone.

— Alors, pourquoi appelles-tu ? »

Elle soupira bruyamment. « Pour voir si tu étais rentré de Boulder et m'assurer que Rosie allait bien.

— Rosie va le mieux possible, compte tenu des circonstances. Ses parents vivent séparés et ses grands-parents sont injoignables de l'autre côté de l'Atlantique.

— Bon, écoute un peu ça, mon chéri... Nous nous sommes découvert d'autres parents à Naples, si bien que ça se transforme en réunion de famille. Nous partons là-bas demain. Un jour, il faudra que tu amènes la petite pour qu'elle rencontre ses cousins... »

Il jeta un regard à Rosie qui ne manquait pas un mot de ce qu'il disait. Interrompant sa mère, Daniel demanda : « Quand est-ce que vous rentrez ?

— Nous n'avons pas encore réservé les billets, mais disons... d'ici environ trois semaines, peut-être un peu plus. Freddie meurt d'envie d'acheter un petit machin en Toscane. Il est littéralement emballé par l'Italie et il a des ambitions architecturales. Raison de plus pour y amener la petite... Elle adore les monuments, non ?

— Tu veux parler de Rosie ? Elle a un nom. »

La conversation se poursuivit sur ce mode jusqu'à ce qu'elle s'épuise d'elle-même. Quand Daniel reposa l'appareil, il vit que Rosie fronçait les sourcils.

« Pourquoi est-ce que tu es fâché contre mamie ?

— Peut-être que je suis jaloux, improvisa Daniel. Ta mamie est très excitée par ces cousins qu'elle a retrouvés en Italie. Mais d'ailleurs, qui est-ce qui me demande ça ? Les enfants se fâchent tout le temps contre leurs parents, n'est-ce pas, Rosie ? »

Bien qu'il ait été content que sa fille prenne l'appel, il se sentait malade de frustration. Il fallait qu'il arrache la vérité à sa mère. Or, même si Rosie n'avait pas été présente, Gabriella était une femme qui parvenait à faire tourner toute conversation autour d'elle. Il essaya de se débarrasser de la colère qu'il ressentait à son égard. Qu'est-ce que ça changeait ? Quand on venait de tuer un homme, les détails de son ascendance n'étaient pas d'une si grande importance.

Il faisait de gros efforts pour avoir l'air normal, et, jusqu'à présent, Rosie s'était gardée de toute réflexion sur son état d'esprit. Ils étaient plongés dans la pâte à modeler jusqu'aux coudes, mais il ne put s'empêcher de remarquer que *Le Prisonnier* ne l'intéressait pas tant que ça. Elle n'arrêtait pas de détruire les maisons qu'elle venait de construire en prenant un air pincé. Finalement, elle leva les yeux vers lui.

« Tu as encore la fièvre des nuages, papa. »

Il éclata de rire – un peu trop fort. « Qu'est-ce que c'est que ça, la fièvre des nuages ?

— Des méchants nuages qui vous rendent triste et malade.

— Très bien, Sherlock. Je reconnais que je ne me sens pas en grande forme. » Il regarda ostensiblement sa montre. « Hé, t'as vu l'heure ? Il est temps d'aller au lit. Tu as école demain matin.

— Mais j'ai faim. Le médecin dit qu'il faut que je mange beaucoup. Je grandis d'un demi-centimètre par mois.

— Un demi-centimètre par mois ? Diantre ! » Et c'était vrai, elle donnait l'impression de pousser à vue d'œil. Rien d'étonnant, avec ce mystérieux aïeul khampa. Grand et fier...

Daniel alla voir dans la cuisine ce qu'il restait dans les placards, s'en voulant de ne pas les avoir remplis depuis des semaines. En désespoir de cause, il se mit à quatre pattes pour inspecter le bas des étagères. Là, il découvrit un stock de choses délicieuses. Gabriella avait planqué tout ce qu'elle préférait dans les coins les plus inaccessibles, derrière les marmites et les casseroles. Cette idée le fit rire. Quel genre de mère aurait pris la peine de cacher de la nourriture pour que son fils unique ne la prenne pas ? Son genre à elle !

Avec un paquet de *fusilli* aux olives, un pot de *pesto* aux champignons et des tranches de tomates séchées, Daniel prépara un souper digne de ce nom. Ils s'installèrent sur le canapé et mangèrent en silence dans des bols tout en étudiant les petites maisons italiennes posées sur la table basse de Gabriella. Rosie avait donné des instructions sur la taille et la forme qu'elles devaient avoir, mais il était clair que son intérêt pour *Le Prisonnier* s'était dissipé. Quand il lui proposa de gonfler les ballons blancs, elle se contenta de hausser les épaules en faisant la moue et regarda la pâte qu'elle tenait dans la main.

Le téléphone sonna. Rosie s'empressa d'aller répondre. C'était Amanda qui voulait savoir quoi donner à manger à Runtie-Lou. Elle demanda ensuite à dire un mot à son père, auquel elle passa un savon pour avoir débarqué comme ça à l'improviste et embarqué Rosie sans l'avoir prévenue. Daniel emporta le téléphone dans la cuisine et parla à voix basse. « Quand et comment as-tu rencontré Tony ?

— Ne change pas de sujet, Daniel.

— Tu sais quelque chose sur son passé ? »

Amanda rigola. « Mais oui ! Elle est psychopathe et a un lourd casier de maltraitance sur enfants, extorsion de fonds et tueuse à gages... Mais Rosie et moi l'aidons à se repentir.

— Très drôle !

— Pourquoi tu ne t'occupes pas plutôt de *ta* vie ?

— C'est ce que je fais. Écoute, je voudrais qu'on se voie. J'ai l'intention de prendre une maison et j'aimerais qu'on discute des modalités de garde. »

Il y eut un silence. « Oui. Trouve-toi un endroit, je serai alors ravie qu'on en discute. Pourquoi n'es-tu pas au campement ?

— Peu importe. J'aimerais garder Rosie ce week-end. »

Nouveau silence. Il l'entendit couvrir l'appareil et échanger quelques phrases étouffées. « D'accord. Tu as assez de vêtements pour Rosie ?

— On en achètera.

— Pourquoi l'as-tu obligée à mentir à Tony à propos de ton anniversaire ? Tu es né en juin. Ne pousse pas Rosie à raconter des bobards et cesse d'être grossier avec Tony. Je ne le tolérerai pas.

— Bon week-end, Amanda. »

En revenant dans le salon, il vit que Rosie continuait à tripoter le village sans enthousiasme. Il changea les draps du lit de ses parents en vitesse, puis sortit le pyjama et la brosse à dents de sa fille du tiroir dans lequel étaient rangées ses affaires qu'elle utilisait quand elle venait dormir.

« Rosie, il est l'heure de te coucher. Nous n'avons pas fait tes devoirs, ni lavé ton linge ni pris un bain, et maintenant il est trop tard. On doit partir tôt pour l'école. Le matin, tous ces ponts sont un cauchemar. Je t'ai fait veiller beaucoup trop tard. Je suis un père nul et je devrais recevoir trente coups de fouet.

— Tu n'es pas si nul que ça, dit-elle d'un ton guindé. Chez maman, on n'est pas aussi spéculeux.

— Spécial ou méticuleux, ça revient au même, une petite fille doit prendre un bain et faire ses devoirs. Je vais m'acheter un livre sur l'éducation des enfants. » Il lui montra le refuge qu'était le boudoir de ses parents. « Je ferais mieux de t'acheter un bateau pour dormir. Ce lit à lui tout seul est comme un océan. »

Rosie éclata de rire, lui rappelant soudain ce qu'était le bonheur. Un rire d'enfant aussi sincère vous allait droit au cœur. Il savait au moins ça sur l'éducation des enfants.

Après avoir bordé Rosie, il alla dans sa chambre téléphoner à Katie. En entendant sa voix, elle lui fit l'effet d'être plus qu'agitée. « J'ai attendu. Pourquoi tu ne m'as pas appelée plus tôt ? Tu me laisses un message en me disant que tu as eu un accident épouvantable, et je n'ai plus de nouvelles pendant deux jours ! »

La dernière chose dont il avait besoin était qu'une autre femme l'engueule, mais il se réjouit de sa réaction. Cela voulait dire qu'elle considérait que ses faits et gestes la concernaient.

« Je ne sais pas quand on se verra, et ce n'est pourtant pas faute d'en avoir envie. J'ai Rosie pour le week-end, et il faut que je m'occupe de cette boîte dont je vous ai parlé l'autre soir chez Bruce et Linda.

— T'en occuper comment ?

— Il faut que je m'en débarrasse.

— Pourquoi ? Qu'est-ce qu'il y avait dedans ?

— Je ne sais pas encore… » Et il lui raconta presque tout. L'horreur de l'accident, le type qui suivait sa fille, ses soupçons sur la femme qui s'était immiscée dans la vie de son épouse et de sa fille. Katie l'écouta avec attention. Quand il eut terminé ce résumé plus ou moins cohérent de ses trois derniers jours, elle resta un long moment silencieuse.

« Tu sais quoi ? finit-elle par dire. Je crois que tu es en train de craquer. D'abord tu m'expliques que la CIA cherche la boîte, ensuite que c'est un pédophile, et maintenant que c'est une nuée de lesbiennes aux airs de lutins. Tu te rends compte comme ça a l'air fou ? Quant à cette histoire de

Rosie qui prédit des choses... Bientôt, tu m'affirmeras que des éléphants roses traversent les murs ! » Elle se tut une seconde. « Je suis désolée. Il me semble que tu souffres d'une sorte de syndrome de stress associé à une extrême paranoïa. À mon avis, tu as besoin de te calmer et de décompresser, de retrouver ton sang-froid. Tu ferais bien de n'en parler à personne d'autre. Tu ne voudrais quand même pas que des hommes en blouse blanche viennent t'embarquer, dis ? »

Daniel l'écouta avec circonspection, regrettant de s'être confié à elle. Il savait déjà quelle pragmatiste endurcie elle était en dépit de son jeune âge. En même temps, que n'aurait-il pas donné pour qu'elle ait raison... Comme c'eût été plus simple si tout cela n'avait existé que dans son imagination. Toutefois, alors que son approche directe des propos décousus qu'il tenait faisait son chemin, il se dit qu'elle pourrait avoir raison en partie. Peut-être ne voyait-il pas les choses de façon très claire à cause de ce qui s'était passé au campement.

« Par conséquent, je suppose que tu ne me conseilles pas de prévenir la police », dit-il.

Elle rit. « Si tu estimes qu'il le faut... Mais je ne vois pas très bien ce qu'ils pourraient faire. Pourquoi n'ouvres-tu pas tout simplement la boîte ? Comme l'a dit Bruce, il est probable qu'elle contient de vieilles cartes de Noël de ton père. Tu ne voudrais pas faire perdre son temps à la police et passer pour un parfait idiot, n'est-ce pas ? »

Non, il ne voulait pas passer pour plus idiot qu'il ne l'était déjà. Il avait malheureusement conscience que Katie n'avait pas grand-chose à lui offrir en termes de consolation. La mort d'un homme lui semblait d'une importance relative, tout comme le fait que son amant ait été la cause directe de cette tragédie.

« Mais écoute-moi, reprit-elle, j'ai moi-même plusieurs choses à te dire. Ne t'en fais pas, ça devrait nous mettre plus ou moins à égalité pour ce qui est de la parano.

— Vas-y.

— Non, pas au téléphone. Je peux venir ? Ça n'ennuiera pas Rosie ? Je pourrais passer une fois qu'elle sera couchée. »

Daniel hésita. Le moment était mal choisi pour prendre le risque que Rosie rencontre la maîtresse de son père. La pauvre enfant avait déjà suffisamment à faire avec Tony. Et en plus, il était exténué.

« S'il te plaît, Daniel... J'ai besoin de vider mon sac. Je viendrai plus tard, si tu préfères. Même très tard, ça m'est égal.

— On ne pourrait pas plutôt se voir demain ? À l'heure du déjeuner, par exemple.

— Si tu veux, céda Katie, manifestement frustrée. Alors à demain. »

Bien qu'il ait encore des choses à faire, Daniel se laissa tomber un instant sur son lit. Les pensées qui se bousculaient dans sa tête devinrent peu à peu bizarres, de plus en plus tortueuses et décousues, et il sentit qu'il s'endormait. Il se laissa sombrer. Il était plongé dans une sorte d'état catatonique, lorsqu'un petit bruit le ramena à la réalité. Une sorte de grattement, un bruit sourd et intermittent, comme si on déplaçait des objets. Il tendit l'oreille en essayant de localiser d'où venait le bruit. Peut-être Mme Edderhouser faisait-elle du ménage tard le soir en traînant la canne dont elle ne se séparait jamais. C'est alors qu'il se rendit compte que le bruit ne provenait pas de l'étage en dessous mais du salon. Bondissant hors du lit, Daniel gagna la porte en trois enjambées et l'ouvrit à toute volée.

Rosie était agenouillée par terre devant la table basse. Sa première réaction fut de pousser un cri de soulagement, puis de la gronder pour lui avoir flanqué une telle trouille, mais il se figea sur place en voyant ce qu'elle était en train de faire. Elle avait détruit le village, empilé les tas de pâte à modeler les uns sur les autres, et était en train de malaxer le tout pour entamer une nouvelle construction.

Il respira à fond. « Le Prisonnier a mordu la poussière, à ce que je vois, dit-il en tâchant d'avoir l'air normal. Quel imbécile je fais... Moi qui pensais qu'on avait bien bossé !

— J'avais besoin de toute la pâte, murmura Rosie.

— Je croyais qu'on avait décidé d'aller dormir pour arriver à l'heure à l'école demain matin. »

Elle l'ignora et se pencha sur son travail. Daniel s'assit sur le canapé pour la regarder. Elle était en train de fabriquer une grande bâtisse irrégulière avec des terrasses, des tours et des escaliers, ses mains manipulant avec rapidité la pâte qu'elle façonnait, coupait et martelait. Elle travaillait avec assurance, comme si l'édifice sortait de quelque dessin élaboré dans son esprit. Son petit visage exprimait une intense concentration, et les manches longues de son pyjama étaient couvertes de taches de pâte. Daniel, au bord des larmes, resta immobile, sans savoir quoi dire ou quoi faire. Le talent de sa fille l'impressionnait, et il en sortirait sûrement quelque chose. Cependant, le sérieux avec lequel elle travaillait était inquiétant et paraissait tout à fait insolite chez une enfant.

« Qu'est-ce que c'est ? demanda-t-il finalement. Tu construis quoi ? »

Rosie s'arrêta et le regarda comme si elle venait de se rendre compte de sa présence. « Je crois que je me suis trompée. Je me suis trompée quand j'ai fait le bâtiment l'autre jour sur la plage, tu te rappelles ? C'est là que tu vas, papa. Je te vois devant en train de le regarder. »

15

Il courait au milieu d'une forêt en feu, loin du ravin, loin des cris d'agonie de Goran Lindstrom. L'ourson courait à côté de lui, les flammes dansant sur sa fourrure. Puis il tombait, dévalait en glissant une pente boisée et était arrêté dans sa chute par Anne Roberts. Doucement, elle retirait ses mains de ses yeux et lui tendait la clé de la maison de son père. Celle-ci pesait lourd au creux de sa main. Rosie le tirait par le bras en lui disant que c'était la clé du château, qu'il fallait qu'il y aille... Il avait peur et essayait de cacher la clé à l'intérieur du bouddha, mais en plongeant la main il s'égratignait la paume sur quelque chose de pointu. Dolma Whiteread le tirait alors vers elle en lui disant qu'on ne regardait pas les dents d'un cheval qu'on vous avait donné. « Vous n'êtes pas son fils, lui lançait-elle avec un sourire méprisant. Rentrez chez vous ! »

Daniel se redressa en sursaut. Il faisait encore sombre. Il s'aperçut qu'il avait dormi tout habillé en travers de son lit. Se tournant vers le réveil à affichage digital, il vit qu'il était cinq heures du matin.

Il savait ce qu'il avait à faire, mais il resta là quelques minutes en repensant à son rêve. La clé... Il chercha à comprendre ce qu'elle signifiait, mais ses idées étaient aussi embrouillées et incontrôlables que l'avait été le rêve. Il se sentait exténué. Il était déjà minuit quand Rosie avait enfin accepté de retourner dans son lit. Elle avait construit un édifice surprenant, une sorte de château. Il n'en avait reconnu ni le style ni l'origine, et elle n'avait pas su lui expliquer où elle l'avait vu ni comment il lui était venu. La certitude qu'elle avait que son père devait partir était certainement la manifestation d'une angoisse profonde, de sa peur de le perdre, de sa conviction qu'il aurait trois accidents. Peut-être avait-elle déjà deviné qu'il avait tué quelqu'un. Il ne démordait pas de l'idée que ses prédictions paranormales étaient la conséquence du traumatisme provoqué par la séparation de ses parents, quand, tout à coup, il repensa aux cris qu'elle avait entendus sur le Plateau interdit. Elle avait dû sentir que leur mariage traversait une crise... mais à quoi bon ces explications ? Il savait que ce n'était qu'une façon de fuir la terrible vérité : Rosie voyait exactement vers quoi il allait.

Daniel alluma la lampe de chevet et se leva. Puis il attrapa le gros paquet resté sur le bureau, le posa sur le lit, détacha la corde de jute et déroula le drap. La boîte verte était là, cette boîte si mystérieuse qui soulevait tant de menaces et générait tant d'anxiété. Il ne perdit pas de temps à réfléchir. À l'aide d'un gros tournevis et de tenailles, il essaya pour la seconde fois de forcer la soudure. En cherchant une fente, il finit par trouver un point d'entrée. Tournant le tournevis tout en maintenant le bord entre les tenailles, il commença à desceller le couvercle, le métal mou de la boîte donnant soudain l'impression d'avoir été écrasé par un autobus.

À l'intérieur se trouvaient divers objets. Un petit carnet, une feuille de papier, assez grande et repliée plusieurs fois, trois feuilles de papier très fin de la taille de sa paume et sur lesquelles figuraient de minuscules dessins qui représentaient apparemment le contour de montagnes, et une série de photos flétries, prises elles aussi en terrain montagneux. Tous les dessins et les photos portaient la marque d'un petit swastika dans un coin.

Daniel examina d'abord le carnet. Il avait l'air ancien, comme celui qu'il se souvenait d'avoir eu dans son enfance, un carnet qui tenait dans la poche, avec une couverture en carton d'un gris terne et des feuilles de papier ligné de mauvaise qualité. Il dégageait une odeur de moisi et chaque page était couverte d'écritures. Le contenu n'avait pour lui aucun sens étant donné qu'il s'agissait de caractères exotiques. Si c'était Pematsang qui avait écrit, ce devait être du tibétain. Mais peut-être n'était-ce pas lui. Peut-être avait-il simplement été le gardien de ce carnet. Daniel le feuilleta. Il se composait de seize pages. Brusquement, il brancha son scanner, l'alluma et posa la première page sur la vitre. Pendant que le scanner déchiffrait le texte, il déplia la grande feuille de papier. Ce qu'il vit amena un sourire malicieux sur son visage. C'était là quelque chose qu'il comprenait très bien... Sa formation de pilote, son grand sens de l'orientation et sa mémoire infaillible faisaient de lui un expert en lecture de cartes.

Il étala la carte sur le lit et l'étudia tout en tournant les pages du carnet sur le scanner. Dessinée à la main et détaillée, la carte représentait une chaîne de montagnes entre deux plateaux, avec un lac à l'extrémité ouest. Le nom du massif était inscrit dans une écriture qu'il pouvait déchiffrer – Thangtak La –, ainsi que le lac – Neykhor Tso. À côté d'un minuscule swastika, qui signalait un endroit près d'un creux entre deux pics, se trouvait un dessin étrange. On aurait dit une bouche fine et malveillante avec trois dents pointues. Outre que le dessin avait quelque chose de sinistre, rien n'indiquait à quoi il se référait.

Une ligne rouge traversait la carte du nord au sud, le long de la crête des montagnes. Daniel ne voyait pas ce que ça pouvait être sinon une sorte de frontière. La seule structure apparente construite par l'homme était un petit rectangle à l'est au pied des montagnes.

Il observa l'ensemble de la carte qu'il compara aux photos et au dessin, avant de la déchirer en douze morceaux en suivant les plis. Morceau par morceau, il enregistra la carte dans sa mémoire. Au bout d'une demi-heure, il ferma les yeux et se représenta mentalement les douze fragments tour à tour en imaginant le paysage. Après chaque fragment, il ouvrait les yeux et comparait avec la carte. S'il le voulait, ou s'il le fallait, il serait capable de se remémorer la carte dans son entier, avec tous les pics, les marques, les canyons, les ravins et l'emplacement du lac. Il pourrait localiser l'endroit au milieu de la carte, le minuscule swastika rouge et la fente de la bouche grimaçante avec ses dents. Il mémorisa le nom de la montagne et du lac, et, après avoir effectué quelques recherches, il trouva quelle partie du monde transcrivait la carte. Il travaillait de façon mécanique, sans laisser interférer la moindre question ou émotion. Il aurait tout le temps pour cela dans les semaines et les mois à venir.

Une fois le scannage terminé, il copia le carnet sur un disque et l'effaça de son ordinateur. Dans sa collection de CD, il en choisit un qu'Amanda lui avait acheté, un groupe de country dont il n'avait jamais entendu parler, et qu'il n'avait jamais aimé. Il sortit le disque, puis ouvrit la fenêtre et le lança d'un mouvement leste du poignet. Le CD tourbillonna tel un Frisbee argenté dans la lumière de l'aube. Daniel le regarda franchir la digue et disparaître dans les flots noirs du bras de mer. Il referma la fenêtre. Dans le boîtier vide, il plaça le disque qui contenait la copie du carnet de Pematsang, puis le rangea à sa place en ordre alphabétique sous « divers ». L'autre allait sans doute dériver sur le bras de mer, mais le savoir là lui tranquilliserait l'esprit.

Un par un, il posa les trois dessins ainsi que les photos sur son bureau et les photographia avec son Pentax de poche, puis il reproduisit le contour de chaque montagne des trois dessins dans son journal. Juste les contours, l'un au-dessus de l'autre.

Sans plus attendre, Daniel prit un briquet et un torchon, puis emporta tout le reste sur le balcon. Dans un pot de fleurs vide, il fit brûler ce qu'avait contenu la boîte, une chose après l'autre. Les flammes illuminèrent un instant la pénombre. Étouffant les dernières flammes à l'aide du torchon, il récupéra les restes du carnet sur lesquels on distinguait encore une ligne d'écriture et de petits morceaux des photos et du dessin. De la carte il ne conserva que deux coins roussis, sur l'un desquels on devinait les contours d'une montagne escarpée. Lorsqu'ils eurent refroidi, il remit les restes carbonisés dans la boîte et l'emporta à l'intérieur.

Sur une feuille de papier blanc, il écrivit : *Il y a seulement quelques jours, j'ai rencontré mon père pour la première fois. Il était mourant et pouvait à peine parler, mais il m'a chargé d'ouvrir la boîte que vous venez d'ouvrir. Il n'a pas été capable de m'expliquer ce qu'elle contenait ou de me donner une indication de ce que je devais en faire, pourtant il était clair qu'il craignait que cette boîte ne tombe entre de mauvaises mains. Au cours de ces derniers jours, j'ai eu toutes les raisons de comprendre l'inquiétude de mon père. Pour la paix de mon esprit, le bien-être de ma famille, et pour honorer cette dernière volonté de mon père, je viens d'ouvrir la boîte et de détruire les documents qu'elle renfermait : un carnet rempli d'une écriture étrangère indéchiffrable, des photos et des croquis d'un paysage, et une carte sans aucune coordonnée, nom de lieu ou indication écrite.*

Mon père est mort. Je ne sais rien de sa vie et ne veux pas connaître ses secrets. Par conséquent, si qui que ce soit ose contacter, suivre ou intimider moi-même, ma fille, mes parents, ma famille ou mes amis, s'introduire dans leur maison, leur voiture, leur bureau, ou encore s'en prendre à leurs biens, je m'emploierai à détruire à son tour le délinquant – avec une égale satisfaction. Bien à vous, Daniel Villeneuve.

Il déposa le mot dans la boîte au-dessus des restes calcinés, conscient du côté quelque peu puéril de son message. Celui-ci sonnait comme une menace polie, mais surtout comme un cri exaspéré en vue de mettre un terme à cette histoire. Il espéra que ça paraîtrait suffisamment crédible et que quiconque trouverait ce lot navrant renoncerait à insister.

Daniel remplaça le couvercle massacré et renoua la corde autour de la boîte. Puis il la rangea dans un sac en toile solide qu'il déposa dans l'entrée. Satisfait, il y jeta un dernier coup d'œil. Elle était prête à être livrée, et il espérait ardemment que c'en serait fini des ennuis causés par cette maudite boîte. On le laisserait tranquille, on laisserait Rosie tranquille, et la CIA ou qui que ce soit d'autre qui s'y intéressait retournerait s'occuper de questions davantage d'actualité, ce qui ne devait certainement pas manquer.

Daniel dormait sur le canapé quand il fut réveillé par une voix qui chantait. Rosie s'essayait sous la douche à une interprétation stridente de *Papa Don't Preach* de Madonna. Parmi ses nombreux talents ne figurait pas celui de chanteuse. Il l'écouta en grimaçant, d'une part parce qu'elle chantait faux, d'autre part à cause du message de la chanson. Il pria pour qu'elle ne décide pas de devenir une mère célibataire. Un enfant avait besoin d'un père, quoi qu'on en dise.

Rosie se prépara pour l'école sans rechigner. Elle avait trouvé du pain dans le congélateur et leur prépara des toasts tartinés de miel collant parsemé de graines de tournesol. Ils partirent très en avance. Daniel tremblait d'angoisse et d'impatience, espérant que le rôdeur en avait fini de sa surveillance pour pouvoir lui faire face, et imaginait comment procéder si jamais il pinçait le type. Il y avait de grandes chances pour que personne ne soit là, mais il attendrait, toute la journée s'il le fallait. Il continuait à espérer que l'imagination débridée de sa fille avait fait des heures supplémentaires, même s'il savait espérer en vain.

La circulation du vendredi matin se révéla aussi épouvantable que prévu. Arriver au Lions Gate Bridge, qui n'était qu'à un jet de pierre de l'appartement, leur prit près d'un quart d'heure. Pour tout arranger, il se mit à pleuvoir à torrents. Pendant combien de temps encore ferait-il ce foutu trajet entre West Vancouver et Kitsilano ? Quoi qu'il advienne, il faudrait qu'il habite plus près de sa fille. Il se devait d'être là pour elle.

Quand ils se garèrent devant l'école, les enfants étaient déjà rentrés se mettre à l'abri de la pluie alors que la cloche ne sonnerait que dans cinq minutes. Au moment où Rosie s'apprêtait à sortir d'un bond de la voiture, Daniel la retint par le bras.

« Attends, Rosie, et regarde bien. Est-ce que tu vois le type qui en a après la boîte ? Regarde attentivement. »

Semblant avoir oublié le plan, elle scruta la rue d'un œil anxieux à travers les vitres mouillées. Et soudain elle s'écria : « Hé, tu as vu, Tony est là ! »

Daniel se retourna dans la direction où regardait sa fille. Là, devant la grille, se tenait le lutin sous un parapluie, un sac à la main. « Attends-moi ici, dit-il. Ne sors pas de la voiture. »

Il prit le sac en toile, prêt à le fourrer dans les mains de Tony, persuadé à présent qu'elle faisait partie de quelque complot en vue de récupérer la boîte, mais alors qu'il fonçait vers elle tel un bulldozer, Rosie ouvrit la portière et cria : « Papa, papa ! »

Il se força à ralentir et se retourna. Sa fille tendait la main frénétiquement dans l'autre sens. « Là-bas, papa... Je suis sûre que c'est lui. Je l'aperçois. »

Daniel scruta la rue à travers le rideau de pluie. Elle avait raison. Quelqu'un se tenait au bout de la rue, à moitié caché par un arbre. Il fit demi-tour et commença à marcher dans sa direction, puis se mit d'un seul coup à courir. Alors qu'il traversait la rue à toute allure, le type s'avança, l'air surpris, avant de tourner les talons et de s'enfuir en courant lui aussi. C'était devenu une poursuite, mais Daniel avait de longues jambes et était en excellente condition physique, en tout cas comparé à l'autre qui, bien que massif et large d'épaules, était nettement plus petit. Au bout de cinquante mètres, Daniel le rattrapa. Gêné par le sac qu'il tenait dans la main droite, il saisit le type de l'autre par la peau du cou.

« Arrête-toi, salopard, ou je te tue ! » éructa-t-il, hors d'haleine.

Le type, plus jeune qu'il ne le paraissait de dos, était âgé d'environ vingt-cinq ans, plutôt quelconque, avec des cheveux bruns et le teint pâle. Des plaques de duvet irrégulières avaient élu domicile sur ses joues rondes. Visiblement, il pratiquait le bodybuilding ; sa veste en cuir tiraillait au niveau des épaules. Il fixa la marque en forme de serre d'aigle de Daniel qui s'était assombrie sous le coup de la colère et, déconcerté, leva les mains pour se rendre.

Daniel le tira d'un geste brutal par le cou. « Je t'arrête en tant que citoyen, espèce de putain de pédophile ! J'appelle la police.

— Doucement, du calme ! supplia le type. J'étais juste là à m'occuper de mes affaires, bon sang !

— Alors, pourquoi t'es-tu enfui, sale ordure ?

— Bon Dieu ! Si vous voyiez votre visage…

— Arrête tes conneries. Tu es venu rôder autour de ma fille. »

Le jeune gars essaya de se dégager de l'étau qui lui serrait le cou. « Vous vous trompez complètement… Je ne m'intéresse pas du tout aux enfants. »

Daniel le relâcha et lui balança un violent coup à l'épaule. « Tu t'intéresses à quoi, alors ? Tu ferais mieux de répondre vite si tu ne veux pas que je te démolisse le portrait et que je te mette la tête dans le cul. »

Voyant la fureur de Daniel, et son mètre quatre-vingt-quinze prêt à mettre sa menace à exécution, l'affolement du type laissa place à une réelle panique. « Je suis en mission… je n'ai aucune idée pourquoi on m'a chargé de ce dossier. Je me contente d'observer, c'est tout. De rapporter tous les faits et gestes de l'enfant. Voir qui l'accompagne à l'école et qui vient la chercher, qui entre et sort de chez elle... Je vous jure ! Je ne lui adresse pas la parole et je ne l'approche pas.

— Qui es-tu ?

— Ça, je ne peux pas vous le dire.

— Vraiment ? Alors qui t'a envoyé ici ?

— Tout ce que j'ai, c'est un numéro de portable.

— Tu es de la CIA ? »

Le type secoua la tête en niant de façon catégorique et réprima un sourire incrédule.

Daniel lui donna un nouveau coup. « Parle, mon salaud... Pourquoi quelqu'un voudrait surveiller les faits et gestes d'une enfant ? *Pourquoi ?* Voyons un peu ce que tu as à me dire à ce sujet. »

Le gars haussa les épaules. « Sincèrement, je n'en ai aucune idée... Je ne pose jamais de questions.

— D'accord. Appelons ce numéro.

— Quoi ? Là, maintenant ?

— Maintenant, là, tout de suite ! »

Le jeune type hésita, évaluant les choix possibles : soit une bagarre avec le fou furieux qui lui faisait face, suivie d'une arrestation par la police et d'une éventuelle garde à vue, soit obéir à son agresseur et risquer la colère de son employeur. Il glissa sa main sous sa veste d'où il sortit un téléphone. Il composa un numéro sous l'œil attentif de Daniel, qui le mémorisa. Plusieurs secondes s'écoulèrent.

« C'est Peter. Écoutez, je viens de rencontrer un petit prob... »

Daniel lui arracha le téléphone. « Il a rencontré Daniel Villeneuve. Je veux juste que vous sachiez que je vais tuer ce connard que vous avez envoyé rôder autour de ma fille. »

La ligne resta silencieuse, mais il perçut le bruit lointain d'une respiration.

« Est-ce que ça a un rapport avec la putain de boîte ? cria Daniel.

— Oui, en effet, répondit une voix masculine, avec un léger accent nasillard difficile à situer. Ça ira pour commencer.

— *Pour commencer ?* Quoi d'autre est-ce que… ?

— D'accord. Calmez-vous. Vous avez la boîte ?

— Oui, je l'ai à la main.

— Qu'est-ce que vous voulez ?

— Comment ça, *qu'est-ce que je veux ?*

— Combien ? »

Daniel fronça les sourcils. « Elle vaut combien ? »

Nouveau silence. « Je vais voir. Je vous rappelle tout de suite.

— Attendez ! L'argent ne m'intéresse pas et la boîte n'a pour moi aucune valeur. Si je la donnais à ce connard ? »

Un temps, puis : « Très sage décision ! » Le ton, bien que menaçant, trahissait un certain étonnement. L'interlocuteur fantôme ne croyait manifestement pas à sa chance. « Donnez la boîte à mon homme et passez-le-moi.

— Dans une minute, mon vieux. Vous prenez la boîte et vous disparaissez. Je ne veux plus jamais voir personne tourner autour de ma fille, de ma famille ou de moi. Je n'ai rien d'autre susceptible de vous intéresser. C'est compris ?

— Très bien. C'est tout ce que nous voulons. Remettez-lui simplement la boîte, monsieur Villeneuve. »

Daniel rendit le téléphone au jeune type, puis sortit la boîte du sac et la lui colla brutalement contre la poitrine.

« J'ai la chose, hoqueta le gars dans le téléphone, avant de raccrocher et de le remettre dans sa poche. Bon, je vous laisse, dit-il à Daniel en tournant les talons.

— Pas si vite ! fit celui-ci en lui barrant le passage. Donne-moi ton portefeuille.

— Pas question.

— Donne-le-moi ou je te casse les dents. »

Brusquement, le type fit un bond de côté pour partir en courant, mais la boîte qu'il tenait dans les mains le gêna. Daniel le rattrapa par le bras gauche, qu'il lui retourna dans le dos. La boîte tomba sur le trottoir. Grimaçant de douleur, le type mit sa main droite dans sa poche et en sortit un portefeuille tout écorné. Daniel posa son pied sur la boîte pendant qu'il en passait le contenu en revue – deux cartes de crédit et un permis de conduire américain. « Alors c'est toi ? *Peter Jeremy Wesley, 84, Parker Avenue, Denver*. Je garde ton permis.

— Oh, non... S'il vous plaît...

— Écoute, petit merdeux, il me le faut pour montrer ta photo à la police au cas où. Et ce n'est que la police... Si je t'aperçois quelque part, ou si ma fille t'aperçoit, j'irai personnellement à Denver pour écrabouiller chaque organe de ton corps. Si tu ne sais pas de quoi je suis capable, Peter Jeremy Wesley, demande à ton boss.

— Compris.

— Et précise-lui que j'ai tué un homme il y a trois jours. Mardi, pour être exact. Juste avant le déjeuner. Je n'en avais pas l'intention, mais je l'ai tué.

— Promis, gémit le gars, le visage crispé. Je leur dirai. Je suis sûr que vous n'aurez plus à vous inquiéter de rien.

— Tu es un brave garçon. » Daniel jeta le portefeuille sur la boîte.

Le type se pencha, ramassa la boîte et son portefeuille qu'il serra contre lui et partit en courant dans la rue. Daniel le suivit des yeux jusqu'à ce qu'il ait disparu. Brusquement, il se sentit vidé, brisé, comme s'il avait boxé le type pour de bon en se servant de son torse proéminent comme d'un punching-ball à s'en épuiser. En réalité, à part l'avoir saisi au collet pour l'arrêter, et une ou deux bourrades délicates, il n'avait pas levé la main sur ce salopard. Il espérait que sa réaction avait été la bonne.

Il fourra le permis dans sa poche et repartit à pas lents vers l'école. Tony, qui l'avait suivi, l'attendait un peu plus loin.

« Où est Rosie ? lui cria-t-il. Vous l'avez laissée… ?

— Du calme, d'accord ? Elle est rentrée. La cloche a sonné, et je lui ai dit d'y aller. J'ai pensé que ce n'était pas une bonne idée qu'elle voie son père réduire en bouillie un type qui passait dans le coin. »

Daniel arriva à sa hauteur. « Putain, qu'est-ce que vous en savez, Tony avec un y ? Ce type rôdait autour de Rosie. Si jamais vous le revoyez, appelez la police. Vous comprenez ce que je vous dis ? »

Tony le dévisagea. Dans sa tenue style sari et son petit gilet d'où dépassaient ses maigres poignets bleus de froid, elle-même avait l'air vulnérable. « Je ne savais pas, répliqua-t-elle, visiblement scandalisée. Je vais le dire à Amanda.

— Pas la peine. Je lui en parlerai moi-même. » Il la fusilla du regard. « Et qu'est-ce que vous foutiez devant l'école ? Vous n'avez aucune raison d'être ici. »

Elle brandit le sac qu'elle tenait à la main. « J'ai rassemblé quelques affaires pour Rosie, c'est tout. Et comme je savais que vous la déposiez, j'ai pensé vous les apporter. Les prévisions pour le week-end s'annoncent épouvantables. Elle pourrait avoir besoin de ses bottes en caoutchouc et de son imperméable. »

Daniel inspira à fond, puis expira lentement. Katie avait peut-être raison. Certains de ses soupçons relevaient de la pure paranoïa. « Je suis désolé. Je n'aurais pas dû vous parler comme ça. J'ai la trouille, c'est tout. Et ce que je viens de dire est sérieux. Si vous revoyez ce type, vous appelez la police, d'accord ? »

Tony lui tendit le sac. « Je ne pense pas qu'il remettra les pieds à Kits de sitôt. Vous ne vous êtes pas vu... »

Daniel sourit d'un air triste. « J'espère que vous avez raison. Vous avez l'air gelée. Je vous raccompagne ?

— Ce serait super. »

Tandis qu'ils roulaient vers chez Amanda, Tony lui dit quelque chose au sujet de la maison, mais il ne l'écoutait pas vraiment. Il se battait avec divers scénarios aussi affolants les uns que les autres en se demandant s'il avait bien fait de brûler les documents. Peut-être qu'il n'avait pas réfléchi et n'avait pas été assez prévoyant, qu'il avait agi sous le coup de la colère plus que du bon sens. Mais que voulait dire le bon sens quand on avait affaire à une entité complètement inconnue ? À présent, il soupçonnait ceux qui se cachaient derrière le rôdeur d'accorder une grande importance à ce que contenait la boîte, et il se demandait s'ils prendraient son mot au sérieux. Peut-être aurait-il dû attendre de voir quelle somme ils lui auraient proposée ; ainsi, il aurait eu une idée de ce qu'elle valait, mais à quoi ça aurait servi ? Il n'aurait même pas dû demander. Oh, mon Dieu, avait-il fait ce qu'il fallait ? Il continuait à craindre pour la sécurité de Rosie tout en se maudissant à l'idée d'avoir laissé ces voyous profiter de sa naïveté. Était-ce vraiment de cette manière qu'opérait la CIA ? À une époque, il avait vu des films là-dessus et lu toutes sortes de polars, mais elle ne kidnappait quand même pas les enfants...

Comme il arriva en avance à son rendez-vous avec Katie, il laissa la voiture à English Bay malgré la pluie, puis partit à pied en suivant les courbes de la digue. Il avait besoin de prendre l'air et aurait pu marcher des kilomètres, des dizaines de kilomètres, en se contentant de mettre un pied devant l'autre et de sillonner l'immense étendue de Stanley Park. La nature menaçante ne lui faisait pas peur, pas plus que les clochards, les violeurs et les drogués qui apparemment y vivaient. Le Finlandais qui s'était pendu à un arbre n'avait pas craint de s'y aventurer, et il comprenait maintenant pourquoi. Venait un moment dans la vie d'un homme où rien de ce qui se passerait ce jour-là ne serait pire que ce qu'il avait vécu la veille.

La pluie cinglante arrivait du large en fortes rafales et les vagues agitées déferlaient sans bruit sur le sable jaune de la plage. Daniel levait son visage vers la pluie pour se laver des événements de la matinée. *J'ai tué un homme il y a trois jours. Mardi, pour être exact. Juste avant le déjeuner. Je n'en avais pas l'intention, mais je l'ai tué.* Il marmonna ces quatre phrases plusieurs fois comme un mantra, comme si les répéter pouvait effacer la façon dont il s'était servi sans honte d'une horrible tragédie pour flanquer la trouille au type.

La *teahouse* était un lieu raffiné, un restaurant élégant situé près du rivage, dans une partie assez isolée du parc. Katie avait réservé une table près de la baie vitrée dans la serre, et il vit de loin qu'elle était déjà arrivée. Dans l'entrée, Daniel s'ébroua comme un chien mouillé et se fit conduire à la table par une hôtesse pas vraiment impressionnée. Il était habitué à ce que les gens fixent la marque sur son visage, ce qui ne le dérangeait pas du moment qu'il était lavé et correctement habillé, mais outre le fait qu'il jurait avec le décor avec son imper dégoulinant et ses cheveux en broussaille, il savait qu'il pouvait avoir l'air assez intimidant, pour ne pas dire carrément effrayant. Ce ne fut que lorsqu'elle vit la femme qui l'attendait que l'hôtesse très comme il faut se détendit un peu.

« Je vais prendre un scotch sur glace, s'il vous plaît, lui dit Daniel. Un double.

— Je ne suis pas votre serveuse, rétorqua froidement la fille. Quelqu'un va venir prendre votre commande. »

Il voulut lui sourire, mais elle avait tourné le dos et s'éloignait déjà.

Katie était à la fois superbe et austère dans sa tenue de travail, un tailleur ajusté couleur bleu nuit sur un chemisier en soie d'un blanc éblouissant et impeccablement repassé. Ses cheveux brillants comme de l'onyx poli étaient rassemblés en une queue-de-cheval aussi lisse et raide qu'une corde. Elle était en train de boire un verre de vin blanc.

« Tu as l'air agité, dit-elle d'un air inquiet.

— Bonjour, chérie. Tu es splendide.

— Comment ça s'est passé ?

— Je n'étais pas en proie à un délire schizophrénique. Il y avait bien un type près de l'entrée de l'école. Je lui ai donné la boîte.

— À un type ? Tu as donné la boîte comme ça à un type ?

— Pas exactement.

— Qu'est-ce que tu veux dire ? Tu as ouvert la boîte ?

— Oui. Et j'ai mémorisé ce qu'elle contenait avant de le brûler. »

Katie le regarda fixement une seconde, puis secoua la tête. « Mon Dieu, comme ma vie est terne comparée à la tienne ! Avec toi, chéri, on ne s'ennuie pas une minute.

—Ne sois pas facétieuse, *chérie*. Hier soir, tu m'as traité de dingue.

—Alors, fit-elle en haussant les épaules, qu'est-ce qu'il y avait dedans ?

—Une vieille carte, quelques photos et un carnet.

—Qui disait quoi ?

—Dieu seul le sait... Tout était écrit en tibétain. »

Daniel chercha du regard leur serveuse, mais il n'avait aucune idée de qui ça pouvait être.

« Tu es capable de mémoriser le tibétain ? Tu as plus de talents que je ne l'imaginais ! »

Daniel la regarda en face. Katie lui sourit. « Non. Je l'ai copié sur un disque que j'ai ensuite planqué.

—Eh bien, eh bien... il semblerait que je me sois trouvé un petit ami sacrément excitant, non ?

—S'il te plaît, pourrait-on laisser ton petit ami en dehors de ça ? rétorqua Daniel en souriant. Je refuse de déjeuner avec lui. »

Katie ferma les yeux un long moment, comme pour dissimuler son émotion à l'évocation de ce sujet. Lorsqu'elle les rouvrit, son expression avait changé et elle avait l'air sérieuse. « C'est justement de ça que je voulais te parler... Je crois qu'il sait. »

Bien que sentant son moral remonter d'un cran, Daniel fit mine d'être inquiet. « Mince ! Dommage... On ne pourrait pas boire quelque chose tout en parlant ? J'ai eu une matinée un peu rude. »

Katie serra ostensiblement les dents et leva la main en claquant des doigts.

Ils examinèrent la carte en attendant le whisky. Dès qu'il fut servi, Daniel en but une longue gorgée, puis regarda Katie en haussant un sourcil. « Vas-y, raconte-moi. Qu'est-ce qui te fait croire que Harvey est au courant de mon existence... de ce qu'il y a entre *nous* ?

— Il m'a posé des tas de questions bizarres. » De nouveau, elle ferma les yeux une seconde. « Je ne sais pas... Il n'est pas du tout content de moi. Je crois bien qu'il me fait surveiller. »

Daniel faillit s'étrangler. « Oh, pour l'amour du ciel... *Pas toi aussi !*

— Qu'est-ce que tu penses que je devrais faire ?

— C'est à moi que tu demandes ça ? » Il l'observa un instant, puis secoua la tête en pouffant de rire. « Tu ne comprends donc pas ? Je ne tiens pas à prendre ta défense dans ce cas précis. En fait, je vais tout dire à Harvey et lui épargner cette peine. Rien ne me rendrait plus heureux que si ce gars te virait. Je te veux pour moi, Katie. Je te veux, répéta-t-il en lui prenant la main.

— Non, ce n'est pas vrai, dit-elle en se dégageant. Tu es trop bien pour une fille comme moi.

— C'est ridicule. » *J'ai tué un homme il y a trois jours... j'ai tué un homme...*

« Écoute... tu ne me connais pas du tout.

— J'en sais suffisamment. Tu es une sale petite renarde, mais ça ne m'empêche pas d'être fou de toi.

— Non, écoute-moi. Je n'ai pas été franche avec toi, insista Katie d'un air tendu. Tu as cru que j'étais celle que tu pensais parce que tu es d'une naïveté incroyable. »

Daniel fronça les sourcils. « Et alors, qui es-tu ? »

Elle esquissa un petit sourire. « Je suis toujours Katie Yoon. Bonne au lit, diplômée en chimie, excellente commerciale.

— Et ?

— Et rien. Je ne suis qu'une silhouette en carton-pâte, conçue, développée, perfectionnée et fignolée par Lee Yoon, mon père. »

Daniel haussa les épaules. « C'est ce que font les parents, du moins ce qu'ils essaient de faire. Nous sommes tous préprogrammés, Katie. Ne t'en fais pas, je te trouve tout à fait unique.

— Là n'est pas le problème... J'ai toujours vécu dans une totale admiration en même temps que dans la crainte de mon père. Un trait culturel, sans doute. C'est lui qui a décidé que je devais épouser Harvey. Je n'apprécie pas particulièrement ce garçon, pas plus que je n'en suis amoureuse, mais j'ai accepté parce qu'il y a une dette à payer, et puis aussi pour moi, parce qu'il m'offrira un style de vie dont tout le monde rêverait. Vu que Harvey est très impatient de m'avoir, c'est une bonne affaire pour nous deux. »

Daniel hocha la tête. Bien qu'horrifié par le choix de ce terme, un sursaut d'optimisme l'emporta sur son indignation. Katie n'appréciait pas particulièrement ce garçon ni n'en était amoureuse.

Incapable de soutenir son regard, elle tripota la serviette étalée sur ses genoux. « Tout ce que je fais est faux. Je déteste mon travail, mais je le fais parce que papa me l'a demandé. Il a des parts dans l'entreprise et le président est un de ses amis. »

Daniel posa les coudes sur la table. « Bon, tu n'aimes pas certains des choix que tu as faites, mais aucun boulot ne dure la vie entière. On n'a pas besoin de s'engager pour la vie non plus. Avoir un père puissant et autoritaire n'a rien de facile, surtout pour une femme, j'imagine. Cependant, tu es du genre bagarreur, et je te vois mal ne pas te rebeller contre lui. Encore moins à présent…

— Oh, mais je me rebelle ! Et de toutes sortes de manières, par exemple… » Elle reprit sa respiration. « Bon, allons-y… À mon avis, tu ne seras pas très impressionné d'entendre ça. » Elle fit une nouvelle pause. « Tout ce tintouin qui consiste à être militante écologiste n'est qu'une farce. Papa est le plus grand gaspilleur de ressources, et, à la vérité, dans le fond, je m'en fous totalement… Je ne suis pas du genre à me soucier de l'environnement. »

Daniel la regarda bouche bée, complètement perdu. « Je ne te crois pas, Katie. »

Elle haussa les épaules. « Perspicace comme tu l'es, je suis étonnée que tu ne l'aies pas deviné tout seul. » Pointant un doigt sur sa poitrine, elle ajouta avec un regard de défi : « C'est comme ça que je suis. Tu comprends ? Les raisons pour lesquelles je fais les choses sont différentes des tiennes.

— Très bien, d'accord. Dans ce cas, pourquoi t'impliquer ? Pourquoi manifester et…

— Tu te souviens du rassemblement devant l'immeuble d'Helicap ?

— Comment pourrais-je l'oublier ?

— Alors tu te rappelles qu'il y avait là des journalistes ? C'est moi qui les avais payés.
— Oui. Ça, je veux bien le croire. »
Katie croisa les bras. « Et pour quelle raison, d'après toi ? »
Il haussa les épaules.
« Pour pouvoir envoyer des coupures de journaux à mon père, de façon anonyme bien sûr... Des photos où on me verrait au premier plan. Histoire de l'emmerder. C'est une des choses que je peux faire contre lui. Il est convaincu que toutes ces conneries ralentissent le progrès. Que c'est le plus grand fléau sur la planète. Qui se soucie de ce que seront les choses dans cent ans ? L'autre jour, il a failli perdre un million de dollars en Corée à cause d'un politicien malin qui est arrivé à démontrer qu'un barrage ruinerait une poignée de paysans... Papa alignerait volontiers tous les militants écologistes et les défenseurs des animaux contre un mur pour les fusiller. J'en connais quelques-uns que j'éliminerais moi-même avec plaisir... à commencer par ces tordus qui s'enchaînent aux arbres. »
Daniel termina son verre en contemplant la pluie ; son regain d'optimisme fondait à toute vitesse en laissant place à un sentiment morose. Ce qu'il venait d'entendre ne lui plaisait pas. Il savait bien que Katie avait un côté cynique, mais il avait vu une sorte de contrepoids dans son dévouement à une cause qui en valait la peine.
Il se tourna vers elle. « C'est une drôle de façon de t'en prendre à ton père, Katie. Ce ne serait pas plus simple de lui expliquer ce que tu ressens ?

— Tu n'as aucune idée de la façon dont marchent ces choses-là.

— Tu as dû te donner un mal fou pour t'impliquer comme ça dans l'écologie. Toutes ces recherches…, dit-il sans prendre la peine de cacher son ironie.

— En effet, et en plus il faut avoir du bagou.

— Mais alors, qu'est-ce qui a de l'importance à tes yeux, Katie ?

— Rien. Si, l'argent. Et peut-être aussi le pouvoir. Au bout du compte, je suis exactement comme lui.

— Et ta mère ? Tu ne lui ressembles en rien ?

— Comment le saurais-je ? Papa n'en parle jamais.

— Pourquoi me racontes-tu tout ça ? » Il croyait le savoir. Cette confession à laquelle elle était en train de se livrer pourrait résoudre pas mal de problèmes. S'il décidait de renoncer maintenant, elle n'aurait pas à choisir.

Katie réfléchit un instant à sa question, puis serra les poings en disant : « Je veux que tu saches qui je suis. Voilà pourquoi. Je veux que quelqu'un me voie telle que je suis, même s'il n'y a rien à voir. » Elle se cacha le visage derrière ses mains.

Daniel jeta un regard dans la salle. Comme il était encore tôt, les clients commençaient tout juste à arriver pour déjeuner. Personne ne semblait prêter attention à l'échange musclé qui se déroulait à leur table. Il se pencha pour dégager une main de son visage. Et pour la première fois, il crut y voir de la peur.

« Hé… tu es réellement inquiète, dis ?

— Oui, je suis inquiète. Les Coréens ne tolèrent pas qu'on les trompe. »

Il se sentait vide et glacé, mais en dépit de ce qu'elle venait de lui raconter, il se rendit compte avec étonnement qu'il la désirait toujours aussi fort. Maintenant que les choses avaient été dites avec franchise, peut-être allait-il pouvoir commencer à la comprendre, à la connaître. Quoi qu'il en soit, il n'était pas en position de la juger.

Assise là sur sa chaise, elle avait l'air infiniment vulnérable, et extrêmement jeune. Daniel lui prit les mains et les embrassa. « Ne t'en fais pas, Katie. Je te protégerai. Je t'assure que… Harvey ne peut pas te faire de mal. Il s'en remettra. »

16

Les jours qui suivirent le week-end passé avec Rosie prirent très vite l'allure de la routine. Daniel se levait à l'aube, en laissant Katie endormie dans le lit de ses parents, et partait marcher sur la rive nord de Horseshoe Bay à Deep Cove, de l'autre côté des montagnes, en remontant les pistes de Capilano Canyon et de Lynn Valley. En début d'après-midi, il revenait à l'appartement d'un pas titubant, exténué, la plupart du temps trempé comme une soupe et couvert de boue. Il prenait alors une douche, lisait des livres sur le Tibet et surfait sur Internet. Après quoi il partait en voiture pour Kitsilano afin de passer prendre Rosie à l'école. Si le temps le permettait, ils allaient à la plage. S'il pleuvait, il la ramenait à l'appartement, où elle travaillait sur son château qui devenait sans cesse plus élaboré. Et en fin d'après-midi, il la raccompagnait à Kitsilano.

Tard dans la soirée, son amante venait le rejoindre. Il éprouvait pour elle un désir si violent qu'il lui semblait ironique de ne trouver la paix qu'en sa seule compagnie. Malgré ses défauts, son obstination stérile et ses passe-temps superficiels, malgré cet homme dont elle continuait à affirmer qu'elle l'épouserait, Katie le subjuguait. Une fascination qu'il justifiait en jugeant que son tout était plus grand que la somme de ses parties. Il adorait son assurance et son côté direct, son esprit vif, et il trouvait dans son corps un réconfort infini... L'amour était aveugle. Ce cliché avait beau lui faire horreur, il décrivait à la perfection ce dont il souffrait.

Le jeudi après-midi, lorsque Daniel revint de sa balade quotidienne, un coursier de FedEx attendait sur le pas de la porte à côté d'un énorme colis de forme bizarre. Il signa le reçu, rentra dans son appartement et déchira l'emballage. Un bouddha mutilé et un sabre... Il passa un coup de fil à Ellis, Roberts & Merriman.

— Daniel ? C'est bon de vous entendre, dit Anne. Vous avez reçu la livraison ?

— Oui. Mille mercis.

— Comment va le vortex ? Les choses se remettent en place ?

— Ah, non... Il y a eu quelques nuages noirs à l'horizon, mais c'est une longue histoire. Je vous raconterai ça un de ces jours. Et vous, comment allez-vous ?

— Débordée de travail, comme toujours.

— Vous ne prenez jamais de congé ?

— Ma foi, si... Il m'arrive d'aller courir un marathon ici ou là.

Il se représenta l'image sans difficulté. « Mais, Anne, voilà qui ressemble encore plus à du travail. Je voulais parler de détente… de vacances.

— C'est quoi ? fit-elle en riant d'un ton embarrassé. Le travail m'évite l'ennui. À propos d'ennuis… avant-hier, j'ai téléphoné à la police, mais ils ne savent toujours rien sur le cambriolage chez votre père ou le sort réservé à la chienne. Je suis passée devant la maison plusieurs fois sans remarquer de nouveaux signes d'effraction. Je les rappellerai la semaine prochaine, histoire de voir s'ils ont progressé.

— Je n'y compte pas trop. Ces flics ont montré un manque d'enthousiasme flagrant pour cette affaire. Mais merci quand même. J'apprécie, sachez-le.

— Autre chose, enchaîna Anne. J'ai parlé ce matin même à Barbara Wignall, la dame de l'agence immobilière. Quelqu'un semble intéressé… mais cette personne veut faire une offre seulement pour le terrain. Nous allons insister, bien sûr. Ce qui compte avant tout, c'est l'emplacement, vous comprenez ? D'après moi, le terrain est inestimable. Il est immense, et ces deux arbres à coton sont…

— Attendez une seconde, dit Daniel en lui coupant la parole. Je n'en suis pas certain.

— Pas certain de quoi ? »

Lui-même ne savait pas trop ce qu'il voulait dire. « Est-ce que vous pourriez attendre un peu… disons, quelques semaines ?

— Ne vous inquiétez pas. Nous obtiendrons le meilleur prix possible. De toute façon, c'est vous qui déciderez.

— Non, ce n'est pas ça. Je… Je crois que j'aimerais suspendre la vente pendant un temps. Je sais que ça peut sembler curieux au vu de ce qui s'est passé là-bas, mais je voudrais montrer la maison à ma fille. Ce serait peut-être bien qu'elle voie où a vécu son grand-père. Elle-même vit dans un tourbillon à cause de tout ce qui se passe. » Il était conscient qu'il devait cesser de parler à tort et à travers et être plus clair. Anne Roberts était une femme très occupée.

« D'accord, pas de problème, dit-elle. Je vais dire à Barbara de mettre l'acquéreur en stand-by pour l'instant. Vu qu'il est très accroché, il patientera. Écoutez, dès que vous serez prêt à venir, prévenez-moi. J'aimerais bien vous emmener déjeuner, vous et votre famille…

— Il n'y aura que Rosie et moi. Je suis séparé. »

Un silence. « Désolée, j'avais cru que… Comme vous aviez cette alliance plutôt voyante…

— Oui, c'est vrai, dit Daniel en regardant sa main. Elle était en quelque sorte restée coincée là, si vous voyez ce que je veux dire, mais ce n'est plus le cas. »

Aussitôt qu'il eut mis fin à cette conversation étrange, il alla dans la cuisine et prit la bouteille d'huile d'olive extra-vierge italienne. Deux gouttes suffirent à faire glisser l'anneau. Il le regarda quelques secondes, puis le jeta dans le tiroir où étaient rangés des clés et des élastiques en réfléchissant à ce qu'il dirait à Rosie. Bien que l'alliance d'Amanda ait depuis longtemps disparu, la sienne avait représenté un symbole d'espoir, aussi bien pour lui que pour sa fille. Il était néanmoins possible que Rosie ait de l'avance sur lui... Elle savait probablement depuis un bout de temps que tout était fini.

Un autre week-end passa sans qu'il y ait le moindre signe de types en imperméable, ni coups de téléphone menaçants, ni mise à sac de l'appartement. Quiconque avait tenu à récupérer la boîte avait été, semble-t-il, convaincu par le mot qu'il avait laissé dedans. Rosie, qui avait l'air en grande forme, ne rapporta rien d'étrange ou d'inhabituel. Daniel commença à se détendre un peu et put se consacrer au deuil qu'il avait laissé de côté. La question de savoir comment réparer ce qu'il avait fait à son collègue commença à l'occuper.

On lui avait proposé de l'emmener à Victoria, mais la perspective de se retrouver coincé dans une voiture et ensuite sur le ferry avec quelqu'un à qui il serait obligé de faire la conversation pendant des heures ne lui disait rien qui vaille. Aussi prit-il un car de bon matin en priant le ciel de ne croiser personne de sa connaissance. Pendant la traversée agitée, il eut le mal de mer. Il avait désespérément besoin d'air, mais dans sa hâte à attraper le car, il avait oublié son manteau, et son costume mal coupé ne le protégeait guère du vent glacial qui s'engouffrait dans le canal. Après être resté un moment sur le pont, il se mit à trembler de tous ses membres et n'eut d'autre choix que de regagner la salle des passagers. Dès que retentit l'annonce appelant les passagers du car, il se précipita sur le pont des voitures, où il fut heureux de retrouver sa place.

Lorsque le car arriva au dépôt de Victoria, Daniel descendit et erra autour du port. Il avait toujours aimé l'impression de vieux monde guindé que donnait la ville, même si, du fait de son état présent, elle lui paraissait étrangère, comme s'il avait débarqué dans l'Angleterre du milieu du vingtième siècle. Se sentant faible et tremblant à cause du mal de mer, il longea une rue tranquille et entra dans un café pour reprendre des forces. Entre le petit déjeuner et le déjeuner, l'endroit était désert, mais une jolie serveuse l'accueillit avec un sourire aimable.

Tout en consultant le menu, il lui demanda : « Vous auriez quelque chose à manger qui ne soit pas mort ? »

Elle lui prit la carte des mains en riant et la lut à son tour. « Diable, presque tout ce qui est proposé là est mort : bacon, saucisses, poulet, dinde, saumon, thon, œufs... Hum, que diriez-vous d'une salade au fromage de chèvre et aux pignons de pin ? »

Daniel refusa d'un signe de tête. Le fromage lui faisait l'effet d'être tout aussi mort, surtout la partie « chèvre ».

Il but plusieurs tasses de café décaféiné, histoire de passer le temps. Deux femmes entre deux âges entrèrent, affublées de chapeaux qui lui confirmèrent son impression d'être tombé dans une faille spatio-temporelle.

« Vous reprenez le travail ? lui demanda la fille quand il s'approcha du comptoir pour régler l'addition.

— Non. Je vais à un enterrement.

— Ah, j'aurais dû deviner, le costume... et la nourriture morte. Si vous me permettez, le noir ne vous va pas très bien.

— Je sais, ce costume est hideux. J'ai dû l'acheter dans la précipitation... pour un autre enterrement, il y a de ça quelques semaines.

— Mon pauvre ! se désola-t-elle avec sincérité. Deux enterrements à la suite. Il y a de quoi déprimer !

— Trois, à vrai dire. Entre-temps j'en ai eu un autre à Boulder, au Colorado, mais je n'avais pas pensé à emporter ce fichu costume. Il ne m'était pas venu à l'idée que je pourrais en avoir besoin. » Il posa l'argent sur le comptoir et elle lui rendit la monnaie.

« Je vous reverrai ? » fit-elle en repoussant une boucle dorée sur son front.

La conversation ayant commencé de façon franche, il n'avait pas envie de la conclure sur des plaisanteries insignifiantes, et pourtant il fut le premier surpris par sa réponse. « Non, je ne reviendrai sans doute pas. Si je le pouvais, je quitterais le Canada. »

La fille le regarda avec des yeux ronds lorsqu'il laissa un gros pourboire sur le comptoir avant de sortir en vitesse dans la rue.

Le cimetière était planté de bouleaux. Alors qu'il regardait le cercueil descendre dans la fosse, Daniel se demanda si on avait choisi l'emplacement pour cette raison, étant donné que ces arbres abondaient dans le pays de naissance du défunt. Les feuilles qui commençaient à roussir ajoutaient des nuances de rouge et d'orangé à cette journée d'automne maussade. Les bourrasques de vent décoiffaient les gens rassemblés autour de la tombe. Goran Lindstrom avait été un homme apprécié, à en juger par les amis et voisins venus en foule assister à la cérémonie. Daniel avait bien aimé et respecté le bûcheron suédois, même s'il ne l'avait pas vraiment connu personnellement. Ils avaient eu quelques conversations à propos de divers endroits dans le monde où ils avaient travaillé. Fort de ses nombreuses expériences, Goran avait été un conteur habile – un passe-temps répandu lors des longues soirées d'hiver au campement –, mais Daniel ne prenait pas souvent part à ces veillées. Il ressentit un soulagement coupable en sachant qu'il ne laissait pas de veuve éplorée, ni d'enfants orphelins contraints de se débrouiller seuls dans la vie. La seule parente de Goran, une sœur aînée, était venue d'Uppsala, en Suède, pour régler ses affaires.

Ingrid Lindstrom jeta une poignée de terre dans la tombe, puis le pasteur prononça une dernière homélie. Un silence solennel envahit l'assistance. Au bout de quelques minutes, la foule commença à se disperser. Rod Noblieh vint vers lui.

« Enfin je peux te parler, Danny, murmura-t-il en lui donnant une tape dans le dos. Allons-nous-en d'ici. Je t'offre un verre quelque part ?

— Merci, Rod, mais je dois reprendre mon car.

— Pas de problème. Je te raccompagnerai. J'ai acheté la Jag. »

Daniel n'avait pas envie d'être grossier. « J'ai des choses à faire que...

— Écoute, j'ai essayé de t'appeler, mais chaque fois je suis tombé sur ton répondeur. Il faut que je te dise un mot. Ordre du chef.

— À quel sujet ? demanda Daniel avec circonspection.

— De ta démission.

— Rod, ma démission n'est pas négociable.

— Attends... Hier, nous avons tenu une réunion spéciale, or personne ne te reproche cet accident. Geoffrey m'a chargé personnellement de te faire changer d'avis. Il estime que je n'aurais pas dû te pousser à reprendre le travail aussi vite après la cascade de Kurt, et il est furieux que je t'aie collé en équipe avec Connor le premier jour où tu as repris. Danny, écoute-moi, il faut que tu te ressaisisses. Après deux incidents aussi rapprochés, n'importe qui serait flippé, mais de là à démissionner... c'est un peu radical, non ? Nous avons eu trois morts en cinq ans. C'est une activité à haut risque, avec un salaire en conséquence. Il s'agit d'un malheureux incident... Ce genre de merde arrive, Danny. »

Daniel secoua la tête. Il ne considérait pas la mort de Goran Lindstrom comme un malheureux incident. Il y avait eu négligence de la part du pilote, un manque de respect inconcevable des consignes du bûcheron. Daniel s'était entêté à effectuer une manœuvre à laquelle il lui avait été enjoint de renoncer. Ce qui équivalait à une erreur de jugement, à de la négligence et à de l'irresponsabilité... En d'autres termes, il était devenu un pilote dangereux et ne reprendrait plus jamais les commandes d'un hélicoptère.

Il eut beau le répéter à Rod, celui-ci continua à réfuter ses arguments et à tenter de le persuader de revenir sur sa décision en lui faisant un numéro longuement préparé. Daniel resta là à fixer sa bouche, mais très vite il cessa d'écouter la voix implacable et chercha du regard la personne à qui il voulait parler.

Rod le saisit par le bras et s'exclama : « Tu m'écoutes, Villeneuve ? » Les quelques personnes qui s'étaient attardées devant la tombe se retournèrent vers eux. « Tu te dois au moins d'y réfléchir. Il s'agit de ta carrière, de ton gagne-pain...

— Rod, *nous sommes à un enterrement !* On se verra plus tard, d'accord ? »

Là-dessus Daniel le laissa en plan en voyant Ingrid Lindstrom s'éloigner. Il accéléra le pas pour la rattraper et l'arrêta en la prenant par l'épaule. Elle se retourna.

« Je suis Daniel Villeneuve, le pilote responsable de la mort de votre frère », dit-il sans autre préambule.

La cinquantaine, grande et élégante, Ingrid Lindstrom était très différente de son frère solidement charpenté. À peine plus petite que Daniel, elle le regarda droit dans les yeux. Il vit à ses joues barbouillées qu'elle avait pleuré.

— On m'a fait un compte rendu précis de ce qui s'est passé, rétorqua-t-elle dans un anglais impeccable. Je sais qu'il n'y a eu aucune erreur humaine.

— Si. Voyez-vous... »

Elle l'interrompit d'un geste de la main. « Un tronc s'est brisé contre un poids inconnu au moment d'être soulevé et a provoqué une explosion de fragments. Mon frère a mal calculé la distance de sécurité et s'est retrouvé incapable de reculer à cause de la proximité d'un ravin.

— Oui, mais...

— Il avait choisi un métier très dangereux, monsieur Villeneuve. Il lui est souvent arrivé de passer tout près de la mort, même lorsqu'il était jeune, en Suède. Je m'étonne qu'on puisse vouloir faire un travail comme celui-ci.

— Je tiens à ce que vous sachiez que je... »

Cette fois encore, elle lui coupa la parole. « Je n'adresse de reproches à personne, dit-elle d'un ton sec. Je suis sûre que vous avez vous-même un traumatisme à surmonter. Je ne vois pas l'intérêt d'en rajouter.

— Laissez-moi au moins vous présenter mes sincères condoléances, dit Daniel en s'avouant vaincu. J'aimerais... Goran défendait-il une cause? Quelque chose à quoi je pourrais contribuer.

— Goran n'était pas un homme de causes, dit-elle d'une voix qui trahissait une sorte de réprobation.

— Très bien. Cependant, je vous en prie, madame Lindstrom, permettez-moi de le faire pour moi sinon pour Goran. Je viens de recevoir un héritage et je voudrais faire une donation au nom de Goran. Je sais que ça semble dérisoire étant donné les circonstances, mais vous n'allez pas me refuser cela ? Ce que je voudrais, c'est que vous me suggériez quelque chose… avec quoi je pourrais au moins savoir que sa famille est d'accord. »

Ingrid Lindstrom fronça les sourcils, semblant le voir vraiment pour la première fois. « Je suis désolée. Je ne voulais pas vous paraître désinvolte. C'est seulement que… » Elle rougit et eut de la peine à contenir ses larmes. « Goran et moi n'étions pas très proches. Le plus étrange, c'est que j'ai beaucoup pensé à lui ces derniers mois et que j'avais l'intention de venir le voir en Colombie-Britannique. Nous ne nous étions pas revus depuis sept ans. »

Pris soudain de pitié et de remords, Daniel ne parvint plus à soutenir son regard. Il baissa les yeux sur le bout de ses chaussures. « Je suis navré, sincèrement navré. »

Elle sortit un mouchoir de sa poche et se tamponna le nez. « Écoutez, si vous pensez le devoir, je soutiens moi-même une cause. » Elle brandit la mallette qu'elle tenait à la main et lui montra un petit autocollant sur le côté.

En se penchant pour le regarder, Daniel écarquilla les yeux d'un air stupéfait.

« Je connais » fut tout ce qu'il réussit à dire.

Ingrid Lindstrom hocha la tête et mit fin à la conversation en lui serrant la main, puis elle tourna les talons et s'éloigna vers la grille du cimetière. Daniel resta figé sur place en la regardant s'en aller. « Attendez ! finit-il par crier en s'arrachant à sa stupeur. Pourrions-nous en discuter ? »

Ingrid Lindstrom continua à marcher sans ralentir le pas. Il n'était pas sûr qu'elle l'ait entendu, mais peut-être n'avait-elle simplement plus envie de lui parler. La mallette se balançait au bout de son bras. Daniel esquissa un sourire mélancolique. *Libérez le Tibet !* Et dire qu'il n'avait jamais cru aux présages…

« C'est une contribution extrêmement généreuse de votre part, monsieur Villeneuve, dit M. Ngapo en examinant le chèque.

— Je voudrais que vous la receviez au nom de Goran Lindstrom, qui est décédé récemment.

— Je ne saurais vous dire l'aide énorme qu'une telle somme représente pour nous en ce moment. Nous venons de lancer un programme d'unités médicales mobiles dans les zones rurales du Tibet, et je peux vous garantir que chaque centime sera très utilement employé. Si vous n'y voyez pas d'objection, j'aimerais mentionner le nom de M. Lindstrom dans notre newsletter. »

Âgé d'une trentaine d'années, M. Ngapo était le secrétaire de la branche de Vancouver de l'association Frontiers of Tibet, une organisation caritative qui se tenait à l'écart de la politique. Après avoir passé la matinée sur le Net à chercher différents organismes impliqués dans la cause tibétaine, Daniel avait été impressionné par le travail accompli par celui-ci. Libérer le Tibet était une excellente chose, mais soulager les souffrances immédiates lui correspondait davantage dans l'état d'esprit où il se sentait actuellement. Il espérait qu'Ingrid Lindstrom approuverait.

L'association occupait un bureau d'une seule pièce à East Hastings, un quartier du centre de Vancouver qui n'était pas des plus salubres. M. Ngapo le fit asseoir et lui offrit une tasse de thé très fort. Il lui raconta avec fierté comment les membres de l'association venaient en aide à leurs compatriotes au Tibet. « Heureusement, presque toute ma famille vit ici à Vancouver ou à Seattle, et mon frère vit avec la sienne à Dharamsala.

— Dharamsala ?

— Il a toujours voulu rester près de Sa Sainteté. Chaque année, mes parents et moi faisons un pèlerinage pour lui rendre visite. Mais vivre en Inde… non. Nous sommes mieux ici au Canada, ajouta-t-il avec un sourire d'excuse.

— Monsieur Ngapo, pardonnez-moi si ma question est stupide, mais je suppose que vous parlez le tibétain ?

— Oui, bien sûr. »

Daniel se pencha pour poser sa tasse sur le bureau. « Et vous le lisez ? »

Le jeune homme eut l'air embarrassé. « Ma foi, oui, même si je n'en ai désormais que rarement l'occasion.

— Connaîtriez-vous quelqu'un qui fait des traductions ? »

M. Ngapo réfléchit un instant. « Oui. Madame Lhapka a enseigné dans sa jeunesse à l'université de Lhassa. Elle donne des cours de langue à des membres de notre communauté et a traduit de nombreux livres. Jusqu'à l'année dernière, c'était elle la présidente de l'association, et une force motrice de nos activités, mais elle a malheureusement décidé qu'elle était trop âgée pour continuer à assumer ce rôle.

— Monsieur Ngapo, pensez-vous qu'une petite mission l'intéresserait ? »

Daniel la reconnut sur-le-champ. Les clients du café étaient rares, l'établissement étant du genre de ceux où l'on n'a guère envie de s'attarder. Assise près de la fenêtre, elle tenait un grand sac posé devant elle sur la table. Environ soixante-dix ans, les cheveux gris coupés court et de petites lunettes rondes d'intellectuelle. On voyait au premier coup d'œil qu'elle était tibétaine, même si Daniel n'aurait su dire pourquoi étant donné qu'il en avait rencontré très peu dans sa vie. Il se présenta, lui serra la main et alla leur commander à tous les deux un cappuccino.

« Je vous remercie d'avoir accepté de me rencontrer, madame Lhapka », dit-il en posant le plateau sur la table. Il se glissa sur le siège en face d'elle en jetant un regard circonspect aux tables voisines.

« C'est un plaisir pour moi, dit la vieille dame. M. Ngapo m'a fait part de votre généreuse contribution. Qui plus est, je suis toujours contente de m'atteler à une traduction. On ne me le demande pas souvent. » Elle posa ses coudes sur la table en l'observant avec intérêt. « Lorsque nous nous sommes parlé au téléphone, vous n'avez pas précisé la longueur du document ni quel en est le sujet.

— Eh bien, ce n'est pas très long, et comme je ne connais pas un mot de tibétain, j'avoue n'avoir aucune idée du contenu. » Il essuya un peu de mousse de cappuccino sur sa lèvre et dit tout bas : « Il s'agit d'un carnet que j'ai hérité de mon père. J'espère que ce ne sera pas un travail trop lourd pour vous. »

Au bout de quelques secondes, Mme Lhapka hocha la tête, l'air intriguée.

« Le voici », dit Daniel en ouvrant son attaché-case. Après quelques coups d'œil alentour, il lui tendit la petite liasse de documents qu'il avait fait imprimer au drugstore dans Denman avant de venir au rendez-vous.

La vieille dame regarda la première page. Trouvant manifestement le texte intéressant, elle ajusta ses lunettes et parcourut les lignes de ses yeux vifs brun noisette.

« S'il vous plaît, rangez-le, murmura Daniel au bout de quelques minutes. Je veux dire, emportez-le chez vous où vous pourrez le lire tout à loisir. »

Le regardant par-dessus ses lunettes, elle fronça légèrement les sourcils.

— Laissez-moi vous remettre une somme d'avance, reprit-il en cherchant son portefeuille dans la poche de sa veste. Dites-moi combien.

— Mon Dieu, non ! Je ne me fais payer que pour un travail bien fait.

— Vous veillerez à vous dédommager comme il faut. »

Mme Lhapka se pencha sur la table et glissa sa petite main dans celle de Daniel. « Oubliez ça. C'est le moins que je puisse faire en échange de votre soutien si généreux. »

Daniel s'apprêtait à protester lorsqu'il vit la détermination dans son regard. « Merci infiniment, madame Lhapka. Nous nous revoyons dans quelques jours ?

— Je vous appellerai dès que j'aurai terminé, dit-elle en lui tapotant la main. N'ayez pas l'air aussi inquiet. Mon travail reste toujours confidentiel. »

En sortant du café, Daniel partit vers la plage d'English Bay. Des joggeurs en sueur martelaient le trottoir le long de la digue et des promeneurs de chiens dévoués ramassaient des crottes dans des sacs en plastique. Une fille noire avec des dreadlocks et une musculature surhumaine qui passa en patins à roulettes tel un éclair lui fit repenser à Anne Roberts... Un roc au milieu d'un océan houleux. Mon premier avocat, songea-t-il avec affection. Si son mariage se terminait par un divorce, accepterait-elle de le représenter ? Brusquement, il éprouva le besoin de lui parler sans trop savoir ce qu'il lui dirait : *Divorcez-moi. J'ai besoin d'être libre.*

Daniel s'assit dans le sable, le dos appuyé contre une vieille souche d'arbre patinée par les intempéries. Puis il sortit de sa poche le boîtier du CD, l'ouvrit et, à l'aide d'un caillou pointu, érafla patiemment la surface du disque scintillant jusqu'à ce qu'elle soit entièrement rayée. Après quoi il se releva et marcha le long de la plage en cherchant un endroit où il n'y avait personne. D'un geste puissant, il lança le disque le plus loin possible dans l'eau en marmonnant une petite prière d'excuse à quelque esprit de la mer.

17

Le concerto pour violon de Brahms retentissait derrière la porte du salon où un vent frais entrait par les fenêtres grandes ouvertes. En ce premier jeudi d'octobre, il était dix heures du matin. Katie l'avait dissuadé de se glisser hors du lit à l'aube pour aller une fois de plus marcher sans but en lui disant qu'elle n'avait pas de rendez-vous et en réclamant ses attentions. Ses pouvoirs de persuasion étant immenses, il s'était laissé faire volontiers.

À l'instant même, elle était à quatre pattes sur le lit, le corps luisant de transpiration. Elle se colla tout contre lui en grognant de frustration. «Frappe-moi, espèce de chiffe molle!
— Non. Pas de coups.
— Alors, attrape-moi au moins par les hanches et baise-moi comme il faut!»
Daniel éclata de rire. «Doucement... Tout va bien.»
S'il se délectait de son enthousiasme et se pliait à sa résolution d'essayer toutes les positions du Kama Sutra, il était moins ravi de satisfaire ses exigences de baise sauvage, surtout depuis qu'il

pensait avoir compris pourquoi elle cherchait à souffrir et à se punir.

Du bout de l'index, il suivit les petites bosses sur sa colonne vertébrale. De l'autre main, il attrapa ses longs cheveux qui cascadaient sur ses reins cambrés. Lorsqu'il les releva, ils glissèrent comme de l'eau entre ses doigts. Il s'attendait toujours à les trouver brûlants comme de la lave et fut surpris de les sentir frais, presque froids, sous sa main. Jamais de sa vie il n'avait touché une chevelure pareille.

Les protestations de Katie se firent plus insistantes. Le souffle de plus en plus haletant, Daniel relâcha sa crinière pour se conformer à ses instructions.

« Encore une minute et je jouis », l'informat-elle d'un ton détaché.

Pour lui, le plaisir n'était pas si simple. Fermant très fort les yeux, il commença à se perdre dans l'obscurité. Les passages rapides des gammes de Brahms et les variations rythmiques du violon renforcèrent sa perception de plus en plus réduite, l'aiguisant jusqu'au point de non-retour, jusqu'à ce relâchement qui promettait de façon séduisante l'oubli sans jamais l'apporter tout à fait.

Brusquement, il perçut quelque chose comme une intrusion, une présence, un tremblement de l'air. La tête tournée sur le côté, il ouvrit un œil pour voir quelle était la cause de ce changement.

Là, sur le seuil de la chambre, se tenaient Gabriella et Freddie.

Daniel fit un bond en arrière. « Oh, mon Dieu ! *Maman !* »

Katie leva les yeux et laissa échapper un petit cri. Ils roulèrent chacun d'un côté du lit en s'arrachant l'un à l'autre et en se disputant le drap pour se couvrir. Daniel vit sa mère saisir la poignée de la porte qu'elle referma en la claquant.

Après être restée assise dans le lit dans un silence stupéfait, Katie le prit dans ses bras et lui fit un câlin d'une tendresse inattendue. « Ils te pardonneront, murmura-t-elle en lui embrassant l'épaule. Si on prend les choses de plus loin, ce n'est rien. »

Daniel secoua la tête en râlant. « Je suis vraiment désolé, Katie. Je ne me doutais pas une seconde qu'ils rentreraient aujourd'hui. »

Il fut impressionné par la dignité avec laquelle elle accepta ce qui était, à tout point de vue, une grossière humiliation. La plupart des femmes se seraient jetées sur leurs vêtements et auraient déguerpi, mais Katie s'habilla tranquillement, se brossa les cheveux et mit du rouge à lèvres, puis elle ôta les draps du lit et les plia. Ils remirent un peu d'ordre dans la chambre, vérifièrent l'état de la salle de bains, laissèrent la fenêtre ouverte et sortirent ensemble.

Gabriella et Freddie étaient assis dans le salon, l'air un peu crispé, un verre de cognac à la main pour se calmer. Cependant, et c'était tout à leur honneur, ils s'abstinrent de toute remarque désobligeante lorsque Daniel leur présenta sa petite amie.

« Je suis désolée que nous ayons dû faire connaissance de cette manière, monsieur et madame Villeneuve », dit gentiment Katie sans paraître gênée le moins du monde. Elle les regarda d'un air rayonnant, les joues roses de santé et de satisfaction sexuelle, sa bouche sensuelle gonflée par les baisers. « Il me tardait de vous rencontrer. Daniel parle tout le temps de vous en termes très intéressants. »

Intéressants ! Daniel haussa un sourcil. La seule chose que Katie savait de Gabriella était qu'elle avait menti sur la paternité de son fils. Il jeta un regard à sa mère pour voir comment elle réagissait à ce compliment déguisé. L'expression impassible de Gabriella ne laissait rien transparaître.

Après avoir passé une minute à parler de choses et d'autres, Katie annonça qu'elle devait partir. Seul Freddie se leva pour lui serrer chaleureusement la main. Daniel aperçut la lueur dans son œil. La surprise de Gabriella une fois passée, il ne tarderait pas à taper son fils dans le dos en le félicitant d'avoir conquis cette beauté renversante. Freddie, qui avait adoré Amanda, jugeait Daniel d'une fidélité ridicule à la « violoneuse » alors qu'il aurait dû sortir s'amuser.

Daniel raccompagna Katie à la porte et la serra furtivement dans ses bras sur le seuil.

« Et maintenant, qu'est-ce qu'on fait ? chuchota-t-elle.

— Il faut que je me trouve un endroit à moi.

— Tu sais quoi ? Tu n'as qu'à venir vivre un moment avec moi.

— Vivre avec toi ? » Il l'écarta de lui à bout de bras en la dévisageant. « Tu n'es pas sérieuse ? »

Katie haussa les épaules, les yeux écarquillés. « Pourquoi pas ? »

Il rit. « Tu as peur qu'on me voie près de chez toi, et tu me proposes de venir vivre là... avec toutes mes affaires ? Est-ce que j'ai bien compris ?

— Oui. Qu'est-ce que ça peut faire ? Apporte tout. Je te ferai de la place dans l'armoire. Tu n'as qu'à venir me rejoindre ce soir. »

Daniel retint un sourire, conscient du triomphe qu'il aurait impliqué. *Pousse-toi de là, Harvey !* Au lieu de quoi il hocha la tête d'un air songeur. « Je vais y réfléchir. »

Gabriella, toujours assise sur le canapé, serrait les mains autour de son verre de cognac. Elle avait pris un peu de poids, ce qui lui donnait un air plus jeune, les traits moins tirés. Ses cheveux bruns étaient rassemblés en une natte très élaborée, et le tailleur noir charbon qu'elle portait avec une élégance toute naturelle devait venir de Paris ou de Rome. En revanche, elle avait conservé son tempérament méditerranéen.

« Rentrer chez soi de cette façon est exécrable ! Comment as-tu pu me faire ça ?

— Je suis désolé, maman. Tu aurais pu téléphoner. » Il alla lui donner un baiser rapide sur la joue, mais elle se détourna.

« C'est ce que j'ai fait ! Je t'ai laissé un message il y a deux jours pour te donner le numéro du vol et notre heure d'arrivée. Tu aurais pu venir nous chercher à l'aéroport. Et au lieu de ça, on rentre chez nous en taxi pour trouver notre fils en train de baiser une étrangère dans notre lit, *comme deux chiens qui s'accouplent !* » Elle fit un grand geste de la main. « Et regarde-moi un peu ce salon ! Que fait cet énorme tas de boue au milieu de ma table basse ? »

Daniel sentit ses joues s'empourprer, mi de honte mi de colère. « Tu ne peux pas savoir à quel point je regrette de ne pas avoir écouté mes messages, la boue, mon comportement canin…

— Oh, cesse de faire le malin ! s'emporta Gabriella. C'était répugnant.

— Bon, d'accord. Ce n'était pas formidable. »

Freddie les regardait, un peu intrigué, mais sans s'en mêler. Il ouvrit une valise d'où il sortit des bouteilles exotiques, chacune enroulée dans un vêtement. Il les épousseta amoureusement et les aligna sur la table de salle à manger.

Gabriella se resservit un cognac. « Depuis quand est-ce que ça dure ?

— Un moment. Je dors dans votre chambre depuis une quinzaine de jours.

— Je croyais que tu comptais reconquérir Amanda.

— Maman, Amanda n'a aucune envie d'être reconquise…

— Arrêtez, tous les deux, dit Freddie en se tournant vers Daniel. Écoute, ta mère est fatiguée. Mais tout de même, Danny, tu peux comprendre son point de vue. S'il y a une chose sacro-sainte, c'est bien son lit. »

Freddie avait raison, mais il n'était vraisemblablement pas au courant de la conversation que la mère et le fils avaient eue au téléphone. S'il ignorait la vérité, pourquoi l'en protéger ?

« Maman, parlons de Pematsang Wangchuck, tu veux ? »

Plusieurs secondes s'écoulèrent dans un complet silence. Il observa sa mère avec attention, mais elle se contenta de fixer son verre en le faisant tourner dans sa main.

« Alors c'est vrai, enchaîna Daniel avec amertume. J'ai été pris pour un imbécile pendant près de quarante ans. Non seulement par toi, mais par tout le monde.

— Calme-toi une minute, dit alors Freddie d'un air fâché. De quoi est-ce que tu parles ?

— Regarde-moi bien, Freddie, rétorqua Daniel en lui montrant son visage. Est-ce que tu sais qui est mon père ?

— Pour l'amour du ciel, on vient à peine de passer la porte ! s'écria Gabriella d'un ton brusque. Je ne me sens pas en état de discuter.

— Bon sang ! » Daniel fit un pas vers elle. « Nous allons en parler. »

Gabriella tendit un doigt menaçant. « Écoute-moi. Tu as toujours su que tu avais été adopté. Aie un peu de respect pour ton père qui est présent dans cette pièce.

— Ah oui, adopté ! Encore des mensonges. »

Freddie s'avança vers Daniel, lui tapota le dos et dit d'un air penaud. « D'accord, fiston. L'adoption ne s'est pas faite jusqu'au bout, pas sur le plan légal. J'ai été recalé en tant que candidat à cause d'une petite erreur de jeunesse, mais as-tu jamais eu la moindre raison de douter de mon affection ? »

Daniel lui posa une main sur l'épaule. « Freddie, tu as été un père et un ami formidables, mais pourquoi m'avoir menti ? Tu aurais pu me le dire, ça n'aurait rien changé. » Il se tourna vers sa mère. « Mais pour l'instant, j'ai des comptes plus importants à régler. Vincenzo Mario de la Pietra n'est pas mon père, n'est-ce pas ? A-t-il seulement existé ?

— Bon, écoute, remercions Dieu que je sois une bonne catholique, sans quoi tu n'aurais jamais vu le jour. Je suis sûre que tu me comprends. »

Ils se regardèrent fixement.

« Je crois que j'aurais préféré ne pas le savoir, finit par dire Daniel, outré que sa mère ait envisagé une telle chose, et plus encore qu'elle le confesse avec autant de désinvolture. Mais tu ne nies pas que Pematsang Wangchuck ait été mon vrai père ?

— Si, je le nie de façon catégorique.

— Allons bon ! Il y a dix jours, j'étais à Boulder, où j'ai fait la connaissance de mon père sur son lit de mort et organisé une cérémonie avant sa crémation. J'ai ses cendres dans la chambre pour le prouver.

— Oh, mon Dieu ! grommela Gabriella. Je n'en crois pas un mot.

— Tu as pas mal d'explications à me donner. »

Gabriella se reprit en vitesse. « Je ne suis pas d'accord, lâcha-t-elle. J'ai le droit de garder certaines choses pour moi. Il n'y a aucune raison de remuer le passé. C'est fini, oublié.

— Très bien, dit Daniel, ignorant les tentatives de Freddie d'intervenir. J'ai moi aussi des droits.

Le droit de savoir qui je suis. Par exemple, Daniel Villeneuve n'est pas mon vrai nom.

— Mais qu'est-ce que tu racontes ? fit Freddie en les dévisageant tour à tour.

— Je suis né citoyen américain et je m'appelle Anil Goba. »

Gabriella secoua la tête. « Ne sois pas ridicule...

— Déjà que tu m'as menti, tu ne vas pas en plus m'insulter. »

Freddie tapa du poing sur la table, faisant trembler dangereusement ses précieuses bouteilles. « Quelqu'un va-t-il m'expliquer ce qui se passe ? »

Gabriella prit sa tête entre ses mains en gémissant : « Je refuse de me laisser entraîner dans cette histoire. » De nouveau, elle brandit un doigt accusateur vers son fils. « Je crois avoir agi correctement avec toi, Daniel, tu dois respecter mon intimité. Je ne dirai plus un mot.

— Tu plaisantes ? »

Elle se leva et partit dans sa chambre en claquant la porte. Freddie jeta un regard déconcerté à Daniel avant d'aller la rejoindre. Par la porte entrouverte, il entendit sa mère dire à son mari : « Tu entends comment mon fils me parle ?

— Il y a trente-sept ans que nous sommes mariés, répondit Freddie avec amertume.

— Quant à toi, ne viens pas me faire la morale, siffla-t-elle. Tu n'as jamais manqué toi-même de squelettes dans ton placard.

— J'ai au moins eu la franchise de t'en parler. »

Une heure plus tard, Daniel était quasiment prêt à partir. Il avait rempli deux gros sacs de vêtements et de ses CD préférés, rangé son ordinateur dans son carton et ses appareils photo dans leurs étuis. Ne restait plus que sa collection de musique, des livres, le bouddha de Pematsang, le sabre… et ses cendres. Il reviendrait les chercher une fois qu'il aurait décidé quoi faire et où s'installer.

On frappa un coup timide à la porte. Gabriella entra et contempla l'armoire vide, le bureau vide, et ensuite son fils, assis par terre en tailleur en train de trier des papiers.

« Où vas-tu ?

— Je vais emménager chez Katie », dit-il en continuant à feuilleter ses notes.

Elle s'approcha et lui caressa les cheveux d'un air gêné. « Tu n'es pas obligé de faire ça, mon chéri.

— Je suis resté ici beaucoup trop longtemps, dit-il d'un ton bourru.

— Ne pars pas tout de suite. Freddie est sorti boire un verre quelque part. Il est très en colère contre moi.

— Ça t'étonne ? » Daniel la fusilla du regard. « Explique-moi qui était Pematsang Wangchuck, maman. Tout de suite, sinon je m'en vais.

— Écoute, tu es en colère, et je le comprends. Comment tu as retrouvé cet homme dépasse mon imagination, dans la mesure où j'avais pris soin d'effacer toutes les traces… »

Il voulut lui demander ce qu'elle entendait par là, mais elle s'empressa d'enchaîner. « Il n'était rien de plus qu'un homme que j'ai rencontré. Il ne représentait rien pour moi. J'étais loin de chez moi, je me sentais seule... J'ai quitté les États-Unis, et il n'a même jamais su que j'étais enceinte.

— Arrête! rugit Daniel. Arrête de me mentir!» Mais aussitôt, la dernière phrase de sa mère fit naître une question dans son esprit. Le fait que Pematsang l'ait repoussé était-il la preuve de ce qu'elle venait de dire... qu'il n'avait jamais été au courant de sa grossesse? Non, ce n'était pas possible. Tenzing, au milieu de ses propos décousus et contradictoires, avait dit que Pematsang avait eu une liaison avec une mathématicienne et qu'un fils était né... aux États-Unis. Sans parler de l'enquête de Ken Baxter et de l'acte de naissance qui le prouvait noir sur blanc.

«Maman, Pematsang savait que tu étais enceinte. Je suis né aux États-Unis. Tu veux voir mon acte de naissance? Je l'ai là dans ma mallette.»

Gabriella se laissa tomber sur le lit. Pendant quelques instants, elle regarda le soleil de la mi-journée par la fenêtre. «D'accord. Je vais être franche avec toi, Daniel. Je vais te dire, mais je ne veux aucun commentaire, aucune récrimination, ni que tu me bombardes de questions. D'accord?»

Il se leva et vint s'asseoir près d'elle. «D'accord. Parle.»

Gabriella fit une grimace de dégoût et respira à fond. «Quand je suis sortie de l'université, on m'a proposé un poste d'assistant à Boulder pour un an. Je n'étais jamais partie de chez moi et je mourais d'envie de respirer en prenant un peu de distance avec mes parents. Au début, ma liberté m'a plu. J'enseignais le calcul propositionnel, ma matière de prédilection, et je gagnais de l'argent. Mais très vite j'ai commencé à me sentir seule. J'ai rencontré Pematsang à la bibliothèque municipale. J'y allais pour travailler en paix loin des étudiants, et il était toujours assis là, plongé dans je ne sais quel travail. Je ne lui ai jamais vraiment demandé de quoi il s'agissait. Je le voyais pratiquement tous les jours et étais de plus en plus intriguée. Il était très grand, d'une séduction étonnante, presque inquiétante. Son apparence avait quelque chose de menaçant... Il boitait à cause d'une balle reçue dans la jambe – il lui manquait un morceau de hanche – et il avait la même tache de naissance que la tienne, sauf qu'elle était plus importante et le défigurait davantage. Souvent, les gens le dévisageaient. Ne me demande pas pourquoi il m'a attirée. Il était évident que nous venions de mondes différents, sans compter qu'il était quasiment assez vieux pour être mon père. Comme nous étions tous les deux des étrangers, je suppose qu'il y a eu une sorte d'alchimie entre nous, une attraction des contraires. C'était un homme, et moi je n'étais jamais sortie avec aucun garçon. À vingt-trois ans, crois-le ou non, j'étais encore vierge, et comme j'ignorais tout des moyens de contraception, de façon assez prévisible je me suis retrouvée enceinte. »

Elle posa sa main sur la sienne d'un geste conciliant. « J'ai pensé avorter, seulement il ne m'était pas possible d'aller à l'encontre de mes croyances, pas plus que de rentrer chez moi. Mes parents seraient morts de honte. Pematsang m'a dit qu'il ne pouvait pas m'épouser, mais qu'il veillerait sur nous. Du coup, j'ai décidé de rester à Boulder. Qu'aurais-je pu faire d'autre ? Et ensuite… quelque temps après ta naissance, j'ai eu le mal du pays et je suis rentrée au Canada. »

Elle se tourna vers Daniel et hocha la tête, comme si son histoire s'arrêtait là.

« Attends, dit Daniel en retirant sa main. Et Pematsang ? Qu'a-t-il pensé du fait que tu le laisses et que tu emmènes son fils ? Êtes-vous restés en contact ? Il n'a pas cherché à prendre de mes nouvelles ? »

Voyant son désarroi, Gabriella se tortilla, l'air mal à l'aise. « En fait, si, mais…

— *Mais quoi*, maman ?

— Il ne savait pas où nous étions partis. Vu que mes parents avaient déménagé à Sault-Sainte-Marie, je ne suis pas retournée à Montréal. J'ai pris un poste d'enseignante dans une petite ville dans le nord du Québec.

— Et le pauvre homme n'a jamais su où tu avais emmené son fils ? fit Daniel d'un ton accusateur. C'est un sale coup à faire à un père…

— C'est vrai. Mais tu oublies que Pematsang ne voulait pas m'épouser. De plus, il évoluait dans un univers particulier, ce n'était pas quelqu'un de facile à vivre… Quelles qu'aient été ses occupations à l'époque – des tractations clandestines liées à la situation dans son pays –, il était de plus en plus inquiet, distant… Il assistait sans cesse à des réunions, partait en voyage, et des gens allaient et venaient dans notre maison. Je n'avais pas l'impression de faire partie de ce monde et je voulais en sortir. Si bien que, le jour où on m'a proposé une somme d'argent pour disparaître, j'ai accepté. » Elle lui jeta un regard furieux. « Voilà, tu sais tout ! »

Daniel fronça les sourcils. « Juste une seconde… Pematsang t'a offert de l'argent pour que tu sortes de sa vie ? »

Gabriella ne répondit pas tout de suite.

« C'est ce qu'il a fait ? insista Daniel.

— Non, pas lui… J'avais de toute façon l'intention de le quitter, et puis il fallait que je pense à moi… et à toi, bien sûr.

— Maman, de quoi tu parles ? »

Elle le regarda dans les yeux. « Voilà ce qui s'est passé. Deux hommes m'ont approchée sur le parking d'un supermarché en me disant qu'ils devaient me parler de Pematsang. Ils m'ont alors expliqué qu'ils étaient de la CIA, que l'homme avec lequel je vivais représentait une menace pour la sécurité nationale, et qu'il fallait que je quitte les États-Unis et que je rentre chez moi au Canada avec mon bébé. Cette histoire me paraissait tellement tirée par les cheveux au début que je ne les ai pas crus, d'ailleurs je les ai envoyés promener et suis remontée dans ma voiture. Un des deux s'est alors placé devant le capot et a ouvert une mallette. Nous étions à un bout du parking, mais comme il y avait des gens à proximité, je ne me sentais pas particulièrement menacée, si bien que quand il m'a suggéré de regarder ce qu'il y avait dedans, je l'ai fait. La mallette était bourrée de billets de banque. Il m'a dit qu'il y avait là soixante mille dollars. Que ça me permettrait de m'installer où je voudrais et de tenir le coup un an ou deux. Que si je le prenais, je ne devais rien dire à Pematsang. Juste faire mes valises un jour où il serait absent et disparaître. Aller vivre dans un endroit où il ne me trouverait pas et ne plus avoir de contact avec lui. »

Daniel la regarda fixement. L'histoire lui aurait paru peu plausible s'il ne s'était pas souvenu d'une chose, une chose que Tenzing lui avait dite. Il repensa à leur conversation. S'en rappela chaque mot.

« Pematsang était pour eux une gêne, voyez-vous – un franc-tireur. Ils ont essayé de le renvoyer, mais ils ne pouvaient pas se débarrasser de lui. Alors ils l'ont séparé de sa femme et de son bébé, en espérant que les perdre le pousserait à renoncer à sa campagne et qu'il irait rejoindre ses compatriotes en Inde ou ailleurs, ou même qu'il se ferait tuer au Tibet.

— Comment cela, ils l'ont séparé de sa femme et de son bébé ?

— Ah ! Qu'est-ce que j'en sais ? Un jour, ils ont disparu, voilà tout. »

« C'est donc ce que tu as fait, maman. Tu as pris l'argent et tu t'es enfuie.

— Oui, mon fils, c'est ce que j'ai fait. À l'époque, ça représentait une grosse somme, et il fallait bien que je pense à moi et à mon enfant. Mes parents ne m'avaient pas revue depuis plus d'un an, et quand nous nous sommes finalement retrouvés, je leur ai présenté un petit garçon italien. Accepter un enfant illégitime leur était déjà assez difficile... Un père asiatique, ç'aurait été trop.

— Alors tu leur as menti, tu as menti à Freddie quand tu l'as rencontré, tu m'as menti à moi et à tout le monde. »

Elle se renfrogna. « Je n'avais pas le choix. C'étaient les termes du contrat.

— Et tu n'as jamais repris contact avec mon père ?

— Je lui ai laissé une lettre, dans laquelle je lui disais que c'était fini et de ne pas nous chercher. Je suppose qu'il m'a prise au mot.

— Qu'est-ce qui te fait croire qu'il n'a jamais cherché à nous retrouver ? Comme tu l'as dit tout à l'heure, tu as pris soin d'effacer toutes les traces... »

Gabriella haussa les épaules et marmonna entre ses lèvres serrées : « Je viens de te le dire, j'ai fait ce qu'on m'a dit.

— C'est dégueulasse, maman. »

Elle finit par s'emporter : « Qui es-tu pour en juger ? Tu devrais être reconnaissant à Freddie de t'avoir élevé... Il t'a offert une enfance normale. Il a été pour toi un vrai père.

— Ce n'est pas la question, maman, et tu le sais. »

Pendant un instant, ils se fusillèrent du regard. Gabriella fut la première à baisser les yeux. Daniel prit la mallette d'où il sortit deux photos qu'il tendit à sa mère. « Et ce Vincenzo, c'est qui ? »

Elle lui arracha les photos de la main et les déchira en petits morceaux.

18

Au bout d'à peine trois jours, Daniel sut qu'il ne pouvait pas vivre dans l'appartement austère de Yaletown. Il avait beau avoir envie d'être avec Katie, cette situation ne lui convenait pas du tout. Elle n'en parlait pas, mais Daniel voyait que ne pas prendre de décision l'épuisait. Il la savait inquiète à cause de Harvey, et en même temps, elle semblait laisser les choses suivre leur cours. Bien qu'il ait envie d'elle, il n'appréciait pas ce choix par défaut et sentait qu'il n'aurait pas dû être là. Le fiancé lointain n'avait téléphoné qu'une fois, mais leur conversation – derrière des portes closes – avait été brève. Daniel l'avait entendue conclure l'appel par un « je t'aime » qui paraissait plus que faux. Agacé de devoir être témoin de cette comédie dégradante, il se sentait en réalité très mal à l'aise et n'arrêtait pas de lui faire remarquer qu'il était absurde qu'une femme éduquée, gagnant sa vie et vivant dans un pays moderne comme le Canada, accepte d'être « vendue » pour honorer la dette de son père. Katie n'aimait pas entendre ça ; il espérait que c'était parce qu'elle commençait à trouver la situation absurde elle aussi… ou parce qu'elle ne voulait pas reconnaître que la perspective d'être riche lui plaisait. Par conséquent, tant qu'elle n'était pas disposée à annuler son engagement, ou trop effrayée pour l'oser, il risquait d'être blessé davantage dans son amour-propre si fragile.

Le quatrième jour, dès que Katie partit travailler, Daniel prit sa voiture et roula vers le sud. Il allait voir une maison avec un bout de terrain située quelque part entre Vancouver et la frontière américaine, mais après avoir sillonné la région de long en large, il la trouva trop plate et, l'hiver approchant, trop sinistre. Que ferait-il avec Rosie à Delta, à Surrey ou à Port Coquitlam ? Élever des cochons ? Cultiver des légumes ? Non, il n'aspirait pas à devenir fermier. Et puis conduire Rosie tous les jours à l'école serait un enfer. De plus, il était peu probable que Katie ait envie de venir le voir, encore moins qu'elle veuille vivre avec lui. En revenant de Port Coquitlam, il s'arrêta sur un parking le temps de manger un sandwich. Il prit un stylo dans la boîte à gants. Même si le chagrin, la culpabilité et la colère avaient raison de lui, il lui fallait contrôler le chaos.

« SITUATION », écrivit-il en haut d'une serviette en papier.

1) Femme (partie)
2) Kurt Manlowe (mort)
3) Pematsang Wangchuck (mort)
4) Goran Lindstrom (mort)
5) Fille surveillée
6) Carrière terminée
7) Visions de Rosie

8) Éloignement par rapport aux parents
9) LA BOÎTE
10)

Il réfléchit au dixième élément de sa liste. Il faillit écrire « Harvey », lorsqu'il se rendit compte que Harvey n'était pas son problème. Une liste sans numéro dix était toujours source d'inquiétude, mais de là à vouloir introduire un sujet de contrariété mineur, histoire de remplir la case vide...

Il savait ce qu'aurait dit Rosie : « Le dix, c'est un nuage noir au-dessus de ta tête, papa. »

Bien qu'il ait survécu à deux catastrophes en vol, il en restait encore une à venir. Daniel traça un cercle furieux autour de « Carrière terminée ». Là ! La prédiction de Rosie ne pourrait jamais se réaliser.

Ils prirent place à la même table que le jour de leur première rencontre, à la différence près que c'était cette fois Mme Lhapka qui avait l'air anxieuse. Le teint très pâle, la vieille dame jetait des coups d'œil nerveux au-dessus de ses lunettes rondes chaque fois qu'elle se retournait. Elle sortit une chemise en plastique toute neuve de son sac, la posa sur ses genoux et la lui passa discrètement sous la table.

« Il ne m'appartient pas de commenter ce que renferme le carnet de votre père, dit-elle tout bas, mais je dois avouer que ça m'a fait un choc. C'est une énorme responsabilité d'être en possession d'un tel document... J'espère sincèrement que vous allez en faire quelque chose.

— Que me suggérez-vous, madame Lhapka ? demanda Daniel d'un air inquiet.

— Franchement, je n'en ai aucune idée. Peut-être devriez-vous parler à quelqu'un qui fait partie du gouvernement tibétain en exil. Je pencherais pour l'envoyer à plusieurs personnes.

— Il faut d'abord que je le lise... Personne n'a eu connaissance de votre travail, n'est-ce pas ?

— Cela va de soi. Néanmoins, ce document m'a profondément bouleversée. »

Daniel la remercia encore une fois et essaya de lui proposer une compensation en échange de sa traduction, qu'elle refusa avec fermeté. Alors qu'elle se levait, il repensa à un détail et la retint par le bras. « Madame Lhapka, une dernière chose... Sur certains des papiers de mon père figure un signe. Il doit servir à signaler un lieu, mais... c'est un swastika. J'espère qu'il recouvre une autre signification pour un Tibétain que celle que je connais. »

La vieille dame haussa les épaules, mal à l'aise. « Vous n'avez pas à vous inquiéter, je crois. Le swastika est un symbole ancien. Dans le bouddhisme, il représente l'universalité, le mouvement interne du cosmos et les cycles de la renaissance. »

Daniel esquissa un vague sourire. « Donc, rien de compromettant. Dieu merci ! »

Dès qu'elle fut partie, Daniel s'engagea à grands pas dans Denman en direction de West Georgia, puis suivit la digue jusqu'à Stanley Park. Le temps sentait l'hiver, mais bien qu'une épaisse couche nuageuse formât un couvercle sur la ville, il ne pleuvait pas. Il s'assit sur un banc face à Deadman's Island. De l'autre côté de l'étroite péninsule de Coal Harbour, le sommet des gratte-ciel du centre de Vancouver disparaissait dans les nuages, comme s'ils s'élevaient à l'infini.

Il était seul, il en était certain. Sortant la chemise en plastique de sa mallette, il prit la première page avec appréhension. La feuille trembla dans sa main.

Moi, Pematsang Wangchuck, commandant des Chushi Gangdruk, les forces rebelles du Mouvement de résistance tibétaine, en ce 16e jour de février de l'année 1961, rapporte ce qui suit :

Le deuxième jour de ce mois, j'ai mené une équipe de dix guérilleros à cheval depuis notre campement au Mustang, par-delà la frontière jusqu'au Tibet. Il devait s'agir d'une opération commando de routine sur la route qui relie Lhassa et Xinjiang. Après trois jours de pénible chevauchée au cours desquels nous n'avions rencontré aucune activité militaire, nous avons repéré un convoi de l'Armée populaire de libération composé seulement de quatre véhicules. Mes hommes se sont excités étant donné qu'ils n'avaient aperçu aucun envahisseur depuis plusieurs semaines.

Nous nous sommes cachés derrière des rochers sur une colline voisine, une position d'où nous avons pu les observer tandis qu'ils roulaient lentement vers nous, évitant les innombrables trous et amoncellements de sable qui obstruaient la route.

Les véhicules transportaient seize officiels, treize hommes et trois femmes. Au cours de la fusillade qui a éclaté, nous les avons tous tués, à l'exception d'un homme. Il a essayé de s'enfuir en zigzaguant sur le sol accidenté et ne s'est arrêté qu'après avoir été touché à l'épaule. Un de mes hommes l'a poursuivi à cheval, et le Chinois est finalement tombé. Il transportait une grande sacoche en cuir, et, plus tard dans la soirée, j'ai fini par comprendre pour quelle raison il avait tout tenté pour nous empêcher de nous en emparer. Trois de mes hommes étaient blessés. L'un d'eux, Lobsang, était notre traducteur. Un moine golok qui avait été formé avec moi à Camp Hale, un extraordinaire linguiste qui maîtrisait aussi bien l'anglais que le chinois en plus d'un hindi correct. Il avait été grièvement blessé pendant la fusillade et avait reçu une balle dans le ventre.

Le soir est rapidement tombé, et nous nous sommes retirés dans une forêt voisine, où nous avons été contraints de dresser un camp. Faire du feu était trop risqué, et nos équipements, fournis par la CIA, ne suffisaient pas à nous protéger du froid. Néanmoins, j'ai ouvert la sacoche que nous avions récupérée sur l'officier qui avait tenté de fuir et j'y ai trouvé une grosse liasse qui ressemblait à des documents officiels chinois. Malgré la souffrance que lui infligeait sa blessure, Lobsang a demandé à les examiner. À la lueur de sa lampe électrique, il a parcouru les documents. Plusieurs fois je lui ai demandé d'arrêter et de se reposer en vue du voyage de retour. Il était de loin le membre le plus valeureux de notre groupe, et j'avais pour ordre de le préserver plus que tout autre. Rejetant mes supplications, il a continué à lire en me disant que nous avions mis la main sur quelque chose d'extraordinaire et que je devais à tout prix faire passer ces documents de l'autre côté de la frontière. Il a pu me dire qu'ils concernaient des projets à long terme en vue de la sinisation du Tibet, les méthodes et la politique par lesquelles le peuple tibétain, sa culture, sa religion et sa langue seraient pour ainsi dire éliminés d'ici une cinquantaine d'années. La « libération pacifique » du Tibet par la « patrie » était en réalité un plan d'anéantissement élaboré de sang-froid étape par étape, ce que nous ne savions déjà que trop bien. Nos pères avaient été tués, nos mères et nos femmes violées, nos monastères mis à sac et incendiés, nos terres et nos maisons confisquées. Lorsque j'ai fait cette remarque, Lobsang m'a attrapé par le bras et s'est exclamé : « Oui, nous le savons, mais ce document en est la preuve. Il le montrera au monde... Il fera honte aux Nations unies. L'Amérique agira. Après avoir vu ce document, ils n'auront plus le choix. » Il a brandi une feuille de papier et l'a agitée devant moi. « Ceci peut sauver le Tibet. »

Au matin, Lobsang était mort. Nous n'avons jamais repassé la frontière.

Deux jours plus tard, le 4 février, alors que nous tentions de regagner Mustang, nous avons nousmêmes été pris en embuscade au fond d'un canyon par une escouade de l'APL. Tous mes hommes sauf deux ont été tués. Bien que blessé à la jambe, j'ai réussi à m'échapper. Dorje et Tsering ont été capturés vivants. Nos contacts à la CIA avaient refusé de nous remettre les capsules de cyanure qu'ils donnaient aux parachutistes, et, pour la première fois, j'ai ressenti de l'amertume contre l'Agence. Tant de choses étaient en jeu ! Soumis aux raffinements de la torture chinoise, des hommes parmi les plus braves risquaient de trahir… et, de toute façon, pourquoi les exposer aux souffrances endurées durant des semaines et des mois de tortures qui seraient suivies d'une mort certaine ?

Je n'ose pas penser à ce qu'ils subissent en ce moment. Pour eux, je dois continuer. Pour eux, et pour tous ceux qui sont morts sous mon commandement, je dois rentrer sain et sauf afin d'apporter la preuve de notre destruction.

J'ai continué à chevaucher vers l'ouest, où je savais la présence de l'APL moins importante, mais je me suis retrouvé coupé de la frontière, en partie à cause d'activités militaires, en partie à cause du mauvais temps et d'une chaîne de montagnes d'une altitude impossible à franchir, dont pour certaines je ne connais même pas le nom. J'ai désormais la certitude qu'ils me recherchent, qu'ils me pourchassent. Par beau temps, il arrive qu'un avion chinois passe au-dessus de ma tête, mais, jusqu'à présent, j'ai toujours trouvé un refuge dans lequel me cacher. Les espions et les traîtres sont suffisamment nombreux pour qu'on sache que je ne suis pas rentré à la base. Je ne figure pas au nombre des morts, et il est possible que mes deux malheureux camarades aient déjà craqué.

Plus j'avance vers l'ouest, moins le terrain m'est familier. Et la carte en ma possession ne m'est d'aucune utilité.

Une goutte éclaboussa la feuille, le ramenant brusquement au présent. Daniel leva les yeux. Le ciel s'était encore assombri. Il allait pleuvoir d'une seconde à l'autre. Il remit les feuilles dans la chemise, la rangea dans la mallette et, ahuri, repartit vers la ville.

Allongée sur le canapé du salon, Katie l'attendait. Elle avait troqué son tailleur contre un jean et des baskets. Venir à sa rencontre n'était pas son genre, mais elle se leva d'un bond en se précipitant vers lui. Le teint blanc comme de la craie, elle semblait avoir perdu son aisance et son assurance habituelles.
« Harvey, dit-elle tout bas en l'entourant de ses bras. Il sait tout à notre sujet. Il dit qu'il a des photos, tu te rends compte ? Il veut que je vienne à Londres. Immédiatement ! Mon père vient de m'appeler et il est furieux. »
Daniel la prit par les épaules et la regarda dans les yeux, alarmé par la peur qu'il percevait dans sa voix. « Katie, ma chérie. Le moment est venu de lui expliquer que tu ne veux pas de ça, non ? Tu n'es pas une marchandise qu'on vend ou qu'on échange, bon sang ! Pourquoi ne dis-tu pas à ton père et à Harvey d'aller se faire voir ?
— Ce que tu peux être naïf ! C'est pour toi que je m'inquiète. »

Il la dévisagea une seconde, ne sachant trop s'il devait s'en réjouir... ou s'en effrayer. « Écoute-moi, petite. Après toutes les merdes qui me sont tombées dessus ces dernières semaines, qu'est-ce que j'ai à faire de deux brutes coréennes ? S'ils veulent venir me voir, je leur dirai de ta part que le contrat est annulé.

— Je ne pense pas qu'ils te laisseront parler, chéri. Respirer est le mieux que tu puisses espérer.

— Je suis prêt à courir le risque. Tu sais quels sont mes sentiments pour toi...

— Tu ne me connais pas depuis très longtemps. Comment peux-tu en être aussi sûr ? »

Daniel lui secoua légèrement le bras. « Tu ne vois donc pas que ce n'est pas la question, Katie ? Tes fiançailles sont une farce. Tu n'apprécies pas Harvey et tu ne l'aimes pas. »

Il aurait préféré se passer de cette crise pour l'instant. Il avait envie de lire le journal de son père. Qui plus est, il se sentait épuisé, vidé de toute émotion, et n'avait nul besoin d'un nouveau bouleversement affectif. Cependant, tôt ou tard, cette situation devrait évoluer, or il y jouait lui-même un rôle. Il s'y était trop investi et, s'il continuait, il risquait de se noyer pour de bon.

Il lui relâcha le bras. « Écoute, quoi que tu décides, je ne m'attends à aucun engagement de ta part. Toi et moi n'avons qu'à prendre les choses au jour le jour. Seulement, ne prends pas une décision que tu regretteras. Réfléchis à ce que tu veux faire. Je vais aller voir Rosie. Ça te laissera le temps d'y penser.

— Non ! dit Katie d'une voix plaintive. S'il te plaît, ne t'en va pas... Il faut qu'on parle.

— Non. Nous n'avons à parler de rien. Tu sais que je te soutiendrai, mais je refuse de rester là à essayer de te convaincre. C'est à toi de décider.

— Laisse-moi au moins venir avec toi, supplia-t-elle. Je voudrais connaître Rosie... Si, je t'assure. »

C'était la première fois qu'elle manifestait un quelconque intérêt pour sa fille, mais il savait que ce n'était pas pour de bonnes raisons. Elle voulait juste ne pas rester seule face à son dilemme.

« Rosie ne sait rien de notre histoire. Je n'ai pas jugé utile de lui en parler étant donné que tu étais fiancée à un autre. Réglons d'abord ce problème. »

Daniel l'entraîna vers le canapé et s'assit à côté d'elle en lui prenant la main. « À l'instant, tu as une décision à prendre. Soit obéir aux ordres et partir pour Londres... soit rester. Si tu restes, je serai là pour te défendre. »

Un gémissement de douleur s'échappa de ses lèvres et elle enfouit son visage dans ses mains. Daniel se leva, prit sa mallette et sortit de l'appartement.

Il emmena Rosie dîner au Keg Caesars de Hornby Street. Cette sortie avait comme un air de fête sans qu'il sache dire pourquoi. Peut-être à cause de la robe rouge vif à carreaux qu'elle avait mise pour l'occasion et des rubans assortis qu'Amanda avait tressés dans ses nattes.

À table, elle étudia la carte avec une extrême concentration.

« Je suis pesco-végétarienne, maintenant.

— Pesco-végétarienne ?

— Oui, une végétarienne qui mange des trucs qui vivent dans l'eau. Si tu es d'accord, je vais prendre les crevettes à l'ail en entrée... et ensuite du thon ahi avec une salade César.

— Eh bien, dis donc ! fit-il en riant. C'en est fini du menu enfant, alors ? Pourquoi pas du buffle d'eau ou de la baleine ? Ça vit dans l'eau.

— Papa ! gloussa Rosie.

— Tu coûtes cher à entretenir, ma jolie... J'ai intérêt à me trouver un bon boulot. »

Elle pencha la tête et le regarda dans les yeux. « Tu en as déjà un, un boulot.

— Hum, oui », se contenta de dire Daniel, préférant ne pas aborder les questions sérieuses avant le dîner.

Ils mangèrent dans un silence agréable. Rosie montra son assiette avec la pointe de sa fourchette.

« Pourquoi tu n'as pas faim, papa ?

— J'ai faim, mais c'est à l'évidence sans comparaison avec toi. »

Rosie dévora tout ce qu'on lui servit, après quoi elle commença à piquer des crevettes à son père. Il la regarda faire avec étonnement.

« Hé, tu grandis à vue d'œil, comme une tige de haricot ! J'entends quasiment le bruit que font tes os.

— Je sais, dit Rosie, la bouche pleine. Mes pantalons sont tous trop courts. Mais ne me traite pas de tige de haricot. Tout le monde se moque de moi à cause de ma taille. »

Une fois de plus, Daniel faillit lui parler de son grand-père, le guerrier khampa, de cette race grande et fière dont elle descendait, mais bien qu'elle eut l'air et se comportât comme si elle était beaucoup plus âgée, elle n'était encore qu'une petite fille. En outre pesaient sur elle des fardeaux qu'aucun enfant de son âge n'aurait dû avoir à porter. Une seule bonne chose était sortie de ses épouvantables prédictions : désormais, il était libre d'être père à plein temps. Certes, il lui fallait trouver un nouveau moyen de gagner sa vie, mais il avait quelques compétences qu'il pourrait monnayer. Il pourrait enseigner les maths, comme Gabriella, ou l'informatique, ou bien travailler dans le bâtiment. Après tout, il ne se débrouillait pas si mal avec un marteau et une scie...

« Pourquoi tu souris, papa ?

— Je pensais aux métiers pour lesquels je serais bon.

— Tu es pilote. »

Daniel soutint son regard pénétrant. « Peut-être que je ne le serai plus.

— Si, tu le seras encore. »

— D'accord, mademoiselle la malice ! fit-il en riant. Qu'est-ce que tu as encore vu ? »

Rosie haussa les épaules. « Je préfère ne pas y penser, mais tu oublies les nuages noirs. » Elle piqua une crevette dans son assiette. « Elle est morte ! » s'exclama-t-elle avec jubilation.

Daniel la regarda, la peau soudain hérissée de chair de poule.

Après avoir déposé Rosie, il resta un moment dans la voiture en se demandant où aller. Sa mallette était posée sur le siège à côté de lui. Bien que Katie le préoccupât, il avait besoin d'un endroit tranquille pour lire la suite du journal de son père. Sur une impulsion, il roula jusqu'à False Creek Inn, où il prit une chambre. Une fois installé sur le lit, la chemise en plastique sur ses genoux, il téléphona à Katie.

« Comment ça va ?

— Tu es où, Daniel ? » Sa voix était différente, empreinte d'une légère panique.

« À False Creek Inn. Qu'est-ce qui se passe ?

— J'ai parlé à Harvey. J'ai essayé de lui dire que je voulais qu'on arrête, vraiment essayé, sauf que ça n'a pas marché. Il s'est fâché et a dit qu'il venait me chercher.

— Te chercher ? répéta Daniel, tandis qu'un frisson glacé lui parcourait l'échine. Qu'est-ce qu'il veut dire par là ?

— Me récupérer, j'imagine !

— Bon, écoute-moi, je viendrai tôt demain matin et on en discutera.

— Non. Je viens te rejoindre. Quel est ton numéro de chambre ? »

Il baissa les yeux sur la chemise. *Bon Dieu !* Tout ce qu'il voulait, c'était disposer de quelques heures pour lire le journal. La remarque de Mme Lhapka lui revint en mémoire : *Il ne m'appartient pas de commenter ce que renferme le carnet de votre père, mais je dois avouer que ça m'a fait un choc. C'est une énorme responsabilité d'être en possession d'un tel document...*

« Katie, ma chérie... À moins que ce type soit capable de se téléporter, il n'arrivera pas à Vancouver avant un jour ou deux.

— Tu ne le connais pas, Daniel.

— Hé, je n'arrive pas à y croire... ce type te fout la trouille ! Où est passée la fille qui réclamait ma tête devant une foule homicide ? Qu'est devenue la redoutable bête de sexe qui trompe allégrement son fiancé ? »

Il entendit un petit déclic. Elle venait de lui raccrocher au nez. Il l'avait bien mérité.

19

Voilà deux semaines que j'ai perdu mes hommes, et mes provisions seront bientôt épuisées. La blessure à ma cuisse s'est infectée, la faim et la fatigue me laissent sans force. Mon cheval a lui aussi l'air malade et est très affaibli. En chemin, j'ai parlé avec de petits groupes de nomades, mais j'ai évité les villages de façon à nous protéger, moi aussi bien qu'eux. Il y a trois jours, je suis arrivé sur ce qui, à première vue, ressemblait à une ville incendiée près d'un lac. Il se trouve que c'est le monastère Sumdo, où vivaient deux mille moines. L'endroit a été entièrement déserté, à l'exception d'un berger de yaks devenu fou après avoir perdu toute sa famille. Venu de sa région natale, cet homme a trouvé le monastère mis à sac et s'est installé dans une cave. Il était en train de creuser des tombes à l'intérieur de l'enceinte, ne sachant quoi faire d'autre des dizaines de cadavres pourrissants qui jonchaient le bâtiment vide. Il m'a raconté que des centaines de moines avaient été arrêtés, que les autres s'étaient enfuis et que certains avaient passé la frontière avec le Népal, mais que la plupart avaient renoncé à leur robe et à leurs vœux pour prendre les armes.

Voir une telle profanation et un tel sacrilège m'a glacé jusqu'aux os. De vieux parchemins sur lesquels était consignée la sagesse millénaire se sont éparpillés au vent en tourbillonnant dans la poussière. Un immense et antique bouddha a été décapité. La tête était intacte, bien qu'on l'ait jetée du haut des marches du temple, et le visage radieux maculé de bouse. Les autres statues ont toutes été détruites, brisées en mille morceaux, et les objets sacrés lancés au milieu des décombres. Les toits ayant brûlé, le monastère est désormais à ciel ouvert. Il m'est impossible de décrire la rage que j'ai ressentie en découvrant ce spectacle, une rage mêlée de tristesse et d'un sentiment de défaite. C'était comme si je me tenais à l'entrée d'une grotte désolée dans laquelle résonnait une dernière fois l'écho de milliers d'années.

J'ai pris des photos et suis resté là à parler un moment avec le pauvre dément, mais je n'ai pas pu me résoudre à passer la nuit dans ces ruines fantomatiques.

Hier, j'ai chevauché toute la journée sur un immense plateau balayé par les vents en suivant le lit d'une rivière à sec. J'avais peur de trop m'exposer et, en même temps, je me sentais trop las pour passer par les pentes rocheuses qui longent la plaine où j'aurais sans doute pu trouver un abri entre les rochers. Plusieurs sommets gigantesques se dressent dans le lointain. J'ignore leur nom, étant donné que je ne connais pas du tout cette partie de mon pays, mais j'ai pris des photos et dessiné plusieurs croquis indiquant leur emplacement.

Tout espoir de survivre m'avait plus ou moins abandonné quand, sur le flanc ouest du plateau, j'ai aperçu un humble monastère. Un bâtiment modeste quasiment impossible à distinguer de la paroi rocheuse sur laquelle il avait été construit. Ce n'est qu'en m'approchant que j'ai été certain de ne pas être le jouet d'un mirage.

En ce moment même, je me trouve dans une petite salle où j'écris à la lueur d'une bougie. Une soixantaine de moines vivent ici en sursis. Le grand abbé est un jeune Tulku d'à peine trente ans, mais d'une sagesse très supérieure à son âge. Il me dit que c'est uniquement parce que le monastère est situé dans une zone isolée qu'ils n'ont pas encore été inquiétés. Nous ne sommes qu'à quinze kilomètres de la frontière du Ladakh, qui suit plus ou moins la crête de la chaîne montagneuse qui nous surplombe, mais si l'ascension par le col Thangtak La à cinq mille mètres est relativement facile en été, elle est extrêmement hasardeuse à cette époque de l'année. C'est manifestement par cette voie que je vais m'enfuir, je n'ai pas d'autre choix.

Je n'aurais pas dû venir ici en sachant que l'APL me recherche. Je redoute d'avoir attiré la ruine sur ce très ancien établissement. L'ennemi ne doit plus être très loin derrière moi. Je ne représente rien aux yeux de mes poursuivants, mais ils veulent sûrement récupérer à tout prix la sacoche en ma possession.

18 février 1961
Mes pires craintes se sont confirmées la nuit même de mon arrivée au monastère de Yabyum.

Je venais de souffler la bougie, lorsque des tirs de mortier assourdissants ont explosé dans la cour en me faisant sursauter. Les Chinois qui me traquaient se sont doutés que je m'étais réfugié ici et ont attendu la nuit tombée pour passer à l'attaque. Ce qui s'est révélé une erreur de leur part, dans la mesure où l'obscurité m'a permis de m'échapper.

L'abbé s'est rué dans ma chambre. Il avait le visage défait, mais calme. Je lui avais déjà parlé de ma situation, ainsi que de mon entraînement aux États-Unis et de ce que contenait ma sacoche. Il m'a aussitôt donné l'ordre de la prendre avec moi et de m'enfuir. Il m'a dit : « Un passage dissimulé entre les rochers part du mur ouest de la cuisine. Il vous mènera directement sur le flanc de la montagne. Là, comme les nuages sont bas et qu'il n'y a pas de lune, vous aurez peut-être une chance. Nous tâcherons de les retenir. Nous disposons nous-mêmes d'une bonne cache d'armes. »

Je l'ai supplié d'ouvrir les grilles et de se rendre pacifiquement dès mon départ, mais il a refusé de discuter. Il émanait de lui une autorité et une dignité comme il est rare d'en voir chez un homme, et bien qu'il ait été plus jeune que moi d'au moins dix ans, j'ai obéi à ses ordres. Très vite, avec son aide, j'ai rassemblé quelques provisions, mais au moment où j'ai été prêt à partir, il m'a retenu et m'a prié de le suivre. Puis il m'a entraîné en courant à travers la cour, où nous avons gravi les marches d'un petit temple rempli de trésors sacrés et de fresques anciennes. Après s'être protégé le poing avec sa manche, il a brisé la vitre d'un cabinet d'où il a sorti une statue du Bouddha entièrement recouverte d'or.

« Tenez, emportez-le. Ce bouddha de liberté, vieux de plusieurs centaines d'années, est la relique la plus sacrée du pays. Le troisième dalaï-lama l'a fait forger, et, lorsqu'il l'a vu, son oracle personnel a déclaré qu'il aiderait un jour le Tibet à repousser un envahisseur criminel. Cet oracle était célèbre pour l'exactitude de ses prédictions. La statue a été confiée à la garde de ce monastère en raison même de son isolement. Rares sont les ennemis qui se sont aventurés jusqu'ici au cours des siècles, mais j'ai très peur que le bouddha ne soit à présent en danger. Plus aucun endroit n'est assez sûr pour le cacher. Emportez-le en Inde. Vous le remettrez à Sa Sainteté. »

J'ai contemplé avec horreur le poids d'une telle responsabilité, mais comme il m'a mis le bouddha entre les mains, je n'ai eu d'autre choix que de le prendre. Étant donné qu'il est creux, il doit peser dans les dix ou quinze kilos, et il ne mesure pas loin de cinquante centimètres.

« Ne devriez-vous pas le confier à l'un de vos vieux moines ? ai-je plaidé. Il n'aura qu'à venir avec moi. J'ai la sacoche, mes provisions et du matériel à porter, et ma jambe est en mauvais état.

— Non, vous êtes un Khampa, et vous avez été entraîné par les Américains. Vous avez à la fois les compétences et la détermination pour survivre. Mes moines ne sont en rien des guerriers. Fuir avec quelqu'un d'autre vous rendrait plus facile à repérer et vous ralentirait, a-t-il ajouté avec un sourire triste. Mais leurs prières vous accompagneront. Soyez-en certain. »

Je ne pouvais pas discuter avec lui, d'autant que chaque minute qui passait était précieuse. Nous avons enveloppé la relique dans une couverture de laine et l'avons attachée avec une corde sur mon paquetage.

Trois heures plus tard, alors que pointait l'aube, je me suis retourné vers le lieu sacré où grouillaient les soldats chinois. En proie à une fureur désespérée, j'ai entendu l'écho des détonations et les cris qui résonnaient dans l'immensité de la plaine. Aussi vite que me le permettait ma jambe, je me suis éloigné.

Tandis que je montais toujours plus haut, la neige s'est mise à tomber à gros flocons. J'ai emprunté un passage construit à la verticale de la paroi à l'aide de jeunes arbres enfoncés dans des fentes de la roche et recouverts de pierres plates. Par endroits, la structure précaire s'était effondrée, m'obligeant à sauter au-dessus du vide avec la charge précieuse que je portais sur mon dos. Ma jambe blessée tremblait de façon incontrôlable du fait de ces efforts.

Au lever du jour, la tempête de neige s'est calmée, mais alors que j'approchais du col, je me suis rendu compte que je m'étais écarté du chemin, ou que le chemin avait tout simplement disparu. J'ai continué à marcher en trébuchant durant plusieurs heures, en ayant l'impression de m'éloigner de plus en plus de ce que je pensais être le col, et sans trouver de passage par où grimper. Comme la nuit allait tomber, je savais qu'il fallait que je monte ma tente et me mette à l'abri, mais je n'ai trouvé aucun terrain plat. Quand enfin j'ai trouvé un endroit favorable, une violente rafale de vent m'a arraché la tente de la main et l'a emportée en tournoyant par-dessus la falaise vers la plaine en contrebas. À cet instant, j'ai senti le désespoir me gagner, convaincu que j'allais mourir gelé.

Non loin de là, sur la paroi rocheuse, j'ai aperçu une corniche étroite et me suis demandé s'il ne s'agissait pas du chemin que j'avais perdu. Je n'avais pas d'autre solution que de continuer. La corniche semblait se rétrécir de plus en plus, et la moindre chute aurait été fatale, lorsque soudain j'ai vu devant moi une fissure horizontale : l'entrée d'une grotte très basse mais profonde. J'ai dû m'allonger pour rouler à l'intérieur, mais j'ai constaté avec soulagement que je pouvais presque m'agenouiller. C'est là que je suis à l'instant, glacé mais en relative sécurité, dans l'attente du matin.

Mes pensées vont aux hommes dans la plaine, et aussi à mon cheval. Il va me manquer.

19 février 1961
La neige a recommencé à tomber dans la nuit jusqu'au matin. En regardant à l'extérieur de la grotte, je ne vois qu'un grand vide blanc. Partir serait de la folie. Le tsampa et le beurre que m'ont donnés les moines m'aident à tenir et dureront encore environ cinq jours, mais l'infection se propage dans ma jambe, si bien que je me sens fébrile et à bout de forces. Je ne me suis pas encore levé pour vérifier si ma jambe pouvait me porter – sans parler d'une charge supplémentaire. Si je veux franchir

ces montagnes, il ne me reste plus qu'une solution. Je dois me débarrasser de tout poids superflu. Ce qui veut dire me décharger de tout ce qui ne me sera pas indispensable pendant les deux prochains jours. Les trésors que je transporte, je les cacherai ici, dans la grotte. Bien que retrouver cet endroit risque d'être compliqué, une carte détaillée et des photos des montagnes environnantes devraient me permettre d'y revenir au printemps en passant par le Ladakh. Lorsque j'estimerai prudent de partir (il faut que ce soit bientôt), j'emporterai ce carnet, l'appareil photo, et je dessinerai un relevé précis du paysage comme me l'ont appris mes instructeurs de la CIA.

J'ignore à combien de jours je me trouve d'un poste frontière indien ou d'une habitation. Je ne sais même pas si je suis en territoire tibétain ou indien. Si je meurs et qu'on retrouve mon corps – espérons que ce sera après avoir franchi le col et être arrivé en Inde –, peut-être ces notes tomberont-elles entre de bonnes mains. Ce n'est qu'une infime possibilité, mais c'est le mieux que je puisse faire.

21 février 1961
Je me suis réveillé sous un ciel bleu, mais le vent est mordant. Sois je quitte la grotte aujourd'hui, soit je meurs ici.

J'ai barbouillé le bouddha de goudron et l'ai roulé dans la poussière avant de le cacher dans une crevasse au fond de la grotte. Seul le faisceau d'une torche puissante serait à même de le repérer. Les documents chinois sont roulés dans des morceaux de couverture et dissimulés à l'intérieur de la statue sacrée.

29 mars 1961
Après trois jours d'errance, aveuglé par la neige, déshydraté et atteint d'une septicémie qui s'aggrave d'heure en heure, j'ai été recueilli par des Changpas, des nomades qui vivent sur le plateau de Changthang, à l'est du Ladakh. Voir leurs visages familiers et entendre leur langue m'a rassuré. J'avais en fait tourné en rond, mais je n'étais pas très loin du col que j'avais franchi, le Thangtak La, situé à une douzaine de kilomètres des rives d'un lac sacré, le Neykhor Tso, d'où part une piste de berger qui traverse le col de Khung La et rejoint ensuite la route de Leh.

Alors que j'étais à l'agonie, ils m'ont transporté sur une charrette tirée par un yak jusqu'à Karu, situé à deux jours de voyage, où un véhicule militaire m'a conduit à l'hôpital de Leh. Une opération m'a sauvé la vie, même s'il a fallu m'enlever une bonne partie du muscle de la cuisse. Après deux semaines passées à souffrir et à délirer, après avoir été interrogé d'innombrables fois par les autorités indiennes, on m'a autorisé à retourner au Mustang où je me trouve actuellement en convalescence.

14 avril 1961
Mon principal contact à la CIA, M. Smith, a reçu mon rapport détaillé avec un certain scepticisme. Il m'a prié de consigner les renseignements exacts que contenait le document chinois comme me

les avait transmis Lobsang. La tâche s'est révélée compliquée. Trop excité par ce qu'il avait lu, mon vieil ami et compagnon d'armes n'avait pas pris la peine de me le traduire mot à mot et s'était contenté de me résumer les points essentiels. M. Smith m'a demandé si Lobsang, qui a succombé dans de grandes souffrances à une hémorragie interne, n'avait pas déliré. N'aurait-il pas pu imaginer ce projet chinois ridicule ? Comment aurait-il repéré un plan aussi monstrueux d'une telle envergure en déchiffrant les caractères chinois avec si peu de lumière ?

J'ai le plus grand respect pour M. Smith, ses bonnes intentions, sa façon de diriger et sa bienveillance envers les Tibétains qu'il forme, mais son attitude m'a laissé stupéfait, tout comme sa crainte que les opérations de la CIA au Tibet soient rendues publiques et mettent son gouvernement dans l'embarras. J'ai alors commencé à comprendre ce que cela voulait dire : les États-Unis n'aideraient jamais le Tibet – n'avaient jamais eu l'intention de l'aider – au-delà d'agacer de façon insidieuse les communistes chinois.

Pour l'heure, M. Smith a réclamé ma présence au Colorado et m'a demandé de renoncer à récupérer les documents. Puisqu'ils étaient cachés en sécurité, ainsi que le stipulait mon rapport, les récupérer pourrait attendre qu'on en ait « besoin ».

13 novembre 1966
Plus de cinq ans se sont écoulés depuis que je me suis enfui. À cause de ma blessure, il ne m'a plus été possible de m'engager dans des opéra-

tions de surveillance ou de guérilla. On m'a par conséquent fait travailler à Camp Hale, où je forme quelques compatriotes à faire le travail pour lequel on m'avait moi-même préparé. Depuis, je consacre tout mon temps et mon énergie à cette tâche intéressante. Cependant, à ma grande consternation, et au désarroi de tous ceux d'entre nous qui se sont battus si âprement, Camp Hale a brusquement été fermé. À la vérité, j'ai bien conscience que la CIA est en train de réduire progressivement son soutien au Tibet. M. Smith et d'autres instructeurs ont été envoyés sur des missions plus urgentes, de sorte que je reste ici à Boulder, Colorado, à attendre les ordres.

Bien que je sois en contact constant avec la CIA, je n'ai pas encore réussi à convaincre l'Agence de monter une expédition en vue de récupérer les documents chinois. Ils me disent qu'une incursion illégale sur le territoire que contrôlent les Chinois n'est pas recommandée. Le bouddha de liberté attend lui aussi d'être secouru, et il relève de mon devoir sacré de le retrouver pour le remettre à Sa Sainteté. Si je n'éprouvais pas autant de difficultés à marcher, particulièrement en montagne, je monterais moi-même l'expédition. Je reste en contact rapproché avec des membres des Chushi Gangdruk au Mustang afin de réunir des volontaires pour cette mission, mais ils font face actuellement à des problèmes plus urgents. Il semblerait que ce qu'on appelle la « Révolution culturelle » ait été déclenchée au Tibet, lancée par Mao et menée par de jeunes « gardes rouges ». Ce qui implique, me dit-on, la destruction des « Quatre Vieilleries » : les vieilles idées, la vieille culture, les vieilles traditions et les vieilles habitudes. On rapporte que tous les monastères et lieux sacrés du Tibet qui n'ont pas déjà été mis à sac font désormais l'objet d'une destruction systématique, de même que tous les anciens textes sacrés, les statues, les stupas, les fresques dans les temples, les murs mani[1], les sanctuaires au bord des routes, etc.

Ainsi, les menaces décrites avec tant de précision dans les documents cachés dans le bouddha doré se révèlent-elles exactes. Je pleure sur mon pays et suis impatient de me battre pour le défendre, mais M. Smith m'a dit au téléphone – en toute confidence – que si je quittais les États-Unis, y revenir me serait désormais interdit. Comment vais-je pouvoir agir depuis un camp de réfugiés misérable, ravagé par la maladie, au Mustang, au Népal ou en Inde ? Bien que mes compatriotes me manquent, il faut que je reste en Occident pour continuer à chercher du soutien à notre cause.

Janvier 1971
M. Smith a quitté le service au début de l'année, mais, toujours sympathique et bienveillant, il m'a accordé une dernière faveur en m'aidant à obtenir la citoyenneté américaine. Cette étape importante franchie, je peux désormais continuer à éveiller la conscience des Américains sans craindre d'être expulsé.

---

1. Amoncellement de pierres gravées de sutras. (*N.d.T.*)

Décembre 1971

J'ai recueilli, emprunté et épargné suffisamment d'argent pour organiser un voyage clandestin en territoire tibétain et aller sauver ce que j'ai laissé dans la grotte. Alors que je tentais de rassembler des volontaires américano-tibétains pour participer à ce projet, mes plans ont mystérieusement été ébruités, et la CIA m'a mis en garde contre toute nouvelle action allant dans ce sens. M. Smith, qui était parti en vacances à la pêche avec sa femme, a été rappelé et chargé de me parler. Il m'a demandé comment je pourrais expliquer avoir trouvé une telle cachette sans être obligé de reconnaître mon travail avec l'Agence, et du même coup l'ampleur des opérations menées par la CIA. Comment pourrais-je expliquer que ces documents soient restés cachés pendant tant d'années ? En outre, si les documents étaient retrouvés et publiés, le gouvernement chinois déclarerait immédiatement que ce sont des faux. Non, en cette période délicate – alors que se développe l'amitié entre les États-Unis et la Chine –, il serait imprudent de réveiller un tel nid de frelons. Agir ainsi n'aboutirait qu'à embarrasser le gouvernement américain, sans apporter d'aide réelle à la cause tibétaine.

Les propos de M. Smith laissent entendre que si la cause tibétaine enflamme l'indignation internationale, la CIA pourrait mettre fin à son soutien de manière irrévocable. En fait, je sais par mes camarades réunis au Mustang que la CIA propose actuellement de l'argent, non pas pour combattre les Chinois, mais pour que les intrépides guerriers khampas quittent le Mustang (comme le demande

Mao) et ouvrent des petits ateliers d'artisanat en Inde.

Regrettant sans doute de m'avoir fait obtenir la citoyenneté américaine, M. Smith m'engage fortement à les rejoindre... et à vivre parmi mon peuple.

Je m'attends de façon imminente à l'effondrement du Mouvement de résistance. Rien ne pourrait m'attrister davantage. Néanmoins, jamais je n'accepterai l'oppression, la destruction et la cruauté qui sont désormais le lot quotidien au Tibet. Et bien que la CIA veuille me voir partir, je resterai ici, où je serai toujours pour eux une source d'embarras.

Lorsqu'il se réveilla, très tôt le matin, Daniel vit le lit couvert de feuilles de papier. L'esprit confus, il se redressa, conscient qu'il s'était passé quelque chose d'important. La soirée de la veille lui revint aussitôt en mémoire et, le cœur battant, il se hâta de rassembler les feuilles.

Il était resté éveillé jusqu'à deux heures du matin. À force de lire et de relire les pages, il avait fini par comprendre le sens de ce qui restait du journal de son père. *Son père!* Les notes prises en 1971 étaient particulièrement poignantes, rien ne mentionnant le fait qu'une jeune femme italo-canadienne ait donné naissance à son fils. La seule préoccupation de Pematsang avait été sa mission avortée, la trahison de la CIA et le sort de ses guerriers khampas. Comment aurait-il pu parler d'un événement pareil, *la naissance d'un fils?* Qui sait, peut-être que Pematsang n'avait jamais su que Gabriella avait eu un bébé, ou jamais cru que ce bébé était le sien… et que, même à la toute fin de sa vie, il avait refusé de l'accepter en dépit de la preuve flagrante inscrite sur le visage de son fils. Que Gabriella ait pris l'argent et soit partie n'était pas si étonnant !

Il avait envie d'en parler à quelqu'un, d'exprimer ce qu'il éprouvait, son indignation, la blessure qu'il ressentait… mais à qui ? Katie ne serait pas intéressée, pas dans l'état d'esprit où elle se trouvait actuellement, surtout qu'elle devait être en colère contre lui. Daniel ramassa les feuilles une à une en les relisant au hasard. La semaine précédente, il avait lu tout ce qu'il avait pu trouver sur le Net concernant ST Circus et le sort réservé à la résistance tibétaine : pendant un temps, les guerriers khampas avaient opéré en dehors du Mustang, mais lorsque le conflit concernant le Tibet avait connu l'escalade entre la Chine, le Népal et l'Inde, le dalaï-lama avait lancé un appel aux Khampas pour qu'ils déposent les armes au nom d'un règlement pacifique à venir. En apprenant que leur chef spirituel avait capitulé, les Khampas avaient obéi et s'étaient rendus, mais le gouvernement népalais les avait trahis. Bon nombre de guerriers khampas s'étaient retrouvés emprisonnés, et certains s'étaient tranché la gorge par humiliation et désespoir.

Nulle part il n'était fait allusion à cette tragédie finale dans le carnet de son père. L'effondrement de la résistance tibétaine courageuse avait dû anéantir Pematsang Wangchuck. Et ce, d'autant plus qu'il avait dû l'apprendre alors qu'il vivait dans le confort et la sécurité à Boulder, Colorado.

Daniel s'adossa aux oreillers, son regard abandonnant les pages pour fixer le vide. Il commençait à entrevoir l'énorme responsabilité qui, désormais, reposait sur ses seules épaules. La preuve que, dès le départ, la Chine avait eu l'intention de raser le Tibet, de réduire l'ensemble du pays et son peuple en poussière était tout simplement colossale et irréfutable. La répression brutale qui avait eu lieu au Tibet se poursuivait et demeurait un problème de conscience dans le monde, un monde qui, au cours de ces dernières décennies de consumérisme effréné, n'en était pas moins demeuré aveugle à ce qu'endurait le Tibet et avait distribué ses dollars, ses livres et ses euros aux Chinois. Daniel le savait, pratiquement tout ce que contenaient ses sacs pas encore déballés dans l'appartement de Katie était fabriqué en Chine : ses vêtements, ses chaussures, son appareil photo, son ordinateur, même sa brosse à dents. Mais, là encore, pourquoi faudrait-il boycotter et pénaliser le peuple chinois ? N'avait-il pas souffert lui aussi de la tyrannie cruelle de ses dirigeants ?

Daniel grogna en plaquant les mains sur son visage. Qui ne voit rien ne sait rien...

Il repensa au moment où il avait poussé la boîte dans les bras musclés de Peter Jeremy Wesley. Pas étonnant que les types de la CIA aient filé et cessé de l'enquiquiner ! En brûlant le contenu de la boîte, ne leur avait-il pas fait une immense faveur, n'avait-il pas agi exactement comme ils en avaient eu eux-mêmes l'intention en détruisant la preuve qu'ils connaissaient le plan de destruction systématique du Tibet par les Chinois ? Pematsang Wangchuck avait été humilié et discrédité, et, à mesure qu'il prenait de l'âge, la CIA avait été convaincue qu'il n'était plus en mesure de lui causer du tort. Toutefois, indubitablement, sa mort avait réveillé l'inquiétude, pour ne pas dire soulevé un vent de panique. Pematsang avait-il laissé une preuve écrite... et dans quelles mains cette preuve finirait-elle par tomber ? Ils n'avaient pas prévu le retour du fils prodigue, ce fils pour lequel ils avaient déboursé soixante mille dollars dans l'espoir de s'en débarrasser.

Cela expliquait tout : le massacre des chiennes de garde féroces de Pematsang, le « cambriolage » de sa maison pendant son séjour à l'hôpital, le passage au crible du jardin, la fouille de la chambre de Daniel à l'hôtel Boulderado... Leur frustration et leur angoisse avaient dû monter d'un cran quand ils avaient pris la décision d'envoyer quelqu'un surveiller les allées et venues de Rosie. Ce qui n'aurait pas manqué d'être suivi d'un avertissement. Voyant son enfant menacé, quel père normal n'aurait pas été prêt à sacrifier son âme ?

Daniel se leva et ramassa les feuilles éparpillées sur le lit. Étant donné que Mme Lhapka avait eu la présence d'esprit de les numéroter, il eut vite fait de les remettre dans l'ordre. Ce n'est qu'au moment où il se pencha pour ramasser un crayon par terre qu'il aperçut une feuille qui avait dû glisser et tomber sous le lit. Il vit tout de suite qu'il s'agissait d'une page qu'il n'avait pas lue. Il s'agissait de la toute dernière entrée, écrite exactement cinq ans auparavant.

Jamyang Togden – Rares sont les hommes auxquels je confierais cette boîte. Tu n'es pas un guerrier, aussi ne penses-tu pas comme tel, mais je crois que le bouddha de liberté pourrait t'inciter à agir. Cette note est la dernière de mon journal, et cette fois je vais sceller la boîte. Dedans se trouve le chemin qui mène à la grotte. Je sais où tu es, mais puisqu'il m'est impossible de voyager, je vais faire au mieux et prier pour qu'elle vienne jusqu'à toi.

Daniel regarda fixement la page et la relut une seconde fois. Non seulement ce n'était pas le délire qui avait fait réclamer cet homme à Pematsang, mais il y avait là un autre indice. Jamyang Togden n'était pas un guerrier, autrement dit il ne faisait pas partie des Chushi Gangdruk. À moins que... Était-ce un ancien camarade qui avait fui, ou qui ne s'était pas révélé fiable, ou qui avait choisi la voie de la non-violence (comme leur chef spirituel) au lieu de tendre des embuscades et de tuer des Chinois ? Peut-être était-ce un moine, ce jeune abbé qui avait gagné le respect de Pematsang mais dont il n'avait pas précisé le nom. *Le bouddha de liberté pourrait t'inciter à agir !* Qui à part lui connaissait l'existence de ce bouddha doré ?

Une chose paraissait certaine. Qui que fût ce moine ou ce guerrier déchu, il devait être âgé, peut-être même n'était-il plus de ce monde. Que Pematsang soit mort en proie à une immense frustration et à un sentiment de défaite n'avait rien de surprenant... Daniel comprenait à présent le dernier souhait désespéré qu'avait exprimé son père de trouver un émissaire.

Il remit le document dans la chemise, le rangea dans la mallette, puis alla prendre une douche. Dans la salle de bains, il observa l'homme dont il voyait le reflet dans le miroir, l'homme avec la patte-d'aigle sur le visage.

20

Un brouillard glacial s'engouffrait dans la baie de Burrard Inlet. Katie resserra son écharpe et enfila de jolis gants en cuir. Daniel parla un bon moment sans s'interrompre. Il conclut son monologue en disant : « Voilà. Je vais partir dès que possible.

— Je n'arrive pas à croire que tu puisses être égoïste à ce point ! s'emporta Katie en l'obligeant à s'arrêter. Et moi, alors ? Tu m'avais dit que tu serais là pour me protéger.

— Il y a une meilleure solution. Tu n'as qu'à venir avec moi.

— Avec toi ? En Inde ?

— Exactement. » Il glissa son bras sous le sien. « Si tu n'as pas envie d'avoir de prise de bec avec Harvey, mieux vaut t'absenter une ou deux semaines. »

Accélérant le pas, ils passèrent sous les arches en fer imposantes de Lions Gate Bridge et se dirigèrent vers Prospect Point. Dans cette partie au nord et à l'ombre de Stanley Park, personne ne se promenait sur la digue, hormis quelques mouettes en train de picorer les restes d'un sandwich abandonné.

« Harvey sera fou de rage. Tu imagines, se taper tout ce trajet et...

— Harvey n'a qu'à aller se faire foutre ! fit Daniel en lui lâchant le bras. J'en ai ras le bol de ce type...

— Il partira à ma recherche.

— Là où nous allons, il ne nous retrouvera jamais, dit Daniel d'un air sombre. Je te le garantis. »

À leur passage, les mouettes s'écartèrent à peine sur la promenade étroite en lançant des cris aigus. Ces maudits oiseaux se comportaient comme si le moindre sandwich de la ville leur revenait de droit... Daniel songea aux vautours qui engraissaient en dévorant de la chair humaine.

« Je dois y aller, Katie. Je ne peux pas passer le restant de ma vie en sachant ce qu'il y a dans cette grotte, et je ne vois pas qui ça intéresserait de mettre la main dessus. Qui prendrait le risque de se lancer dans une aventure aussi insensée ? Personne ne voudrait même le croire, surtout maintenant que j'ai dit avoir brûlé les notes de mon père. En revanche, les documents originaux, estampillés des sceaux et des signatures de militaires chinois... Imagine un peu le scandale international, la pression que ça mettrait sur le gouvernement chinois ! »

Katie, l'air sceptique, l'écoutait sans rien dire.

« D'ailleurs, si je ne pars pas tout de suite, il va commencer à neiger, et ce sera trop tard. Quand reviendra le printemps, je n'aurai plus le même élan. » Il lui donna une petite bourrade. « Il faut que je le fasse, Katie Yoon, et toi, tu as besoin de partir d'ici un moment. »

Ils marchèrent en silence quelques instants, puis Daniel s'arrêta et la prit par les épaules en la regardant droit dans les yeux. « Je te veux. Je veux que tu viennes avec moi. Cet après-midi, je vais réserver un billet et déposer mon passeport pour demander un visa en accéléré. Dis oui, Katie. »

Elle scruta son regard un long moment. « D'accord, finit-elle par dire. Je viens. Je n'ai pas envie de te perdre, Daniel, et puis tu as raison. Le meilleur moyen de faire savoir à Harvey ce que je pense est encore de ne pas être là. »

Daniel vit dans ses yeux qu'elle avait fini par se décider. Lorsqu'il voulut la prendre dans ses bras, elle se recula, les yeux plissés en deux minuscules fentes. « Mais je ne suis pas du genre à crapahuter. Est-ce que cette folie peut se faire dans un relatif confort ? »

Il rit en secouant la tête. « D'accord, oublie la partie crapahutage ! Tu n'auras qu'à m'attendre à Leh. Je te trouverai un hôtel cinq étoiles, s'il y en a un, ce dont je doute fort.

— Où diable se trouve Leh ?

— Au Ladakh, une région reculée au nord de l'Inde, à l'ouest du Tibet, au sud de la Chine et du Cachemire, et à l'est du Pakistan. La ville est perchée à très haute altitude et entourée de montagnes gigantesques. En d'autres termes, c'est le bout du monde. »

Katie lui décocha son sourire malicieux. « Dans quel autre endroit pourrais-je rêver de passer des vacances ? »

Cinq minutes après que la cloche de l'école primaire Henry-Hudson eut sonné, Rosie sauta dans la voiture. En deux jours à peine, elle donnait l'impression de s'être transformée. Elle avait l'air différente, plus mûre. Elle avait natté ses cheveux en une tresse à la française et s'était fait percer les oreilles. Sur ses lobes enflammés scintillaient deux minuscules clous en argent. Soudain, pour une raison mystérieuse, Daniel eut les larmes aux yeux. Sa petite fille grandissait-elle donc si vite ? Ou bien était-il triste de voir mutilé un être jusqu'alors intact ? Il faillit dire quelque chose, mais il se rendit compte que ce serait inutile. C'était son choix, et d'ailleurs le mal était fait.

Sans même lui dire bonjour, Rosie sortit son carnet de dessin de son cartable qu'elle se mit à feuilleter.

Daniel l'embrassa sur la tempe. « Tu veux qu'on inspecte les troupes, ou bien qu'on lance une attaque directe sur ce nouveau restaurant de hamburgers à l'angle de Broadway et de Main où ils servent des feuilletés aux pois chiches plutôt que de la chair d'animal à moitié pourrie ?

— Attends, je veux te montrer un truc. » Elle tourna les pages de son carnet et lui tendit un dessin de paysage. Une plaine toute plate encadrée de montagnes. Au premier plan, des murs surgissaient des rochers à la verticale, une sorte de bâtisse à moitié terminée ou à moitié en ruine. « Tu sais ce que c'est, papa ? »

Il regarda de plus près. « On dirait... une ruine, peut-être.

— Exactement. C'est ce qui reste du château que j'ai fait l'autre jour chez mamie.

— Pourquoi as-tu voulu en faire une ruine ? Je le trouvais plutôt magnifique. »

Rosie haussa ses petites épaules et écarta les mains dans un geste qui rappelait ses gènes méditerranéens. « Ce n'est pas ma faute. C'est comme ça qu'il est aujourd'hui.

— Aujourd'hui ? » Elle avait manifestement deviné le sort réservé à son château en pâte à modeler, probablement relégué au fond d'une poubelle par sa grand-mère maniaque de propreté. « Ne t'en fais pas. On en fera un autre... quand je reviendrai.

— Je vois. Alors tu pars, dit-elle en fronçant les sourcils. Tu verras comme ça par toi-même qu'il est en ruine, qu'on l'a détruit et brûlé. »

Daniel la dévisagea un long moment avant de se détourner pour qu'elle ne voie pas ses yeux. Il regarda la rue animée, les enfants qui montaient dans la voiture de leurs parents, des enfants puérils, innocents, ignorants... Des enfants *normaux*. Il se mordit la lèvre en se reprochant d'avoir de telles pensées. Si seulement il avait pu voir ce qu'elle voyait, imaginer comment les pièces se mettaient en place dans ce puzzle mystérieux qu'était l'esprit de sa fille...

Toujours sans la regarder, il lui demanda : « Où crois-tu que j'aille, Rosie ?

— Comment veux-tu que je le sache ? cria-t-elle. Il n'y a que toi qui le sais. »

Il secoua la tête d'un air désespéré. « D'accord. Je vais te le dire. Demain, je pars pour l'Inde. Pas très longtemps, j'espère. Je t'appellerai le plus souvent possible pour qu'on se donne des nouvelles. »

Le petit visage de Rosie s'assombrit. Elle remonta ses genoux, posa les talons sur le bord du siège, puis donna un grand coup dans le tableau de bord avec son pied droit. La force du coup fit une petite fissure dans le plastique.

« Hé ! N'esquinte pas ma voiture ! Je n'en ai pas d'autre. »

Elle fondit en larmes. « Tu es bête, bête, *bête* !

— Mais, Rosie chérie, il faut parfois que je m'en aille. C'est mon boulot. Tu le sais bien. »

Elle le frappa de son poing. « T'es un sale menteur ! »

Sale menteur. Daniel ferma les yeux. *Un trait de famille*. Ne sachant pas quoi répondre, il démarra et descendit Cypress Street, loin de l'effervescence des alentours de l'école. Rosie continua à pleurer, l'air plus furieuse que malheureuse. Il parcourut les rues pentues de Kitsilano jusqu'à ce qu'elle se soit calmée, puis se gara le long du trottoir.

« Parlons-nous, Rosie, mais, s'il te plaît, ne détruis pas mon automobile.

— Maman m'écoute, elle, seulement elle ne compte pas, dit-elle en pleurnichant. Elle est avec Tony.

— Moi aussi, je t'écoute, ma chérie… Je t'écoute même trop. Quant à maman, elle compte beaucoup. Tony ou pas Tony. Elle t'aime énormément.
— Ah oui, tu crois ça ? Elles vont partir en voyage. »
Daniel fronça les sourcils. « Quand ça ?
— Parce que tu penses que je les entends pas parler ? Que j'entends pas tout ce qu'on dit ?
— Qu'est-ce que tu as entendu, Rosie ?
— Je viens de te le dire. Elles déménagent de la maison et partent en voyage je ne sais où. Et toi aussi, sauf que toi tu as un nuage noir. Tu vas tomber du ciel. Je t'ai prévenu que ça allait arriver, et ça va arriver. »

Deux heures plus tard, il se gara devant chez Amanda. Daniel serra sa fille un long moment dans ses bras. Se séparer d'elle lui laissait un goût d'autant plus amer qu'il n'était pas parvenu à la rassurer. Une fois de plus, il ne pouvait qu'espérer que ses visions n'étaient qu'une manifestation de son angoisse et de sa colère à l'encontre de ses parents. Sinon, qu'est-ce que cela signifiait ? Cette petite fille était-elle capable de prévoir un accident d'avion ? Il ne pouvait tout de même pas vivre sa vie en fonction de ses rêves et de prendre des décisions en se fondant sur ses prédictions… Un psychologue aurait-il été d'accord avec ça ? Le pire étant que, en agissant ainsi, du même coup il la rabaissait, lui faisait comprendre que ses rêves et ses peurs n'avaient pas d'importance pour lui. Qu'il ne la croyait pas.

« Je t'aime, Rosie. » Ce fut tout ce qu'il trouva à lui dire. C'était à peu près la seule chose qu'il savait être vraie sans le moindre doute. Elle hocha la tête et ouvrit la portière. Juste avant qu'elle descende, il ajouta : « Rosie, si ta maman est là, demande-lui de venir me parler une seconde.

— Tu vas lui demander si elle et Tony vont s'en aller, c'est ça ?

— Oui, admit Daniel. Je tâcherai de ne pas dire comment je l'ai appris.

— Te fatigue pas à mentir. Pour les mensonges, t'es nul. »

Daniel la regarda ouvrir le portail et monter les marches en bois brinquebalantes de la véranda. Elle était plus grande que jamais, ses jambes encore plus longues. Si elle n'avait pas été aussi menue, on aurait pu la prendre pour une adolescente. Elle était obligée de grandir trop vite, et c'était comme si son corps suivait. Au dernier moment, elle se retourna vers lui. L'expression de peur et de tristesse qu'il lut sur son visage lui noua l'estomac. Timidement, elle leva la main pour lui dire au revoir. Il fit de même.

Au bout de cinq minutes, Amanda sortit de la maison.

Elle ouvrit la portière et s'installa sur le siège passager. « Bonjour, Daniel. »

Ses cheveux étaient retenus par un bandeau d'où dépassait une unique boucle, teinte en violet, qui retombait en tire-bouchon sur son front. Et bien qu'elle eût passé l'âge de ce genre de fantaisie, ça lui allait malgré tout. En fait, Amanda avait l'air radieuse, pourtant la voir ne l'émut pas autant que d'habitude. Alors que ses sentiments pour sa fille n'avaient jamais été aussi forts, il s'aperçut qu'il en avait moins pour sa femme. Il comprit qu'il avait fini par admettre la rupture.

« Bonjour, Amanda. Comment ça va ?

— Bien. Rosie vient de m'avouer qu'elle t'avait parlé de nos projets.

— Si tu m'en parlais toi-même ? »

Elle jeta un regard mélancolique vers la maison. « Tu sais, cet endroit, c'est complètement moi. J'ai adoré vivre ici, mais toutes les bonnes choses ont une fin. » Elle lui jeta un bref coup d'œil, consciente de ce que signifiaient ses propos. « On a deux mois devant nous pour partir.

— Et ensuite ?

— Tony a un petit appartement. Il est loué en ce moment, mais…

— Oh, arrête, va à l'essentiel… Tony et toi partez quelque part.

— Écoute, se fâcha Amanda, son caractère reprenant le dessus, toi, tu t'es baladé partout… Ces dix dernières années, tu n'as fait que voyager pendant que moi je devais rester ici. J'ai tenu notre maison et notre foyer, mais maintenant j'aimerais déployer mes ailes. Je n'ai jamais eu l'occasion d'explorer le monde comme tu l'as fait. » Elle le fusilla du regard. « Tu ne peux quand même pas nier ça, Daniel ? »

Il réfléchit et convint qu'elle avait raison. Son travail l'avait envoyé aux quatre coins du monde tandis qu'Amanda restait coincée à la maison. « Non, je ne le nie pas.

— Je voudrais prendre un congé sabbatique pour travailler avec Tony. Un an, je dirais... environ un an. Tu pourrais assumer ta part avec Rosie pendant un temps, surtout que tu as tes parents pour t'aider.

— D'accord. Je vais prendre Rosie. Prendre le cochon. Trouver un endroit quelque part. »

Amanda le dévisagea, manifestement surprise de voir qu'il était d'accord. « Et ton travail ?

— C'est mon problème. Je m'occuperai de ma fille, ne t'inquiète pas. »

Elle fronça les sourcils. « Je pensais que peut-être tu avais rencontré quelqu'un. Rosie me l'a dit.

— Rosie t'a dit ça ? » Il esquissa un sourire. « Eh bien, Rosie est une petite fille très perspicace, non ? Si elle l'a dit, ce doit être vrai.

— Cette femme sera-t-elle bien pour Rosie ?

— T'es-tu demandé si Tony l'était pour Rosie ? »

Amanda balaya sa question d'un geste dédaigneux. « Alors, c'est d'accord ?

— Disons dans deux mois. Demain, je pars pour l'Inde, mais je ne resterai pas plus longtemps que nécessaire. » Il la regarda en ajoutant gentiment : « Tu te sens vraiment capable de passer une année entière sans voir ta fille ?

— Évidemment que non ! Nous reviendrons de temps en temps pour le boulot, mais pas pour rester.

— Je ne peux pas encore te dire où nous habiterons exactement, mais je cherche une maison.

— Peu importe ! fit-elle en souriant. Je vous trouverai. Au fait, je voulais te dire une dernière chose, Daniel. J'ai vu un avocat... »

Du bout du doigt, elle effleura sa tache de naissance en suivant la vrille qui formait un arc au-dessus du sourcil.

La surprise de Daniel fut telle qu'il faillit repousser sa main. Il y avait longtemps qu'Amanda ne l'avait plus touché. Et bien que son geste ne fût pas dénué de regret et de tendresse, il était indéniable qu'il s'agissait d'un adieu.

21

L'aéroport d'où partaient les vols intérieurs n'avait rien d'un endroit agréable, surtout à quatre heures du matin. Toutefois, après deux jours passés à Dehli à essayer d'organiser un vol pour Leh, il avait tout de la porte qui permettait d'échapper à l'enfer. Même avant l'aube, traverser Dehli en voiture révélait la pauvreté et la misère dans toute leur dimension. Partout, une foule de gens dormaient dans les rues, allongés sur les trottoirs sans même un morceau de carton sur lequel s'étendre ou un châle pour se couvrir, n'ayant que leurs chaussures en guise d'oreiller. Rempli d'humilité par ce qu'il voyait, Daniel eut vite fait de reconsidérer ce qui lui était apparu comme le lit le plus inconfortable qu'on pût imaginer, et qu'il venait de libérer sans regret dans un hôtel de catégorie moyenne de Connaught Square. Katie, qui trouvait le choc culturel encore plus dur à supporter, même si elle le cachait bien, garda les yeux fixés sur ses genoux tandis que le taxi roulait à vive allure dans les rues obscures.

Le Ladakh étant classé région sensible, la sécurité à l'aéroport était d'une extrême rigueur.

Les hommes et les femmes devaient se séparer au poste de contrôle pour être quasiment fouillés au corps, et tous les bagages étiquetés, tamponnés et retamponnés. Après tout ce déploiement d'efforts et de manipulations de si bon matin, ils ne se retrouvèrent au bout du compte que douze passagers dans la salle d'embarquement. Cette course folle à l'aube était inévitable, leur avait-on expliqué, pour la bonne raison que Leh était balayée par des vents d'une extrême violence qui se renforçaient à mesure que progressait la journée. Les liaisons aériennes entre Dehli et Leh ne fonctionnaient pas depuis très longtemps. Jusqu'à récemment, le seul moyen de se rendre au Ladakh avait été une route qui passait par les cols ouverts à la circulation les plus hauts du monde. D'ici une ou deux semaines, lorsque la neige obligerait à fermer les cols, le Ladakh se retrouverait complètement isolé du reste du monde. À en juger par les mesures de sécurité, Daniel doutait qu'ils pourraient repartir en avion s'il trouvait ce qu'il espérait. L'espoir... Son visage s'assombrit tandis qu'ils marchaient vers l'avion. Toute cette entreprise ne reposait-elle pas sur l'espoir ? Sur quoi d'autre se fondait-il ? Un récit, une carte gravée dans sa mémoire et quelques croquis. Autant dire que c'était de la folie...

Alors que le pilote faisait habilement glisser l'avion au-dessus des sommets dentelés de la région transhimalayenne, et que, au nord, se dressaient les immenses chaînes montagneuses du Zanskar, du Stok et du Karakoram, Daniel dut reconnaître que ce vol était l'un des plus spectaculaires qu'il eût jamais fait. Le soleil se leva en répandant une lueur rose intense sur les glaciers immaculés. Il avait lu dans un guide que le vol au-dessus du Ladakh était extraordinaire, mais qu'il ne convenait pas aux timorés. Abaissant ses jumelles, il se tourna vers Katie, qui était plongée dans un roman. Étant donné qu'elle s'était murée dans un silence inhabituel depuis qu'ils avaient atterri à Dehli, il espérait qu'elle ne regrettait pas sa décision. Laisser son fiancé et l'avenir qu'il lui promettait n'était pas rien. Et pourtant, elle était là, près de lui, pour le meilleur ou pour le pire.

« Hé, regarde… » Daniel la poussa du coude en lui montrant un splendide sommet couronné de neige dans le lointain. La montagne qui dominait toutes les autres scintillait sous le soleil matinal. « Je parie que c'est le K2.

— Impressionnant », dit Katie en s'arrachant de mauvaise grâce à son livre.

Penché au hublot pour contempler le panorama, il songea aux innombrables montagnards qui étaient morts en escaladant cette montagne et que l'on ne retrouverait sans doute jamais. Périr dans ces conditions était facile, or il n'avait jamais été un grimpeur. Que savait-il de la survie en haute montagne ? Il regarda en bas les massifs montagneux, les rangées de sommets qui s'échelonnaient le long de l'imposant plateau tibétain. Le plateau lui-même se trouvait déjà sur le toit du monde, soit à deux fois l'altitude de Boulder. Quelque part, là en bas, se trouvait un col qu'il tenterait d'atteindre à pied, près du Neykhor Tso, un lac sacré « d'une beauté époustouflante » situé au pied du Thangtak La. Il avait découvert que, contrairement à l'époque où Pematsang, en proie à la fièvre et aveuglé par la neige, s'était égaré en passant ce col à la mi-février, une route carrossable conduisait à présent jusqu'au lac. Une telle expédition, qui, six ans auparavant, eût été quasiment inenvisageable, était désormais possible. D'un geste machinal, Daniel palpa sa poche dans laquelle était pliée la feuille de papier où figurait une série de contours que lui seul était capable d'interpréter, des contours recopiés à partir de quelques photos et de trois petits dessins.

Bientôt l'avion descendit vers une immense cuvette semblable à un désert, un paysage lunaire aux pentes dénudées couvertes d'éboulis qui dévalaient vers une bande centrale à la végétation clairsemée le long d'une rivière tumultueuse. Tout au fond de cette immense étendue, au pied des montagnes, il aperçut une sorte d'agglomération qu'il présuma être Leh.

Lorsqu'ils s'approchèrent en volant plus bas, Daniel vit que les berges de la rivière bordées de champs bien entretenus et de jolies maisons étaient parsemées de grands et fins peupliers. Leur feuillage roux aux reflets orangés évoquait un feu ardent au fond de la vallée. En dehors de ces rares signes de vie, le vaste paysage désolé se composait de monticules de sable pur qui se déversaient du sommet des montagnes, pareils à des avalanches immobiles ou à des déserts fortement inclinés, le sable s'accrochant aux flancs des montagnes comme par magie.

À l'aéroport de Leh, la sécurité se révéla tout aussi pointilleuse, et encadrée par des militaires armés. Lorsqu'ils sortirent du terminal, des hommes qui faisaient le pied de grue devant l'entrée vinrent leur proposer leurs services – chauffeurs de taxi, guides ou pourvoyeurs d'hébergement. Leurs visages témoignaient de la diversité des groupes ethniques, mais tous parlaient un anglais passable. Katie fonça directement sur un homme en uniforme au volant d'un taxi en bon état.

« Quel est le meilleur hôtel de Leh ? lui demanda-t-elle.

— Il y en a plusieurs, madame, mais un seul a le chauffage. L'Indus Palace Hotel. Il vient d'ouvrir. »

À l'approche de la ville, ils traversèrent le carrefour principal où un énorme moulin à prières peint de toutes les couleurs signalait l'entrée de la vieille ville, laquelle avait été jadis un poste de ravitaillement très fréquenté par les caravanes qui empruntaient la route de la soie entre la Chine et la Méditerranée. Cette route qui avait été autrefois le lieu de prédilection d'un marchand itinérant portant une patte-d'aigle sur le visage... Inconsciemment, Daniel toucha la crête gonflée de sa marque de naissance, et lorsqu'il sentit les tentacules sous ses doigts, il se demanda si ce lieu ne lui évoquait pas quelque chose de familier.

« Je voudrais aller à Neykhor Tso, dit Daniel à l'adjoint du préfet, un jeune Ladakhi boutonneux d'une vingtaine d'années. On m'a expliqué qu'il me fallait un « Inner Line Permit ».

— Je ne crois pas que ce soit possible. La zone est sous le contrôle de l'armée. »

Daniel sourit d'un air doucereux. « Je sais. Raison pour laquelle ce permis est nécessaire, non ?

— L'hiver n'est pas une bonne saison pour aller dans les zones réglementées comme Neykhor Tso. Ils ferment certains check-points.

— Attendez, objecta Daniel, il est dit ici même dans vos brochures touristiques que la zone reste ouverte jusqu'à ce qu'il neige… Voyez-vous, je suis ornithologue amateur. Or, on m'a dit avoir repéré un couple de grues à col noir à Neykhor Tso il y a moins d'une semaine. Je l'ai appris par des touristes croisés à notre hôtel à Dehli, et du coup, nous avons pris le premier avion pour Leh que nous avons pu trouver. »

Le jeune homme secoua la tête. « Pour obtenir le permis, il faut être au moins quatre personnes. Une, ça ne va pas. Deux, ça ne va pas. »

Une jolie fille qui portait un jean incroyablement moulant tapait sur la vitre du bureau en essayant d'attirer l'attention du jeune préfet adjoint. Il lui fit un signe de la main en écartant les cinq doigts. Daniel se tourna vers Katie et grommela entre ses dents : « J'irai à Neykhor Tso même si je dois marcher jusque là-bas.

— Je ferai tout ce… Je paierai la somme qu'il faudra, dit-il au jeune homme. C'est important pour moi. Les grues à col noir font partie des oiseaux les plus rares au monde, et d'un jour à l'autre, elles vont s'envoler vers leur lieu de migration. »

Le jeune type sourit, mais ce n'était pas à Daniel.

« OK, dit Katie, de plus en plus agacée. On va gonfler les chiffres. Je m'inscris pour les grues moi aussi. Et si ça ne suffit pas, nous irons voir le préfet en personne. »

Junior haussa les épaules. « C'est à vous de voir... Vous serez arrêtés au check-point et on vous obligera à faire demi-tour, mais si vous êtes prêts à prendre le risque... Apportez trois photos d'identité, cinq photocopies des passeports – trois pour moi, deux pour vous – et deux cents roupies chacun. Revenez à cinq heures. »

Ils ressortirent dans la lumière éclatante du Ladakh et déambulèrent dans une rue grouillante d'animation. Ce devait être un jour de marché. Des hommes et des femmes âgés, certains si ratatinés que leurs traits disparaissaient dans une masse de rides, étaient assis par terre devant de grands paniers remplis d'abricots séchés qu'ils pesaient dans des cônes en papier journal sur des balances à l'ancienne. Il régnait une ambiance de fête. Partout des drapeaux de prière flottaient au vent, accrochés entre les toits et les balcons des maisons entassées les unes sur les autres. Des vaches et des ânes miniatures, à peine plus grands que des labradors, se promenaient librement dans les rues en se gavant d'épluchures de légumes entassées ici et là. Les Ladakhis eux-mêmes étaient petits comparés à leurs compatriotes indiens ou cachemiris. Les vêtements, de toutes les couleurs, étaient également portés par des Occidentaux, de jeunes fauchés pour la plupart. Les rues étroites regorgeaient de boutiques et d'innombrables restaurants tibétains, ladakhis, indiens ou occidentaux ; certains servaient encore à manger dans de ravissants jardins sous des arbres, bien qu'il fît déjà trop froid pour avoir envie de s'asseoir dehors. Et tout en haut de la ville, sur une colline pentue, se dressait une immense bâtisse, un palais ou un monastère, qui semblait à l'abandon.

Daniel et Katie remontèrent une des rues principales en cherchant un endroit où faire les photos et les photocopies indispensables pour le permis. Des commerçants faisaient de leur mieux pour les attirer dans leurs boutiques aussi sombres que des grottes. Malgré les apparences, et bien qu'elle fût située au bout du monde, il y avait d'innombrables cafés Internet, échoppes de location de matériel photo et vidéo, d'équipement de trekking dans cette ville, en fait tout ce que l'on trouve dans la rue principale d'une ville occidentale, quoique présenté avec moins de munificence. Alors qu'ils attendaient qu'on développe leurs photos devant le comptoir cabossé d'un énième antre creusé dans un mur, Daniel enlaça Katie par le cou.

« Tu es vraiment certaine de vouloir venir avec moi ?
— Non. »

Comme Katie luttait contre un début de migraine et une gêne respiratoire inquiétante, Daniel la laissa à l'hôtel, puis demanda à un taxi de l'emmener au camp n° 2, un camp de réfugiés tibétains que lui avait indiqué le réceptionniste fort serviable. Le chauffeur le conduisit en dehors de Leh, sur une grande route qui descendait vers le centre de la vallée. Le paysage désolé était parsemé de centaines de stupas blancs dont la forme lui était désormais familière. Certains, qui avaient l'air très anciens, paraissaient avoir été empilés de façon informelle, comme si un grand oiseau blanc avait lâché d'énormes crottes un peu partout dans la plaine. Daniel se demanda qui les avait construits et pourquoi. Le chauffeur se rangea sur le bas-côté de la route pour laisser passer un convoi militaire. « Le terrain d'entraînement de l'armée », dit-il en balayant d'un geste du bras les vastes plaines sableuses qui s'étendaient jusqu'aux montagnes.

Soudain, devant la présence inquiétante de l'armée, Daniel sentit son ventre se nouer. Aussi précipité et mal conçu que fût son plan, il savait ne pas disposer de beaucoup de temps. D'un jour à l'autre, une baisse de température ou une chute de neige risquait de compromettre l'expédition. S'il ne menait pas tout de suite à bien son projet, il ne le ferait jamais, il en était certain.

Ils arrivèrent bientôt au camp, une affreuse concentration urbaine de bâtiments bas édifiés à la va-vite sur le sol poussiéreux. Des chiens errants couraient dans les rues en terre désertes. Daniel pria le chauffeur de l'attendre et lui demanda s'il n'y avait pas un bureau officiel ou un endroit où il pourrait obtenir des informations. Le chauffeur haussa les épaules – peut-être n'avait-il pas compris sa question, à moins qu'il n'en ait tout simplement aucune idée. « Temple », dit-il, le doigt tendu vers un énorme bâtiment jaune qui dominait l'océan de maisons grises.

Il n'y avait ni voitures, ni musique, ni rires d'enfants. Il supposa que les gens vivaient derrière les façades des maisons dépourvues de fenêtres ou qu'ils étaient au travail. Daniel franchit la grille qui entourait la cour du temple. Il regarda autour de lui : pas une âme en vue. Il poussa la porte du temple et entra. Visiblement, il s'agissait d'une construction récente. Un bouddha haut de dix mètres trônait au milieu de l'espace spectaculaire. Des illustrations décoraient les murs du sol au plafond, délicatement ourlées d'un trait noir en attendant d'être peintes. Sur un échafaudage, trois hommes armés de pots et de pinceaux étaient en train de remplir de couleurs les dessins complexes. Tous les trois s'arrêtèrent pour le regarder, puis, sans un mot, se remirent au travail.

« Excusez-moi, dit timidement Daniel, sentant bien qu'il n'aurait pas dû se trouver là. Pourrais-je parler à quelqu'un ? Anglais ? Vous parlez anglais ? »

Un homme d'une cinquantaine d'années posa son pinceau et, sans se presser, descendit de son perchoir par l'échelle. Sa salopette était maculée de toutes les couleurs de l'arc-en-ciel. « *Jule*, dit-il poliment. Je peux vous aider ?

— *Jule,* répondit Daniel. Peut-être le pourrez-vous. Je cherche un guide tibétain. Quelqu'un qui connaisse Neykhor Tso et qui parle anglais. »

L'homme le regarda d'un air soupçonneux. « Guide tibétain ? Pourquoi ?

— Je ne veux pas d'un guide indien, précisa Daniel en haussant les épaules.

— Beaucoup de guides ladakhis, et quelques guides tibétains aussi à l'agence de voyages de Leh. »

Daniel s'approcha de l'homme de quelques pas. « Je ne veux pas un guide d'agence de voyages. Je voudrais un guide tibétain qui connaisse bien la région de Neykhor Tso. Quelqu'un qui serait venu du Tibet en passant par le Thangtak La. »

Le peintre jeta un regard vers ses collègues perchés sur l'échafaudage, puis demanda à voix basse : « Qui êtes-vous ?

— Je ne suis personne, juste un homme qui vient du Canada. Mon père était un réfugié tibétain et est venu au Ladakh par le Thangtak La. Je voudrais voir l'endroit. Vous comprenez... le voir par moi-même. »

Le peintre le scruta un long moment. « Oui, dit-il finalement. Je comprends. » Il sortit un téléphone de sa poche, tourna le dos à Daniel et parla pendant environ une minute. « Tashi va venir tout de suite. Dans une minute. Attendez ici. »

Et en effet, quelques minutes plus tard, un jeune homme arriva en courant. Âgé d'environ vingt-cinq ans, il était mince et large d'épaules, avec un visage ouvert et engageant, et de longs cheveux noirs attachés en queue-de-cheval. Son jean et sa veste en cuir attestaient qu'il appartenait à une génération tournée vers l'Occident. Le jeune homme était extrêmement séduisant. Daniel suspecta que si elle posait les yeux sur ce spécimen de virilité prêt à craquer aux coutures, Katie déciderait probablement de les accompagner.

« Je m'appelle Tashi », dit-il en serrant chaleureusement la main de Daniel. De toute évidence, il désirait très fort avoir le job.

« Heureux de vous rencontrer, Tashi. J'aurais besoin d'un guide qui connaisse la région de Neykhor Tso. Vous y êtes déjà allé ?

— Je connais très bien cette région, monsieur.

— Je vous en prie, appelez-moi Daniel. Avez-vous la possibilité de trouver un véhicule ? Un quatre-quatre ?

— Mon oncle en a un qu'il me loue. Un Land Cruiser Toyota, mais, si vous préférez, on peut louer autre chose à Leh, seulement ce sera plus cher. Quand voulez-vous partir ?

— Demain. Je ne sais pas encore exactement ce que je vais faire, mais j'aimerais pouvoir compter sur le Land Cruiser et vous pendant une semaine.

— Une semaine ! s'exclama Tashi, faisant de son mieux pour ne pas donner l'impression qu'il venait de gagner le gros lot.

— Ma compagne et moi préférerions ne pas repartir en avion à Dehli depuis Leh. Que diriez-vous de nous conduire jusqu'à Manali une fois que nous en aurons fini au Neykhor Tso ? De là, nous pourrions prendre un car ou un train.

— Mais oui ! s'exclama Tashi, le regard rayonnant. Je vous emmène où vous voulez... Même jusqu'à Dehli. Tant que la route qui sort du Ladakh est ouverte... Mais elle sera bientôt fermée. »

Ils ressortirent au soleil conclure le marché. Tashi lui expliqua qu'il était venu du Tibet lorsqu'il avait douze ans et qu'il avait franchi les montagnes avec son grand-père. Comme ce dernier était décédé peu de temps après, il avait été élevé non loin de là, dans le village d'enfants tibétains où il avait appris à parler l'anglais.

« Et vous parlez le ladakhi ?

— Bien entendu, répondit Tashi avec une pointe de mépris. Ce n'est qu'une forme archaïque du tibétain, comme la population d'ailleurs. »

Daniel s'appliqua à ne pas sourire. « Parfait. Ça nous sera utile. Je vais chercher nos permis à cinq heures. Et vous, il vous en faut un ?

— Pas de problème. Je le prendrai de mon côté. »

Tashi ne pensait pas que les soldats du check-point verraient d'objection s'il manquait une personne, ou même deux, surtout si Daniel se trouvait avoir sur lui quelques paquets de cigarettes américaines, voire une bouteille de whisky. À vrai dire, ce serait une bonne idée d'en emporter une réserve étant donné qu'il y avait plusieurs check-points.

« Et le matériel ? Pouvez-vous nous fournir de quoi camper quelques jours ? Tentes, provisions, sacs de couchage...

— Les étrangers ne sont pas censés camper près du lac sacré, mais il arrive que certains le fassent.

Par là-bas, il n'y a pas trop de militaires, c'est très isolé. » Il fit un grand sourire qui lui donna un air encore plus charmant. « Bien sûr que je peux vous fournir ça. Mais n'oubliez pas que, à cette saison, les nuits sont très froides. La température descend en dessous de zéro.

— Et les patrouilles à la frontière chinoise ? Est-ce qu'elles embêtent les trekkeurs ?

— Il y en a quelquefois le long du col, mais, la plupart du temps, nous avons de la chance. »

Tashi se rengorgea d'un air satisfait et lui raconta que des centaines de Tibétains étaient passés sans difficulté par ce col au cours des vingt dernières années, mais que, l'année dernière, des soldats chinois avaient tiré sur un groupe de réfugiés et qu'un moine avait été tué. « Je sais où sont leurs casernes. Mais tant que vous n'approchez pas trop de la frontière, inutile de vous inquiéter.

— Il s'agit d'un peu plus que d'un trek, Tashi, dit Daniel en parlant plus bas. C'est précisément là que je veux aller.

— Pourquoi ?

— Mon père était tibétain. Il a franchi le Thangtak La en 1961 et a dû laisser quelque chose derrière lui du côté tibétain de la frontière. Je voudrais voir si je peux le récupérer. Vous n'aurez qu'à me montrer comment atteindre le col et redescendre ensuite pour m'attendre. » Il se tut une seconde en observant le visage du jeune Tibétain. « Que pensez-vous d'une telle expédition ? Je ne vous demande pas de vous mettre en danger, mais je veux que vous décidiez en toute connaissance de cause si c'est un travail pour vous. »

Tashi prit un air suffisant, repensant sans doute à son propre passage. « Un peu de danger est bon pour un homme, dit-il en gratifiant Daniel d'une tape virile sur l'épaule. Vous ne pensez pas, monsieur Daniel ?

— Absolument. Mais ne m'appelez pas monsieur. » Il prit son portefeuille d'où il sortit une liasse de billets de cinq cents roupies. « Procurez-nous ce qu'il faut pour cinq jours de trekking, d'accord ? »

Il demanda au chauffeur de taxi de le déposer au bas de la ville et remonta une des rues principales en cherchant une officine d'où téléphoner. Le marché battait toujours son plein. Agenouillées sur les trottoirs, des paysannes vêtues de volumineuses robes de laine proposaient les maigres produits de leurs fermes, parfois une simple botte de carottes, de panais ou des bouquets d'herbes, les badauds s'agglutinant autour d'elles, certains en costume traditionnel, d'autres habillés à l'occidentale. Les visages offraient un mélange intéressant ; ils étaient apparemment d'origine tibétaine, comme l'avait dit Tashi, mais souvent avec des traces de sang indo-iranien, visibles dans des cheveux bouclés, une barbe fournie ou un nez proéminent. Les propriétaires agressifs des boutiques étaient pour la plupart des Indiens ou des Cachemiris. Du bétail et une grande variété de chiens bizarres se promenaient en toute liberté.

Qu'aurait pensé Rosie de cet endroit étonnant ? À cette heure, elle devait s'être levée pour nourrir Runtie-Lou et la mettre à gambader dans la cour avant de partir pour l'école. Il rit de l'image qui lui traversa soudain l'esprit – en voyant Leh, sa fille n'y aurait sans doute rien trouvé de bizarre.

Daniel remonta rapidement la rue, impatient de lui parler puisqu'il ne pourrait plus le faire avant plusieurs jours. Voire des semaines, des mois ou des années si les patrouilles chinoises de la frontière l'arrêtaient et le jetaient dans une des célèbres prisons transformées en camps de travail.

« Tu m'entends ? cria Daniel dans l'appareil.
— Cinq sur cinq, commandant ! Il est six heures du matin.
— On dirait que tu es juste à côté, ma chérie. Qu'est-ce que tu dis de la technologie, hein ? Tu te rends compte que nos voix bondissent par-dessus ces immenses montagnes ?
— Elles sont relayées par satellite, papa.
— Ah oui, mademoiselle je sais tout ?
Elle ne répondit pas. Au bout de quelques secondes, il demanda : « Ça va, Rosie ?
— Non. J'ai la fièvre des nuages.
— Oh, non... Ne me dis pas que toi aussi !
— Les nuages sont partout. De vilains nuages. À cause d'eux je me sens mal.
— Je vois. » Il réfléchit à ce qu'elle venait de dire. « Là où je suis en ce moment, il n'y a pas un seul nuage. Le soleil brille, et l'air est clair et transparent comme tu ne l'as jamais vu. On a l'impres-

sion d'avoir porté des lunettes de ski pleines de buée toute sa vie et que d'un seul coup quelqu'un vous les a retirées. Et tu adorerais l'architecture... il y a des *gompas*, des sortes de petits monastères, sur pratiquement chaque colline. On dirait qu'ils poussent sur les rochers, et tu saurais...

— Papa ! s'écria Rosie. Arrête !
— Tu ne veux pas que je te parle de ce que je fais ici ? demanda Daniel sans conviction.
— Non, pas du tout.
— Est-ce que tout va bien, Rosie ? Tu n'as pas d'ennuis, dis-moi ?
— Eh bien, peut-être que ça t'intéressera de le savoir... Hier, un homme est venu vers moi et m'a demandé où tu étais. »

Pris de panique, Daniel ferma les yeux. « Le même que la dernière fois ?
— Non, un Chinois. Très grand, presque aussi grand que toi. Très beau, et c'était très sympathique de parler avec lui.
— *Rosie !* Bon sang, tu sais bien qu'il ne faut pas parler à des inconnus ! Je ne te l'ai pas appris ? Les petites filles ne doivent jamais parler à des inconnus, *jamais*. Ce n'est pas parce qu'ils sont beaux qu'ils ne sont pas bizarres ou tordus.
— Je lui ai dit que tu étais parti quelque part faire de l'hélicoptère. Mais je crois bien qu'il le savait déjà. Il a juste demandé pour être poli.
— Que faisais-tu toute seule, Rosie ? Ta mère devait t'accompagner à l'école et aller te chercher. Elle me l'avait promis. Laisse-moi lui parler. Va la chercher, s'il te plaît. Tout de suite. Je veux lui dire un mot.

— Sois prudent, papa.
— Oui, ma chérie. Je t'aime. »

Bouillant de colère et d'anxiété, Daniel attendit. Les minutes s'égrenèrent, mais il se doutait qu'Amanda devait dormir à poings fermés et il savait qu'elle pouvait être difficile à réveiller.

Qui était ce type... grand, chinois, beau ? Probablement un autre agent de la CIA. La boîte, les restes calcinés et le message fallacieux qu'elle contenait avaient dû déplaire à quelqu'un, en fin de compte. Tout à coup, une autre possibilité lui traversa l'esprit. Était-ce envisageable ? « Harvey », murmura-t-il en grinçant des dents de rage. Si ce n'était pas un crétin de la CIA, il se pouvait que ce soit le fiancé éconduit qui le cherche. À moins que... *Rosie était-elle la cible ?*

« Daniel, tu sais l'heure qu'il est à Vancouver ? »

Son anxiété explosa. « Je me fous de l'heure qu'il est... Ne t'ai-je pas prévenu qu'un homme suivait notre fille ? Je ne veux pas que Rosie aille toute seule à l'école. Tu me l'avais promis !

— Ne me crie pas dessus, Daniel. Ce type n'a pas réapparu depuis que tu l'as menacé de lui couper les couilles et de les lui faire bouffer. Tu es hystérique, ma parole ! Tous les hommes ne sont pas des pédophiles, et je n'ai aucune envie que ma fille développe une phobie des hommes... » Un silence. « Qu'est-ce qu'il t'arrive, bon sang ? Tu devrais t'entendre ! »

Daniel réussit à se calmer un peu, bien qu'il mourût d'envie de lui hurler qu'elle était une mauvaise mère. Il avait cédé à la panique. Il savait pourtant que ce n'était pas la faute d'Amanda, mais uniquement la sienne.

« Écoute-moi. Un autre type a approché Rosie. Je veux que tu appelles tout de suite la police et que tu…

— Stop ! Pas question. Je suis certaine qu'elle me l'aurait dit. Tu sais bien comme elle a parfois l'imagination qui s'emballe. Laisse-moi lui parler. Je refuse de la laisser interroger par la police. »

Daniel se mordit le dessus de la main en s'efforçant de réfléchir. Amanda avait raison sur un point : un interrogatoire de police était la dernière chose dont avait besoin leur fille, ou pire, qu'on la cache ou qu'on la place dans quelque foyer d'accueil… Cette pensée lui donna une idée.

« Rosie ne raconte pas de bobards, Amanda, mais je suis d'accord avec toi pour ce qui est de la police. À mon retour, je t'expliquerai tout. C'est une histoire trop complexe pour la résumer au téléphone. De plus, je ne sais pas trop qui s'en prend à Rosie. Je vais appeler Bruce et Linda, et demander à Bruce de venir ce matin chez toi chercher Rosie. Je veux qu'il l'emmène à Egg Island et qu'il la garde là jusqu'à ce que j'aie acquis la certitude que revenir à la maison est sans danger pour elle.

— Bon Dieu, Daniel, tu ne vas quand même pas…

— Ne discute pas. Si tu ne laisses pas Bruce l'emmener, je téléphonerai moi-même à la police.

Rosie pourrait être en danger. Crois-moi sur parole. »

Amanda resta un moment silencieuse. Il commençait à se demander si elle n'avait pas raccroché.

« Bon, d'accord, bredouilla-t-elle. Je vais lui emballer quelques affaires.

— Et n'appelle pas Bruce et Linda. Je m'en occupe d'ici. »

Daniel eut de la chance. Bruce décrocha son portable à la deuxième sonnerie. Au milieu d'un torrent de mots, Daniel essaya de lui expliquer le danger que courait sa fille, et la faveur qu'il lui demandait.

« Dieu du ciel, dans quoi t'es-tu fourré ? tonna Bruce. Bien sûr que Rosie peut rester chez nous. Depuis qu'on nous a raccordés à Internet, Linda travaille à la maison. Le cochon peut venir aussi. Ne t'inquiète pas, mon vieux. Rien de mal n'arrivera à notre princesse.

— Je ne sais pas comment te remercier, Bruce. Tu vas penser que je suis parano, mais va la chercher en taxi, s'il te plaît. Je ne voudrais pas que quelqu'un relève ta plaque d'immatriculation.

— Compte sur moi, mon vieux. » La voix de Bruce continua à bourdonner de façon rassurante pendant quelques minutes, puis ils se dirent au revoir, Daniel promettant de rappeler dès qu'il serait revenu de son expédition.

Les jambes en coton, il régla les deux appels, puis se perdit dans un dédale de petites rues avant de retrouver l'Indus Palace. Sa résolution se faisait plus hésitante. Ne valait-il pas mieux abandonner le projet ? Il ne décollait de Leh que deux vols hebdomadaires, mais il pourrait être rentré chez lui en cinq jours, ou même quatre. La fureur le gagna. Comment ce salopard osait-il approcher une gamine de neuf ans ? *Si toutefois c'était Harvey !* Si ce type avait découvert qu'un salaud de balafré lui avait piqué sa fiancée, nul doute qu'il planifierait une vengeance à la coréenne... Bon, maintenant que Rosie était hors d'atteinte, le règlement de comptes devrait attendre. Si ce primate voulait lui arracher les testicules et les lui fourrer dans les narines, il devrait attendre qu'il ait terminé la tâche qui l'avait amené ici.

Daniel traversa une petite passerelle sur laquelle flottaient des drapeaux, dispersant des prières dans l'air léger. Il s'arrêta un instant et les regarda en lançant lui-même une prière pour qu'il n'arrive rien à sa petite fille... pour qu'elle vive heureuse et que sa fièvre des nuages soit vite guérie.

À son retour à l'Indus Palace, il trouva Katie toute pâlotte. Elle était allongée sur le lit, toujours plongée dans son roman, mais il remarqua que sa respiration était superficielle. Il décida de ne pas lui parler du coup de fil pour l'instant. Qu'elle sache que quelqu'un rôdait autour de Rosie ne servirait à rien, sinon à l'inquiéter.

« Ça va ? demanda Daniel en s'asseyant sur le lit.

— Juste un léger mal de tête.

— Laisse tomber ce livre. Lire ne peut qu'empirer les choses. »

Lui-même n'avait jamais souffert du mal d'altitude. Il songea tout à coup que ce devait être à cause de ses gènes himalayens. Sur le toit du monde, la sélection naturelle semblait favoriser ceux qui avaient une bonne résistance générale et une bonne capacité respiratoire.

Il lui caressa les cheveux. « J'ai trouvé un guide tibétain avec une voiture. Nous partons demain à cinq heures du matin. »

Katie posa son livre et lui toucha la cuisse. « Fais-moi l'amour.

— Ah, non ! fit Daniel avec sérieux. Hors de question. Tu as assez de mal à respirer comme ça. Dieu sait ce qui pourrait arriver…

— Je ne bougerai pas. Je resterai allongée sur le dos, parfaitement immobile, dit-elle en posant sa main sur sa poitrine. On va peut-être mourir, là-haut dans ces montagnes sinistres… Tu ne voudrais pas m'avoir baisée une dernière fois ?

— Tu es certaine de vouloir venir avec nous, Katie ? Ça risque de prendre plus d'un jour ou deux. Il faudra que tu dormes sous une tente dans un sac de couchage crasseux, et il fera très froid. La nuit, la température descend en dessous de zéro.

— Oh, mon Dieu… Je n'en sais rien. Qu'est-ce que je vais faire dans cette horrible chambre d'hôtel ?

— Tu sortiras te promener. Il y a des tas d'endroits où manger et faire du shopping. Cette petite ville pittoresque est intéressante. Et paraît tout à fait sûre. À dire vrai, je n'ai pas trop envie que tu viennes.

— Non, je t'en supplie, ne m'abandonne pas ici ! » Elle agrippa le devant de son tee-shirt. « Et si jamais Harvey... ? De toute façon, j'ai envie d'être avec toi. Je m'occuperai de vous. Je ferai la cuisine.

— D'accord, d'accord. Dans ce cas, passons en revue tes affaires pour vérifier s'il te manque quelque chose. J'ai aperçu un bon magasin de trekking dans la... »

Katie lui plaqua la main sur la bouche. « Je respire mieux. Et maintenant, tu vas faire exactement ce que je te dis. »

22

« La note a été réglée », dit Daniel au veilleur de nuit ensommeillé lorsqu'ils sortirent de l'hôtel dans la nuit avec leurs bagages.

Fidèle à sa parole, Tashi attendait dans le froid de l'aube qui se lèverait bientôt. La vapeur de son souffle tourbillonnait et il avait les deux mains enfoncées dans ses poches. Ses cheveux qui retombaient librement sur ses épaules étaient emmêlés à l'arrière de sa tête, comme s'il venait de s'arracher de son oreiller. Un Land Cruiser Toyota était garé dans la rue, moteur en marche. Daniel le remercia pour son exactitude, puis le présenta à Katie, curieux de voir si leur guide lui apparaîtrait comme un plus dans cette aventure peu attrayante. Elle regarda le jeune Tibétain ranger leurs sacs dans le coffre d'un air détaché, sans rien laisser deviner de ce qu'elle pensait. Quoi qu'il en soit, Daniel ne lui refusa pas de s'installer à l'avant.

Ils roulèrent à travers la ville endormie. Les seules créatures réveillées étaient trois petits ânes qui flânaient au milieu de la rue. Tashi attendit tranquillement qu'ils veuillent bien le laisser passer. À la sortie de Leh, ils traversèrent le grand carrefour où se dressait le moulin à prières géant. Daniel se retourna sur deux vieilles femmes qui tournaient autour d'un pas traînant, déroulant laborieusement leurs prières avant l'aube comme si elles faisaient ça depuis des siècles.

D'un seul coup, il fit jour. En regardant sa montre, Daniel constata qu'il avait dormi deux heures, étendu sur la banquette arrière, la tête enfouie dans sa parka en duvet d'oie. Ils avaient quitté la route qui reliait Leh à Manali, et le changement d'allure et de revêtement l'avait réveillé. Il se redressa et aperçut le premier poste militaire, à une distance d'environ deux cents mètres. Tashi ralentit, puis s'arrêta devant la barrière, les papiers déjà en main. Trois soldats tenaient l'endroit. Tashi descendit et serra la main de chacun d'eux. Manifestement, ils se connaissaient, sans doute parce que le jeune homme était déjà passé avec d'autres trekkeurs ou observateurs d'oiseaux. Le plus âgé des trois soldats l'interrogea longuement et à toute vitesse en ladakhi, agitant la main de temps en temps vers la voiture et ses occupants. Tashi lui offrit une cigarette, et ils soufflèrent la fumée tout en parlant. Ce geste sembla faciliter l'interrogatoire.

« Un plaisir partagé fait ressortir le meilleur en chacun de nous, observa Daniel avant de faire un clin d'œil à Katie. Ou le pire...

— Celui qui a la peau foncée a l'air d'un petit merdeux, dit-elle avec agacement. Putain, mais de quoi ils parlent ?

— Contente-toi de sourire, Katie. Fais ton boulot. »

De part et d'autre de la route pleine de nids-de-poule et de cailloux, le paysage avait changé, les éboulis de sable pentus laissant place à un canyon flanqué de montagnes striées très escarpées.

« À partir de maintenant, on va monter sans arrêt, les informa Tashi. Sur le plateau de Changthang, il ne pousse rien d'autre que de l'herbe. Les bergers nomades des tribus changpas sont les seuls à venir jusque-là.

— Ils sont sympathiques, j'espère ? demanda Katie.

— Non. Ils enlèvent les jolies filles et les font cuire dans de grandes marmites ! répondit Tashi en riant d'un air grivois. Avec un peu de chance, nous aurons des Changpas pour voisins. Ils nous inviteront dans leurs tentes et nous saouleront à coups de *chang*. »

Sur le plateau en pente, ils firent une pause le temps de boire une tasse de thé, assis sur des rochers près d'un mur en pierre. À cette altitude, le ciel sans nuages était d'un bleu intense éclatant. Tout se découpait de façon nette, comme lavé par quelque substance céleste. Les lointains sommets étaient couverts de neige, mais les montagnes voisines en étaient encore dépourvues et se teintaient de nuances brunes et violettes. Adossé au mur, Daniel offrit son visage au soleil matinal en grignotant la boule farineuse de tsampa que Tashi venait de pétrir à la main.

« Goûtes-en un, dit-il à Katie. C'est délicieux, ça ressemble un peu à des céréales ramollies. »

Katie prit un air horrifié. Daniel se redressa, s'étira et respira à fond l'air léger. Il observa le mur de pierres sèches large de plusieurs mètres qui se prolongeait jusqu'à l'horizon.

« Qui se donnerait la peine de construire un mur gigantesque au milieu de nulle part ? » Il ramassa une pierre sur laquelle il vit qu'était gravée une inscription. « Ça alors... toutes les pierres sont...

— Remettez-la en place ! le réprimanda Tashi. C'est un mur *mani*. Les pèlerins gravent des mantras sur ces pierres depuis des siècles. Le mur sert de repère aux autres, il leur montre le chemin vers le lac sacré.

— Je comprends, dit Daniel, penaud. Qu'est-ce qu'on attend ? Suivons la direction qu'il indique. »

Daniel prit le volant pour laisser Tashi se reposer. Ils roulèrent pendant une bonne heure sur le plateau vallonné. Assise à l'arrière, Katie n'arrêtait pas de gigoter sans parvenir à trouver une position confortable. Finalement, elle se pencha entre eux deux et demanda : « Le lac est encore loin ?

— À trois heures de route sans compter les arrêts, répondit Tashi. Il faut encore passer un check-point. »

Daniel lui jeta un coup d'œil dans le rétroviseur avec un mélange d'irritation et de désir. Dans sa tenue de randonneuse et sans aucun maquillage, elle était encore plus belle – en tout cas à ses yeux –, mais était-elle vraiment prête à se lancer dans une telle expédition ? « Écoute, Katie, on peut encore faire demi-tour et te laisser deux jours à l'hôtel. Mais décide-toi vite, avant qu'on soit trop loin de Leh.

— Non. Je t'assure, ça va. »

Ils roulèrent en silence. La piste grimpait sérieusement en zigzaguant. Daniel devait se bagarrer avec le volant sur les lacets qui s'enchaînaient. Aucune barrière ne délimitant la piste étroite, à la moindre erreur de jugement ou seconde d'inattention le Land Cruiser basculerait dans le vide.

Toute végétation avait à présent disparu et les pentes raides étaient tapissées d'un sable noir rugueux, comme si une main géante l'avait déversé sur les flancs de la montagne avant de le pulvériser de fixatif. Alors qu'ils atteignaient un second plateau, Tashi lui dit de quitter la piste et de s'engager sur ce qui ressemblait encore à une succession d'éboulis sur une vaste étendue en forme de cuvette. Au loin, un troupeau d'ânes sauvages détala au trot quand le rugissement du moteur déchira le silence. Une heure s'écoula sans que rien ne vienne modifier le paysage lunaire.

« Tashi, nous ne sommes pas sur une piste, s'inquiéta Katie. Nous roulons au milieu de nulle part... Vous êtes sûr de savoir ce que vous faites ?

— Je connais chaque centimètre carré de l'est du Ladakh, rétorqua leur guide avec une pointe de nervosité. C'est un raccourci... Daniel, il vaudrait mieux que je reprenne le volant. Montez à l'arrière avec Katie. »

Ils arrivèrent bientôt devant une série de pistes sur lesquelles on distinguait des traces de pneus et, plus loin, un ultime check-point. Cet endroit semblait être le plus reculé de la terre. Des soldats hirsutes pressèrent leur nez contre la vitre en regardant Katie. L'ennui, le froid et le désespoir se lisaient sur leurs visages. L'air tendu, Tashi leur ordonna à voix basse de rester dans la voiture. Des cigarettes et du whisky changèrent de main, puis les soldats burent de grandes rasades au goulot. Daniel prit la main de Katie, son instinct protecteur réveillé bien qu'il s'en veuille de l'avoir laissée venir. En l'éloignant de Harvey, il était possible qu'il lui fasse courir un danger beaucoup plus grave.

Une demi-heure plus tard, on leur rendit leurs passeports et leur permis, et les soldats les laissèrent passer sans grand enthousiasme. Ils continuèrent à descendre au fond d'un large canyon qui longeait une rivière envasée d'un blanc laiteux. Le terrain sablonneux était jonché de cailloux et de gros rochers. De gigantesques glissements de terrain avaient donné une apparence chaotique au paysage, comme si les éboulis s'étaient détachés en perdant la colle qui les maintenait sur le flanc des montagnes. Soudain, le soleil se leva sur la crête, inondant l'immense dôme bleu de ses rayons aveuglants. De l'eau jaillissait dans des rigoles rejoignant la rivière, mais Tashi négociait le moindre obstacle avec habileté. Derrière le col, il semblait ne rien y avoir d'autre que du vide, mais dès qu'ils arrivèrent au sommet, d'un seul coup, en contrebas, ils aperçurent le lac sacré de Neykhor Tso.

« S'il vous plaît, arrêtez-vous ! s'écria Daniel. Mon Dieu... je n'ai jamais rien vu de pareil. »

Les rayons du soleil jouaient sur la surface miroitante en déployant une palette de couleurs étonnante : bleu, vert, mauve, pourpre et orange. Katie elle-même paraissait éblouie. Ils descendirent de voiture et restèrent là quelques minutes en silence à admirer le spectacle. L'eau semblait se mouvoir et changer de nuance en exécutant une danse.

« Ce lac ne débouche sur rien, expliqua Tashi. L'eau arrive de lointains glaciers et le limon s'est accumulé là depuis des milliers d'années. Les rayons de soleil rebondissent sur les minéraux en donnant toutes ces couleurs. »

Un bref instant, Daniel oublia l'angoisse qui le taraudait dès qu'il pensait à Rosie, de même que les raisons qui l'avaient amené ici au bout du monde. En levant les yeux vers les montagnes, il fut pris d'un frisson. Personne ne prononça un mot pendant plusieurs minutes.

Tashi rompit le silence. « Pour moi, le Tibet, c'est ça. Chaque fois que j'ai le mal du pays, je viens ici. » Il leur montra les pics dentelés de la rive ouest qui se reflétaient parfaitement sur la surface miroitante. « Là-bas, c'est le Thangtak La, la montagne que j'ai franchie quand j'ai quitté mon pays natal à tout jamais. »

Après avoir tapoté l'épaule de Daniel d'un air complice, il se remit au volant, puis ils commencèrent à descendre vers le lac.

Ils installèrent le camp à l'abri d'un énorme rocher solitaire près de la rive. Il était impossible de deviner quel bouleversement géologique l'avait placé à cet endroit. Manifestement, d'autres personnes avaient campé là. Bien qu'il n'y ait aucun arbre à cette altitude, quelqu'un avait allumé un feu au milieu d'un cercle de pierres. Pendant que Daniel se battait avec un matelas pneumatique qui avait connu des jours meilleurs, il vit Katie fouiller dans la glacière, regrettant sans doute d'avoir proposé un peu vite de faire la cuisine. Tashi, qui avait disparu, revint une demi-heure plus tard avec un panier rempli de crottes sèches.

« De la bouse de yak, dit-il. Des Changpas sont venus ici récemment, mais on dirait qu'ils sont repartis. Dommage... Ils vous auraient plu. »

Après avoir versé un liquide inflammable sur les bouses, Tashi craqua une allumette. Les aliments mirent un temps fou à cuire à cause de l'atmosphère raréfiée, mais leurs efforts finirent par aboutir à un plat spartiate de riz et de *dahl*, cuit au-dessus du brasier sur un tréteau en métal, qu'ils firent passer en buvant de la bière puis du thé. Katie se contenta de bananes et de barres de céréales aux fruits, se refusant à manger quoi que ce soit ayant cuit sur des excréments. Tashi ouvrit un sac rempli de minuscules abricots secs – la spécialité du Ladakh. Eux aussi avaient un goût de bouse, et ils ressemblaient d'ailleurs à des crottes de mouton, mais si on les gardait quelques minutes sur la langue, ils commençaient à se ramollir en dégageant un parfum intense et sucré.

Après le repas, Daniel laissa ses deux compagnons de voyage pour aller faire un tour au bord du lac. Le regard fixé sur l'horizon, il s'efforça de chasser les pensées qui défilaient dans sa tête pour extraire la carte de Pematsang du fin fond de sa mémoire. Au bout de quelques minutes de concentration, les détails des contours lui revinrent peu à peu, et lorsqu'il leva les yeux, il parvint presque à distinguer les sommets proches de la frontière et du lac. Il sortit la feuille de papier de sa poche et la déplia. Les croquis ne représentaient sans doute pas le Thangtak La depuis ce côté de la chaîne montagneuse. Il verrait mieux où il se situait une fois qu'il serait en haut de ces montagnes. Se protégeant les yeux du soleil couchant, il contempla la ligne de montagnes qui se découpait contre le ciel. Rien n'indiquait la présence de militaires chinois. Bien que la Chine se fût approprié un immense plateau un peu plus au nord – l'Aksai Chin, qu'elle avait purement et simplement volé à l'Inde –, ni l'un ni l'autre de ces pays n'avait trouvé de ressources d'une quelconque valeur dans cette région inhospitalière, sans compter que surveiller ces montagnes tout du long relevait de l'impossible. Quoi qu'il en soit, il grimperait là-haut. Son petit oracle avait prédit qu'il marcherait encore une fois sous un nuage noir… et qu'il tomberait d'une très haute altitude ? Rosie avait beau avoir parlé d'un accident en vol, Daniel décida de s'engager avec prudence dans ces montagnes dont on apercevait les rochers escarpés dans la lumière déclinante. À ce stade du voyage, il s'interrogeait sur ce qui le poussait à s'exposer à de tels dangers. Il était encore temps de faire demi-tour. Voir le lac sacré représenterait un but suffisant à leur voyage.

Daniel s'immobilisa et se retourna vers le campement. La lueur du feu tremblotait dans la pénombre. À mesure que le soir approchait, les eaux du Neykhor Tso s'étaient assombries en prenant une transparence étonnante. Le fond du lac se parait de strates vert émeraude et bleu nuit qui s'obscurcirent jusqu'à devenir noires lorsque finit par tomber le crépuscule.

En revenant sur ses pas, Daniel aperçut une silhouette venant à sa rencontre. À sa taille et à son gabarit, il reconnut très vite Tashi, qui marchait d'un bon pas, les mains dans les poches. Quelque chose dans son allure lui donnait un air inquiet. Daniel accéléra le pas pour le rejoindre.

« Tout va bien ? demanda-t-il.

— Oui, ça va. » Ils restèrent un instant en silence. « À mon avis, vous feriez bien de conseiller à votre amie de ne pas aller là-haut.

— Pourquoi ?

— C'est trop dur, et puis elle est petite. Il faut être en grande forme. Ce lac est à plus de quatre mille mètres.

— Vous avez sans doute raison. Je lui parlerai. »

Ils repartirent ensemble vers le campement. Le bord du lac calcifié scintillait telle de la neige, le sel crissait sous leurs pieds.

« Tashi, vous devrez rester au campement avec Katie. »

Le jeune homme enfonça ses mains dans ses poches. La déception se devinait sur son beau visage, lui donnant un air plus vieux, plus dur. « Moi aussi j'aimerais aller là-haut. Moi aussi j'ai eu un père.

— Je comprends... mais on ne peut pas la laisser toute seule ici. De plus, l'idée de vous mettre en danger ne m'enchante pas du tout. Si jamais une patrouille frontalière nous surprend, je serai probablement emprisonné un temps, alors que vous serez déporté dans un camp de travail, voire pire... »

Mécontent, Tashi haussa les épaules. « Dommage. Moi qui espérais grimper au Thangtak La et contempler la plaine, voir le pays de mes ancêtres... Juste au pied de la montagne, il y a un gompa en ruine, le monastère de Yabyum. Pendant des siècles, chaque génération de ma famille y a envoyé son plus jeune fils pour être moine. Tout ça s'est arrêté avec l'arrivée des Chinois. »

Yabyum. D'où venait le bouddha doré. Il était donc au bon endroit...

Tashi l'observait en plissant les yeux. « Et alors, Daniel, quelle est cette chose que vous espérez trouver ?

— Mon père a laissé quelque chose au fond d'une grotte... Tashi, vous êtes bouddhiste. Croyez-vous qu'une représentation du Bouddha soit capable de donner du pouvoir à une idée, à une vision ? Comment le formuler ? dit-il en fronçant les sourcils. Imaginons que, il y a très longtemps, un sage et important dalaï-lama ait forgé une statue en or du Bouddha et que son oracle, après avoir prédit l'occupation du Tibet, ait déclaré que cette statue conférerait aux gens le pouvoir de libérer le Tibet de ses oppresseurs… Imaginons que l'on retrouve ce bouddha, et que l'on apporte la preuve de son origine et de son message, est-ce que vous croiriez en son pouvoir ? »

Tashi réfléchit à la question. « Oui, si on en apportait la preuve, je croirais en son pouvoir. Mais je ne pense pas que ce bouddha donnerait de la force à une idée, comme vous le dites, je crois plutôt qu'il serait comme une incarnation de ce pouvoir, de cette vision. Les Tibétains croient très fort que leur pays était une grande puissance dans le passé, mais ils ont perdu l'espoir en ce qui concerne son présent et son avenir. Tant que le dalaï-lama est en vie, il reste pour nous un symbole d'espoir, mais il ne vivra pas éternellement. Oui, je croirais en ce bouddha. L'espoir est une chose, la foi en est une autre. Elle donne de la force, non ? » Il regarda Daniel un long moment. « C'est ce que vous allez chercher dans ces montagnes ?

— Ce ne sera pas facile, mais *je sais* que c'est quelque part là-haut.

— Vous devriez me laisser vous aider », dit Tashi avec véhémence.

Cependant, Daniel ne fit pas mine de l'entendre. Le regard attiré soudain vers le lac sacré, il contempla les eaux noires. Quelque chose dans leur profondeur insondable l'effrayait.

23

Au petit matin, Daniel fit un rêve – du moins crut-il rêver, et non pas ruminer ses pensées, ses peurs. Rosie se tenait devant lui dans sa robe d'été jaune avec un petit cochon dans les bras. *« C'est mon cochon policier, il est bien entraîné,* déclarait-elle d'un ton solennel. *Mais comme tout est calme, la pauvre Runtie-Lou n'a rien à faire. Je vais nettoyer sa plaque de policier et lui préparer un ragoût. Tu entends ça, papa ? »*

Un cochon policier ! Daniel remonta le sac de couchage sur sa tête en imaginant les gros titres : « Le premier cochon policier dans la gendarmerie royale canadienne. » « Un cochon promu après une saisie de drogue. » « Un cochon récompensé de la prestigieuse médaille du courage. » « Un cochon policier ferme les abattoirs, interdit le bacon… »

À travers le tissu usé, il distingua le rayon lumineux d'une petite torche électrique. Katie était en train de farfouiller dans sa trousse de toilette.

« Ça va ? marmonna Daniel, la voix ensommeillée.

— Oui, oui, ça va.

— Dieu du ciel, tu ne tiens pas en place... Tu ne pourrais pas t'allonger et laisser les autres dormir ? » Il l'attira contre lui. « Viens par ici, furie. »

Katie le repoussa en gloussant. « Pas question que je m'approche de ton sac de couchage. Une armée entière a dû suer, péter et baiser dedans !

— Si on en faisait autant dans le tien ?

— Une autre fois, Roméo. Le Tibétain est déjà debout. » Elle roula sur le flanc pour jeter un œil à travers l'ouverture de la tente. « Je le vois qui ranime le feu.

— Il s'appelle Tashi. Comment va ta respiration ?

— C'est impressionnant, répondit-elle en tortillant ses hanches minces pour s'extraire de son sac de couchage. Je me suis complètement acclimatée.

— Non. Ne te lève pas », protesta Daniel. La main glissée sous son tee-shirt, il caressa son dos nu en suivant les petites bosses familières sur sa colonne vertébrale. « Tashi va marcher avec moi une petite heure, après quoi il reviendra te tenir compagnie.

— Hé, pourquoi ai-je l'impression que les deux machos que vous êtes complotent pour me laisser en dehors ? » Elle enfila une paire de chaussettes en laine. « Je ne vais pas traîner dans cet endroit sinistre toute la journée ! C'est hors de question. »

Trois quarts d'heure plus tard, ils étaient prêts à partir. Il faisait encore sombre, mais le clair de lune voilé éclairait le paysage d'une vague lueur.

Personne ne prononça un mot tandis qu'ils refermaient les tentes et chargeaient leurs sacs à dos. Daniel sentait la désapprobation de Tashi. À ses yeux, il était évident que cette mission était une affaire d'hommes. Cette fille trop menue et pas assez robuste, en même temps qu'obstinée et autoritaire, représentait un handicap. De la même façon, Katie pensait visiblement qu'elle aurait pu dévorer les deux hommes au petit déjeuner.

Ils se mirent en marche et suivirent la rive en direction des montagnes. Le lac brillait d'un éclat angoissant. Il paraissait plus grand, une vaste étendue de noirceur glacée semblable à une feuille de verre. Daniel passa en tête en marchant à un bon rythme. Leur haleine dessinait des volutes dans l'air glacial. Il leur fallut une heure pour atteindre le ravin, dont Tashi assurait que c'était le meilleur moyen d'accéder au col. Comme il faisait encore trop sombre pour grimper, ils s'assirent un moment en attendant le petit jour. Tashi sortit une Thermos et des tasses en plastique. Dans un silence tendu, ils burent la boisson salée qui rappela à Daniel le thé au beurre de Tenzing.

Une lueur grise commença à teinter le ciel.

« Six heures, dit Tashi. Allons-y.

— Katie, laisse-moi au moins porter ton sac », proposa Daniel. Le petit sac à dos rouge très chic qu'elle avait emporté pouvait tenir dans le sien sans problème.

« Non, merci », rétorqua-t-elle, trop fière pour accepter une quelconque faveur. À présent, elle avait quelque chose à prouver. Daniel rit dans sa barbe. En bon terrier qu'elle était, impossible de lui retirer son os !

Ils repartirent le long des parois rocheuses du ravin, puis montèrent en serpentant sur les marches naturelles lavées par de petits ruisseaux. Tashi passa en tête, suivi de Katie. Bientôt, les marches en pierre devenant trop raides, Tashi les guida sur une piste tracée par un *chiru*, une antilope locale. Suivant cette sente qui vagabondait en zigzag sur la pente, franchissant ici et là des ruisseaux à gué, ils progressèrent dans leur ascension.

Au moment où l'aube laissa place au jour, ils firent de nouveau une pause. Daniel observa la crête aux jumelles et ne repéra aucun signe de présence humaine. Le col semblait tout proche, mais peut-être était-il encore trop tôt pour en juger. La clarté de l'air était d'une telle intensité que tout paraissait plus proche qu'il ne l'était en réalité. Par ailleurs, il était impossible de savoir quel côté de la frontière serait surveillé à tel ou tel moment. La neige n'était pas encore tombée, et, si jamais ils jouaient de malchance, cette journée serait peut-être la première de l'hiver. Toutefois, à moins d'un brusque changement de temps, c'était un jour idéal pour le trekking. En regardant en contrebas, il mesura la distance qu'ils avaient parcourue en seulement deux heures. Sous eux s'étendait l'immense étendue du plateau sur lequel ne poussait aucun arbre, de sorte qu'il n'y avait nulle part où se cacher… au cas où. Et cela valait aussi bien pour la cuvette du lac que pour les montagnes dénudées. Le lac lui-même s'éveillait, luisant au milieu d'un violet vibrant qui tirait sur l'orange boueux le long des berges.

Ils remplirent leurs tasses à l'eau d'un ruisseau, mais Tashi leur conseilla d'en boire très peu, histoire de faire durer le thé au beurre dans la Thermos, car les minéraux que contenait cette eau pouvaient jouer un mauvais tour à leurs intestins. Daniel s'allongea sur un gros rocher plat. La présence de Tashi le mettait de plus en plus mal à l'aise. Celui-ci ne devait en aucun cas prendre le risque de s'approcher de la frontière, et Katie n'avait aucune raison de se lancer là-dedans.

Il se redressa d'un air déterminé. « Vous allez devoir faire demi-tour tous les deux. Je vais continuer tout seul.

— Je me sens très bien, protesta Katie.

— D'accord, ce n'est pas à moi de te dire quoi faire, mais tu as intérêt à ne pas me ralentir... Quant à vous, Tashi, vous risqueriez de trop graves ennuis si jamais on nous interceptait. Je n'ai aucune envie d'avoir ça sur la conscience.

— Et vous ? Vous pourriez très bien être deux espions.

— Des espions canadiens ? C'est peu probable. Nous sommes de simples randonneurs égarés. Allons, Tashi... Ça ne vaut pas le coup de mettre votre liberté en péril.

— Quelle liberté ? » grommela Tashi.

Daniel ressentit la frustration qu'exprimait le visage de son guide, la frustration d'une génération entière de jeunes Tibétains poussés dans des camps de réfugiés sans avoir beaucoup de perspectives ni le moindre plaisir. Tashi finit par se calmer, non sans les avoir sérieusement mis en garde qu'ils devraient redescendre au plus tard à trois heures. Sans quoi ils se perdraient dans l'obscurité.

« On prendra le lac comme repère », lui fit remarquer Daniel avec un sourire.

Tashi ne lui rendit pas son sourire. « Ça ne marche pas comme ça. Le lac est plus grand que vous ne le croyez. Marchez toujours en direction de l'extrémité nord. » Il indiqua le pied de la colline. « Là, juste en dessous, les falaises plongent à pic dans des eaux très profondes.

— Nous aurons au moins le clair de lune.

— Ce n'est pas certain, dit Tashi en lui montrant le nord. Il y a des nuages noirs à l'horizon. »

Daniel et Katie atteignirent le col bien avant midi. Le panorama sur le Tibet s'ouvrit devant eux : une autre immense plaine, aride et inhabitée, bordée au loin par d'autres massifs himalayens. Au sud-est, le sommet en forme de pyramide du mont Kailash, une des montagnes sacrées, pointait tel un joyau au-dessus de la brume. Daniel ne l'avait jamais vu en vrai, seulement sur des photos. En dépit de sa situation lointaine et inaccessible, des pèlerins de confessions diverses aspiraient à l'escalader jusqu'au sommet afin de se purifier de leurs péchés et atteindre l'illumination. Le voir à cet instant était un cadeau inattendu qu'il interpréta comme un bon présage. Aucun nuage noir n'en assombrissait le sommet étincelant.

Katie le tira par la manche. « Regarde, il y a un cairn... et là encore un autre. »

Ces cairns – de gros monticules de pierres que des soldats avaient entassées récemment – servaient à délimiter la frontière que se disputaient fréquemment les deux pays. Daniel observa les crêtes voisines avec ses jumelles. Il n'y avait pas un seul être vivant, en dehors de deux vautours qui planaient en tournoyant au-dessus d'eux.

« Sors tes cartes et tes affaires, le pressa Katie, les mains appuyées sur ses genoux, en inspirant l'air léger. Plus vite on en aura fini, mieux ce sera. »

Daniel lui jeta un regard noir. « Je t'avais dit de ne pas m'accompagner.

— Allez… qu'est-ce que tu veux faire d'autre ici ? Trouver cette maudite grotte va sans doute prendre des heures… si toutefois on la trouve !

— Si on ne la trouve pas aujourd'hui, je reviendrai demain, après-demain et après-après-demain. Si le temps se maintient, nous avons embauché Tashi pour une semaine. » Il s'agenouilla par terre et ouvrit son sac, mais pas pour y chercher les indications sommaires dont il disposait et qu'il avait enregistrées dans sa mémoire.

Katie le regarda faire, les yeux tout grands écarquillés. « Pour l'amour du ciel… Tu as transporté ce truc macabre dans ton sac ?

— J'avais plus d'une raison de vouloir grimper en haut de cette montagne, répondit Daniel. Je vais faire les choses dans le bon ordre, au cas où mes plans se verraient contrariés et me priveraient d'une nouvelle occasion. »

S'avançant jusqu'à la ligne invisible délimitée par les cairns, il mit un pied en territoire tibétain en s'attendant à entendre des balles lui siffler aux oreilles. Seul le vent soufflait. Rien ne bougeait. Il monta sur un affleurement rocheux où, de façon prometteuse, le vent soufflait sur le col d'ouest en est. Il retira le couvercle de l'urne, puis, les bras tendus au-dessus du précipice, il la renversa lentement en laissant le vent emporter les cendres de Pematsang Wangchuck. Bien que le royaume de Kham soit très loin, l'air fit voltiger les cendres très haut dans le ciel en les entraînant vers ce pays mystérieux d'où il était venu. Katie observa ses gestes en silence tandis que le vent dispersait ce qui restait de cet homme.

Voulant suivre des yeux une dernière volute de poussière grise, Daniel se pencha encore un peu et aperçut quelque chose en contrebas. Des murs effondrés entourés de remparts... Sûrement les ruines du monastère de Yabyum, celui-là même qui avait abrité le bouddha doré. Il était là, exactement comme Rosie l'avait dessiné. Alors que sa destruction remontait à un demi-siècle, il évoquait les vestiges d'une civilisation disparue depuis longtemps, rongés peu à peu par le passage du temps, perdus à l'extrémité de ce plateau interdit.

Un sentier, que l'on distinguait seulement par endroits, serpentait jusqu'au monastère.

« Je vais descendre par là, cria Daniel en se retournant vers Katie. Il faut que je voie la montagne d'en bas. » Il sauta au pied des rochers. Ils se regardèrent un instant, et, pour une fois, elle vint vers lui la première. Après les tensions de la journée, sentir ses bras se refermer sur lui le rassura.

« Dépêche-toi, d'accord ? Retrouve ton foutu trésor et partons d'ici.

— Mais c'est magnifique, Katie. Jamais tu ne reverras un paysage comme celui-ci.

— Oui, oui, magnifique… Et maintenant, finissons-en vite. »

Daniel rejoignit le sentier pendant que Katie s'asseyait sur les rochers en jouant les vigies, les mains crispées sur les jumelles, un sifflet à la bouche pour le prévenir de la moindre activité humaine. Après une descente rapide de trente minutes, au cours de laquelle il se retourna plusieurs fois vers la crête afin de repérer la présence éventuelle de soldats, Daniel commença à mettre ses pas dans ceux de Pematsang, à voir ce qu'il avait vu, à observer ce qu'il avait observé. Alors qu'il remontait le sentier, il arriva devant une étendue plate de roche noire et lisse. Le sentier s'arrêtait, mais le col, qui dessinait un V parfaitement net entre deux rochers escarpés, n'était qu'à cinq cents mètres à peine au-dessus de lui. Au milieu d'une tempête de neige, il eût été impossible de l'apercevoir, ou de savoir de quel côté se diriger.

Daniel resta là un moment à scruter le paysage. Son cœur se serra lorsqu'il découvrit des centaines de cavernes et de crevasses dans la paroi rocheuse le long de la crête. Mentalement, il superposa les contours tracés sur la carte de Pematsang avec la ligne de crête, puis s'efforça de faire correspondre les rochers, les affleurements et les ravins aux lignes qu'il avait dessinées sur la feuille de papier pliée dans sa poche.

Deux heures durant, il escalada les rochers en jetant un regard de temps en temps à sa montre. Le soleil semblait se déplacer à folle allure dans le ciel. La température augmentait et les plaques de givre disparaissaient à mesure que les ombres se déplaçaient. Le vent balayait la crête telle une douce caresse, tandis que les deux vautours volaient en se laissant porter par les courants et guettaient les silhouettes solitaires à flanc de montagne.

Katie le suivait de loin, économisant son énergie en prenant des raccourcis de manière à ne pas le perdre de vue. D'ici une heure, ils devraient penser à redescendre. Daniel monta et descendit des rochers, franchit des rubans d'éboulis en tâchant de concentrer ses recherches. Persuadé qu'il se trouvait à l'endroit exact où il devait être, il rechignait à abandonner, même s'il savait qu'il retrouverait cette position sans mal le lendemain, car peut-être que ce serait ce jour-là que la crête se couvrirait de neige, ou pire, que patrouilleraient les soldats chinois.

Un peu plus bas, au bord d'une falaise à pic, il repéra une petite plate-forme sur laquelle poussaient des touffes d'herbe. Il se retourna vers Katie pour lui faire signe de venir le rejoindre. L'endroit serait parfait pour pique-niquer avant de repartir vers la sécurité du Neykhor Tso. Daniel se délesta de son sac et retira son anorak en duvet.

En attendant Katie, il s'assit au bord de la falaise et scruta le plateau tibétain derrière ses jumelles. Qu'un être humain envisage de le traverser paraissait inconcevable... Il n'y avait là rien d'autre que du vent et de la poussière. Tout près de la plate-forme où il se reposait, une paroi rocheuse incurvée s'élevait à la verticale, surmontée par ce qui ressemblait à une étroite corniche. On aurait dit que la nature avait taillé une sorte d'étagère dans la roche. Quelque chose à propos de cette corniche lui revint en mémoire. *Non loin de là sur la paroi rocheuse, j'ai aperçu une corniche étroite et me suis demandé si ce n'était pas le chemin que j'avais perdu.*

Se relevant d'un bond, Daniel s'en approcha, rempli d'appréhension. La corniche, large de vingt-cinq centimètres, penchait dangereusement vers le vide. Une fois la roche couverte de neige et de glace, il deviendrait impossible à un homme d'y passer. Prenant soin de ne pas regarder la vallée située à plusieurs centaines de mètres en contrebas, il avança avec précaution le long du surplomb. Arrivé au bout, il aperçut une grande crevasse dans la paroi rocheuse. Il la fixa d'un œil incrédule. Pas de doute. Il s'agissait bien de la mince ouverture malveillante et des trois pointes en forme de dent qui figuraient avec tant de présence sur la carte tracée par Pematsang. Hors d'haleine, Daniel resta là un instant à la regarder, stupéfait par sa découverte. Les dieux avaient dû veiller sur Pematsang, car emprunter le chemin qui menait à cette grotte revenait à se promener main dans la main avec la mort.

Certain d'avoir trouvé la grotte qu'il cherchait, il ne jeta même pas un coup d'œil à l'intérieur. Il retourna à l'autre bout de la corniche le plus vite possible, le cœur battant à tout rompre, la bouche sèche d'excitation. « Katie ! cria-t-il. Je crois que j'ai trouvé ! »

Elle venait d'arriver sur la plate-forme rocheuse et, en l'entendant crier, elle mit un doigt sur ses lèvres. Elle avait raison, annoncer leur présence à la cantonade n'était pas une bonne idée, même s'ils avaient l'impression d'être les seuls êtres vivants sur la terre. Il la prit dans ses bras et la serra de toutes ses forces.

« Viens m'aider, Katie. »

Essoufflée et très pâle, elle n'était manifestement pas en état de s'aventurer au-dessus du vide. « Non, Daniel. Tu mérites toute la gloire. Va chercher ce maudit machin. »

Il lui laissa son sac, n'emportant que la lampe électrique, ainsi que la barre en acier de soixante centimètres qu'il avait trouvée dans le Land Cruiser, et qui pourrait lui servir de pince-monseigneur ou de levier si nécessaire.

Katie l'interpella alors qu'il approchait de l'entrée de la grotte. « Sois prudent, chéri. Et n'oublie pas ce qu'a dit Tashi. Il faut qu'on redescende au plus tard à trois heures, alors ne traîne pas... Fais vite, je t'en supplie. »

Allongé sur le dos à l'entrée de la grotte, Daniel se faufila à l'intérieur. La sensation de basculer dans un espace inconnu au cœur même de la montagne avait quelque chose de déroutant. S'il s'était trompé de grotte, il risquait de se retrouver brusquement au bord d'un gouffre, ce qu'il n'aurait aucun moyen de savoir à moins d'avancer la tête la première. Les grottes ne lui disaient rien qui vaille, pas plus que les ascenseurs ou les lieux confinés.

Au bout d'environ deux mètres, la paroi supérieure s'élevait un peu, laissant assez d'espace pour se mettre à genoux, exactement comme l'avait décrit Pematsang. Pour l'instant, il ne distinguait ni gouffre ni vide ; le sol avait l'air plat, mais la hauteur du plafond de la grotte variait par endroits. Partout, de l'eau dégoulinait dans une myriade de goutte-à-goutte, un bruit qui pouvait mener au bord de la folie. Déjà l'étau de la panique se resserrait sur lui.

Histoire de se rassurer, il chercha des yeux la fente par laquelle pénétrait la lumière du jour, seulement, regarder vers l'extérieur l'empêchait de s'accoutumer à l'obscurité. Les mâchoires serrées, il rampa plus avant vers les profondeurs obscures. À tâtons, il sortit la torche et la brandit devant lui. Des crevasses et des espaces s'ouvraient qui menaient plus loin sous la montagne. Il n'avait aucun moyen de savoir si elles ne s'ouvraient pas sous lui, au risque d'une chute... Voir surgir le lâche qui sommeillait en lui ne le surprit guère. Le sang bourdonnant aux oreilles, la sueur lui dégoulinant dans les yeux, il continua à ramper sur les coudes et les genoux, tâtant le sol de la main droite tout en tenant la torche dans la gauche.

Il venait de parcourir une dizaine de mètres et n'avait toujours rien vu. Le bouddha barbouillé de goudron pouvait être caché n'importe où… Daniel jetait sans cesse des regards derrière lui, comme si le rai de lumière de plus en plus ténu avait pu soudain disparaître, le laissant pris au piège dans les profondeurs de la montagne. Le cœur battant à tout rompre, il s'allongea sur le dos, le temps de se ressaisir et de retrouver une sorte d'équilibre. Il respira à fond pour se calmer, puis promena la torche en décrivant de grands arcs de cercle à la recherche de chauves-souris ou d'autres occupants de la grotte. D'un seul coup, ses yeux enregistrèrent quelque chose. Une surface lisse et ronde, encastrée dans un espace qui ressemblait à un toit plus qu'à un mur.

Toujours sur le dos, Daniel se faufila un peu plus loin et donna plusieurs coups dans la paroi avec la barre de fer. Des pierres se détachèrent en dégringolant sur son torse. Dans le nuage de poussière et de gravillons qui s'en éleva, des saletés lui entrèrent dans la bouche et dans les yeux. Pris d'une quinte de toux, il s'essuya le visage d'un revers de manche. Puis, en se redressant, il chercha un espace dans lequel introduire sa main, et, progressivement, à force d'aller et venir avec la barre, le lourd objet bascula dans ses bras. Sans perdre une seconde, il repartit en rampant vers la lumière en traînant la silhouette noire.

Quand il balança ses jambes à l'extérieur de la grotte, ses genoux touchèrent la corniche. Son soulagement était tel qu'il eut envie de rire, à moins que ce ne soit de pleurer ou de hurler. Il se contenta de respirer l'air frais à pleins poumons, remarquant pour la première fois à quel point il était en manque d'oxygène vital. Après quoi il regarda ce qu'il avait sorti de la grotte. À peine croyable… Il avait retrouvé la relique cachée par son père.

Posant le bouddha à l'entrée de la crevasse, il l'examina avec attention. D'une noirceur infâme, il ne ressemblait nullement à ce en quoi une nation pourrait croire être en mesure d'assurer sa libération, mais il n'en reconnut pas moins les traits sereins. L'expression de la statue était la même que celle de l'appartement de West Vancouver, dans l'attente qu'un de ses genoux soit réparé. L'incongruité qu'il y avait à le retrouver là, le miracle que représentait un tel exploit, sur un sommet lointain d'un continent distant de milliers de kilomètres de son pays, lui donna le vertige. Il avança de quelques pas pour apercevoir Katie à l'autre bout de la corniche et partager avec elle la joie absurde qu'il ressentait. Elle n'était plus à l'endroit où il l'avait laissée assise tout à l'heure. Son anorak et son sac à lui étaient toujours là, mais Katie et ses affaires avaient disparu.

24

« Katie ! » appela Daniel.
Pas de réponse. Le vent qui s'était renforcé couvrait sa voix. Il l'appela une seconde fois sans obtenir davantage de réponse. Une sensation de malaise balaya sa joie. Il se pencha au bord de la falaise tout en sachant que, si elle était tombée, elle aurait fait une chute de vingt mètres à pic et serait par conséquent hors de vue. Et morte, c'était certain.

Attrapant les jumelles, Daniel les passa autour de son cou et commença à remonter la pente. Les ombres des vautours qui planaient par moments au-dessus de lui continuaient à tourner en rond, se laissant porter avec grâce par les courants sans même avoir besoin d'agiter leurs immenses ailes. Tout à coup, il repensa à l'oiseau géant qui avait projeté son ombre sur la journée qu'il avait passée à Egg Island avec Rosie et dont elle avait eu si peur. Que lui avait-il dit ? *Les présages n'existent pas.* Elle n'avait pas compris ce qu'il voulait dire.

Il s'apprêtait une nouvelle fois à crier le nom de Katie quand il pensa à une autre possibilité, quoique très improbable. Une patrouille chinoise avait-elle pu suivre à la jumelle ou au télescope leurs faits et gestes et envoyer des soldats les arrêter ? Peut-être étaient-ils entraînés à guetter leurs proies... Le cœur battant, Daniel s'accroupit à ras du sol en scrutant les alentours, mais il ne remarqua rien d'anormal. C'était un risque dont il avait averti Katie, même si jamais il ne lui était venu à l'idée qu'elle pourrait être arrêtée et pas lui.

Il se releva et continua à monter, observant les parois escarpées et s'arrêtant de temps à autre pour observer le panorama avec les jumelles. Plus il s'éloignait de la grotte, plus il était anxieux. L'espace d'un instant, il s'interrogea sur ce qu'il ressentait vraiment : ne se faisait-il pas plus de souci pour le bouddha doré que pour la femme qu'il croyait aimer ? Une arrestation ne signifierait pas que sa vie serait en danger, tandis que le bouddha et ce qu'il contenait seraient à même de changer beaucoup de choses pour nombre de gens. De quelle manière et pour quelle raison, Daniel ne l'avait pas encore compris. Si on les appréhendait tous les deux, le sac dans lequel était rangé son passeport n'était qu'à cinquante pas de l'endroit où il avait laissé le bouddha, devant l'entrée de la grotte. Cependant, même s'il avait eu un besoin urgent de son passeport, les soldats venus les arrêter n'auraient aucune raison de s'aventurer le long de la périlleuse corniche. Non, aucune. La relique, bien qu'en partie exposée, ne risquait rien. Sans doute resterait-elle là des dizaines d'années avant d'être renversée par un vent déchaîné ou un tremblement de terre, et, même dans ce cas, elle ne tomberait pas hors de la grotte.

C'est alors qu'il aperçut Katie. Elle se tenait trois cents mètres plus bas, pas très loin de la grotte, derrière un affleurement rocheux pointu. Comment diable était-elle arrivée là ? Il allait l'appeler, bien qu'il sût qu'elle ne l'entendrait pas, lorsqu'il se ravisa et la regarda à travers les jumelles. Elle lui tournait le dos et regardait en direction du plateau tibétain. Ses cheveux tressés en une longue natte lui descendaient sur les reins, et il vit que sa main droite était appuyée sur son oreille. Elle bougeait la tête d'une drôle de façon, mais ce ne fut qu'au moment où elle se tourna de profil qu'il comprit ce qu'elle était en train de faire. Un objet noir brillait dans sa main, une sorte de gadget dans lequel elle parlait. Il était possible que ce soit un dictaphone, même si Katie n'était pas du genre à enregistrer ses sentiments et ses impressions. Cette femme regardait, calculait, agissait et se déplaçait sans que son corps élancé exprime une once de sentimentalité.

Daniel s'assit en continuant à l'observer aux jumelles, tandis que la voix de son petit oracle lui disait : *Non, papa, nos voix sont relayées par un satellite.* Mais bien sûr ! Chère petite Rosie, que ferait-il sans elle ? Au bout de quelques minutes, Katie cessa de parler, rangea l'objet dans son sac, mit ses lunettes et commença à grimper à flanc de falaise avec l'agilité d'un chamois. Daniel descendit la rejoindre en courant et en glissant sur la pente.

« Qu'est-ce que tu fabriquais ? Je me suis inquiété...

— Occupe-toi de tes oignons, répondit-elle avec mauvaise humeur. Et prends garde à ne pas boire l'eau de ces ruisseaux... Ce salopard de Tashi aurait pu être plus explicite ! »

Daniel fronça les sourcils en la regardant avec attention. « C'est peut-être à cause de l'altitude. Il arrive que ça ait un curieux effet sur...

— Merci, mais mes intestins ne sont pas en état d'engager une discussion, dit-elle en lui coupant la parole. Tu as trouvé le bouddha ?

— Oui. Il est dans la grotte. » Il ramassa son sac et le jeta sur son épaule. « Je vais le chercher, après quoi nous pourrons partir. »

Katie s'assit sur une petite plaque d'herbe. « D'accord. Je t'attends ici. Ne te presse pas. Quand tu reviendras, on mangera nos rations et on boira du thé. Autant redescendre en ayant repris des forces. » Elle lui sourit et commença à dénouer sa natte. Assise là en plein soleil, elle était splendide – sa longue tresse noire flottait au vent, sa bouche en bouton de rose esquissait un petit sourire captivant. Comme il aurait préféré oublier ce qu'il venait de voir...

« C'est au téléphone que tu parlais à l'instant ? »

Le sourire de Katie s'évanouit. « Qu'est-ce qu'il y a ? Tu m'espionnes ?

— C'est quoi ? Un téléphone satellite ?

— Tu crois que je serais venue jusqu'ici sans une sorte de garde-fou ?

— Je peux le voir ? demanda Daniel en tendant la main.

— Pas maintenant, bon sang ! Va plutôt chercher le bouddha.

— Montre-le-moi, Katie. »

Elle le fusilla du regard, mais sortit de son sac ce qui ressemblait à un téléphone portable de forme allongée d'environ quinze centimètres de long et équipé d'une courte antenne.

Daniel l'examina en prenant tout son temps. « Thuraya SO-2510, lut-il sur l'appareil. C'est incroyable ce qu'ils arrivent à faire, de nos jours. Pour un téléphone satellite, il est minuscule, non, comparé au gros machin dont on se sert au campement ? » Il avait l'esprit embrouillé, son imagination s'engouffrant dans des coins de plus en plus obscurs. « À qui parlais-tu... *du haut de cette montagne ?*

— Daniel chéri..., fit Katie avec une pointe de sarcasme. J'expliquais à Tashi quelle était notre position.

— À Tashi ?

— Il a insisté pour que je prenne ce téléphone au cas où nous aurions des ennuis. Ton attitude par rapport à toute cette entreprise lui paraissait imprudente. Je crois même qu'il a dit *irresponsable*. »

Daniel la regarda fixement sans savoir que croire. Si Tashi avait tenu à ce qu'ils emportent un téléphone satellite, c'était à *lui* qu'il l'aurait confié. Non, la vérité, c'était que ce Thuraya était à elle et qu'elle venait de parler à Harvey. D'un seul coup, il comprit : Katie avait changé d'avis.

Ce n'était cependant ni l'heure ni le lieu d'en discuter. Il laissa tomber l'appareil à ses pieds. « Alors comme ça, Tashi et toi avez échangé vos numéros de téléphone. Comme c'est charmant !

— Va te faire foutre, Daniel. Récupère cette maudite statue et fichons le camp d'ici. »

Sans un mot, il ramassa son sac et s'éloigna vers la corniche.

Après avoir déposé l'urne qui avait contenu les cendres de Pematsang dans la grotte, il essaya tant bien que mal de mettre le bouddha dans son sac à dos, mais il était trop dépité pour réfléchir à la meilleure manière de procéder. Pour finir, il y parvint en retournant le sac qu'il enfila sur la statue. Seuls les genoux dépassaient. À l'aide de la corde qu'il avait emportée, il l'attacha de façon à au moins maintenir en place le torse du bouddha. L'intérieur se composait d'un amas de fibres pourries – ce qui restait des lambeaux de couverture dans lesquels étaient enveloppés les documents. Il n'était pas impossible qu'ils aient été détruits à cause de l'humidité.

Daniel hissa la charge étrange sur son dos. Elle n'était pas très lourde, mais pas facile à transporter. Néanmoins, il ne voyait pas d'autre solution, il fallait qu'il la ramène au Ladakh le plus tôt possible. À trois heures passées, il n'y avait plus une minute à perdre.

« Ça y est, je l'ai ! cria-t-il à Katie alors qu'il arrivait au bout de la corniche. Rassemble tes affaires... Il faut qu'on parte. »

La colère le reprit en voyant qu'elle ne lui prêtait pas attention. Elle resta là immobile à le regarder. Lorsqu'il s'approcha, il comprit pourquoi son intuition lui avait murmuré *trahison* – à ceci près qu'il s'était trompé. En découvrant ce qu'elle tenait à la main, il demanda naïvement : « Où t'es-tu procuré cette arme ?

— À Leh, répondit-elle en haussant les épaules. Auprès d'un agent dénommé M. Wong.

— Tu as l'intention de m'abattre ? »

Soudain, il vit la vraie Katie, et sut qu'il l'avait toujours vue ainsi, débordant d'assurance et en même temps distante, comme ce premier jour où elle l'avait défié devant la foule déchaînée. Curieusement, toute tension avait disparu de son visage, comme si son boulot était bientôt terminé, qu'elle pouvait poser les armes et s'accorder un repos bien mérité. Montrant le col d'un mouvement du menton, elle dit : « Je suis supposée te tuer, mais tu pourrais très bien lâcher ton sac et prendre tes jambes à ton cou. Je tirerai, mais je pourrais te rater, non ? »

Ainsi, c'était ce qu'elle proposait – l'épargner –, une récompense pour avoir été une proie aussi facile, ou pour les sentiments sincères qu'il lui avait témoignés. Daniel se tourna vers la crête en se disant qu'il fallait à tout prix qu'il l'emmène là-haut. Peut-être qu'il se laissait influencer par sa curiosité, et par sa détresse. Il avait tellement envie de croire qu'elle ne lui ferait pas de mal...

« Parle-moi, Katie.

— Allez, Daniel. Je te laisse une chance. Enfuis-toi.

— Et toi, comment comptes-tu sortir de là ?
— J'ai appelé un taxi. On m'en envoie un qui va venir me chercher. Moi et le sac. Toi, tu es censé être déjà mort. » Sans lever la tête, elle lui montra le ciel. « Tu vois ces vautours ? Ils viennent du Tibet. Regarde la taille qu'ils font. Il ne leur faudrait pas longtemps…
— C'est qui, le taxi ?
— Le gouvernement de ce pays. » Elle releva le revolver de quelques centimètres en le tenant des deux mains à bout de bras. « Pose ce putain de sac. Le bouddha et les documents appartiennent à ma patrie. »

Daniel la regarda longuement. « *Ta* patrie ?
— Oui, évidemment. » Du bout du canon, elle lui montra le sol. « Allez, pose ce sac. »

Daniel le fit glisser de son épaule et le déposa par terre. « Donc, tu n'es pas à moitié anglaise, à moitié coréenne, à moitié je ne sais quoi. »

Elle haussa les épaules. « À Beijing, on peut se faire débrider les paupières à tous les coins de rue, bien que j'aie de la peine à comprendre comment on peut avoir envie de ressembler à un *guilo*. C'est dans ce rôle-là que mon contrôleur a jugé que je serais utile. Je n'ai pas eu le choix. »

N'en croyant pas ses oreilles, Daniel éclata de rire tandis qu'il commençait à entrevoir la vérité. La CIA n'avait en fin de compte rien à voir dans tout ça. Ils n'avaient jamais eu le moindre intérêt pour l'histoire de Pematsang, à laquelle ils n'avaient même probablement jamais cru. En revanche, la Chine n'avait pas oublié. La disparition des documents avait dû apparaître comme une bourde aussi grave qu'humiliante aux dirigeants qui tenaient à tout contrôler. Ils allaient même jusqu'à brûler les livres et à réécrire le passé.

Katie sembla lire dans ses pensées. « Tu connais les Chinois, fit-elle d'un ton léger. On est superstitieux. Ce bouddha n'a aucune valeur, mais nous préférons le savoir en notre possession. Quant aux documents... » Elle sourit d'un air charmant. « Même un crétin comprendrait pourquoi nous voulons les récupérer. Imagine que le contenu soit mis sur Internet : la preuve du projet de la Chine d'anéantir le Tibet, d'emprisonner et de réduire en esclavage ce qui reste de Tibétains, d'effacer toute trace de leur culture... Pas joli joli, n'est-ce pas ?

— C'est une atrocité !

— Oui, reconnut Katie en agitant le revolver. Ça fait partie de l'histoire, comme toi et moi.

— Comment as-tu fait pour me trouver ?

— Il est inutile que tu le saches, mais je vais te le dire quand même, dit-elle en jetant un regard impatient derrière elle. En 2002, ton père a nargué un officiel chinois venu en visite diplomatique aux États-Unis, à qui il a affirmé qu'il détenait les documents volés. Une grossière erreur de sa part... Après ça, il a été placé sous surveillance. On aurait facilement pu l'éliminer, seulement ce vieux salopard retors n'arrêtait pas de déplacer son trésor pour le planquer. Beaucoup d'agitation pour rien, en fin de compte, puisqu'il s'est avéré qu'il n'avait pas les documents et qu'ils étaient ici au Tibet, au fond d'une foutue grotte. Heureusement que nous avons attendu... parce que c'est là que *tu* es arrivé. »

L'idée fit rire Daniel. « Donc Pematsang était retors, moi un crétin, du coup ils ont envoyé une *pute* pour me travailler au corps. Parfait. »

Katie fit une grimace, l'air dégoûtée. « Je préférerais qu'on m'emploie pour ma cervelle, mais il faut bien parfois que quelqu'un se dévoue et serve de miel pour attirer les sales mouches.

— Les sales mouches, répéta Daniel. De la merde, tu veux dire. Pour les sales mouches, tu n'es que de la merde. Les mouches n'ont rien à foutre du miel.

— Tu ne t'aides pas en parlant comme ça. Je suis intelligente, cultivée, excellente linguiste et sacrément douée dans ce que je fais. » Elle secoua la tête en feignant le regret. « Mais je reconnais que tu as été un client délicat, d'abord en cachant la boîte, ensuite en brûlant la carte. J'ai tout de même réussi à jeter un œil au journal que tu avais laissé dans ta valise.

— Je n'ai jamais cherché à te le cacher. Je t'aurais même donné la boîte, si tu me l'avais demandée gentiment. »

Elle lui décocha son sourire de renarde. « Boîte ou pas boîte, il a suffi d'un peu de miel pour que tu me conduises jusqu'ici.

— Oui, c'est vrai, tu es une bonne baiseuse. Je suis tombé à pieds joints dans le piège. »

Katie lui jeta un regard glacial, et il la trouva soudain dépourvue de toute beauté. « Plus tu essaies de m'humilier au lieu de fuir, plus je risque de te tirer dessus. Imagine que je ne te loupe pas et que je te blesse... Imagine que je t'abandonne ici, incapable de bouger mais encore en vie... » Elle fit un geste vers le ciel.

« Katie, Katie... Je n'arrive pas à croire que tu m'aies fait ça. Tu m'as serré dans tes bras, j'ai senti et entendu ton cœur battre... Tu n'as quand même pas pu faire semblant pour tout.

— Que tu es naïf, mon pauvre Daniel! Tu n'as aucune idée de ce que je suis. »

Il savait qu'en gagnant du temps il mettait sa propre vie en danger. « Écoute, je te fais une proposition. Honnête. Tu prends les documents, et je garde le bouddha. On les sort tout de suite et on partage le butin. » Sans la quitter des yeux, il se pencha pour attraper le sac par les deux lanières et le serra contre lui.

« Lâche ça! » aboya Katie. Au bout de ses bras tendus, Daniel vit le revolver trembler. C'était fatigant de tenir une arme à bout de bras...

« Tu flanches, hein, Katie? » L'hésitation qu'il vit dans son regard lui fit douter qu'elle soit capable de l'abattre de sang-froid. « Tu n'as encore jamais tué personne, n'est-ce pas?

— Quand as-tu parlé pour la dernière fois à Rosie? » cria-t-elle.

Daniel se figea. « Qu'est-ce que tu veux dire par là? »

Il fit un pas en avant, mais elle serra l'arme à deux mains en la braquant sur son front. « Qu'est-il arrivé à Rosie?

— Ching-Kuo l'a enlevée... celui que tu connais sous le nom de Harvey. Dès que j'aurai filé d'ici avec le sac, elle sera libre de s'en aller. Tu seras peut-être mort, mais il est rare qu'on tue des enfants. Très rare ! »

Vraie ou pas, cette déclaration ignoble le rendit fou de rage. Le sac toujours plaqué contre sa poitrine, il s'avança vers elle. À la seconde où son doigt bougea sur la détente, il lui lança le sac de toutes ses forces. Instinctivement, elle se protégea du bras gauche. Le sac la heurta à l'instant même où retentit une déflagration qui le laissa assourdi, mais la balle passa à côté de sa tête et toucha le sac.

Daniel se jeta sur elle, et ils tombèrent par terre. Elle était nettement plus forte qu'il ne le pensait, néanmoins il la maîtrisa sans grande difficulté et l'obligea à lâcher le revolver. Il vit l'arme atterrir au bord de la falaise. Profitant de cette seconde d'inattention, elle l'empoigna par l'entrejambe. La douleur fut telle qu'il sentit de la bile lui remonter dans la gorge. Il roula sur le côté en grognant pour se dégager. Il chercha l'arme des yeux, mais Katie était déjà en train de filer à quatre pattes la récupérer. Daniel se précipita et l'agrippa par les jambes à l'instant où elle allait la saisir. S'il parvenait à balancer le revolver au fond du ravin, le danger serait écarté, du moins jusqu'à l'arrivée des renforts. Tout en la gardant plaquée au sol, il se retourna et réussit à pousser l'arme dans le précipice du bout du pied. Katie continua à se débattre comme un animal sauvage, indifférente aux conséquences. S'étendant sur elle de tout son long, Daniel appuya son avant-bras sur sa gorge.

« Dis-moi où est Rosie, espèce de salope !
— Arrête… Arrête, sans quoi elle mourra…

— Alors tu mourras aussi. Où est-elle ? » Il appuya plus fort et l'entendit suffoquer. « Tu mens... Dis-moi que tu mens ! »

Brusquement, une petite voix claire et nette résonna dans sa tête. *Mais comme tout est calme, la pauvre Runtie-Lou n'a rien à faire. Je vais nettoyer son badge de policier et lui préparer un ragoût. Tu entends ça, papa ?*

Comprendre ce que signifiait son rêve l'étonna tellement qu'il relâcha la pression sur le cou de sa prisonnière. Katie se contorsionna violemment et le mordit au poignet. Ses dents, qui avaient une bonne prise, s'enfoncèrent profondément dans sa chair. Daniel lâcha un cri. Alors que du sang perlait de la blessure, il libéra son bras en la repoussant d'un geste brusque. Il vit dans son autre main qu'il tenait une touffe de cheveux. Consterné, il regarda la crinière noire couler telle de l'huile entre ses doigts, mais quand il ferma le poing, il était déjà trop tard. Sa main se referma sur le vide... Katie venait de tomber.

À moitié penché au-dessus du précipice, les bras encore tendus dans le vide, Daniel la vit rebondir sur la pente d'éboulis. Elle roula comme une petite poupée de chiffons, disloquée et brisée, avant de disparaître de sa vue.

25

Sa main et son entrejambe lui faisaient un mal de chien, mais il resta penché au bord de la falaise à se repasser la scène en boucle – Katie tombant, roulant et rebondissant sans fin avant de disparaître –, comme s'il avait pu remonter le temps et faire en sorte qu'elle ne soit pas morte.

Finalement, dans un silence que seul troublait le vent, Daniel leva les yeux. Les vautours planaient un peu plus bas, le cou tendu vers la falaise. Les voir lui fut si insupportable qu'il recula en rampant loin du précipice et se laissa retomber sur le dos. Des larmes coulèrent sur ses tempes. L'espace d'un instant, il essaya de se persuader que son échec à mener à bien sa mission – le tuer ainsi qu'on lui en avait donné l'ordre – l'avait rendue si passive à la fin qu'elle avait préféré tomber pour fuir les conséquences. Si seulement il avait pu se souvenir d'elle ainsi... Mais ce n'était pas vrai. Elle s'était débattue en cherchant à sauver sa peau, et il l'avait poussée dans le vide. Il l'avait tuée. *Il avait tué Katie.*

Il savait qu'il fallait qu'il se reprenne et s'en aille en courant, mais soudain ce fut trop tard.

Comme un écho d'un autre temps, il perçut au loin le bruit des pales d'un rotor. Il se leva d'un bond et scruta le ciel – en vain. Puisqu'il s'agissait d'un hélicoptère chinois, il n'était pas possible qu'il arrive du côté indien. Mais alors, où était-il ? Daniel ramassa son anorak et son sac à dos, puis il courut se mettre à couvert et, l'oreille aux aguets, se demanda tout à coup s'il n'avait pas imaginé ce bruit. Les hélicoptères étaient de drôles d'engins. Parfois, on entendait ronfler le rotor à des kilomètres ; d'autre fois, le bruit pouvait s'atténuer au point de disparaître, puis revenir en jouant un tour à vos oreilles. Non, ce n'était pas une illusion. Ils arrivaient, bien qu'il fût incapable de dire par quel côté.

Le dos collé à la falaise, il repassa sur la corniche étroite pour regagner la grotte, sa main blessée enfoncée dans sa poche de crainte que les taches de sang ne laissent des traces sur le sol. Lorsqu'il tourna à l'angle du rebord, le bruit de l'hélicoptère s'amplifia, et soudain il l'aperçut. Il se jeta la tête la première dans l'ouverture de la grotte en tirant son anorak et son sac.

Étendu là, frissonnant, il fut pris d'une nausée. Il examina son poignet mutilé en luttant contre l'envie de vomir. Il saignait encore abondamment d'une veine sinon tranchée, du moins déchirée. Indifférent au danger venant du ciel, il se sentait vidé, terrassé de stupeur en pensant qu'il avait poussé Katie à la mort, qu'elle l'avait trahi, que Rosie était menacée, peut-être même avait-elle été enlevée, et de connaître la sentence qui lui avait été réservée – *Toi, tu es censé être déjà mort.*

L'hélicoptère effectuait de grands cercles à flanc de montagne. Toutes les cinq minutes, Daniel voyait son ombre passer sur l'entrée de la grotte. Lorsque l'appareil commença à décrire des cercles plus petits, le bruit assourdissant des rotors fit vibrer l'air autour de lui. Ce bruit, il le reconnut pour l'avoir entendu dans des campements reculés au Canada : le rythme à trois temps d'un Astar, ou de son équivalent chinois. Il faisait du surplace quelque part à proximité. Il se demanda comment ils pouvaient avoir repéré sa position. Katie la leur avait-elle indiquée avec une telle précision ? Que leur avait-elle dit ? Avait-elle parlé de la corniche et de la grotte ? Tout à coup, il se rendit compte que deux autres facteurs pouvaient expliquer leur présence. Un, c'était le seul endroit suffisamment plat pour atterrir ; deux, *le sac rouge de Katie était resté en vue !*

L'adrénaline pompant dans ses veines, il voulut sortir en courant pour s'enfuir ou se battre... mais c'eût été de la folie. La seule solution était de rester immobile. Il écouta l'hélicoptère descendre sur la plate-forme dégagée à peine plus grande qu'un terrain de squash qui se trouvait à deux pas de sa cachette. Ils avaient dû repérer la tache rouge sur le sol, et il se demanda si le petit sac à dos avait été destiné dès le départ à cette éventualité. Les minutes s'écoulèrent... Il entendit le moteur s'arrêter et les pales tourner au ralenti avant de s'arrêter. Le silence retomba. Le vent couvrait le bruit des voix. Daniel regarda sa montre. Bientôt quatre heures. Ils allaient se mettre à sa recherche, se déployer, et l'abattraient sans doute dès qu'ils le verraient.

Rampant vers le fond de la grotte, il s'enfonça le plus loin possible en se recroquevillant sur lui-même. Il se mit à trembler comme une feuille et réussit à enfiler son anorak, dont il remonta le zip à l'aveuglette. Son cœur battait si fort qu'il avait l'impression de l'entendre résonner contre les parois humides de sa prison. Combien de temps supporterait-il de rester cloîtré là ? Et quand il ne pourrait plus tenir, que ferait-il ?

Histoire de calmer son angoisse et de passer le temps, il dressa des listes dans sa tête, des listes des choses qu'il ferait si jamais il s'en sortait vivant, des gens qu'il contacterait, des choses qu'il refuserait, des endroits où il emmènerait Rosie, des personnes qu'il aimait et avait aimées... Il pensa à ses parents et regretta de ne pas avoir dit à sa mère qu'il l'aimait, et qu'il lui pardonnait... Il pensa à Anne Roberts, à Pematsang et à Tenzing... Il pensa à Linda et à Bruce, à la prodigieuse générosité dont ils avaient fait preuve en accueillant sa fille à Egg Island... Rosie, son enfant merveille. Il marmonna dans sa barbe : *Comme tout est calme, la pauvre Runtie-Lou n'a rien à faire. Je vais nettoyer son badge de policier et lui préparer un ragoût. Tu entends ça, papa ?*

« Je t'entends, Rosie, je t'entends », murmura Daniel. Il l'entendait avec toutes les fibres de son être.

Le vent diminua un peu. Daniel se redressa en essayant de repérer des bruits. Rien. Une bonne demi-heure venait de s'écouler, et l'hélicoptère n'avait toujours pas bougé. Daniel l'imagina posé là... vide. Une idée commença à lui trotter dans la tête. L'endroit le plus sûr était probablement celui où il se trouvait, pourtant quelque chose en lui se rebellait contre le fait de demeurer là. Allait-il mourir couché ici, tapi au fond d'une grotte comme un animal apeuré ? Son cœur s'accéléra. « Je suis vivant », dit-il tout bas dans l'obscurité. Entendre le faible écho de ses paroles le galvanisa.

Le corps ankylosé à force d'être resté dans cette position inhabituelle, il se déplia et rampa vers l'entrée de la grotte, rasséréné par sa décision. En sortant la tête à l'extérieur, il ne vit ni n'entendit rien. Il se faufila dehors et mit le sac sur son épaule gauche. Sa main l'élançait, et le sang recommença à couler, mais la douleur n'était plus aussi vive. À quatre pattes, s'appuyant contre le rocher, il se dirigea vers la plate-forme dégagée.

L'appareil était pile à l'endroit où il le pensait. Il ne s'était pas trompé. Il s'agissait d'un Chaig Z-11, un appareil de construction chinoise qui avait la même allure et le même bruit qu'un Astar.

« Hé, hé... un vieux copain », marmonna-t-il.

Là-haut, au sommet de la pente rocheuse, il vit un des hommes, un type mince vêtu d'un treillis vert. Il était agile et se déplaçait rapidement à une distance d'environ deux cents mètres. Un autre se tenait sur la falaise pointue, celle que Katie avait escaladée, et scrutait le terrain avec des jumelles. S'il piquait un sprint, il le rejoindrait en cinq minutes. Il n'aperçut personne d'autre, mais peut-être se trouvaient-ils plus loin. Les deux hommes portaient des armes en bandoulière. Ils étaient si concentrés sur leur chasse à l'homme que personne ne surveillait l'hélicoptère. Peut-être ne les avait-on pas informés que leur proie était pilote de métier...

L'abri de la grotte étant maintenant derrière lui, il n'était pas question d'y revenir. Courbé en deux, Daniel se précipita vers l'appareil. Il attrapa la poignée et tourna lentement le loquet. La porte coulissa sans bruit. Le cœur battant à tout rompre, il fit passer sa jambe gauche au-dessus du pas cyclique et se glissa dans le siège du pilote, puis souleva le sac à dos qu'il déposa à côté de lui. Par miracle, les deux hommes ne l'avaient pas encore repéré.

Tassé sur le siège, Daniel examina les informations écrites en chinois sur le tableau de bord. Comme c'était inutile, il ferma les yeux une seconde en comptant sur son instinct et sa mémoire. Avec calme et concentration, il se familiarisa avec l'emplacement des manettes.

Il mit le contact, le tableau de bord s'alluma, et il actionna les pompes à carburant. Il lui fallut un instant pour vérifier les instruments et localiser les jauges indispensables. Puis, après avoir jeté un dernier coup d'œil dehors, il attrapa le levier d'accélérateur dans la main gauche et poussa le petit bouton fixé au bout avec le pouce.

Dans un vacarme effrayant, le starter lança le moteur. Daniel leva les yeux et aperçut l'homme bondir sur la pente entre les rochers. L'autre s'empressa de dévaler la falaise, une expression d'incrédulité sur le visage. Le front en sueur, il attendit. S'il se montrait trop impatient et aspirait le carburant prématurément, le moteur risquait de chauffer et de faire fondre les pièces qui le composaient. Il commença à tirer sur le manche et, à ce moment-là seulement, il s'autorisa à regarder à l'extérieur.

Le type sur la falaise était en train de passer sous les rotors en fonçant sur lui. Prêt ou pas, il devait décoller, sans quoi sa chance lui passerait sous le nez. Une détonation retentit. L'un des deux hommes – il n'aurait su dire lequel – venait de lui tirer dessus. Sans trop savoir où il l'avait touché, Daniel actionna le manche. L'appareil réagit aussitôt, les patins quittèrent le sol, suivis de la béquille. Jetant un regard au sol, il vit le type lâcher son arme pour s'agripper à deux mains et se balancer dans le vide en s'efforçant d'accrocher sa jambe sur le patin.

Du coin de l'œil, Daniel vit son autre assaillant glisser sur les éboulis en essayant de le viser avec son arme. Sans plus attendre, il poussa le régime, de sorte que son passager clandestin dut paniquer. Le type lâcha prise, ou dégringola, faisant une chute d'environ huit mètres de haut, et atterrit sur le dos à l'endroit où il s'était trouvé quelques minutes plus tôt.

Daniel s'écarta de la falaise et remonta le long de la pente en zigzaguant dans tous les sens pour éviter la pluie de balles qui s'abattait sur lui. Très vite, il se retrouva hors de portée. Instinctivement, il vérifia les instruments à la recherche d'une anomalie, ou d'une manœuvre qu'il aurait pu oublier, mais le ronronnement régulier du rotor le rassura. Se penchant par la fenêtre, il regarda derrière lui, doutant encore d'avoir réussi. *Ai-je vraiment fait décoller cet engin ?* Il était fou de joie. Une seconde plus tard, il fondit en larmes.

Lorsqu'il survola le Thangtak La, il distingua les petits cairns et perçut immédiatement qu'un nouveau danger le menaçait, sans doute plus grave que celui auquel il venait d'échapper. Il s'essuya le nez d'un revers de manche et essaya de se concentrer. Franchir la frontière du Ladakh dans un hélicoptère chinois revenait à courir le risque d'être intercepté par un appareil militaire indien et abattu. Sinon, il serait arrêté au sol, emprisonné et accusé, le bouddha partirait Dieu sait où, et pire, Tashi serait renvoyé de force au Tibet. Dans son désir de s'en sortir vivant, Daniel n'avait pas pensé aux catastrophes que sa cascade pourrait entraîner... à commencer par comment il expliquerait la disparition de sa petite amie.

S'il avait le temps, et si personne ne l'avait repéré, il pouvait envisager d'atterrir dans un endroit où l'hélico serait dissimulé... mais où ? En contemplant la plaine désolée, il comprit qu'un tel endroit n'existait pas.

Brusquement, le Neykhor Tso apparut dans toute sa splendeur, les couleurs changeant comme si elles surgissaient du fond du lac. Se rapprochant de minute en minute, Daniel se retrouva bientôt à la perpendiculaire de la rive. Il aurait juré qu'une voix intérieure lui soufflait la solution, mais la voix de Rosie prenait le dessus... *Tu vas tomber du ciel.* Des images décousues défilaient dans sa tête – la chute de Saigon, lorsque des dizaines de pilotes américains promis à une mort certaine face à l'armée nord-vietnamienne avaient plongé leurs hélicoptères dans l'eau à proximité de vaisseaux de guerre américains dans l'espoir de s'en sortir –, mais... *les pales vont te couper en rondelles et t'arracher la tête.*

Alors qu'il descendait entre les rochers escarpés et les ravins, il s'appliqua à faire taire la voix en se rappelant ce qu'il venait de démontrer : il avait le pouvoir de changer le cours de sa vie. S'il le fallait, il pouvait déplacer des montagnes. Rien n'était jamais gravé dans la pierre... Il tenait là une chance de lui en apporter la preuve.

Presque malgré lui, il commença à visualiser la scène. En entrant dans l'eau, l'appareil se mettrait à rouler. S'il ne s'éjectait pas à temps, la prédiction de Rosie ne manquerait pas de se réaliser : une des pales se replierait et déchirerait l'avant de la cabine en le décapitant... ou la transmission du rotor arraché percuterait l'avant en l'écrasant... ou encore il se retrouverait simplement coincé à l'intérieur de l'appareil et se noierait. Dès qu'il lâcherait les commandes, le crash serait quasi instantané. S'il voulait s'en tirer, il fallait qu'il trouve un moyen de faire en sorte que l'appareil continue à voler au moment où il sauterait.

Sur la rive du lac, il aperçut la petite silhouette de Tashi qui courait vers le campement. Que pouvait penser le pauvre garçon ? Sans doute redoutait-il le pire : Daniel et Katie avaient été arrêtés, ou tués, et les Chinois venaient maintenant effacer toute trace de leur existence. Mais Daniel n'avait pas le temps de s'inquiéter pour Tashi. Ses yeux scrutaient la rive à la recherche d'un endroit où balancer le sac à dos. Inclinant l'appareil, il se rapprocha du campement. Tashi se tenait à présent sur les rochers, dans une attitude d'excitation intense, le visage levé vers le ciel. Daniel descendit le plus bas possible et, après avoir débloqué la porte de droite, il laissa le vent la faire coulisser au maximum. Puis il attrapa le sac et le jeta par l'ouverture. Il le vit tomber tout droit vers la ligne de cristaux de sel scintillants, puis rebondir sur la plage. Tashi, qui avait dû comprendre ce qui se passait, ou entrevoir qui pilotait l'appareil, était en train de courir comme un dératé pour aller le récupérer.

Plus de temps à perdre... Daniel estima la profondeur du lac d'après sa couleur. En touchant l'eau, il savait qu'il risquait d'être désorienté, voire assommé, et il fallait donc qu'il saute le plus près possible de la berge. Avec un peu de chance, Tashi – s'il savait nager ! – viendrait le sauver. Trop près, l'épave de l'hélicoptère ne serait pas entièrement submergée. Trop loin, il risquerait de se noyer dans l'eau glacée, ou de se blesser et d'être incapable de nager.

Il vérifia le contrôle de friction sur le pas cyclique principal qu'il tenait dans sa main droite. En procédant à quelques minimes ajustements, il finit par trouver un point où le levier tenait tout seul. Il fit de même sur le pas de gauche, puis retira délicatement ses deux mains. L'appareil tangua en faisant du tape-cul mais continua sur sa trajectoire.

Un bref coup d'œil sur le côté le fit frissonner ; bien qu'il fût assez près de l'eau, il avançait trop vite. Il sentit la sueur couler sur ses joues – à moins que ce ne fût des larmes. Sachant qu'il était trop tard pour changer d'avis, la peur le saisit. Rosie avait finalement eu raison. Pourquoi en avait-il douté ? À la seconde où ses pieds lâcheraient les pédales, l'appareil devenu incontrôlable plongerait dans les profondeurs du lac tandis qu'il resterait prisonnier à l'intérieur.

Encore quelques secondes, et c'en serait fini. Il se trouvait maintenant à mi-chemin du centre du lac. Brusquement, il retira ses deux mains, puis lâcha les pédales. Le temps sembla se figer. Cette fois, il avait franchi le point de non-retour. Il se pencha vers la porte entrouverte. Bien que résigné à mourir, il lutta contre le vent pour la faire coulisser. Une seconde, deux secondes…

Au moment où il bascula dans le vide, il ne pensa pas au choc imminent qu'il allait ressentir en heurtant la surface du lac, mais à la masse tourbillonnante des dix mille pièces métalliques qui s'abattraient sur lui. Il pénétra dans l'eau la hanche la première. La collision le sonna, mais, une seconde plus tard, il se débattait sous l'eau en essayant de repérer de quel côté était le haut. Il creva la surface, insensible à la douleur et au froid, et se retourna comme un fou pour voir où le Chaig allait s'écraser. Quitte à être coupé en rondelles, autant le voir arriver !

L'appareil était incliné sur le flanc lorsque les pales du rotor principal heurtèrent la surface, projetant des jets d'eau telle une mitrailleuse qui lui firent boire la tasse et l'aveuglèrent. À quelques mètres de là, juste avant que le gros du fuselage n'entre en contact avec la surface du lac, les derniers restes du disque du rotor propulsèrent un déluge de fibres de verre et de lambeaux de mousse très haut en l'air. Les pièces retombèrent autour de lui à la vitesse de boulets de canon.

Dans une dernière éruption de mousse, l'épave déchiquetée du Chaig se retrouva réduite au silence et sombra au fond du lac en quelques secondes. Bien qu'il ait l'impression d'avoir été réduit en bouillie par une violente agression, Daniel était toujours en train de s'agiter dans l'eau, s'efforçant de flotter au milieu d'un océan tourbillonnant de bulles blanches, seule preuve encore visible du drame qui venait de se produire.

Bientôt, les flots s'apaisèrent, les vagues diminuèrent pour laisser place à une série de vaguelettes qui s'éloignaient doucement. Le Neykhor Tso avait englouti le Chaig comme s'il n'avait jamais existé. « Regarde, Rosie, je suis en vie ! s'écria Daniel. Il n'y a plus rien à craindre ! »

Tout à coup, il se rendit compte que son corps s'engourdissait et que ses vêtements trempés le tiraient vers le fond. Il distingua au loin une silhouette minuscule qui courait vers la rive. Daniel se débarrassa de son anorak et commença à nager.

26

Il se changea, se glissa dans son sac de couchage et but plusieurs tasses de thé au beurre à la suite sans pouvoir s'arrêter de frissonner. Tashi lui banda le poignet et veilla à lui remplir sa tasse tout en s'activant à lever le camp. Il ne lui posa aucune question.

« Tashi, vous n'auriez pas un téléphone satellite, par hasard ?

— Non.

— Il faut que je trouve un téléphone le plus vite possible.

— Oui, oui, s'impatienta le jeune homme. Plus vite nous partirons, plus vite vous en trouverez un.

— Comment repart-on d'ici ? Que vont dire les soldats quand ils nous verront revenir sans la femme ?

— Par là où on va passer, il n'y aura pas de soldats. »

Une heure plus tard, le Land Cruiser cahotait sur les cailloux et les éboulis. Roulant vers le sud, et non pas vers l'est, Tashi longea la cuvette du lac en direction de collines dénudées qu'on apercevait au loin. Lorsqu'ils arrivèrent aux monticules de sable entre lesquels ils s'apprêtaient à louvoyer, Daniel se retourna une dernière fois vers le lac sacré. Dans l'eau d'un calme étrange se reflétait le massif du Thangtak La, comme dans un miroir bleu et violet. Il n'y avait rien à voir, aucun changement dans le paysage ne laissait deviner ce qui s'était passé à cet endroit.

Malgré les cahots, Daniel se sentit pris d'une sorte de léthargie qui transforma ses membres frissonnants en appendices lointains et tout ramollis. Il se demanda si Tashi n'avait pas mis quelque chose dans le thé.

« Je me sens bizarre, marmonna-t-il.

— Vous avez les lèvres bleues. Vous devez être en hypothermie. Enroulez-vous dans une couverture et tâchez de dormir un peu.

— Comment puis-je me fier au message de Rosie ? murmura Daniel. Un cochon policier est...

— Fermez les yeux et reposez-vous, ordonna Tashi, la voix tendue. Laissez-moi me concentrer pour essayer de nous sortir de là. »

Daniel sombra dans un sommeil agité, ravagé par un sentiment de deuil accablant. Comment pouvait-on aimer aussi facilement quelqu'un, alors que l'on savait au fond de son cœur que cet amour était perverti et destructeur ? Des images se succédaient – la bouche ensanglantée de Katie sur son poignet, Rosie dans une pièce sombre qui l'appelait en hurlant à tue-tête... De temps à autre, il avait l'impression de tomber dans le vide au ralenti, s'attendant d'une seconde à l'autre à s'écraser sur des rochers, dans l'eau ou au sommet des arbres. Très vite il ne supporta plus cette sensation et se redressa d'un mouvement brusque. Son poignet douloureux l'élançait, sa tête lui faisait l'effet d'être une boule de plomb. Derrière la bulle que formait le véhicule, le monde bondissait dans tous les sens. Ils roulaient dans une sorte de tunnel, à moins que ce ne fût au fond d'une gorge...

« Tashi, on peut parler ?

— Pas vraiment. Le terrain est très accidenté, et il fait de plus en plus sombre. On va bientôt devoir s'arrêter.

— Vous savez où on va ? Je ne vois pas une seule trace de pneu. »

Tashi ne répondit pas. Peut-être n'avait-il aucune idée de l'endroit où il allait. C'était une chose de conduire sur un plateau dégagé, une autre de grimper sur des pentes d'éboulis, de franchir des falaises et des rivières tumultueuses. Surtout s'il n'était pas sûr de la route... Il devait néanmoins faire confiance à son guide. Jusqu'à présent, il s'était montré précieux et n'avait commis aucune erreur.

Au bout de quelques minutes, Daniel reprit pleinement ses esprits, en même temps que des douleurs lui revenaient un peu partout. Sa patte-d'aigle palpitait, et quand il la palpa du bout des doigts, il la sentit humide et gluante de sang. Des débris de l'hélicoptère l'avaient atteint à la tempe, et comme les vaisseaux étaient très près de la peau, elle saignait facilement. Tashi s'en aperçut et lui tendit un rouleau de papier-toilette.

« Je veux vous remercier, Tashi. Franchement, vous n'avez aucune raison de me tirer de ce guêpier. »

Le jeune homme rit, mais sans se départir de son air lugubre. « Vous allez me payer, dites ? La voiture en prend un sale coup. Mon oncle...

— Demandez-moi ce que vous voudrez, répondit Daniel. J'ai tout l'argent qu'il faudra. Roupies ou dollars. » Au bout d'une seconde, il ajouta posément : « Vous ne me demandez pas ce qu'est devenue Katie ? »

Tashi resta un instant silencieux, négociant les virages entre les rochers qui l'obligeaient à rouler à moitié dans une rivière. « Je suppose que ce sont les marques de ses dents sur votre poignet.

— Qu'est-ce que vous supposez d'autre ?

— Qu'elle est restée de son côté de la montagne.

— Vous avez raison, Tashi. » En cherchant comment expliquer l'horrible accident, Daniel se sentit obligé de lui dire la vérité. « Seulement, elle est morte. Je l'ai poussée par-dessus une falaise, de façon accidentelle, après qu'elle a tenté de me tirer une balle dans la tête.

— Il fait trop noir pour continuer à rouler, se contenta de dire Tashi. On va s'arrêter ici pour la nuit. »

Il fit remonter le Land Cruiser sur la berge et se gara à l'abri d'un surplomb rocheux. Ils restèrent un moment dans la voiture, trop hébétés pour esquisser le moindre geste.

Finalement, Tashi prit la parole, les yeux rivés sur les eaux furieuses de la rivière. « Je pense que c'est en partie ma faute. »

Daniel le regarda avec surprise. « Que voulez-vous dire ?

— J'aurais dû vous avertir. Quand j'ai vu la couleur de son sac à dos, j'ai eu des soupçons. J'ai remarqué qu'elle le surveillait en permanence, comme si elle avait peur que quelqu'un s'en approche. Je l'ai vue passer un coup de fil sur un téléphone satellite en cachette. Et puis, toute personne normale qui souffre du mal des montagnes aurait refusé d'escalader le Thangtak La. Je l'ai prévenue que ça pouvait être très dangereux… et même fatal. Elle m'a demandé de ne pas vous en parler. Cette fille était trop déterminée. » Il se tourna vers Daniel. « Et il y a encore un autre détail qui ne m'a pas échappé. Elle m'a traité comme tous les Chinois traitent les Tibétains. C'est quelque chose de subtil… »

Daniel le regarda dans les yeux en se demandant comment un garçon assez jeune pour être son fils avait pu sentir le danger et le subterfuge alors que lui-même n'avait rien vu venir. Il avait été aveugle, et peut-être que Katie n'avait pas été une professionnelle aussi chevronnée qu'elle l'avait cru.

« Pourquoi ne m'avez-vous rien dit ? »

Tashi fit la grimace. « J'aurais dû, mais je n'étais que le guide, et vous aviez l'air très attaché à elle. Tous ces trucs bizarres, je les ai remarqués, mais sans comprendre vraiment ce qui se passait. Pas assez en tout cas pour m'en mêler et créer des ennuis à l'un ou à l'autre. »

Tashi avait raison sur tous les points. « Oui, il est d'ailleurs probable que je ne vous aurais pas cru... Que je n'aurais pas voulu le croire. J'étais attaché à elle au point d'être devenu aveugle. » En y repensant, le chagrin le submergea. « En fait, je l'aimais beaucoup, vous savez. »

Pendant quelques instants, ils écoutèrent gargouiller les eaux de la rivière.

« Il va falloir qu'on creuse un trou, dit alors Tashi.

— Un trou ?

— Oui, pour enfouir ses affaires.

— Vous voulez bien vous en charger, s'il vous plaît ? Ma main...

— Son gros sac bleu serait parfait pour la statue. Je vais enlever toutes les étiquettes. »

Daniel acquiesça, l'air reconnaissant. « Alors vous n'allez pas me dénoncer, à ce qu'on dirait. »

Tashi lui jeta un regard las. « Pourquoi croyez-vous que je vous fais passer par cette route épouvantable ? Désormais, ma conduite doit être votre seul souci. Votre passage du Tibet en Inde n'a apparemment pas été repéré. Si c'était le cas, il se serait déjà produit quelque chose. » Il sembla soudain se détendre, un sourire enfantin s'étala sur son visage. « Et il ne reste aucune trace de l'hélicoptère... Le lac l'a englouti en un clin d'œil. C'était impressionnant... Des trucs pareils, on n'en voit que dans les films. Vous avez déjà dû avoir l'occasion de piloter des hélicoptères, non ?

— Oui, j'en ai piloté, répondit Daniel en ouvrant la portière et en posant ses pieds ankylosés par terre. Et peut-être que j'en piloterai encore. Récemment, j'ai fait trois expériences épouvantables en vol. Ne dit-on pas que les mauvaises choses arrivent toujours par trois ? »

Tashi sauta hors de la voiture et observa la rive. « Ça, c'est une façon de penser occidentale. Pour nous, le karma marche différemment.

— Expliquez-moi, dit Daniel tandis qu'ils sortaient les tentes et le matériel du coffre. Je veux tout savoir sur le karma. »

Trente-deux heures plus tard, au lever du jour, ils arrivèrent sur la route qui reliait Leh à Manali, affamés et crasseux, les bidons d'essence presque à sec. Ils firent un brin de toilette dans un torrent, se donnèrent un coup de peigne, jetèrent des seaux d'eau sur le Land Cruiser salement éprouvé et firent en sorte de ne pas se faire remarquer outre mesure.

À Upshi, un village situé au bord de l'Indus, Daniel put passer un coup de fil à Vancouver sur le portable de Bruce, qui lui confirma que Rosie était bien à l'abri à Egg Island, et qu'elle était à l'instant même chez Mme Buckley en train de présenter Runtie-Lou à sa mère truie. Katie avait beau lui avoir menti en désespoir de cause, Daniel ne décolérait pas. Se servir ainsi d'une enfant, fût-ce par simple menace, était méprisable. Néanmoins, tout danger n'étant pas écarté, Daniel supplia Bruce de faire preuve d'encore plus de vigilance.

Tant que le bouddha et les documents seraient en sa possession, Rosie resterait en danger.

« Ne t'inquiète pas, Danny, dit Bruce de sa voix grave et posée. Étant donné qu'Amanda et moi avons décidé de ne même pas nous parler au téléphone à moins d'un problème, nous... » Plusieurs bips couvrirent sa voix, qui finit par revenir. « ... et avons dit à l'école que Rosie était partie en vacances en Italie chez de la famille perdue de vue depuis longtemps. Elle a pris...

— Bruce! cria Daniel, espérant qu'il continuait à l'entendre. Dis à Rosie que dès que j'aurai retrouvé un coin plus ou moins civilisé je la rappellerai et qu'on pourra se parler longuement. »

Silence. Il actionna la fourche du téléphone.

« Ne t'inquiète pas pour elle, mon vieux, dit Bruce, sa voix de nouveau claire et nette. Rosie et Linda ne se quittent pas d'une semelle.

— Tu ne peux pas savoir comme je te suis reconnaissant.

— Hé, quand on parle du diable... Voilà ta fille, qui m'arrache le téléphone de la main...

— Papa, tu vas bien ? » Daniel fut soulagé d'entendre sa voix, lointaine mais audible.

« Oui, petite chérie. Mieux que bien. Surtout maintenant que je te parle.

— Est-ce que tu es tombé du ciel ? Dis-moi la vérité. »

Pris de court par sa question, Daniel répondit : « Eh bien, à vrai dire... oui. »

Anxieux, il attendit sa réaction.

« Très bien, il n'y a plus de nuages, dit Rosie d'un ton détaché. Mais sois superprudent, papa.

J'ai encore cet horrible... » Sa voix s'éloigna, disparut, puis il y eut plusieurs bips.

« Continue, qu'est-ce que tu disais ? hurla Daniel dans le téléphone. Qu'est-ce qui est horrible, Rosie ? » Il tapa sur la vitre du bureau de l'opérateur en levant la main d'un geste désespéré. Il eut droit au même geste d'impuissance en retour. Ils étaient au milieu de l'Himalaya, après tout.

Pendant ce temps, Tashi avait refait le plein. Ils achetèrent à manger dans une échoppe en bordure de route et déjeunèrent dans le Land Cruiser. À midi, après avoir gravi une route très raide, ils arrivèrent au col de Rohtang, la porte d'accès sud au Ladakh. À cette période de l'année, le col était souvent fermé, isolant le Ladakh du reste du monde pendant les neuf mois suivants, mais la neige qui saupoudrait la route n'était pas encore tombée en quantité suffisante. De nombreux véhicules en profitaient pour l'emprunter en direction du sud pour se rendre à Manali.

Au sommet du col, l'air donnait l'impression de scintiller. Ils contemplèrent les falaises à pic et les combes profondes où s'entassait la moraine des lointains glaciers. Les deux sommets du Geypang, des pyramides de rochers dentelés couronnées de neige, se dressaient au-delà des crêtes en forme de chevron et d'une somptueuse vallée qui s'ouvrait en dessous. Lorsqu'ils commencèrent à descendre, Daniel passa son temps à observer les véhicules qui les suivaient, mais personne ne semblait les avoir poursuivis. Apparemment, le danger était passé. Il posa la main sur le bras de son compagnon. « Et voilà, Tashi... À la prochaine ville, vous devrez faire demi-tour, sans quoi vous ne ramènerez pas la voiture chez vous avant le printemps. »

Les mains du jeune homme se crispèrent sur le volant. « Je vous ai dit que je vous emmenais jusqu'à Dharamsala. Vous me paierez bien, et pour ce qui est de savoir comment je repartirai de là, c'est mon problème.

— Non, Tashi. Rien ne me ferait plus plaisir que d'avoir votre compagnie jusqu'à Dharamsala, mais il faut que vous rapportiez le quatre-quatre à son propriétaire. Vous avez déjà pris plus de risques que vous ne l'auriez dû. Sans compter que votre oncle pourrait lancer l'armée indienne à nos trousses... et que j'ai eu ma dose de ce genre de mésaventure. »

Tashi n'eut d'autre choix que le déposer à la prochaine gare routière. Ils attendirent sur le parking poussiéreux au milieu des rickshaws et des *tuk-tuks*, assiégés par des petits gamins qui les tiraient par la manche. Des billets de banque et des numéros de téléphone changèrent de main. Daniel remercia encore une fois son sauveur et lui promit de tout faire pour l'aider le jour où il se sentirait prêt à venir vivre en Occident, un projet que le jeune homme avait mentionné plusieurs fois au cours du voyage. Le sort de la femme chinoise aux longs cheveux noirs et au sac à dos rouge resterait un secret entre eux deux, et, sur la proposition de Tashi, ils se jurèrent de ne jamais en parler à personne.

Ils se dirent au revoir en se prenant dans les bras. Alors qu'il regardait Tashi s'éloigner dans le Land Cruiser, Daniel se demanda comment respecter sa promesse. Il faudrait qu'il réfléchisse comment expliquer la disparition de Katie aux personnes qui l'avaient rencontrée – Gabriella et Freddie, Bruce et Linda. Peut-être était-ce une intuition profonde qui l'avait poussé à ne pas lui présenter Rosie… En outre, raconter je ne sais quelle histoire à sa fille sur la disparition de Katie n'aurait jamais marché. Les omissions pouvaient encore se justifier, mais il en avait fini avec les mensonges. Néanmoins, il faudrait rassurer Amanda. Elle exigerait sans doute qu'il lui explique de manière convaincante les propos décousus et paranoïaques qu'il avait tenus sur les Chinois et les tentatives d'enlèvement. Il tâcherait d'éviter de passer à Yaletown, s'interdirait d'aller rôder près de son appartement pour voir qui viendrait y enlever ses affaires. Peut-être était-ce ce qui se passait à l'instant même, qu'un mystérieux agent était en train de fourrer ses affaires dans des sacs et d'effacer toute trace de son existence. « Harvey… » Si jamais il croisait ce type, il lui arracherait les membres l'un après l'autre.
   Daniel entendit le klaxon du Land Cruiser. En se retournant, il aperçut Tashi devant la gare routière, déjà coincé dans un embouteillage. Ils se firent un dernier signe de la main. D'un seul coup, Daniel se sentit abandonné. Il était à présent tout seul, et il n'avait pas encore accompli sa tâche. Il ramassa le sac bleu et son sac à dos, puis chercha le bureau des tickets, où on lui apprit que le

prochain bus ne partirait pas avant le lendemain matin et que ses bagages devraient être attachés sur le toit. Il n'était plus question qu'il prenne le moindre risque. Un chauffeur de taxi sikh se trouvait comme par hasard près de la billetterie, et Daniel avait encore les poches pleines de billets.

Bien que ce soit encore les contreforts de l'Himalaya, passer du Ladakh à l'Himachal Pradesh donnait l'impression d'entrer dans un autre pays. Partout la végétation était luxuriante, une sorte de forêt vierge, et pourtant il ressentit un conflit bizarre à l'idée de laisser le désert désolé de haute altitude derrière lui. Comme disait Tashi, vu que les Chinois occupaient sa terre natale, le Ladakh était plus tibétain que le Tibet. Daniel s'installa à l'arrière du taxi déglingué, ne portant aucune attention à la conduite apparemment suicidaire de son chauffeur. Sur les routes étroites des hautes montagnes de l'Himachal, les roues frôlèrent à plusieurs reprises le bord de précipices aussi impressionnants que ceux du Thangtak La, *mais arrivait un moment dans la vie d'un homme où rien de ce qui lui arriverait ce jour-là ne serait pire que ce qu'il avait vécu la veille.* La déchirure que Katie avait laissée dans son cœur mettrait un temps fou à guérir. Aussi dépravée qu'ait pu être sa mission, aussi peu judicieuses qu'aient été ses convictions, il ne parvenait pas à oublier la passion qu'elle avait éveillée en lui, une passion d'autant plus vive et dévastatrice maintenant qu'elle n'était plus là.

27

McLeod Ganj, petit havre charmant et délabré, avait été autrefois une station de villégiature où venaient se réfugier les familles des officiers britanniques qui ne supportaient pas la chaleur des plaines en été. La ville s'étirait à flanc de montagne, entourée d'épaisses forêts derrière lesquelles s'élevaient des sommets enneigés.

Tard dans la soirée, le taxi déposa Daniel sur la place principale, dans la partie la plus haute de la ville. Dans une rue étroite, bruyante et encombrée, il évita les vendeurs, les mendiants et les prostituées en cherchant un endroit où se réfugier. Il s'arrêta seulement le temps d'acheter plusieurs mètres de nylon très résistant dans une échoppe creusée dans le mur. Au premier carrefour, des panneaux indiquaient une série d'hôtels de catégorie moyenne. Ce fut dans l'un d'eux qu'il trouva refuge.

« Cette chambre a la meilleure vue », l'informa l'employé indien âgé. Il ouvrit la porte-fenêtre qui donnait sur le balcon en laissant entrer l'air frais du soir, puis il lui montra la vallée, où l'on voyait scintiller une myriade de lumières témoignant d'une présence humaine. Le croissant de lune qui brillait sous la ligne d'horizon nappait le ciel d'une lueur bleutée.

Daniel acquiesça d'un air enthousiaste. « Spectaculaire... Je suis avant tout ici pour rencontrer une personne tibétaine. Pourriez-vous me dire où me renseigner ?

— Ah, mais oui, ici tout est tibétain ! dit le vieil Indien d'un ton un brin moqueur. Comme tous les touristes qui viennent à McLeod Ganj. Comme votre M. Richard Gere... qui est très copain copain avec Sa Sainteté. Il descend toujours au Chonor Hotel, en bas de la rue. L'année dernière, une femme a emporté le siège des toilettes de sa chambre et l'a vendue sur Internet. Ha, ha... vous voyez ?

— Je cherche quelqu'un en particulier. Je connais uniquement son nom... Jamyang Togden.

— Une aiguille dans une botte de foin ! » fit le vieil homme. D'un doigt tremblant qui faisait penser aux premiers stades de la maladie de Parkinson, il lui montra le bas de la colline. « Allez demander là-bas. Le grand bâtiment en dessous est l'enceinte du temple et la résidence du dalaï-lama, et, un peu plus loin, vous trouverez les bureaux administratifs du gouvernement tibétain en exil, la bibliothèque tibétaine, le Tibetan Delek Hospital et le Musée tibétain. » Il gloussa puis ajouta tout bas : « Et si vous n'avez de chance nulle part, vous n'aurez qu'à demander à l'Oracle d'État du Tibet. Il pourra vous dire.

— L'Oracle d'État… c'est une personne ?
— Oui, un simple être humain. Il réside au monastère. Ses prédictions sont très écoutées de la communauté tibétaine qui vit ici. Beaucoup de charabia… »

N'écoutant qu'à moitié la suite de la conférence, Daniel repensa à ce que Tashi lui avait dit au sujet de la force que donnait la foi…

« La route qui serpente vers le bas de la colline mène à Dharamsala. Vous pouvez y aller à pied, mais, pour revenir, la pente est raide. Il faudra prendre un taxi. Et surtout, monsieur, ne mangez rien dans la rue. Les singes vous arracheraient la nourriture des mains. Toutefois…

— Merci beaucoup, dit Daniel en lui glissant une poignée de roupies. Me voilà merveilleusement renseigné pour ma journée de demain.

— Si vous voulez un taxi demain matin, je vous en appellerai un, dit encore le vieil homme.

— Où puis-je téléphoner ?

— Dans notre business center, monsieur, répondit-il en se redressant avec fierté. Nous avons Internet, un fax, une photocopieuse et tout le matériel qu'il faut pour les vidéoconférences. »

Daniel avait beau savoir qu'il devait se montrer prudent et ne pas compromettre sa sécurité, il ne put s'en empêcher. Il fallait qu'il parle à sa fille. Leur conversation interrompue ce matin lui tournait dans la tête. Il appela le portable de Linda, qui répondit immédiatement. Comme il y avait douze heures de décalage horaire, ils venaient juste de prendre leur petit déjeuner.

« Linda, mon héroïne et mon sauveur ! Si tu divorces de Bruce, tu seras à moi, n'est-ce pas ? »

Elle éclata de rire. « Promis ! » Elle parla plus bas. « Mais que fais-tu de... tu sais qui ? Comment je fais pour éliminer la compétition ? »

Daniel sentit son estomac se nouer de façon désagréable. « Comment va ma petite fille ? se hâta-t-il de demander.

— Elle est ici à côté de moi en train d'ouvrir des livres pour faire ses devoirs. Pourquoi ne m'as-tu pas dit qu'elle était aussi géniale en maths ? Je me suis carrément humiliée en pensant pouvoir l'aider... Tiens, je te la passe. »

Un silence. « Papa ? C'est toi ?

— Oui, c'est encore moi qui te harcèle.

— Tu te rappelles ce que je voulais te dire hier soir... avant qu'on ait été coupés ?

— Oui, Rosie, sauf que je n'ai pas bien compris. Si tu penses que c'est important, redis-le-moi.

— Je sais juste que quelqu'un est après toi, que quelqu'un te cherche. Tu te souviens quand Melissa, Deirdre et Gemma m'embêtaient ? Tu te rappelles comme elles me suivaient tout le temps pour me pousser et me piquer mes affaires ? Eh bien, c'est l'impression que j'ai, comme si quelqu'un voulait te faire pareil à toi. Et ne me dis pas que je suis bête. »

En entendant cela, Daniel se retourna vers la porte qui se trouvait derrière lui, puis jeta un coup d'œil au sac posé à ses pieds. « Rosie, tu es à treize mille trois cent quatorze milliards de kilomètres d'être bête. Mais je suis un grand garçon, tu sais...

— Oui, mais quand même...

— Et puis j'ai ce visage menaçant de brute épaisse...

— Sûrement pas...

— Et un sale caractère imprévisible...

— Menteur! Pas du tout.

— Écoute-moi, ma chérie. Je suis capable de veiller sur moi, inutile de t'inquiéter.

— Je crois que je ferais mieux de le dire à ta petite amie. »

Daniel se figea. « Comment ça, ma petite amie ?

— Oh, papa, arrête! grogna Rosie, le ton exaspéré. Je la connais. On a décidé de garder le secret. Je pense qu'elle avait raison, c'est à toi de nous présenter. Mais elle a voulu que je prenne son numéro de téléphone au cas où il t'arriverait quelque chose ou si tu partais sans nous le dire à moi ou à elle. Je peux lui laisser un message, si tu veux. »

Daniel se raidit. « De qui tu parles, Rosie ?

— Je parle de Katie, répondit-elle en soupirant. Tu sais, maintenant, tu n'es pas obligé de me cacher des choses. Vu que Maman a Tony, c'est bien que tu aies une petite amie. Et puis Katie est gentille. En fait, j'ai essayé de l'appeler hier, mais elle n'était pas chez elle. C'est son frère qui m'a répondu. Tu le connais? Harvey... L'autre jour, c'est lui qui est venu me demander où tu étais. Il est très sympathique. Vous allez être bons amis, tous les deux. »

Il eut l'impression de recevoir une douche glacée. « Oh, mon Dieu, Rosie... Tu lui as dit où *tu* étais ?

— Non. » Baissant la voix, elle murmura : « Je n'ai pas eu le temps. Bruce m'a arraché le téléphone. » Sa voix tremblota. « Tu savais que j'étais prisonnière, ici ? Linda et Bruce ne me laissent parler à personne. Même pas à ma maman ! Ils sont très gentils avec moi et tout ça, ils me donnent plein de trucs à manger, n'empêche que je suis prisonnière, papa... exactement comme le type dans le feuilleton. Il faut que tu viennes me chercher avec Runtie-Lou.

— Est-ce que Linda t'entend, Rosie ?

— Non, mais la voilà qui revient... Fais quelque chose, papa ! »

Daniel s'assit sur le tabouret devant le téléphone et inspira à fond. « C'est ma faute. C'est moi qui leur ai demandé de te garder prisonnière. Harvey n'est pas du tout qui tu crois et... Katie non plus. Où l'as-tu rencontrée ? Qu'est-ce qu'elle t'a dit ?

— Je l'ai rencontrée il y a très très très longtemps, et elle m'a dit ce que je savais déjà. Qu'il fallait que tu partes à cause de la boîte. Tu lui as répété notre secret, papa. Je croyais pourtant que la boîte, c'était notre grand secret à nous... Elle savait déjà que tu n'étais pas doué pour garder les secrets, mais je lui ai dit que moi je savais.

— Rosie, Katie n'est pas ma petite amie. Je crains que ce ne soit pas quelqu'un de très bien. »

Il y eut un silence. « Oh vraiment ! s'exclama Rosie d'une voix apeurée. Tu en es sûr ?

— Écoute-moi bien, ma fille. Je vais rentrer très bientôt. En attendant, je t'interdis de téléphoner à qui que ce soit. Je dis bien à qui que ce soit. Fais-moi confiance. Tu restes là, tu profites d'être chez Bruce et Linda, tu te goinfres de ce que tu veux et tu m'attends.

— Dépêche-toi.

— Compte sur moi! Je termine ce que j'ai à faire ici le plus vite possible. »

Rosie resta silencieuse une seconde puis dit: « Maman m'a parlé des dispositions de garde.

— Des dispositions de garde? » Il se couvrit les yeux de la main en grognant. Non, pas ça en plus... Toute la vie de sa fille était en train de s'effondrer. Que pouvaient-ils encore faire subir à cette pauvre gamine? « Il faudra que je t'explique, mon cœur. C'est un concept très compliqué pour une petite fille.

— On ne pourrait pas déménager quelque part très loin d'ici? demanda-t-elle en reniflant. Mlle Ekman va prendre un congé d'un an pour s'occuper de son bébé et Deidre me traite de grand haricot vert loufoque... On ne pourrait pas aller quelque part où tout le monde est très grand pour que je ne sois pas la plus grande dans ma classe?

— D'accord, Rosie. Nous irons vivre ailleurs.

— Et Runtie-Lou pourra venir aussi, dis?

— Naturellement. Écoute, je connais un endroit où il y a un grand chenil dans la cour. Avec deux gigantesques arbres à coton dans un jardin fantastique. Et comme la maison est un peu branlante, toi et moi pourrions la démolir et en construire une nouvelle. Mais comme c'est assez loin, tu ne verrais pas ta maman aussi souvent. Qu'est-ce que tu en penses ?

— Ça m'est égal. Je veux être avec toi, papa. Très loin d'ici.

— Et moi, je veux te raconter une histoire sur toi. Je suis impatient de pouvoir le faire. Et je t'emmènerai voir un monument dont tu as fait une fois la copie dans le sable. Un stupa tibétain qui durera un millier d'années.

— Ah bon ? Il me tarde de voir ça. » Sa voix retrouva un peu d'entrain. « Je vais commencer une liste de tous les trucs qu'il faut qu'on fasse.

— Bonne idée. Fais une liste. Je vais en faire autant de mon côté. Et maintenant, passe-moi Linda. »

Malgré le chaos qui régnait en raison de la foule, des vaches et des taxis, malgré le délabrement, les monceaux d'ordures et les égouts à ciel ouvert, la ville avait une atmosphère de spiritualité et de bienveillance. Néanmoins, Daniel n'osait pas se séparer du bouddha une seule minute. Ce matin, sa première tâche consistait à se fabriquer un sac à dos à l'aide du sac bleu. Il enroula la corde en nylon autour du sac, de sa taille et de ses épaules afin d'attacher solidement son trésor sur son dos.

Ainsi harnaché, après un petit déjeuner pris debout sans grand confort à l'hôtel, il s'aventura dans les rues. Personne ne semblait s'étonner de sa charge singulière, mais il est vrai qu'il ne représentait qu'une goutte d'eau dans un océan d'excentricité et d'extravagance. Les moines tibétains en robe bordeaux et les femmes indiennes en sari multicolore se mêlaient aux routards occidentaux à dreadlocks, aux religieuses étrangères à tête rasée, aux Tibétains en costume traditionnel et aux sikhs coiffés de hauts turbans. De jeunes Indiennes tenant des enfants sur la hanche l'accostaient sans arrêt en réclamant du lait pour leurs bébés, tandis que les lépreux aux doigts et au nez rongés accueillaient le nouveau venu qu'il était avec une joie pleine d'exubérance.

Après avoir appris que les bureaux du gouvernement tibétain en exil étaient fermés le week-end, il se rendit au bazar principal, à Temple Road et à Jogiwara Road, les trois artères étroites de McLeod Ganj, en demandant à tous les commerçants et dans les restaurants s'ils ne connaissaient pas un dénommé Jamyang Togden. Bien qu'on lui ait fait comprendre que ce nom n'était pas rare, personne ne connaissait quelqu'un qui s'appelait ainsi. Il étendit ses recherches en abordant toute personne ayant l'air tibétain qu'il croisait dans la rue, mais chaque fois il obtint la même réponse.

S'arrêtant pour manger à plusieurs reprises, Daniel s'aperçut qu'il était trop anxieux et sur ses gardes pour avoir de l'appétit. Et même lorsqu'il s'assit à une table devant un plat, il garda son sac sur le dos. Il picora dans son assiette, se demandant pour la centième fois s'il était le seul être vivant en dehors du territoire chinois à avoir été au courant des secrets de Pematsang. Ses ennemis connaissaient-ils le mystérieux Jamyang Togden ?

Qui donc était cet homme ? Quelqu'un savait-il que Daniel était ici ? Bien qu'aucun véhicule ni personne ne l'eussent suivi à McLeod Ganj, il prit soin de ne pas s'engager dans des rues ou des chemins où il risquerait de se retrouver seul et de tomber dans une embuscade.

À la fin de la journée, démoralisé, il repartit d'un pas pesant à l'hôtel.

« Vous avez trouvé votre homme ? lui demanda le chasseur sympathique en lui tenant la porte.

— Je crains que non. Il va falloir que j'attende lundi pour aller me renseigner.

— Demain, je crois que le musée sera ouvert. Peut-être qu'ils le connaissent. Sinon, vous n'aurez qu'à jeter un œil aux soixante-dix mille manuscrits qui ont été sortis en contrebande du Tibet. Vous verrez là des textes sacrés qui datent de plus de mille ans et plein d'autres trésors.

— Bonne idée. Merci. » Être un simple touriste, se prit à songer Daniel. Saurait-il jamais ce que signifiait mener une vie heureuse et insouciante ? Oui, bien sûr que oui ! Il le fallait, pour Rosie. Il devait poursuivre sa quête de manière à se libérer de ce fardeau et à trouver la paix et l'harmonie avec sa fille.

Alors qu'il regagnait sa chambre, il pensa à une personne dont il aurait adoré entendre la voix rassurante. Il redescendit l'escalier, passa devant la réception et entra dans la petite pièce minable estampillée du nom ronflant de business center. Machinalement, sans même regarder, il composa le numéro.

« Ellis, Roberts & Merriman.

— Anne ! C'est vous ? demanda Daniel, surpris.
— Daniel Villeneuve ? » Elle éclata de rire. « Qu'est-ce qui vous a fait supposer que le bureau serait ouvert ? La plupart des gens sont encore au lit en train de dormir.
— Si j'avais la chance d'être dans les parages, je vous apporterais volontiers un café, seulement, je suis en Inde.
— En Inde ? Qu'est-ce que vous faites là-bas ?
— Je tiens par quelques fils. Et vous, comment allez-vous ?
— Je vais très bien. Ces fils… ils sont dans votre vortex ou plus loin ? »
Daniel rit. « Ça ressemble davantage à un tourbillon. Il y a quelques jours, j'ai confié les cendres de mon père aux vents du Tibet, mais j'ai encore pas mal de choses à régler ici.
— Dieu du ciel, j'ai du mal à imaginer sur quel genre de chemin de découverte vous êtes, Daniel ! J'aimerais beaucoup en savoir plus.
— Je vous raconterai. C'est d'ailleurs pour cette raison que je vous appelle. J'ai décidé de garder la maison de mon père. Il est même possible que je vienne y vivre. Alors, soyez gentille de la retirer du marché et de réserver une table pour ce déjeuner que vous m'avez promis.
— D'accord. Je vais le faire tout de suite, dit-elle en riant somptueusement. Voulez-vous que je demande à un service de nettoyage de passer à la maison ? À moins que vous ne préfériez qu'on vienne repeindre ? Une couche de blanc éclaircirait pas mal ces pièces.

— Non, c'est très aimable à vous, mais non merci. Ma fille va venir vivre avec moi, et je voudrais qu'elle participe à ce projet. En fait, je vous demanderai peut-être de me conseiller un expert en démolition.

— Très bien, je me renseigne... Et je vais réserver une table dans un restaurant.

— Tibétain, s'il vous plaît. Ma fille a bien aimé les momos. J'espère être là dans une ou deux semaines.

— Y a-t-il autre chose que je puisse faire d'ici là...?

— Oui, absolument, répondit Daniel en se fendant d'un sourire. Trouvez-moi un boulot, vous voulez ? Piloter des hélicoptères ne me dérange pas. Fut un temps où j'étais même assez doué. »

Après avoir attaché le sac au montant du lit et verrouillé la porte à double tour, Daniel s'abandonna à un profond sommeil. L'aube du dimanche se leva. Il se doucha, se rasa, changea le pansement autour de son poignet et remit le sac sur son dos en compote. L'air était frisquet, mais les montagnes couronnées de neige scintillèrent d'une lueur rose au moment où le soleil étendit ses premiers rayons sur l'Himachal Pradesh.

Daniel rejoignit l'animation matinale de Jogiwara Road. Les étals des petites échoppes exposaient déjà leurs marchandises colorées – bijoux tibétains, tapis indiens, livres, épices, fruits et noix –, ainsi que de la nourriture cuite sur des réchauds à charbon de bois. Il acheta un cornet de noix grillées qu'il grignota en se baladant. Les lépreux et les mendiants le reçurent comme un vieil ami, et un petit garçon qui le suivit un bon moment lui décrivit avec éloquence la faim et la misère dont souffrait sa famille. Malgré la chaleur, l'enfant était vêtu d'un anorak de ski rose de femme dont des touristes peu avisés avaient dû lui faire l'aumône. Daniel lui donna une poignée de billets en lui recommandant de les remettre à sa mère. Ce n'était pas tout à fait éthique, il le savait bien, mais il avait d'ores et déjà compris que le meilleur moyen d'avancer était de marcher en ayant le sourire et les poches pleines de roupies.

À mesure que la journée avançait, après avoir répété la même question à une bonne centaine de personnes, Daniel commença à perdre le moral. Il décida de se rendre au musée, où la chance voulut que la dame qui vendait les tickets connaissait un Jamyang Togden. Toutefois, l'excitation de Daniel eut tôt fait de retomber. Ce Jamyang Togden, le neveu d'un de ses amis, avait vingt-deux ans et travaillait dans un night-club de Lhassa qui appartenait à des Chinois. Daniel la remercia, mais ne trouva pas l'énergie de passer en revue les soixante-dix mille manuscrits. Celui qu'il transportait sur son dos lui suffisait amplement.

En revenant en ville, il eut envie de faire ce que tout le monde semblait vouloir faire, à savoir un *kora*, ce qui consistait à déambuler autour de l'enceinte du temple dans le sens des aiguilles d'une montre le long d'un beau chemin boisé. Le sentier, fréquenté par des hordes de moines, de réfugiés tibétains et de touristes occidentaux, paraissait relativement sûr.

Arrivé à mi-parcours, il crut sentir le souffle de l'ennemi sur son cou. Une impression si soudaine et intense que les poils se dressèrent sur sa nuque. Il s'arrêta net et se retourna en scrutant le sentier. Des gens allaient et venaient dans tous les sens. Partout des kyrielles de drapeaux de prière flottaient au vent et des bandes de singes rhésus se balançaient entre les arbres. Deux moines à l'air bienveillant le saluèrent d'un signe de tête en passant, puis un groupe de jeunes Allemands arriva. Lorsqu'ils le saluèrent à leur tour avant de continuer leur chemin, Daniel se hâta de leur emboîter le pas. À la sortie du bois, le sentier débouchait sur une route le long de laquelle des gens faisaient tourner des moulins à prières. Pour l'instant, le danger semblait écarté, mais il n'en avait pas moins la certitude d'être suivi. Il eut beau regarder derrière lui, il ne vit personne qui ressemblait à un éventuel poursuivant.

Daniel se demanda tout à coup s'il ne se laissait pas influencer par la conviction qu'avait Rosie que quelqu'un lui en voulait – comme ces gosses qui à une époque l'avaient embêtée et la faisait tomber quand aucun adulte n'était là, ou qui lui piquaient son cartable pour y chercher des choses à esquinter ou à voler. Ce harcèlement avait pas mal traumatisé Rosie, qui réagissait avec une sensibilité peu commune à ce genre de persécution et de malveillance. Peut-être se laissait-il influencer... Cependant, il devait aussi se fier à son intuition, or celle-ci lui disait que quelqu'un l'avait retrouvé.

Soulagé, Daniel arriva devant les portes du temple dans Temple Road, où une marée de robes bordeaux se diluait à peine au milieu des autres couleurs que portaient les résidents. Les moines sortaient en masse du temple après avoir assisté à une cérémonie ou une prière, et s'il n'avait pas senti cette ombre menaçante derrière lui, c'eût été l'occasion de les interroger, étant donné que la plupart d'entre eux étaient à coup sûr tibétains.

Fatigué et assoiffé, il s'éloigna et repartit vers l'hôtel. Le lendemain devait être le dernier jour qu'il passerait à McLeod Ganj. Il fallait qu'il aille retrouver Rosie. Néanmoins, en repensant à la véhémence avec laquelle Pematsang lui avait demandé de retrouver Jamyang Togden, sa conscience le titillait. Il aurait préféré ne pas renoncer à trouver cet homme, mais il y avait une forte probabilité qu'il n'existât pas, ou qu'il fût mort, ou tout simplement qu'il vécût ailleurs.

Daniel se retourna vers le temple en se demandant si le dalaï-lama était présent. Si le bouddha n'avait pas été sauvé dans des circonstances aussi dramatiques, il aurait peut-être essayé de le remettre à Sa Sainteté en personne. Si seulement il avait réussi à trouver l'homme désigné par Pematsang... Cet homme aurait pu servir d'intermédiaire entre ses mains couvertes de sang et celui qu'il espérait être l'ultime destinataire du bouddha. Compte tenu de la situation, ses recherches devenaient dangereuses. À tout moment ses ennemis pouvaient frapper, le bousculer dans une ruelle, l'assommer et couper les cordes de nylon qui ficelaient le sac à son dos. Et il avait beau être un géant par rapport à la majorité des Chinois, il savait ne pas être au mieux de sa forme et de sa vigilance. Encore traumatisé et accablé de chagrin, l'épuisement commençait par ailleurs à le rendre à moitié dingue.

Le soleil se couchait lorsque Daniel arriva à l'hôtel, où il monta directement s'enfermer dans sa chambre. Après avoir attaché le sac bleu au pied du lit, poussé une grosse armoire devant la porte et lavé son caleçon dans le lavabo, il sombra dans un sommeil de plomb.

28

À l'aube, un bruit le réveilla en sursaut. À travers le fin coton des rideaux, il distingua une silhouette en train d'escalader le balcon. Il se leva d'un bond, le cœur battant à tout rompre, regrettant d'avoir jeté cette arme abominable au fond du précipice. Face à la réalité de l'attaque, et sans rien pour se défendre, il se sentait affreusement vulnérable. Pris de panique, il vérifia que l'armoire bloquait toujours la porte de la chambre, avant de ramasser en vitesse un petit tabouret en bois. Prêt à se battre contre l'intrus, il ouvrit en grand la porte qui donnait sur le balcon.

Daniel se figea, sidéré, avant de partir d'un immense éclat de rire. Un singe était en train de s'emparer délicatement du caleçon qu'il avait mis à sécher sur la corde à linge. Il plongea en avant pour le rattraper, mais l'animal le prit de vitesse. Une seconde plus tard, son caleçon grimpait le long d'un gigantesque sapin en face de l'hôtel.

« Je t'en fais cadeau ! cria-t-il à son voleur. De toute façon, il ne me plaisait pas. »

Daniel resta sur le balcon en essayant de se ressaisir. À mesure que l'adrénaline retombait, il se sentit tout faible et vit que ses mains tremblaient. C'était ridicule... Il se rendrait dans les bureaux du gouvernement tibétain en exil dès qu'ils ouvriraient leurs portes. Il existait certainement une liste officielle des résidents tibétains. Si Jamyang Togden n'y figurait pas, il demanderait à parler à un responsable du gouvernement ayant un certain âge et lui remettrait le bouddha.

Avoir pris cette décision l'apaisa. Regrettant qu'une tasse de café ne puisse se matérialiser dans sa main, il passa un moment à observer la colonie de singes se disputer son précieux caleçon. L'immense vallée fertile qui s'étendait sous ses yeux était nimbée de brume. Lorsqu'il défit le bandage de son poignet, il vit que la cicatrisation avait commencé à faire disparaître la preuve des événements tragiques survenus au Thangtak La. Les marques de dents s'étaient estompées et sa peau avait pris une nuance d'un jaune répugnant. Il effleura les marques du bout des doigts, l'endroit où elle l'avait touché pour la dernière fois, mais il n'y voyait plus que de la laideur. Souvent il avait plaisanté sur sa cruauté, qu'il trouvait captivante et sexy, et qui à présent ne lui semblait que trop réelle. Peut-être n'y avait-il rien eu d'autre que cela – de la laideur. Où était passé son bon sens... comment avait-il pu être aveugle à ce point ? Fermant les yeux, il haussa les épaules pour en chasser la tension.

Il était toujours là, perdu dans ses pensées, lorsque brusquement il entendit des cris. Le volume sonore augmenta tandis que venaient s'ajouter d'autres voix. Il imagina que ce devait être une sorte de match, de football ou de cricket, disputé avec une exubérance peu coutumière. La rumeur s'amplifia. Daniel s'étonna de ne percevoir aucune pause entre ces acclamations enthousiastes, qui, à vrai dire, devenaient de plus en plus fortes, voire un peu vindicatives par moments. Bizarrement, il se sentit attiré par ce bruit et ne put contenir longtemps sa curiosité. Il prit une douche rapide, s'habilla, harnacha le sac bleu sur son dos et se dirigea vers l'endroit d'où s'élevaient les clameurs.

Arrivé au bout de la rue, en voyant la foule déjà présente, il prit un chemin qui semblait être un raccourci vers Temple Road. Bien qu'il aperçût et entendît des gens non loin de là, il se retrouva bientôt à marcher seul. Se maudissant de son imprudence, il accéléra le pas et courut jusqu'au bout du chemin. Guidé par les acclamations et les cris, il se retrouva dans une autre ruelle en cul-de-sac. Un grand bâtiment jaune et un parking surplombaient une cour en creux d'où s'élevait le vacarme, de plus en plus assourdissant. Enfin rendu sur place, Daniel se pencha au-dessus de la rambarde et, dans le jardin situé en contrebas, il vit une centaine de moines, la plupart très jeunes, en train de s'invectiver, de se montrer du doigt avec vigueur, de taper du pied en frappant dans leurs mains comme dans une sorte de danse provocatrice. Daniel pouffa de rire… Il avait déjà vu ça une fois dans un film : des moines qui débattaient de philosophie bouddhiste. Pour un sujet aussi sérieux, la chose paraissait plutôt distrayante… Des moinillons assis en rang regardaient leurs aînés discuter et prendre la pose, se chamailler et glousser, s'affronter et s'interroger. Tour à tour sérieux et hilares, leurs robes orange et marron virevoltaient lorsqu'ils se jetaient en avant pour assener leur point de vue. Malgré leur crâne rasé, et un avenir austère promis au célibat, ils avaient l'air de gamins ordinaires en train de s'amuser.

Fasciné par ce spectacle, Daniel n'en jetait pas moins sans arrêt des regards derrière lui de façon machinale. D'un seul coup, un gong puissant retentit, le faisant tressaillir. Aussitôt, les jeunes moines se turent, les cris cessèrent comme si quelqu'un avait appuyé sur un bouton, et ils se dirigèrent en vitesse vers une entrée qui se trouvait en dessous de l'endroit où il se tenait et qu'il ne pouvait voir. Finalement, deux moines plus âgés qui lui tournaient le dos se levèrent du banc d'où ils avaient observé leurs élèves. L'un d'eux, très grand, dégageait une autorité impressionnante. Au moment où il se retourna, il leva les yeux, et dès qu'il aperçut Daniel, il se figea sur place. Daniel le dévisagea lui aussi d'un œil incrédule. En moins d'une seconde, il avait tout compris.

Une minute plus tard, il se retrouvait face à Jamyang Togden. Une marque disgracieuse courait du haut de son crâne rasé à son sourcil et autour de son œil gauche. Son profil droit avait quelque chose de familier. Malgré sa stupéfaction, Jamyang semblait en être arrivé plus ou moins à la même conclusion. Toutefois, ils étaient tous deux tellement abasourdis que pas un mot ne franchit leurs lèvres.

Pour finir, après s'être dévisagés bouche bée un long moment, Jamyang le prit par le bras et lui dit quelque chose en tibétain.

Daniel secoua la tête. « Désolé… Je ne… »

Jamyang parut troublé. « Venez », lui dit-il.

Alors qu'ils se dirigeaient vers le bâtiment, Daniel se retourna d'un geste instinctif, et cette fois il les vit – trois hommes en train de courir sur le chemin que lui-même venait d'emprunter dix minutes plus tôt. Ils n'avaient pas l'air d'être armés, mais l'expression de leurs visages suffit à l'affoler. L'un d'eux avait dû s'endormir, du coup leur cible était sur le point de leur échapper. Daniel poussa Jamyang vers la porte en murmurant : « Vite, dépêchons… Pouvez-vous fermer la porte derrière nous ? »

Le moine à la patte-d'aigle parut décontenancé par la peur et l'urgence dans sa voix, mais il s'empressa de claquer la porte et de tirer un verrou. Ils se ruèrent en haut d'un escalier, suivirent un couloir et entrèrent dans une salle spacieuse quoique modeste. Daniel montra la porte du menton et Jamyang tourna la clé dans la serrure. Il décrocha un vieux téléphone posé sur une fourche et parla à quelqu'un en tibétain en jetant des regards par la fenêtre, puis se tourna vers Daniel en hochant la tête d'un air rassurant.

Le soleil pénétrait par deux fenêtres face auxquelles était installé un petit divan. Le moine, qui devait avoir dix ans de plus que Daniel, l'invita à s'asseoir. Daniel détacha d'abord le sac de son dos, une manœuvre longue et agaçante, puis s'assit et déposa son fardeau entre ses pieds d'un air résolu. Jamyang s'installa sur une chaise.

Lorsqu'ils furent assis face à face, le moine fut le premier à prendre la parole.

« Qui êtes-vous ? »

Ainsi, il n'avait pas deviné... il devait pourtant bien voir que Daniel n'était pas n'importe qui. « Je ne le savais pas non plus, dit celui-ci. J'avais votre nom, mais je ne me doutais pas que nous étions apparentés.

— Je parle très mal anglais, dit Jamyang en secouant la tête d'un air frustré.

— Regardez-nous ! Nous sommes frères. »

Jamyang le regarda comme s'il était un fantôme. « Non. Impossible.

— Impossible ? » Daniel essaya autrement. « Vous connaissez... Pematsang Wangchuck ?

— Oui, c'était mon père. Je l'ai connu longtemps avant sa mort.

— Vous savez qu'il est mort ? s'étonna Daniel. J'ignorais que... Comment l'avez-vous appris ?

— Mon père est mort en se battant contre l'Armée populaire de libération chinoise. En février 1961. Je n'étais alors qu'un enfant, un bébé.

— Oh, mon Dieu, non ! Je suis navré de vous l'apprendre, mais il est mort le mois dernier. En septembre.

— En septembre ? » Ce fut au tour de Jamyang d'avoir l'air surpris. « Il nous a amené, ma mère et moi, en Inde pour nous mettre à l'abri avant de partir se battre et de mourir avec les Khampas. Mais… vous dites qu'il était vivant ? Mon père a vécu pendant tout ce temps ? »

Ainsi Pematsang avait abandonné sa femme tibétaine et son fils. Raison pour laquelle, de toute évidence, il n'avait pas pu, ou voulu, épouser Gabriella. Aucun de ses deux fils n'avait profité d'un père. Il avait été trop obnubilé par sa cause… à moins qu'il ne se fût senti trop honteux d'avoir échoué.

Daniel sourit d'un air contrit en se tapotant la poitrine. « Comme vous le voyez, il a vécu. Il n'est pas mort aux mains des Chinois. Il est décédé d'un cancer et de vieillesse. »

Terrassé par l'émotion, Jamyang secoua de nouveau la tête en avalant plusieurs fois sa salive. « J'ai vu la photo de mon père. Pendant un instant, j'ai cru que c'était sa réincarnation qui me regardait de là-haut. C'est la seule chose que je me suis dite. Mais… un frère ? »

Rendu mutique par le choc d'une telle découverte, Jamyang se tourna vers la fenêtre en tâchant de se ressaisir. Son profil, celui qui n'avait pas la marque, était celui de Daniel. Les gènes de Pematsang avaient dominé ceux de sa mère, mais alors qu'il observait le visage de son frère, Daniel comprit tout à coup une chose. Ils se ressemblaient tellement que, après tant d'années, son père n'avait eu aucun moyen de distinguer ses deux fils adultes, en dehors d'un détail révélateur. Ils étaient comme deux images en miroir… La patte-d'aigle de Jamyang se déployait sur sa tempe gauche. Le fils qui s'était tenu auprès de son lit de mort portait la marque du côté droit… autrement dit, du mauvais côté.

« Écoutez, Jamyang… » Il se pencha en avant en lui touchant doucement le bras. « Je n'ai moi-même jamais connu Pematsang. J'ai appris qu'il était mon père le jour où il est mort. Il a été malade pendant un temps et, un beau jour, il a réclamé son fils. Comme personne ne savait qu'il en avait un, on s'est mis à sa recherche, seulement ils n'ont pas retrouvé le bon… Vous comprenez ? C'est vous que Pematsang réclamait. À présent, je le sais. *C'était vous qu'il voulait voir.* »

Jamyang pressa ses deux paumes sur ses yeux. « C'est vrai ? »

Daniel acquiesça en essayant de sourire.

« Quel est ton nom, mon frère ? »

Daniel lui tendit la main, et ils se serrèrent la main d'un air solennel.

« J'ai deux noms. Daniel Villeneuve et Anil Goba », dit-il en touchant successivement le côté gauche de son visage puis le droit.

Jamyang esquissa un sourire. « Anil…

— Et il y a aussi Rosie. » Pour une raison étrange, parler d'elle lui sembla important. Il avait l'impression qu'elle se tenait là, à côté de lui. « C'est ma fille, ta nièce. J'aimerais beaucoup que tu la rencontres. Rosie n'a que neuf ans, mais on voit déjà que c'est une vraie fille de Kham.

— Une famille, murmura Jamyang, visiblement ému. Je n'arrive pas à y croire. J'ai très envie de connaître ta petite fille. Mais… pourquoi n'as-tu jamais connu notre père ? »

Daniel réfléchit longuement avant de répondre. Il souffrait toujours d'avoir été rejeté par son père. Il n'arriverait jamais à comprendre vraiment pourquoi, et à présent Pematsang était mort. Jamais plus il ne pourrait répondre à leurs questions. Et bien qu'ils ne pussent que spéculer, Jamyang méritait une explication, ou au moins une hypothèse.

« J'étais alors un bébé, comme toi la dernière fois que tu l'as vu. Ma mère a quitté Pematsang et m'a emmené avec elle. Il aurait pu essayer de me retrouver, mais je crois qu'il avait renoncé à l'idée d'être père dans sa chair. Il était entièrement dévoué à la cause de sa patrie. Dès le premier jour de l'invasion du Tibet, je sais qu'il a travaillé sans relâche à sauver son pays. Il a risqué sa vie, constamment. Il a combattu les Chinois sur place, a comploté contre eux, a mené d'innombrables hommes au combat, a formé d'autres combattants, a réveillé les consciences en Occident et a recueilli argent et soutien pour la cause tibétaine. S'il désirait quelque chose pour sa famille – pour ses descendants –, c'était qu'ils retrouvent leur patrie, leur indépendance et leur liberté, la sécurité afin d'élever à leur tour leur famille. »

Jamyang détourna le regard. Il partageait visiblement la douleur d'avoir été rejeté... lui et sa mère.

« Écoute-moi, mon frère, enchaîna Daniel. Pematsang n'a pas pu être un père et un combattant en même temps, alors il a choisi ce qu'il pensait qui serait le mieux pour nous au bout du compte, pour toi et pour moi. Je ne lui en veux pas de ne m'avoir jamais recherché. Je sais désormais quels sacrifices incroyables il a endurés. Je te raconterai ce que je sais de sa vie. Je le tiens d'un de ses vieux amis.

— Si j'avais su… si ma mère l'avait su avant de mourir… Mais il est vrai que quelqu'un nous a envoyé de l'argent. On a dit à ma mère que ça venait d'un fonds anonyme. »

Daniel hocha la tête avec vigueur. « Ce fonds, c'était sûrement Pematsang. » Il prit la main de son frère entre les siennes. « Je vais te dire pour quelle raison il n'est pas revenu vers toi et ta mère. C'est parce qu'il a été recruté par la CIA pour travailler à une mission clandestine en vue de libérer le Tibet. Sans doute demandait-on aux recrues de renoncer à leur passé et de devenir des anonymes, à cause du caractère secret de cette mission et du dévouement indispensable exigé de ceux qui y participaient. Cependant, il a dû se tenir au courant de ce que tu faisais. Je crois que, non sans raison, il était en proie à une bonne dose de paranoïa, et qu'il avait peur de vous mettre en danger, ta mère et toi. Mais, ne te méprends pas… Il savait où tu étais, ainsi que la voie que tu avais choisie. Il savait que tu étais un homme bon et fort, et sa confiance en toi était absolue. Sans quoi il n'aurait pas insisté pour que je te retrouve coûte que coûte… afin de te remettre ceci… »

Daniel lâcha la main de Jamyang et poussa le sac bleu entre eux deux. Pour la première fois, le sac posé là entre leurs quatre genoux, comme enfermé dans une boucle d'acier, avait l'air en totale sécurité. Daniel sortit une feuille de papier de sa poche. Il la déplia puis la tendit à son frère. « C'est la dernière page du journal de ton père. Je suis désolé, j'ai dû brûler l'original par souci de sécurité, mais j'en ai gardé une transcription que je te donnerai. »

Jamyang lut à haute voix, avec application. *Jamyang Togden – Rares sont les hommes auxquels je confierais cette boîte. Tu n'es pas un guerrier, aussi ne penses-tu pas comme tel, mais je crois que le bouddha de liberté…* Les yeux écarquillés, il continua à lire. Quand il eut fini, il leva les yeux vers Daniel. « Le bouddha de liberté ! J'en ai entendu parler… »

Daniel lui montra le sac posé entre eux. « Il existe. Il est là, dans ce sac. Ton père était convaincu que tu saurais quoi en faire. J'ai fait un long périple pour te l'apporter. Avant de parler de quoi que ce soit d'autre, il faut que nous allions le remettre ensemble entre des mains sûres. » Il se leva. « Jamyang, mon frère, nous devons le faire tout de suite. »

Épilogue

Le jour même, six hommes descendirent la rue en se dirigeant vers le temple. Comme tous les hommes du royaume de Kham, ils étaient très grands et puissamment bâtis. Ils marchaient d'un pas résolu sous le regard attentif d'un grand nombre de gens, amis ou ennemis. Un petit garçon en anorak rose leur fit des signes enthousiastes, mais d'autres badauds s'écartèrent au passage de la procession. Un des hommes, vêtu à l'occidentale, les cheveux noirs épais et hirsutes, portait une marque disgracieuse sur le visage, et son air calme exprimait un mélange de chagrin et de sérénité. Par contraste, les visages des cinq autres avaient quelque chose de farouche. Leurs regards étaient menaçants, leurs poings serrés. Ils avaient le crâne rasé, et leurs robes marron voltigeaient sur leurs jambes à la peau brune. Celui qui marchait au milieu, le frère de l'Occidental qui avait la même marque sur le haut du visage, transportait un sac bleu sur le dos. Ces cinq hommes avaient beau être des moines et non des guerriers, ce n'était pas une raison de ne pas les craindre.

Une heure plus tard, en présence de nombreux hommes d'un certain âge, on ouvrit le sac bleu. On sortit ce qu'il contenait en l'examinant avec autant d'intérêt que de consternation. À première vue, il s'agissait d'une statue, assise dans la position du lotus et recouverte d'une épaisse substance noire sur laquelle étaient collés des saletés et des cailloux. On envoya un jeune moine chercher un produit approprié et des chiffons afin de nettoyer l'objet dégoûtant. Pendant ce temps, l'Occidental à la patte-d'aigle prit sur lui de retourner la statue d'où il retira un ballot de tissu caché à l'intérieur. Avec grand soin, cet homme et son frère tibétain le déposèrent sur une table et entreprirent de dérouler le tissu. Dans les chiffons en loques était emballée une liasse de papiers. Toutes les personnes présentes se penchèrent pour examiner la première page en silence. Le document était rédigé en chinois et tamponné de sceaux officiels.

Quand le jeune moine revint, on le pria de nettoyer la statue. La tâche se révéla complexe dans la mesure où la matière dont était badigeonnée la statue était devenue dure comme du cuir. L'Occidental dit qu'il pensait qu'il s'agissait de goudron.

Peu à peu, la statue retrouva sa forme et sa couleur d'origine. Un homme fondit en larmes – un vieux lama, un Tulku, qui avait passé la majeure partie de sa vie dans des camps de travail chinois. Sa condamnation à quarante-cinq ans de travaux forcés avait pris fin récemment, et, sept jours après avoir recouvré la liberté, il avait franchi les montagnes du Népal.

Une longue balafre horizontale lui barrait la joue. Les larmes s'y rassemblèrent en coulant vers son oreille. Il finit par se ressaisir et prit la parole.

« Un jour, il y a très longtemps, j'ai rencontré un homme à qui j'ai remis ce trésor en le suppliant de le sauver des mains des communistes. C'était il y a de très longues années, dans ma jeunesse, à l'époque où j'étais grand abbé au monastère de Yabyum. »

Dans l'assistance, certains se mirent à chuchoter. D'autres restèrent ébahis.

Les frères, tels deux miroirs, se regardèrent en souriant.

Daniel et Rosie étaient à genoux dans le sable. Le stupa qu'elle avait construit la dernière fois avait disparu. Les cailloux noirs qu'avait ramassés Daniel étaient le seul vestige de son existence. Quelqu'un les avait disposés de façon à écrire *Jen aime Gord*.

« Ce n'est pas grave, dit Daniel. Je t'avais prévenu qu'il serait tout aplati.

— Est-ce qu'on ira le voir en vrai ? Tu m'avais dit qu'on irait.

— Bien sûr que nous irons. Mais d'abord, on doit s'installer. Nous avons des quantités de choses à faire. Et ensuite, peut-être qu'on louera un hélicoptère pour aller le survoler. » Il la chatouilla sous le bras. « Enfin... à condition que tu n'aies plus la fièvre des nuages.

— Arrête, papa, laisse-moi tranquille ! » s'esclaffa Rosie. Elle roula sur le dos en creusant des cratères dans le sable avec ses longues jambes. « Je suis complètement guérie. »

Remerciements

Lors de la rédaction de ce livre, nombreux sont ceux qui m'ont aidée à mieux comprendre quelle était la situation passée et présente au Tibet. Étant donné que je n'ai pas pu obtenir de visa pour ce pays, K. Jigme m'a emmenée au Ladakh, le mystérieux et lointain pays de l'Himalaya que l'on appelle le « Petit Tibet », et dont les habitants, la langue et les paysages ressemblent de façon très proche à ceux de la mère patrie. Je lui exprime ici ma reconnaissance, de même qu'à tous les Tibétains exilés au Canada, aux États-Unis et en Inde – mieux vaut taire leurs noms – qui m'ont raconté leur histoire.

Je remercie infiniment Mike Sumanik, chef pilote d'hélicoptère, de l'aide précieuse qu'il m'a apportée dans l'écriture des scènes en vol, et Mike Ackerfeldt, qui m'a fait découvrir les techniques de l'hélitreuillage du bois en Colombie-Britannique et m'a permis d'observer ce travail époustouflant à l'occasion d'un vol inoubliable.

Ma gratitude va également à Kathleen Hinckley et Mary Anne Boyle, généalogistes et enquêtrices privées au Colorado, qui m'ont guidée dans le processus de recherche d'éventuels parents ou héritiers aux États-Unis.

Enfin et surtout, je remercie Sheila Crowley et Katie McGowan, mes agents qui n'ont jamais ménagé leurs efforts, la romancière Liz Jensen pour ses critiques acérées, Karsten Diettrich pour ses conseils et son soutien continu, ainsi que mes éditeurs Véronique Cardi, Françoise Triffaux et Helmut Pesch qui m'ont fait bénéficier de leurs avis d'experts.

*Achevé d'imprimer par N.I.I.A.G.
en février 2011
pour le compte de France Loisirs, Paris*

N° d'éditeur : 62802
Dépôt légal : novembre 2010
Imprimé en Italie